KB180730

풀어쓰는 중국 역사이야기

춘추전국지
1

춘추전국지_풀어쓰는 중국 역사이야기 ①

© 작가와비평, 2020

1판 1쇄 인쇄__2020년 10월 20일
1판 1쇄 발행__2020년 10월 30일

편저자__박세호
감수자__이수웅

펴낸곳__작가와비평
　　　　등록__제2018-000059호

공급처__(주)글로벌콘텐츠출판그룹
　　　　대표__홍정표　**이사**__김미미　**편집**__하선연 김수아 권군오 이상민 홍명지　**기획·마케팅**__이종훈
　　　　주소__서울특별시 강동구 풍성로 87-6(성내동)　**전화**__02) 488-3280　**팩스**__02) 488-3281
　　　　홈페이지__http://www.gcbook.co.kr　**메일**__edit@gcbook.co.kr

값 14,800원
ISBN 979-11-5592-261-3　03820

풀어쓰는 중국 역사이야기

춘추
전국지

春秋戰國志

1

이수웅 감수 | 박세호 편저

작가와비평

감수의 말

　동서양을 막론하고 무지의 자각은 진보의 시작이었다. 죽을힘을 다한 치열한 싸움은 그 자체가 생존경쟁이었지만 흔히 말하는 것처럼 경쟁은 '진보의 어머니'였다.

　진보의 개념이 없는 중국 4천년사에서 춘추전국시대가 유일하게 진보의 시대일 수 있었던 것은 경쟁 때문이다. 또한 춘추전국시대가 웅대한 정치실험의 역사 무대일 수 있었던 것도 그 때문이다.

　권력투쟁이나 패권쟁탈로 광분했던 권력 주체들의 무지의 자각은 춘추전국이라는 동란의 시대에 많은 학자와 문화인들이 활발히 논쟁하는 개방적인 공론의 사회를 출현시켰다. 따라서 질서를 잃은 세계에 백화제방(百花齊放)하는 사상사의 황금시대를 이루었던 것이다. 그 황금시대의 담당자들은 시대의 여망에 따라서 한꺼번에 구름이 피어오르듯 배출된 제자백가(諸子百家)들이었다. 그들은 정치 사회적으로 격심한 변화를 배경으로 하여 어떻게 하면 올바른 사회질서를 구가할 것인가 하는 고뇌로부터 역사상 가장 찬란한 사상의 꽃을 피우게 된 것이다.

바로 본 소설은 그 오랜 세월에 펼쳐진 잔혹한 전쟁의 역사와 많은 사상가들의 활발한 활동을 기록한 서사시로 역사책을 읽는 것과는 달리 더욱 새롭게 사실적인 감명을 주고 있어서 늦게나마 나오게 된 것을 다행스럽게 생각한다. 그야말로 사실에 충실하였으며 고통과 낭만으로 충만한 춘추전국시대의 웅장한 역사의 드라마를 재미있게 엮었다. 우리들은 그 이야기의 뒤안에서 보이지 않는 진실을 찾아볼 수 있을 것이며, 그리하여 오늘의 삶의 방향을 제시 받게 될 것이다.

가을의 뒤안길에서

李秀雄

| 차 례 |

마음으로 지혜를 열고

지혜로서 재물을 연다

재산을 이루면 사람이 모이고

사람이 모이면 현인이 나온다

현인이 나타나면

천하의 왕이 되고

천하에 이익을 주면

천하는 그의 것이 된다

제1장
경국지색(傾國之色)

기원전 1050년에 세워진 서주왕국(西周王國)은 기원전 770년 어느 날 갑자기 붕괴됐다.

서주를 망하게 한 것은 외적이 아니라 제12대 천자인 유왕(幽王)과 왕비 포사(褒姒)였다.

유왕은 평범한 천자였다. 그러나 유왕은 풍류를 즐기는 데에는 대단히 뛰어난 사람이었다. 중국 4천년사에 있어서 그 방면에는 비길 자가 없을 정도이다.

포사는 뛰어난 절세미인이었다. 그 미모를 보려고 위수(渭水: 섬서성을 흐르는 낙수(洛水)와 합류해서 황하로 들어가는 강)에 새가 무리지어 모였다는 전설이 있을 정도로 그야말로 천하일색이었다. 그러나 더 정확하게 말하자면 그녀는 그 미모보다는 그 매력으로 더욱 잘 알려져 있다. 지금도 학식이 있노라 자처하는 사람들은 포사의 이름을 듣기만 해도 그 전설적인 매력을 상상하며 가슴을 설렌다. 아무튼 포사는 4천년사의 가장 빼어난 매혹적인 미인이었다. 포사의 미모와 매력에 홀리고 취해서 유왕은 신세를 망치고 나라를 무너뜨렸다. 다시 말해서 춘추전국시대라는 전혀 새로운 역사의 무대를 마련한 것은 그 당시 본인들은 깨닫지 못했지만 그 방면에 뛰어난 솜씨를 가진 사내 유왕과 비길 데 없는 절세의 미인인 포사 이들 두 사람에 의한 것이었다.

그야말로 춘추전국시대는 그 낭만이 넘치는 황금시대에 걸맞은 무대 위에서 그 시대의 막을 열었다. 그러나 세상에는 참으로 멋없는 남자들도 있다.

"고작 한 여자 때문에 천자가 신세를 망치고 왕조를 멸망하게 하다니 어리석은 일이지. 정말로 상종 못할 인간이군."

하고 후대의 유학도들, 특히 유학의 사가(史家)들은 입을 모아 비난해 왔다.

"천만의 말씀, 어째서 고작 한 여자란 말인가."

물론 이러한 설을 내세우는 사람도 있었다.

"포사는 요물이다. 유왕은 불쌍한 희생자였다."

라고 그들은 유왕을 변호한다.

그러나 비난을 퍼붓는 사람도 변호를 하는 사람도 무의식중에 스스로의 무지를 실토하고 있는 것이다. 즉, 전자는 미인을 모르는데다가 여자의 매력에 둔감하다는 것을, 후자는 요물이 아니라 해도 미인은 항상 마성을 지니고 있다는 것을 모른다고 스스로 폭로한 것이다.

아니, 그들은 불행하게도 그들의 모든 생명, 재산, 지위를 버리고도 후회하지 않을 매력 있는 미인을 아직 만나지 못한 것인지도 모른다. 아니면 '사서오경'을 지나치게 읽어서 미인의 매력이나 마력을 느끼는 인간 고유의 왕성한 감성이 쇠퇴한 것일 게다.

'한 번 보고 그의 성을 기울게 하고, 두 번 보고 그 나라를 기울게 한다.'는 시구에서 경성(傾城)이니 경국(傾國)이니 하는 말이 나왔다. 절세의 미인이라는 뜻이다. 그 미인을 위해서는 자기의 성을 바쳐도 또는 그 미인과 나라를 바꿔도 좋을 정도로 아름답고 매력이 넘치는 여자를 말한다.

절세(絶世)라는 말은 본래 '세상에 비길 자가 없다'는 뜻이다. 그러므로 경성이니 경국이니 하는 절세미인은 결코 이 세상에 있을 리가 없다. 사실 중국 4천년사에서도 경성이니 경국이니 하고 보증이 붙은 미인은 그리 많지 않았다.

사전에 의하면 경성과 경국은 동의어로 되어 있다. 그러나 그것을 동렬로 치는 것은 옳지 않다. 경성과 경국에는 차이가 있다. 성(城)을 기울게 한 사람과 나라를 기울게 한 사람 사이에는 그 기량의 차이가 있을 것이다. 한 성을 기울게 했다고 해서 나라가 기우는 것은 아니기 때문이다.

예를 들면 양귀비의 경우가 그랬다. 시성(詩聖) 백락천(白樂天: 中唐사람)의 웅장한 서정시 『장한가(長恨歌)』에서, 사람들을 탄식케 한 양귀비는 확실히 장인의 도성을 기울게 했으나 당 왕조를 기울게 한 것은 아니다. 그녀와 함께 당의 도성을 쫓겨난 현종(玄宗)은 곧 도성으로 복귀하고 왕조는 흔들리지 않았다.

분명히 경성과 경국은 지위와 기량 면에서 자격이 다르다.

그러나 그 차이를 판단하기는 쉬운 일이 아니다. 하물며 4천년사에서 확실한 보증이 붙은 미인에게 서열을 정한다는 것은 쉬운 일이 아니다.

우선 사람들에게는 각자의 선호가 있다. 그리고 미모를 재는 데 이론의 여지가 없는 객관적 척도가 있는 것도 아니다. 우선 기량이나 자격의 차이가 생기는 원인이나 근거를 당장 미모라고 속단해서는 안 된다. 그 대신 그것은 매력이라고 생각하면 저절로 판단의 실마리가 풀린다.

매력이란, 즉 미모가 발휘하는 힘이다. 그리고 그 힘은 업적을 만들고 업적은 눈에 보이는 것이기 때문에 객관적으로 평가될 수 있다. 그러므로 그 업적을 보면 기량이나 자격의 차이가 훤히 드러난다. 업적이라는 것은 구체적으로 그녀가 기울게 한 것이 성인가 나라인가 하는 것이다. 이윽고 단순하고 명쾌한 결론이 나왔다. 즉 성을 기울게 한 것이 '경성'이고, 나라를 기울게 한 것은 '경국'이다.

그러면 중국사에 그 이름을 남긴 미인들 중 누가 경성이고, 누가 경국인가 하는 결론은 4천년사를 업적에 비추어 돌이켜 보건대 경국은 총망라해서 세 사람 밖에 없다.

첫 번째 한 사람은 상(商)나라의 주왕(紂王)과 함께 상 왕조를 멸망시킨 달기(妲己)이다. 또 한 사람은 이미 앞에서 말한 포사이다. 나머지 한 사람은 춘추전국시대의 패자 오나라 왕 부차(夫差)와 오(吳)나라를 멸망시킨 서시(西施)이다.

그러나 나무랄 데 없는 경국은 단 세 사람이고 다른 미인은 모두 경성이라니 너무 지나친 말 같다. 그래서 구제책으로 '준경국(準傾國)'을 세 사람 고르기로 한다. 초나라 왕 항우(項羽)를 적으로 삼은 우미인(虞美人)이 그중 한 사람이다. 그녀는 틀림없이 초나라를 기울게 했으나 안타깝게도 치명적인 실수를 저질렀다. 그래서 '준'자가 붙게 됐다. 초나라 왕 항우가 한나라 고조(高祖) 유방(劉邦)의 군사에게 포위됐을 때 우미인은 사면초가를 들으면서 초나라 왕에게 '죽으라'거나 '함께 죽자'고 하지 않고 오히려 '힘내라'고 격려

했다. 최후의 순간에 그녀가 저지른 결정적 실수는 말을 잘못 선택한 것이다.

또 한 사람은 한대(漢代)의 왕소군(王昭君)이다. 사실 그녀에게는 이렇다 할 업적이 없다. 그럼에도 불구하고 왕소군에게 '준경국'에 낄 자격이 있다고 할 수 있는 근거는 능력을 발휘할 무대를 만나지 못했을 뿐이었기 때문이다.

그 근거의 하나로 그녀가 후궁삼천(後宮三千)의 미인들 속에 묻혀 있으면서 자기는 반드시 두각을 나타낸다는 자신을 가지고 있었다는 사실이다. 그래서 그녀는 궁궐의 사안회사(似顔繪師: 초상화가)에게 뇌물을 주지 않았다. 그래서 왕의 눈에 띄지 못한 것이다.

그러나 이 무슨 인과인가. 한(漢)나라 조정이 흉노(匈奴)와의 정략결혼을 획책하고 있을 때, 왕소군의 미모는 흉노 선우왕(單于王)의 눈길을 끌었다. 후궁들 중에서 마음대로 고르라는 말을 듣고 선우는 왕소군을 택한 것이다. 그녀는 소원을 이루지 못한 자신의 불운에 한없이 울었다. 그때 선우에게 선택된 왕소군의 자태를 본 황제 원제(元帝)는 깜짝 놀라서 입술을 깨물고 발을 구르며 분해했다. 그리하여 원제는 초상화가를 한 칼에 베어 버렸다.

그 두 번째 근거는 왕소군이 시집을 가 선우가 죽은 후, 그 후계자가 왕위와 함께 그녀를 받아들인 일이다. 말하자면 선왕의 부인인데다가 연상의 여자인 왕소군을 새 왕이 자신의 왕비로 맞아들인 것이다. 그토록 왕소군은 아름답고 매력에 넘치는 여자였던 것이다.

이제 남은 준경국은 현대로 내려와서 송미령(宋美齡) 부인이다. 그녀도 일단은 장개석(蔣介石) 총통의 중화민국을 기울게 했다. 그래도 숨통은 끊기지 않고 대만으로 건너가서 연명했다. 숨통을 끊지 못한 것은 치명적인 실점이지만 위풍당당한 풍격과 다듬어진 국제적인 용모 때문에 그녀 역시 준경국으로 추대한다.

이렇게 중국 4천년사에서 6명의 경국지색을 찾아냈다. 따라서 나머지 절세미인들은 유감이지만 모두 경성으로 치게 된다.

춘추전국이라는 황금시대의 막을 연 미인 포사가 중국 4천년사에서 얼마나 빼어난 절세의 미인이었던가에 대해서는 이제 더 이상 설명이 필요 없을 것 같다.

아무튼 구인공휴일궤(九仞功虧一簣: 다년간의 공로가 한 번 실수로 허사가 된다)라는 말이 있다. 아니 포사를 위해서 '일궤의 공(삼태기의 흙)' 즉 말하자면 마지막 노력을 소홀히 한다면 후회를 남길 것이다.

그래서 당장 4천년사에 나오는 경성, 경국 미인의 서열을 차례로 매겨 보기로 한다. 하지만 장원과 차상의 후보자는 이미 정해진 것이나 다름없다. 그러나 심사 기준을 다시 평가하지 않으면 안 된다. 어쨌든 업적주의를 택한다 해도 여러 가지 문제가 얽혀 있기 때문이다.

먼저 한 마디로 나라를 기울게 했다 해도 어느 정도로 기울게 했는가. 또는 확실히 나라가 기울긴 했지만 그것은 '경국지색'이 직접적인 원인이었던가. 또한 나라를 기울게 한 기간의 정도, 즉 효율성도 문제이다. 그리고 상대가 된 왕의 정치적 역량이나 육체적, 정신적 강인함과 시대적 배경을 무시할 수도 없다. 특히 상대가 가진 남자의 기개를 묻지 않고 업적을 말하는 것은 공정하지 못하다.

예를 들면 상왕조의 주왕은 수격맹수(手格猛獸: 맨주먹으로 호랑이를 때려잡다) 호걸이었으며, 지족이거간(知足以距諫: 신하의 간언을 반대로 논파)할 정도로 총명한 군주였다.

그러나 서주왕조의 유왕은 완력도 정치력도 신통치 않았고, 예술가 기질의 감성만 풍부한 남자였다. 따라서 상대의 역량을 고려하면 포사는 달기에게 일보 양보하지 않으면 안 된다. 그러나 달기는 상왕조를 기울게 하는 데 28년의 세월이 걸렸다. 한편 포사는 불과 8년만에 서주왕조를 기울게 했다. 즉, 걸린 시간의 효율성으로는 포사가 앞선다.

틀림없이 달기와 포사는 미인의 등급으로서는 장원급에 속한다. 그러나 어느 쪽이 위인지 아래인지는 결정하기 어렵다. 그 결정을 뒤로 미루면 서시는 역시 세 경국 중 한 사람이다. 그녀를 첫째로 꼽지 않은 것은 오나라 왕 부차를 기울게 했으면서도, 그 경국의 직접적인 원인은 아니었기 때문이다. 그리고 다음은 왕소군이다. 준경국 중에서는 역사적으로 가장 평판이 높기 때문이다. 그 다음은 송미령으로 그녀는 국제적으로 명성이 높았다. 나머지 준경국인 우미인은 앞에서도 말한 것처럼 설화를 일으켰기 때문에 뒤로 돌렸다.

다음은 경성인데 경성은 뭐니 뭐니 해도 양귀비이다. 다소 억울한 생각도 들겠지만 그녀에게는 양해하라고 말할 수밖에 없다. 양귀비를 후대에 소개해서 유명하게 만든 사람은 그녀와 같은 시대의 시성인 백락천이다. 백락천이 『장한가』를 지은 것은 양귀비가 죽은 지 50년 후 백락천이 35세 때였다.

『장한가』는 역사적으로 미인을 만든 추천장과 같은 것이다. 그래서 시성의 체면을 보아서 으뜸으로 치고 싶지만 어쨌든 그녀는 남자 운이 없었다. 상대인 현종은 왕으로서는 괜찮은 남자였으나 도무지 남자의 기개가 없었다. 도대체 사랑하는 황후의 목에 칼을 내려치는 자기 부하를 만류하지도 못했다니 현종이야말로 남자로서 형편없는 사람이었다. 서울 장안(長安)에서 사천(四川)으로 낙향하는 길이라고는 하지만 마외역(馬嵬驛: 장안에서 서쪽 50킬로미터 지점)에서 황후가 참수되는 것을 보고만 있는 황제와 같은 하늘 아래서 양귀비가 태어난 것이 불운한 일이었다.

天長地久有時盡 천장지구유시진
此恨綿綿無絶期 차한면면무절기

백낙천 양귀비와 현종이 만나서 파국에 이르기까지의 낭만을 열렬히 노래하며 현종을 생각하고 양귀비를 애도하는 것으로 그『장한가』를 끝맺고 있다.

두 사람의 한은 하늘에서 비익(比翼)의 새(부부)가 되고, 땅에서 연리(連理)의 가지(枝: 부부)가 되어 오래오래 살지 못한 한이었다.

확실히 현종은 그 한을 죽을 때까지 버리지 못했을 것이다. 그러나 죽임을 당한 양귀비의 한은 그렇게 감상적인 한이 결코 아니었을 것이다.

"감히 눈앞에서 내 목이 잘리는 것을 보고만 있다니."

하는 것이 면면히 끊이지 않는 양귀비의 한일 것이다.

"바보 같은 황제가 나에게 망신을 주었어."

하고 죽게 버려둠으로써 자신이 경국에서 경성으로 되게 내버려 두었던 것을 모욕으로 생각하고 있을 것이다. 아무튼 양귀비는 불운한 여자였다. 현종이 남자의 기개가 부족한 것은 시대의 탓도 있다. 즉 그녀는 더 일찍 이 세상에 태어났어야 했다.

앞에서도 말한 것처럼 경국은 고대에 집중해서 나타나고 있다. 그것이 단적으로 보여주는 것처럼 고대는 중세나 근세보다는 애정의 미학이 융성했고 그래서 남자는 남자다웠다. 즉 미인에게 목숨이나 나라를 걸 기개가 있었다. 그러나 시대와 함께 그 미학이 쇠퇴하여 남자는 타락했다.

남자가 타락하면 경국은커녕 경성도 나타나기 어렵다. 예를 들면 송(末)·청(淸)·양대(兩代)에는 '경성'이라고 할 만한 미녀는 없었다.

아니 이미 당대 초기부터 미인인 측천무후(則天武后)는 고종(高宗)을 비롯해서 조정의 신하들을 마음대로 휘둘렀다. 명대(明代)의 만귀비(萬貴妃)도 상당한 미인으로 황제 헌종(憲宗)은 그녀 앞에서 벌벌 떨었다. 그 아들 효종(孝宗)은 더욱 형편없었다. 역사상 드문 예이지만 효종은 종신토록 황후 이외의 여자에게는 손도 못 댔을 만큼 만귀비는 질투가 심했다. 세상도 말세에 가까웠다.

여기서 다시 순위를 정해 보자. 양귀비의 동관흡(東關脇: 계급의 하나로 대관(大關)의 아래이며 소결(小結)의 위)에 비길 서관흡(西關脇)은 춘추전국시대의 월나라에서 이름을 떨친 모장(毛嬙)이다. 실은 서시에 버금가는 이 미녀에게도 뚜렷한 업적의 기록은 없다. 그러나 그녀에게는 같은 시대의 강력하게 칭송하는 이가 많이 있었다. 인생의 달인 장자(莊子)와 함께 세상을 근심한 석학 한비자(韓非子)가 그 양쪽을 대표해서 절세의 미인이라고 평가하고 있다.

그들의 추천으로 순위를, 비록 동관흡 아래의 서관흡이긴 하지만 어쨌든 관흡자리에 놓았다. 동소결(東小結)은 역시 춘추전국시대의 여비(驪妃)이다. 그녀는 진(晉)나라 헌공(獻公)의 마음을 혼란시켜서 그의 태자를 죽이고 진나라 성을 흔들리게 했다. 그 다음 서소결(西小

結)은 한 나라의 조비연(趙飛燕)이다. 한(漢)나라의 성제(成帝)를 현혹시켜서 죽게 한 그녀는 몸놀림이 제비처럼 우아하고 아름다웠다. 이것으로 횡강(橫綱: 최고의 자리)의 세 자리는 정해졌다.

앞에서 말한 명나라의 만귀비는 동전두필두(東前頭筆頭: 계급의 일종)가 마땅할 것이다. 그녀는 경성의 본분을 소홀히 하고 다만 뽐내기만 했을 뿐만 아니라 같은 성을 가진 여자들을 괴롭히고 구박하는 데 여념이 없었다.

역대 왕조의 내정(內廷)에 후궁의 제도와 숫자는 시대에 따라서 다르다. 한대의 최전성기에는 내정삼천지미녀(內廷三千之美女)라고 해서 그 미녀들은 14개의 계급으로 선별되어 있었다. 황후와 같은 대접을 받는 소의(昭儀)와 그리고 열후(列侯)의 대접을 받는 첩여부터 뽑는다. 그렇게 해서 2천 석(石) 대우의 경아와 용화와 미인을 뽑는다. 그리고 1천 석 대우의 팔자(八子)와 충의(充依), 8백 석 대우의 칠자(七子)와 양인(良人), 6백 석 대우의 장사(長使)와 4백 석 대우의 소사(少使)를 뽑는다.

그리고 3백 석 대우의 오관(五官)과 2백 석 대우의 순상(順常)이 있다. 그 아래로는 1백 석 대우의 무연(無涓), 공화(共和), 오령(娛靈) 또는 보림(保林), 양사(良使)와 야자(夜者)를 뽑으며 이것으로 모든 미녀의 순위는 완료된 것이다.

앞에서 달기와 포사의 순위를 정하지 못한 것은 그 업적에 지나치게 얽매였기 때문이다. 문제는 어느 쪽이 더 아름다운가에 있다. 그러나 아름다움에는 객관적인 기준이 없다고 해서 업적을 따졌던 것이다.

그렇다면 원점에 서서 세상의 현자들이나 그 방면의 전문가의 의견에 따를 수밖에 없다.

不自見故明 부자견고명　　　　　스스로 보이지 않아서 분명하고
不自是故彰 부자시고창　　　　　스스로 옳다고 하지 않아서 나타나고
不自伐故功 부자벌고공　　　　　스스로 뽐내지 않아서 공이 있다.

　4천년사 최고의 현자인 노자(老子)는 가르쳤다. 인격이나 식견, 공적은 스스로 드러나는 것이어서 자기 현시를 하면 허사가 된다는 교훈인 것이다. 부연해서 '부자미고미(不自媚故美)'라는 한 마디를 덧붙여도 좋을 것이다. 즉 아름다움은 꾸미지 않아도 스스로 나타나는 것이고 자랑하면 허사가 된다는 것이다.

　그것을 중국의 고전 소설가들은 누구보다도 잘 알고 있었던 것 같다. 그래서 그들은 미인의 용색을 묘사하는데 있어서 하나같이 이화대우(梨花帶雨: 비에 젖은 배꽃)나 작약농인(芍藥籠烟: 안개 속의 작약)이니 하는 상투적인 표현을 썼다. 태양을 향해서 경연(競研: 아름다움을 겨루는)하는 것이 아니라 안개비에 젖은 모습을 최고의 아름다움으로 치고 그것을 표현하려고 했다.

　그때 '오월동주(吳越同舟)'하면서 '와신상담(臥薪嘗膽)'하고 '회계지치(會稽之恥)'를 복수하려고 한 월나라 왕 구천이 오나라 왕 부차에게 서시를 보낸 것도 그가 미인에 통달했다고 생각했기 때문이다. 웃음으로 교태나 부리는 미녀로는 안 된다는 것을 안 월나라 왕 구천은 미녀들 중에서 얼굴에 우수의 빛을 띠고 언제나 미간을 찡그리고 있는 서시를 마지막 카드로 내놓았다.

　월나라 왕 구천뿐만 아니라 중국의 역대 황제나 왕들은 여색에 관해서는 프로급이었다. 그도 그럴 것이 1년 내내 후궁 3백 명에 궁녀

3천여 명의 미녀들에게 둘러싸여 그것밖에는 할 일이 없는 왕이나 황제는 자기도 모르게 프로가 된다.

그들에 비하면 백낙천 선생은 그야말로 가련한 풋내기라고 할 수밖에 없을 것이다.

回眸一笑百媚生 회모일소백미생
눈동자 굴리며 한 번 웃으면 백 가지 교태가 나온다.

이처럼 『장한가』에서 열심히 칭찬한 것은 좀 엉뚱하다. 아니 실은 한 번 웃으면 백 가지 교태를 부렸기 때문에 양귀비는 미녀 순위에서 뒤로 처져야 했다.

훌륭한 시인은 당연히 예리한 심미안을 가지고 있다. 그러나 미인을 보는 눈을 빼고는 의외로 미인 음치가 많다. 첫째로는 미인보다도 미주(美酒)를 좋아하여 경험을 쌓지 않았기 때문이다.

三百六十日 日日醉如泥 삼백육십일 일일취여니
雖爲李白婦 何異太常妻 수위이백부 하이태상처
1년 365일 날마다 정신없이 취하니
이백의 아내이면서 신주(神主)의 처와 같구나.

위와 같이 백낙천의 선배인 당나라의 대시인 이백(李白: 태백)은 솔직하게 고백하고 부인에게 사과했다.

그래서 시인은 당연히 백전연마(百戰練磨)한 제왕과는 미녀를 보는 눈도 다르고 기호도 다르다. 취한 눈으로 구름을 바라보는 시인은 눈동자를 굴리며 웃는 미녀를 진귀하게 여긴다. 그러나 아미교태(阿媚嬌態)의 소용돌이에 말려 지새는 제왕은 웃음으로 교태를 부리는 미녀에게 식상해서 우수 띤 미녀에게 마음이 동한다.

그런 점에서 장개석 총통은, 역시 정통파 프로에 속한다. 그가 더할 나위 없이 사랑한 부인 송미령은 서시와 같이 미간을 찌푸리지는 않았으나 결코 웃는 얼굴을 보이지 않았다. 그녀를 선택한 것은 바로 그 때문이다.

결국 결론적으로 말하면, 미인의 순위에서 첫째로 꼽을 사람은 당연히 포사이다. 즉, 4천년사를 장식하는 최고의 미녀는 포사인 것이다. 그리고 유왕은 중국사상 최고의 행운아였다. 아니 남자다운 기개에 찬 대장부였다.

포사가 처음 유왕을 만난 것은 포사의 나이 불과 14살 무렵이었다. 포사는 무척 조숙했다. 유왕 3년(기원전 779)의 일이다.

서주왕조는 이미 2백여 년이 지났다. 수도는 여전히 호경(鎬京) 뒤에 장안(長安: 지금의 서안)이다.

왕조라고 하나 아직 씨족연맹의 시대였다. 맹주인 천자는 천하를 나누고 있는 일족과 가신들이 분열하지 않는 한, 종묘제사에 그들을 모아놓고 충성을 맹세케 하는 일 외에 별로 할 일도 없었다. 어쩌다가 서북 국경에 오랑캐가 침입하여 작은 전란이 있었지만, 유왕의 치세는 그럭저럭 천하태평이었다. 그래서 유왕은 지루한 나날을 보내고 있었다.

때마침 포사가 나타나자 궁중은 활기가 넘치게 되고 유왕은 갑작스럽게 바빠졌다. 포사는 좀처럼 입을 열려고 하지 않았다. 어떻게 해서든지 그녀를 웃기려고 유왕은 모든 노력을 다했다. 바보 시늉을 해 보이기도 하고 재담이나 만담을 들려주기도 하고 금은보화를 주어 보기도 했으나 포사는 결국 눈썹 하나 까딱하지 않았다. 그러나 미인은 웃지 않아도 아기는 낳았다.

그 아들을 백복(伯服)이라고 이름 지었다. 어머니가 총애를 받으면 그 자식도 사랑을 받는다. 유왕 9년, 유왕은 포사를 황후 자리에 앉히고 아직 5살밖에 되지 않은 백복을 태자로 세웠다.

폐적(廢嫡)된 태자 의구(宜臼)는 같이 폄척(貶斥)된 황후 신후(申后)와 함께 신(申)나라(하남성 남양현)로 추방되었다. 신후는 신나라의 영주 신후(申侯)의 딸이었다. 따라서 의구는 신후의 외손자이다.

그러나 포사는 자기가 정궁(正宮)이 되고 자기들이 태자로 책봉되어도 웃음을 보이지 않았다. 그래도 여전히 쓸데없는 노력을 계속하고 있던 유왕은 어느 날 문득 묘수가 생각났다. 유왕은 당장 성에서 봉화를 올리라고 부하들에게 명령했다.

봉화는 이웃 나라 제후들에게 적군의 내습을 알리는 긴급 신호였다. 이웃 제후들은 도성을 방위할 책임이 있었다. 봉화는 말하자면 그 지령이었다. 봉화를 본 제후들은 허둥지둥 군사를 모아 이끌고 급히 도성으로 달려왔다. 그러나 성 밑에 적군의 모습은 보이지 않았다. 곧 군사를 성내로 들여보냈다. 그러나 성내에도 적군의 모습은 보이지 않았다. 오히려 성내는 평온했다. 성안의 백성들은 이변을 모르는 모양이었다.

그렇다면 궁정 내부의 반란인가 하고 제후들은 군사를 동원해 궁궐을 포위했다. 천자가 인질(人質)로 잡혀 있을지도 모른다는 생각에 충성스러운 제후들은 스스로 창을 들고 또는 칼을 뽑아 들고 내전으로 쳐들어갔다. 무슨 계략이 숨겨져 있는지도 모른다고 어떤 사람은 정원 숲 속에 몸을 숨기고 어떤 사람은 기둥이나 벽 뒤에 숨어서 가만히 내전 안의 기색을 살폈다.

그때 갑자기 단말마와 같은 포사의 비명소리가 들렸다. 이젠 촌각의 여유도 없었다. 제후들은 서로 눈짓을 하고 비명이 들린 내전의 문을 박차고 일제히 쳐들어갔다. 그러고는 어안이 벙벙해서 서로의 얼굴만 보았다. 그들의 눈앞에는 차마 눈 뜨고는 볼 수 없는 포사와 유왕의 적나라한 모습이 요 위에 있었다. 제후들은 몸 둘 바를 몰라서 허둥거렸다. 그러고는 도망치듯 급히 물러나왔다.

얼마나 기막힌 착각이었던가. 비명으로 들렸던 포사의 절규는 그녀가 극도로 흥분한 그 순간에 터져나온 신음소리였다. 그 순간에 유왕의 혼을 구천(九天)에 날게 한 포사의 침방비법(寢房祕法)은 그녀가 지닌 재주의 극치였다.

무슨 일이든지 단념하지 않고 해보면 결과가 나온다. 황제의 침실에 뛰어 들어갔다가 실패한 제후들의 어리둥절해 하는 꼴을 본 포사는 웃음을 터뜨렸다. 웃지 않던 황후가 드디어 웃은 것이다. 유왕은 무릎을 치고 좋아했다. 실은 유왕이 애써서 그녀를 웃기려고 한 것은 단순한 재미로 한 것이 아니었다. 그도 천자라면 미녀의 조건이 '웃지 않는' 것이라는 것쯤은 잘 알고 있었을 것이다. 아니 오히려 유왕은 그 방면에는 희대의 달인이었다. 게다가 그 시조의 한 사람이었다.

중국인은 모든 사물을 음양의 상성(相性)과 상극(相克), 이를테면 대립하는 두 가지 측면의 모순과 조화로 이해하지 않으면 직성이 풀리지 않는다. 모든 운동과 변화를 역시 음양의 상호전화(相互轉化)와 상호보완(相互補完)의 과정으로 이해하지 않으면 마음을 놓지 못한다.

일월(日月)의 빛은 화합하여 뜨고 지며, 천지는 덕(德: 임무)을 나누어 서로 응하고, 유무(有無) 동정(動靜)은 서로 자리를 바꾸어 때를 달리하여 나타난다. 장단(長短)은 서로 형체를 만들고, 고저(高低)는 서로 기울고, 전후(前後)는 서로 따르며, 성음(聲音)은 서로 울린다. 그리고 제소(帝笑)는 서로 어울려 혼(魂: 정감)을 흔든다는 것이다. 즉 절정의 감읍(感泣)과 방심(放心)의 완이(莞爾: 소(笑))는 상승효과를 일으켜서, 사람들 특히 남자들의 혼을 하늘 저 멀리 날게 한다. 유왕은 멋이나 취흥으로 포사를 웃기려고 한 것이 아니다.

근자에 상해나 남경 또는 멀리 북경에서 만원호(万元戸: 부자)들이 묘지 자리를 찾아서 산자수명(山紫水明)한 소주(蘇州)에 몰려든다고 한다. '여자라면 소주'라고 지난날 천하의 풍류객들이 소주에 몰려들던 시절이 있었다. 소주에 특히 빼어난 미인이 많아서는 물론 아니다. 뻔뻔스럽게 큰 소리로 울고 나서 금방 생긋 부끄러워하는 웃음을 웃는 그 절묘한 재주 때문에 혼을 구름 위에 놀게 하려고 세상의 풍류객들이 소주로 모여든 것이다. 예부터 남자들에게는 그러한 제소(啼笑)에 몸을 맡기고 혼을 불태우고 싶은 숨은 소원이 있다. 그야말로 '유왕 콤플렉스'라고 이름 붙일 소원이다. 유왕은 사상 처음으로 그것에 눈을 뜬 사람이었다.

이렇게 해서 결국 유왕은 소망을 이루었다. 본래 그와 같이 혼을 불태우는 것은 두 가지 의미에서 죽음에 이르는 것이다. 그러나 그것을 알면서 유왕은 두 번, 세 번 봉화를 올렸다. 결과는 뻔하다.

유왕 11년(기원전 771)에 기회를 노리고 있던 신후(申侯)가 서융(西戎)과 함께 대군을 이끌고 불의에 호경을 습격해 왔다. 성 위에서 위급을 알리는 봉화를 올린 것은 물론이다. 그러나 봉화를 보고 달려온 제후는 하나도 없었다. 도성은 오랑캐의 약탈과 방화로 잿더미가 됐다.

유왕은 포사와 아들 백복을 데리고 얼마 안 되는 친위병에 호위되어 여산(驪山: 섬서성 임동현 남쪽)으로 피했으나 그 산 아래에서 붙잡혀 목이 잘렸다. 포사에게 골수에 사무친 원한을 가진 신후는 그녀를 용서치 않고 그녀의 가치를 모르는 서융의 왕은 희대의 미녀를 단칼에 베어 버렸다. 어린 태자 백복 역시 죽임을 당한 것은 말할 것도 없다.

이렇게 해서 서주왕조는 하루아침에 멸망했다. 잿더미가 된 도성을 바라보면서 신후는 서융의 군사를 빌린 것을 후회했다. 할 수 없이 신후는 제후들과 의논해서 유왕의 아들이며 자기의 외손자인 의구를 평왕(平王)이라 부르게 하고 낙양(洛陽)에 동주왕국(東周王國)을 세웠다. 그러나 일단 땅에 떨어진 권위는 좀처럼 회복되지 않았다. 아니 이미 새로운 시대가 태동하고 있었다.

즉, 동주는 유명무실한 왕조였다. 그러나 유명무실하면서도 면면히 550년이나 이어지다가 마지막을 고한 것은 기원전 256년이었다. 그 35년 후(기원전 221)에 진(秦)나라 시황제가 천하를 통일하고 역사에 새로운 진제국이 등장한다.

동주 515년과 직후의 35년을 합한 550년(기원전 771~기원전 221)이 곧 춘추전국시대이다. 그 전반은 춘추시대, 후반을 전국시대로 나누는 경우도 있으나 그 구분을 엄격히 할 필요는 없다.

참고로 춘추전국시대의 시작과 거의 같은 시기에 유럽에서는 고대 로마가 건국된다. 그러나 로마 제국의 등장은 진제국보다도 200년이나 뒤지고 있다. 즉, 진제국은 세계 역사상 최고의 제국이었다.

제2장
황천에서 만나리라

낙양에 도읍을 정한 주 왕조(동주왕조)의 평왕(平王)은 폐허가 된 호경(鎬京: 장안)에서 그 궁궐에 구정(九鼎)을 옮겨 놓음으로써 간신히 천자로서 칭할 수가 있었다. 구정이란 두 개의 손잡이가 달리고 발이 세 개인 솥을 말하며, 하(夏)·은(殷)·주(周) 3대에 걸쳐서 천자의 지위를 상징하는 적동색의 보물그릇이다.

그러나 평왕은 이미 제후에게 군림하는 이전과 같은 맹주(천자)는 아니었다. 이제는 주 왕실에 천자의 종주권이 있다고 인정하는 사람도 없었다. 주 왕실은 단지 하나의 제후국에 지나지 않았다.

확실히 역사의 무대는 돌고 돈다. 눈앞에 새로운 세계가 펼쳐져 있다. 그 새로운 세계에 편승한 '새로운 수레'가 제후들을 위해 준비되어 있었다.

그런데 제후국들은 아직 과거에 연연해하고 있는 것 같다. 모처럼 준비된 수레에는 아무도 먼저 타려고 하지 않았다. 동굴 안에서 태어난 동물이 처음 바깥세계로 나올 때 출구에서 바깥 상황을 살피고 있는 것과 같은 형상이었다. 그러나 제후국들 사이에서는 이미 뜨거운 권력투쟁이 시작되고 있었다. 새로운 세계로 내딛는 것은 항상 왠지 불안과 망설임을 동반한다.

그 때문에 주 왕실은 창건된 지 50여 년 동안을 평온무사하게 지낼 수 있었다. 하지만 사람들이 언제까지나 계속 주저하고 있었던 것은 아니다.

과연 평왕 50년 가을, 뜻밖에 그 새로운 수레에 올라타고 시대의 첨단을 향해 새로운 세계로 달려 나온 인물이 있었다. 시대의 선구자가 된 것은 정(鄭)나라의 경대부(卿大夫: 대신)인 제족(祭足)이다.

결국 춘추전국은 흔들리기 시작했다. 새로운 시대로의 제일보는 과거의 권위를 무너뜨리는 일로부터 시작될 것이다. 그 정석대로 제족은 병사들을 태운 수레를 이끌고 주나라 영내로 돌진했다. 아니 침입한 것이었다. 병사들에게는 무기 이외에 낫도 들려주었다. 온읍(溫邑)에 이르러 제족은 수레대를 세웠다. 추수 전인 밀밭이 펼쳐져 있었다. 제족은 당장 밀 수확을 명령했다.

"이 무슨 행패냐!"

온읍의 대부가 달려와 화를 내며 제족에게 대들었다.

"음, 정나라가 흉년이 들어서 천 종(1종은 중국의 256승)쯤 가져가겠다."

"약탈은 용서하지 않는다."

온읍의 대부는 제지하려 했으나 정나라의 경호군의 위세가 두려워서 맥없이 물러섰다.

제족은 추수한 밀을 수레에 싣고 다시 수레를 끌고 유유히 정나라의 수도로 돌아갔다.

정나라는 이른바 '춘추 12제후' 중에서 강남의 오나라를 제외하면 가장 역사가 짧다.

시조의 이름은 희우(姬友)이며 서주왕조 제11대 천자 선왕(宣王)의 아우로, 선공(宣公) 22년(기원전 806)에 기내(畿內: 직할지)의 정읍(鄭邑)으로 책봉되고 정나라의 환공(桓公)이 되었다. 선왕은 유왕의 부친이므로 정나라 환공은 유왕의 숙부가 된다.

정읍에 책봉된 환공은 곧 동쪽으로 이동하여 정(鄭)나라에 성을 쌓고 황하와 제수(濟水)가 합류되는 부근의 남쪽 일대(하남성 북부)를 영유하고 정나라를 세웠다. 정나라는 낙양 동쪽에 있으며 북쪽으로 위(衛)나라와 진(晉)나라의 양 대국에 접하고, 동쪽으로는 송(朱)나라, 조(曹)나라와 이어졌고 남쪽으로 몇몇 작은 나라를 끼고 초(楚)나라와 인접해 있었다.

아버지인 선왕은 아들 유왕을 숙부 환공을 중용해서 조정을 보좌하는 경사(卿士)로 임명했다. 따라서 정환공은 신정(新鄭)을 떠나 호경에 거주하고 있었다. 그런 때 신후(申侯)와 견융(犬戎)의 난이 일어나서 환공은 유왕을 호위하고 여산으로 피했으나 그 산 아래서 유왕과 함께 죽었다.

호경의 이변을 들은 환공의 아들 굴돌(掘突)은 급히 병사를 이끌고 달려갔으나 아버지 환공은 이미 전사한 후였다. 그래서 할 수 없이 정나라로 돌아와 즉위하여 무공(武公)이 된다.

무공은 강력한 왕이었다. 서주왕실이 붕괴하는 전란을 틈타서 인접한 동괵(東虢: 하남성 형택현)과 회(鄶: 하남성 밀현) 땅을 병합해서 영토를 넓혔다. 그리고 신후의 딸 즉, 평왕의 이모 무강(武姜)을 아내로 맞이하여 평왕과는 이중 인척이 됐다. 평왕은 무공을 동주(東周)의 경사로 임명했다.

무공 10년에 무강(武姜)과의 사이에 장남 오생(寤生)이 태어났다. 오생이란 역자(逆子)라는 뜻으로 거꾸로 태어났다고 해서 이 이름이 붙여졌다. 무강이 죽을 고생을 해서 낳았는데 불행하게도 오생의 얼굴 생김새는 별로 잘 생기지 못한지라 무강은 장남을 몹시 미워했다.

그런데 그 이듬해 작은 아들이 태어났다. 이번에는 순산이었다. 게다가 단(段)이라는 이름의 작은 아들은 이목구비가 수려했으므로 무강은 단을 사랑했다. 그리고 태자가 된 오생을 폐하고 단을 태자로 세우자고 울며불며 무공에게 애원했다.

그러나 무공은 이에 아무 반응도 보이지 않다가 얼마 후 단을 변경의 작은 성 공성(共城)에 책봉했다. 공성에 책봉된 단은 공숙(共叔)이라는 칭호를 갖게 된다. 그리고 무공은 즉위 27년 만에 세상을 떠났다.

태자 오생이 즉위하여 정나라 장공(鄭莊公)이 되었다. 그러자 이번에는 무강이 장공에게 동생 공숙을 등용하라고 울며 졸랐다.

그 작은 공성에 있는 공숙이 너무나 불쌍하니 하다못해 경성(京城)에라도 보내 달라고 성까지 지정해서 애원조로 졸라댔다.

아직 젊은 장공은 어머니의 눈물에 못 이겨서 결국 공숙을 경성으로 봉했다. 경성은 형양(榮陽: 정주(鄭州)의 서쪽)에 있는 부도성(副都城)이며 그 규모는 도성 못지않았다.

"그것은 안 됩니다. 경성은 성이 견고하고 땅이 넓으며 백성이 많습니다. 하늘에는 두 개의 해가 없고, 나라에는 두 임금이 있을 수 없습니다. 하물며 무후(武后)의 속셈은 묻지 않아도 알 만하고 평지풍파를 일으킬 것이 뻔합니다. 부디 재고하시기를…."
하고 제족이 간했다.

"아니, 내 모르는 바 아니요. 그러나 무후의 명을 거역할 수가 없소."

장공은 탄식했다.

과연 경성에 부임한 공숙에게 무후 무강은 귓속말을 했다.

"네 형은 이번 너의 전봉(轉封)을 좋아서 승낙한 것이 아니다. 너도 같은 공자(公子)로 태어났는데 언제까지나 이렇게 저 불효자의 눈치나 보며 살게 할 수는 없다. 알겠느냐 단아, 경성에 부임하면 병사를 모으며 기회를 기다리자. 일은 내가 다 꾸미고 대안도 내가 마련하마. 만반의 준비를 게을리하지 마라. 너를 이 정나라 임금으로 만들어 놓지 않고는 나는 죽어도 눈을 감지 못한다."

하고 반역을 부추겼다.

경성에 부임한 공숙은 경성태숙(京城太叔)이라고 개칭했다. 그리고 당장 경성의 양쪽 날개가 되는 남읍과 북읍의 재상을 소환했다.

"이제부터는 그곳에서 징수한 세금을 신정(新鄭)에 바치지 말고 경성에 바쳐라. 병사도 모두 경성의 군대로 편입한다. 충성을 다해라."

태숙이 명령했다. 태숙에 대한 모후의 편애를 알고 있는 남북 양읍의 재상들은 기꺼이 복종을 맹세하고 성을 나왔다.

경성의 태숙은 사냥을 구실로 매일같이 군의 조련에 힘썼다. 그리고 밤낮을 가리지 않고 주변의 여러 읍들을 지배하려는 모의를 했다. 그러는 동안에 20여 년이 흘렀다. 이윽고 병사를 이끌고 지배를 거부하는 언과 늠연의 양 읍을 습격했다.

침공을 받은 두 읍의 장관들은 목숨을 유지하려고 신정으로 도망가서 전후 사정을 장공에게 보고했다. 곁에서 듣고 있던 상경(上卿: 수석 대신)인 공자 여(孔子呂)가 격분을 하면서 자리에서 일어섰다.

"이건 반란이요. 단을 쳐야합니다!"

하고 소리쳤다. 제족이 당황하며 장공에게 눈짓을 하자 장공도 알아차리고 끄덕였다.

"갑자기 그게 무슨 소리오?"

장공이 딴전을 피웠다.

"아뇨, 사태는 명백합니다. 단은 병사를 모아 밤낮으로 훈련을 쌓고 있습니다. 멋대로 여러 읍을 침공하고 법을 어기며 영토를 넓혔습니다. 이건 명백한 모반입니다. 악한 싹은 일찌감치 잘라 버리지 않으면 손을 쓸 수 없게 됩니다. 그래서 당장 쳐야 한다는 말씀입니다."

공자 여는 주장을 굽히지 않았다.

"아니, 그건 단순한 실수일 것이오. 태숙은 국모의 들이며 과인의 아우요."

장공은 온화하게 대답했다. 그러나 공자 여는 물러서지 않았다.

"주공(主公)과 단이 형제라는 것은 알고 있습니다. 그러나 주공은 단을 용서해도 단은 주공을 용서하지 않을 것입니다. 게다가 국모야말로 문제…."

공자 여의 말을 장공이 가로막는다.

"말이 지나치오. 확실한 모반의 증거가 있는 것도 아니질 않소? 어쨌든 국모는 국모이시오. 과인은 나라의 임금이면서도 모후의 아들이오."

장공이 말했다. 공자 여는 분이 아직 풀리지 않았으나 제족의 발언으로 그 자리는 끝을 맺었다.

그리고 여러 신하들이 다 물러가고 제족만이 남아 다시 의논을 했다. 정장공 22년(기원전 722) 봄 2월의 일이었다.

장공은 아버지 무공의 뒤를 이어서 동주의 경사로 명해졌다. 그러나 취임 인사로 단 한 번 낙양에 올라갔을 뿐이다.

"문득 생각난 일인데, 낙양에 올라가서 황제를 알현해야겠소. 오는 5월 1일 길일을 기해서 떠나겠소."

하고 장공은 4월 하순 어느 날, 조정에서 갑자기 말했다. 장공이 제족과 단둘이서 무슨 의논인가를 한 후 두 달 정도 지나서의 일이었다.

장공이 낙양으로 올라가 황제를 알현한다는 소식을 들은 국모 무강은 무릎을 치며 기뻐했다. 그녀는 20년 이상이나 이 날이 오기만을 기다렸던 것이다.

너무나 흥분한 나머지 손을 부들부들 떨면서 당장 경성에 있는 태숙에게 밀서를 쓴다.

5월 5일 새벽에 도성을 공격하라. 준비가 완료됐으면 흰 깃발을 성루에 내걸겠다.

그리고 날이 어두워지는 것을 기다리지 못한 채, 밀서를 품은 밀사를 몰래 성문 밖으로 내보내서 경성으로 달려가게 했다.

그러나 장공이 낙양으로 올라간다는 정보는 실은 함정이었다. 그때 무강의 동정은 하나하나 감시를 받고 있었다. 밀서를 품은 밀사를 곧 미행했다. 그리고 경성으로 가는 도중에 밀사는 죽임을 당했다.

그러나 그 밀서는 그대로 제족의 심복에 의하여 경성에 있는 태숙에게 전해졌다. 태숙은 기뻐하며 모후에게 답장을 썼다. 물론 태숙의 답장은 가짜 밀사의 손에 의해서 제족을 거쳐 장공에게 전해졌다.

국모 무강의 밀서를 받은 태숙은 이튿날 아침, 아들 공손 활(公孫滑)에게 금은보화를 가득 실은 수레를 딸려 북쪽에 있는 위(衛)나라로 보냈다. 군사를 요청하기 위해서였다.

그리고 드디어 5월 1일, 경성의 태숙은 낙양으로 떠나는 장공으로부터 도성을 지키라는 명령을 받았다고 하며 이른 아침에 경성의 총

병력을 이끌고 성문을 나섰다.

태숙이 대군을 거느리고 신정의 도성으로 향했다는 척후병의 보고를 받은 공자 여는 빙그레 웃었다. 공자 여는 장공의 명을 받고 은밀히 경성 근처의 숲속에 대군을 잠복시켜 놓고 있었다.

그날 밤 경성의 성루에서 불길이 올랐다. 미리 장사꾼으로 가장해 성안에 잠입시켜 두었던 병사들이 공격 개시를 알리는 신호였다. 이미 경성에 접근해 있던 공자 여 휘하의 부대는 일제히 경성을 공격했다.

불의의 습격을 받은 경성은 순식간에 함락되었다. 신정으로 가고 있던 태숙이 경성의 이변을 보고 받은 것은 출발한 지 사흘째 되는 5월 3일 밤이었다. 실은 그때 장공이 직접 지휘하는 대군이 바로 가까이에 있었다. 물론 태숙은 그것을 모르고 있었다.

이튿날 새벽에 태숙은 경성으로 돌아가기 위해서 회군했다. 장공의 군대가 그 뒤를 쫓았다.

강행군으로 달린 태숙의 군대는 5월 5일 저녁에 경성의 성 아래로 돌아왔다. 그리고 적군이 점령하고 있는 성을 탈환하려고 성 아래서 진을 쳤다. 아뿔싸, 진을 치다가 보니 배후에 대군이 깔려 있는 것을 알게 되었다.

협공을 받게 될 거라고 깨달은 태숙은 어둠을 틈타서 병력을 이동시켰다. 후퇴한 곳은 과거에 머물렀던 공성으로, 간신히 피해 들어갔다.

그러나 이튿날 아침, 작은 공성을 포위한 장공의 대군을 보고 태숙은 계란을 누르는 태산 같은 위압을 느끼고 허리의 칼을 뽑았다.

'어머니! 전 도대체 어머니의 사랑을 받은 겁니까, 아니면 저주를 받은 겁니까? 이젠 끝입니다.'

하고 원망하며 자살하고 말았다. 입성한 장공은 먼저 태숙의 시체 속에서 모후가 그에게 보낸 밀서를 꺼냈다. 그리고 시체를 어루만지며 굵은 눈물방울을 뚝뚝 떨어뜨렸다. 그리고 아직 감지 못하고 있는 동생의 눈을 감겨주었다.

"어미된 자의 소행이 이런 것인가. 하늘이여 땅이여 들으소서. 반드시 황천에 가서나 만나리다."

장공은 한쪽 무릎을 꿇고 천지신명께 맹세했다. 그리고 모후의 밀서와 동생의 답장을 함께 봉해서 도성을 지키고 있는 제족에게 보냈다.

제족은 계획된 대로 그것을 아무 말 없이 무강에게 넘겨주었다. 그리고 준비한 수레에 그녀를 태워 영(穎) 숭산(嵩山) 밑 산마을로 유폐시켰다.

그런데 위(衛)나라에 원병을 청하러 간 공손 활은 가지고 간 재물이 효력을 나타내서 성공적으로 병거 백 대와 병사 천 명을 지원받았다. 그러나 그것을 이끌고 돌아왔지만 경성과 공성은 함락되고 아버지 태숙도 이미 죽었다는 것을 알았다.

공손 활은 어찌할 바를 몰라 생각한 끝에 위나라로 돌아갔다. 그리고 위나라 환공(衛桓公) 앞에 무릎을 꿇고, 자기 아우를 죽이고 어머니를 유폐시킨 백부 정장공의 비행을 비난했다. 그리고 눈물을 흘리며 정의를 옹호하고 보복을 도와 달라고 탄원했다.

"과연, 정장공의 비도함은 용서할 수 없소. 의로운 일을 위해서 힘을 돕겠소."

하며 위나라 환공은 공손 활의 감언에 넘어갔다. 그리고 정나라 토벌을 위해 의군을 출병시켰다.

그 소식에 접한 신정에서는 장공이 군사회의를 열고 신하들과 의논하기에 이른다.

"참초유근 봉춘재발(斬草留根逢春再發: 풀을 베면서 뿌리를 남겨두면 봄에는 다시 싹이 난다)이라고 하지 않소. 이 기회에 그 아들놈을 죽여서 화근을 없애야 하겠소."

공자 여가 먼저 입을 열었다.

"아니오, 위나라 군사에게 글을 보내서 진실을 설명하면 위나라 군사는 철수할 것이오."

제족이 말했다.

"그렇겠군."

장공이 끄덕였다. 곧 의견이 모아져 위나라 왕에게 장공의 친서를 보냈다.

장공의 친서를 본 위나라 왕은 놀라며 금세 후회했다. 당장 병사를 철수시키라고 급사를 보냈다. 정나라에 침입한 위나라 군사가 곧 철수한 것은 말할 것도 없다.

낙양의 주나라 조정(周朝廷)에서는 정장공이 경사의 직무를 돌보지 않을 뿐만 아니라 얼굴도 내밀지 않는다며 평왕이 불안해하고 있었다. 그러고는 이윽고 파면해야겠다는 뜻을 밝혔다.

그 말을 계기로 후임 경사를 누구로 할 것이냐 하는 것이 주나라 조정의 관심사가 되었다. 어느 시대, 어느 세상에서나 그렇듯이 인사에 관한 정보는 사람들의 흥미를 끌고 덩달아 귀를 기울이게 한다. '이풍개취(耳風開嘴)' 즉 귀로 들어간 바람(소문)은 입으로 나와 '천화란추(天花亂墜) 즉 하늘에서 꽃이 어질러지는 것처럼 만천하에 난무한다.

경사를 바꾼다는 소문이 정나라 도성에까지 들렸다. 그 말을 듣고 제족은 빙그레 웃었다. 그러나 장공은 기분이 좋지 않았다.

"경사라는 게 대체 뭐요. 이름은 번드르르하지만 사실 별로 할 일도 없지 않소. 명색이 왕조라는 이름만 그럴 듯한 자리에 미련 따위는 조금도 없소. 그런데 파면이라니, 불쾌하기 짝이 없소. 내가 오히려 사표를 그 의구(宜臼: 평왕의 아명) 애송이 녀석에게 내동댕이칠 수도 있소. 하지만 이대로는 참을 수 없소."

장공은 제족에게 심정을 털어놓았다. 장공은 제족을 상당히 신임하고 개인적으로도 깊이 존경하고 있었다. 제족은 아직 어린 장공에게 학문과 무예를 가르쳤고, 태자가 된 후에는 그 지위를 옹호하고, 또 즉위한 후로는 나라 다스리는 길을 가르쳐 왔다. 제족도 왕족의 한 사람이긴 했으나 지위는 높지 않았다. 관직을 맡아도 고작 대부(大夫)에 그치고 경(卿)에는 이르지 못했다. 그래서 난처한 것은 제족이 아니라 장공이었다. 장공은 두 개의 다른 지위를 겸직한 경대부(卿大夫)라는 지위를 만들어 제족에게 주었다.

제족은 정치적인 야심이 없었을 뿐만 아니라 스스로 원해서 관직에 있는 것도 아니었다. 그는 문무 양쪽에 뛰어나고 또한 원견명찰(遠見明察)로 잘 알려져 있다. 즉 그는 시대가 흐르는 소리를 듣고 어디로 흘러가는지 충분히 볼 수 있었다. 그래서 눈앞의 작은 일로 남과 충돌하는 일이 없었고, 또한 비굴한 사양도 하지 않았다. 장공에게조차 그는 사양하지 않았다.

"주나라 조정의 천자를 보고 거리낌 없이 애송이 녀석이라고 말씀하시는군요."

제족이 놀랍다는 듯이 말했다.

"그래, 친척이 아니라면 그런 애송이 녀석은 거들떠보지도 않을 거요."

장공은 흥분해서 말했다.

"하지만 그 애송이의 일거수일투족에 화를 참을 수 없다니 별 수 없군요."

"그건 현실적으로 그가 파면권을 쥐고 있기 때문이오."

"그러면 화를 내기보다는 그 파면권을 막으면 됩니다."

"어떻게…?"

"사실은 그전에 그 파면권을 빼앗으면 더욱 좋죠. 아니 파면권뿐만 아니라 모든 권력을 빼앗으면 더욱 시원하죠."

"그건 무리한 일이오."

"아뇨. 해보기 전에는 결과를 모르는 겁니다. 시대는 변했습니다. 누구에게나 기회는 있어요."

"그 기회를 어떻게…?"

"기회는 팔짱만 끼고 있어서는 오지 않습니다. 그 애송이 녀석을 바꾸는 것입니다. 천하의 질서를 잡기 위해서 그가 썩히고 있는 권력을 사용하는 것입니다."

"그건 왕위찬탈이 아니오? 그런 당치 않은 짓은 할 수 없소."

"아니, 천하를 위해서입니다. 질서는 권력 없이 지킬 수 없습니다."

"그러나 50년 동안이나 끌어온 태평천하가 아니오?"

"아니, 곧 어지러워집니다. 이제까지는 난을 일으키려 해도 제후에게 힘이 없었습니다. 지금은 서로 숨을 죽이고 기회를 노리고 있습니다. 조만간 누군가가 튀어나올 것입니다."

"음, 누가 먼저 튀어나올 것 같소?"

"당연히 난이 일어나면 득을 볼 사람이지요."

"그게 누구요?"

"전하, 바로 전하입니다."

"허허! 내가?"

"제후들 중에서는 지금은 우리 정나라 왕실이 주나라 왕실과 가장 혈통이 가깝기 때문입니다."

"그래, 과인과 평왕은 사촌간이지."

"게다가 근수누대 선득월(近水樓臺先得月: 물가 누각에 있는 자가 먼저 달을 본다)이라는 말처럼 기회도 당연히 먼저 잡게 돼 있습니다."

"말뜻은 알겠소. 하나 유감스럽게도 과인에겐 그런 기량도 담력도 없소."

"과연 그것도 좋은 생각입니다. 아마도 모든 제후들이 같은 생각을 하고 있을 겁니다."

"그렇다면 현상 유지가 지속될 게 아니오?"

"아뇨, 서로 장래에 대한 확고한 전망이 없기 때문에 아이들 장난 같은 싸움은 끝없이, 그것도 오래오래 계속될 것입니다."

"음, 그러나 먼 앞일을 생각해도 별 수 없는 일이지. 그보다 면전의 문제를 어떻게 처리할 것이냐 하는 것이오."

"그것이라면 문제가 없습니다. 처음 얘기로 돌아가서 역시 파면권의 발동을 막아야 합니다."

"말은 쉽지만 그렇게 간단한 일이 아니오."

"아닙니다. 제후의 과거에 사로잡혀 말하자면 지금 낙양의 권위는 시대착오적 착각 위에 서 있는 허구의 권위입니다. 따라서 허구의 권위에 서 있는 권력은 본래 권력이 아닙니다. 가짜 권력은 도전을 받으면 반드시 무너집니다. 가짜 권력은 도전에 대항할 힘이 없습니다."

"이봐요, 좀 알아듣기 쉽게 말하시오."

"때는 마치 봄 같아서 밀이 여물고 있습니다."

"그것이 어쨌단 말이오. 왜 곧바로 말하지 않는 거요."

"아니 적절하게 말하고 있는 것입니다. 천자의 영지에 들어가서 밀을 거두어 옵시다."

이렇게 해서 제족은 병사를 이끌고 온읍(溫邑)으로 약탈을 하러 갔던 것이었다.

그리고 그해 가을 제족은 다시 이번에는 낙양성 아래서 벼를 거둬들였다. 주나라 평왕(周平王) 51년, 정장공 24년의 일이었다. 그리고 그해 겨울 주평왕은 결국 장공을 경사의 자리에서 끌어내리는 파면권을 행사하지 못하고 분통해서 죽고 말았다. 그의 손자 희림(姬林)이 왕위를 이어 환왕(桓王)이라 칭하고 동주(東周)의 제2대 천자가 되었다.

같은 해 연말 영(穎)의 땅에서 영고숙(穎考叔)이라는 사람이 올빼미 여섯 마리를 들고 정장공에게 진상한다면서 도성에 나타났다. 영고숙은 그 이름이 가리키는 것처럼 영지방의 장로이다.

장공의 어머니 무강이 영 땅에 유폐된 지 2년이 지나서였다. 무강의 처지를 불쌍히 여긴 영고숙은 가끔 그녀를 위로하러 갔다. 그때마다 무강은 영고숙에게 자기의 사면을 아들 장공에게 탄원해 달라고 눈물을 흘리며 부탁했다. 영고숙은 감동이 되어 그렇게 할 생각이 있었으나 신분이 너무 달라 주저하고 있었다. 길은 멀고 만나 주지 않을지도 모른다. 그리고 1년이 지나고 2년이 지났다.

그런데 어느 날 사냥꾼이 무강에게 가까운 숲에서 잡았다고 하면서 올빼미를 가지고 왔다. 그것을 보고 무강은 머릿속에 한 가지 꾀가 떠올랐다. 영지방 사람들은 올빼미를 각별히 좋아하지 않지만 도성에서는 효구(鴞炙: 올빼미 고기구이)라면 대단한 진미로 생각했다. 그래서 무강은 영고숙을 재촉해서 도성으로 보냈다.

그러니까 '올빼미 진상'은 무강이 영고숙에게 시킨 연극이었다. 과연 장공은 크게 기뻐하며 영고숙의 백발이 된 긴 수염에 경의를 표하고 연회를 베풀어 주었다. 궁궐의 연회상이라 온갖 산해진미가 계속 나왔다. 말할 수 없이 향기로운 고양육(拷羊肉: 양고기 구이)이 나왔다. 영고숙은 젓가락을 들었으나 입에 넣지 않고 미리 준비한 수건에 싸서 호주머니에 넣었다.

"왜 먹지 않소?"

장공은 이상하다는 듯이 영고숙에게 물었다.

"너무나 향기로워서 문득 늙은 어머니를 생각했습니다. 가난해서 이런 향기로운 고기를 먹을 수 없습니다. 그리고 궁궐에서 연회를 베풀어 주신 영광을 늙은 어머니와 함께 하고 싶었습니다."

"그런가, 훌륭한 효자로군."

"황공하옵니다. 그러나 아들이 아무리 부모에게 효성을 다해도 부모가 아들을 생각하는 애정에는 미치지 못합니다. 이 나이가 됐는데도 노모에게 자식은 자식이어서 밤낮으로 늘 심려를 끼친답니다."

"그대는 착한 어미를 두어 복이 있군."

장공이 탄식했다. 옳지 하고 영고숙은 마음속으로 미소를 지었다.

역시 부모만큼 아들을 아는 사람은 없구나, 무강이 예상한 대로 맞아 들어갔다. 영고숙은 무강이 가르쳐 준 꾸민 얘기를 했다.

아주 어렸을 때 흉년이 들어 어머니는 영고숙을 버렸다. 어머니는 그 일이 후회스러워서 지금도 그 생각을 하면 눈물을 흘린다. 그 뿐만 아니라 아들에게 미안하다고 빈다. 인간은 누구나 마가 들어서 잘못을 저지를 수가 있다. 어머니의 그러한 후회로 자기는 어머니의 사랑이 얼마나 깊은지를 알고 오히려 감사를 한다고 하는 별로 신통치도 않은 내용이었다.

그러나 장공은 감동했다. 장공은 젓가락을 놓고 일어서서 창가로 다가 가더니 먼 하늘을 바라보았다.

영고숙도 허둥지둥 일어나서 장공의 발아래 엎드렸다.

"마음을 상하게 해드린 죄를 용서하십시오."

영고숙이 이마를 조아렸다.

"아니, 그게 아니요. 황천에 이르지 않고는 만나지 않으리라고 천지에 맹세한 것을 후회하고 있소."

하고 말하며 영고숙에게 몸을 일으키라고 명했다.

그때 그 자리에 있던 제족이 슬쩍 다가와서 영고숙의 어깨를 툭 치며

"연극을 아주 잘 하는군."

하고 넌지시 말했다.

"그렇다면 전하, 황천에서 모후를 만나시면 될 게 아닙니까?"

"그게 무슨 소리요…?"

"이 궁전 뜰 어디를 파나 황천이 나옵니다. 그 황천에서 만나시면 천지에 대고 하신 맹세를 어기는 것이 아닙니다."

"그래, 그런 방법이 있었군."

장공은 파안대소하고 다시 자리에 앉았다. 뜻하지 않은 제족의 도움으로 뜻을 이룬 영고숙이 만면에 미소를 지었다.

이튿날 영고숙은 기쁜 소식을 가지고 영으로 돌아갔다. 그리고 궁전 뜰에서는 곧 큰 우물을 파기 시작했다.

맑은 물이 솟아나왔으나 황토를 섞어서 휘저어 놓고 그 옆에 정자를 지었다. 그리고 그 정자에 이르는 완만한 계단을 양쪽에 하나씩 만들었다.

열흘 정도가 지나서 장공은 그 황천에서 어머니 무강과 만났다. 장공이 무강의 손을 잡고 궁전으로 들어가는 모습을 보면서 제족이 빙그레 웃었다.

장공은 기묘한 연극을 벌이기는 했지만 결코 맹세를 깬 것은 아니다. 확실히 황천에서 모후를 만났기 때문에 '황천에 이르지 않고는 만나지 않으리다'라고 한 맹세를 어긴 것이 아니어서 천벌을 받지 않아도 된다고 믿었다.

제3장
곡식에 비단을 덮다

다음 해 정나라 장공 25년, 동주 환왕(桓王) 원년의 일이다.

정나라가 주나라 영내에 침입해서 밀을 베고 낙양성 아래서 벼를 추수 한 일은 곧 천하 제후들에게 알려졌다. 제족이 예상한 대로 주나라 조정은 대항할 수 없어서 평왕이 분사하고 경사를 바꾼다는 소문은 사라져 버렸다. 이렇게 파급 효과는 금세 나타났다. 동쪽의 강대국 제(齊)나라가 정나라와 친교를 맺자고 나선 것이다.

이제는 낙양의 천자를 알현해야겠다고 생각한 장공이 준비를 하고 있을 때, 제나라 사신이 제나라 이공(釐公)의 친서를 가지고 신정(新鄭)에 나타났다. 양국의 우호를 맹약하기 위해서 석문(石門: 산동성 평음현 북쪽)에서 장공의 어가(御駕)를 맞이하고 싶다는 것이다.

그것은 정나라가 바라는 바이기도 했다. 장공은 당장 석문으로 가서는 이공과 혈서로 혈맹을 맺었다. 그리고 이공은 자기의 어린 딸이 성장하는 것을 기다려서 정태자 홀(忽)에게 시집보내고 싶다고 제의했다. 장공은 쾌히 승낙하고 석문을 떠났다. 이공은 장공을 국경까지 배웅했다.

돌아온 장공은 다시 낙양으로 올라갈 준비를 했다. 그런데 북쪽의 위(衛)나라에서 환공(桓公)의 부음(訃音)이 들려왔다.

"낙양 길은 역시 먼 것 같습니다."

제족은 한탄했다.

"위나라 장례에는 갈 필요가 있을까?"

장공이 말했다.

"아뇨, 그쪽에서 옵니다."

제족이 씁쓸하게 웃었다.

"그게 무슨 말이오."

"환공을 죽이고 왕위를 찬탈한 것은 공자 주우(州吁)인데 그 애송이는 이름난 망나니입니다. 나라 안에서 신망이 없으므로 군사를 일으켜 무위(武威)를 빛내고 그것으로 나라 안을 제압하려고 할 겁니다. 그렇다면 그가 노리는 것은 우리 정나라가 될 것입니다. 천자 알현을 준비하는 것보다 당장 전쟁에 대비해야 할 것입니다."

제족이 말했다.

위나라는 정나라 북쪽에 있으며 서북쪽으로 진(晉)나라, 동쪽으로 제나라와 노(魯)나라와 조(曹)나라 등과 국경을 접하고 있었다.

위나라 환공은 위나라 장공(莊公)의 장남이며 이름은 완(完)이다. 환공을 살해한 주우는 위장공의 서자이며 따라서 환공의 이복동생이다. 그는 어려서부터 아버지 장공의 귀여움을 독차지하여 버릇없이 자랐다. 무술을 좋아하고 아버지의 비호를 구실로 멋대로 행패를 부리는 망나니였다.

그 악행을 조장한 것은 주우보다 더욱 못된 친구인 석후(石厚)였다.

석후는 위나라의 대부 석작(石碏)의 아들이다. 석작은 무례한 짓을 하는 석후를 엄하게 꾸짖고 결국은 사슬에 매어 감금시켰으나 어느 날 석후는 사슬을 끊고 담을 넘어 주우의 집에 들어가 숨었다.

그 후 석후는 주우와 함께 침식하며 온갖 무례한 짓을 다 했다. 이에 석작은 아비로서의 책임을 느껴 관직을 사퇴하고 집에 은거했다.

얼마 후 위장공이 세상을 떠나고, 태자 완이 즉위하여 환공이 되었다. 그 환공을 태자 시절부터 업신여기고 있던 주우는 환공의 왕위를 찬탈하고자 몰래 석후와 모의하는 한편 힘센 장사들을 모았다.

그리고 위환공 16년, 낙양에서 평왕의 부음이 들려왔다. 환공은 곧 조문을 위해서 상경할 준비를 했다. 그 말을 듣고 석후가 주우에게 궐기할 것을 충동질했다. 그리고 만반의 준비를 했다.

낙양으로 가는 환공을 전송한다는 핑계로 주우는 성 밖 10리에 있는 장정(長亭)에서 연회를 베풀었다. 그리고 술잔을 들고 기회를 노리고 있다가 단도를 빼서 한 칼에 찔러 죽였다.

환공을 경호하고 있던 무사들이 주우에게 달려들었으나 오히려 그 무사들은 석후가 장정에 매복시켜 놓은 장사들에게 참살 당했다.

주우는 환공이 변사했다고 속이고 시체를 성안으로 운구했다. 사태를 알아차린 환공의 친동생 진(晉)은 북쪽의 형(邢)나라로 도망쳤다.

이윽고 야망을 이룬 주우는 득의만만하게 즉위했다. 그러나 백성들은 그를 외면하고 신하들도 냉담했다. 그래서 주우는 화가 치밀었다.

"이웃 나라를 쳐서 위엄을 보여야 할 텐데 어디를 칠 것인가?"
하고 자신이 상대부(上大夫)로 임명한 석후와 의논했다.

"마침 잘 된 일은 정나라의 공손 활이 우리나라에 망명해 있으므로 그를 내세워서 정나라를 치면 좋을 것입니다."

석후가 진언했다.

"그러나 정나라와 제나라는 석문에서 혈맹을 맺었소. 정나라를 치면 제나라가 일어설 것이오. 배후에서 제나라 군사의 공격을 받는 것은 좋지 않소."

"그렇다면 우리도 이웃 나라들과 연합하면 됩니다."

석후는 곧 협의를 시작했다.

먼저 진(陳)나라와 채(蔡)나라 두 나라는 정나라가 주(周)나라 조정에 행한 무례함을 불쾌하게 생각하고 있다. 게다가 소국이기 때문에 위협하면 말을 들을 것이다.

송(宋)나라는 왕인 상공(殤公)의 사촌 공자 풍(孔子馮)이 신정에 망명해 있다. 상공의 즉위는 공자 풍의 아버지 목공(穆公)이 결정한 것이기 때문에 공자 풍은 겉으로는 수긍하며 스스로 송나라로 나와 버렸지만 심이 없다고 할 수는 없다. 그것을 강조해서 상공을 부추기는 게 어떨까, 공자 풍의 야망을 미연에 방지하기 위해서 정나라로 쳐들어가 그 싹을 잘라 버리자고 송나라를 부추기면 병사를 출동시킬 것이다.

노나라를 끌어들이는 것은 별 문제가 없을 것이다. 노나라 은공(隱公)은 권위가 미약하고 병마의 실권을 쥐고 있는 자는 욕심 많은 공자 휘(孔子翬)이므로 뇌물을 듬뿍 주면 출병을 승낙할 것이다. 그들은 이러한 희망에 찬 결론을 내렸다.

과연 분담해서 교섭한 일이 모두 뜻한 대로 되었다. 이렇게 해서 위나라는 전광석화(電光石火)와 같이 신속하게 송·노·진·채나라와 5개국 연합군을 조직했다. 그리고 길일을 택해서 병거 천 3백 대와 병사 7천 명의 대군을 일으켜 정나라로 진격했다.

5개국 연합군은 곧 국경을 넘어 정나라로 침입했다. 그 통보를 받고 신정에서는 장공이 신하들을 모아 작전회의를 열었다.

신하들은 긴장된 표정으로 논의를 시작했다. 그러나 제족은 태연자약하게,

"염려할 것 없습니다."

하고 천천히 말했다.

"5개국 연합의 대군이란 말이오."

공자 여가 대들었다.

"실은 5개국이 모였지만 진심으로 싸우려는 것은 송나라뿐이오. 그러나 싸우는 목적은 분명하오. 공자 풍을 잡기 위해서요. 그렇다면 공자 풍을 도성에서 먼 곳으로 옮겨 놓으면 송나라 군사를 연합군에서 떼어 놓을 수 있소."

"그거 좋은 생각이오. 하지만 다른 4개국이 진심으로 싸우지 않는지를 어떻게 알 수 있소?"

공자 여가 물었다.

"진나라와 채나라 두 나라는 위나라의 압력에 못 이겨서 마지못해 출병했을 것이오. 우리에게 원한이 있는 것도 아니고, 처음부터 전의가 있을 리가 없소."

"그러나 그 두 나라는 주나라 조정에게 우리가 준 모욕을 분개하고 있다고 들었소."

"아마 그럴 것이오. 허나 의분만으로 생사를 걸고 싸울 수는 없소."

"그럼, 노나라는…?"

"노나라도 같소. 금은보화에 매수된 장수가 제정신으로 병사를 잃을 싸움은 하지 않소."

"그러나 위나라는 침략의 주모자요. 게다가 주우와 석후는 용장이라고 들었소."

"그렇겠죠. 확실히 망나니는 궁지에 몰리면 난폭해지지요. 그러나 그들은 싸우기 위해서가 아니라 이기기 위해서 올 것이오. 져주면 곧 돌아갈 거요."

"허허, 그게 무슨 말이오?"

"주우는 즉위했으나 아직 칭호를 받지 못하고 있소. 아직 조정의 지지를 확보하지 못했다는 증거요. 그래서 그는 군사적 위엄을 보여서 권력을 장악하려는 것일 거요. 게다가 오랫동안 나라를 비워두면 위험하오. 그래서 어찌됐든 이기기만 하면 급히 돌아갈 거요. 이쪽에서 굳이 직군을 꺾을 이유는 없소."

"그래도 지는 건 분한 일이오. 전쟁에서 어느 정도의 병사를 잃는 것은 어쩔 수 없는 일이오."

"아니오, 상대가 철수할 줄을 뻔히 알면서 싸울 필요는 없소. 게다가 망나니들을 궁지에 몰면 위험하오."

"아니, 그런 망나니들에게 무슨 수가 있겠소?"

"아뇨, 우리가 징계할 필요는 없소. 어차피 오래 날뛰지는 못할 거요. 위나라에는 당대 제일의 기량을 가진 사람으로 이름 높은 석작이 있지 않소?"

"그 석작이, 바로 석후의 아비가 아니오?"

"그렇소. 그 석후와 손을 잡는 것이 주우의 운을 다 하게 하는 거요."

"그렇다면…?"

"석후를 살려두면 그 죄로 위나라에 새로운 정변이 일어났을 때, 석씨 일가는 몰살당하게 될 거요. 그것을 모를 만큼 석작이 늙어빠지지는 않았소. 반드시 자기 손으로 그 불초자식을 처치할 거요. 그것을 위해서는 주우도 같이 죽어야 하오. 곧 두고 보시오. 꼭 주우는 석작의 손에 걸려 들 거요. 위나라 조정에서도 그것을 기다리고 있을 거요. 위나라에서 그의 신망은 대단히 크오."

"좋아요, 알았소."

장공이 말했다. 그리고 공자 풍을 장갈(長葛: 하남성 장갈현 북쪽)로 옮겨 놓으라고 공자 여에게 명했다.

정장공 25년 초봄, 따뜻한 대낮에 5개국 연합군은 신정성 아래 도착했다. 봄바람이 불어오는 가운데 제비가 어지러이 날고 있었다. 성아래 도착한 연합군은 성 동문 앞에 보루를 쌓고 진을 쳤다.

포진을 마친 송나라 진지의 원문(轅門)에 곧 성에서 파견된 사병이 나타났다. 사병은 본진으로 들어가 송나라 상공에게 정나라 장공의 친서를 전달했다.

공자 풍을 비호한 것으로 귀국의 분노를 샀다는 걸 알고 있소. 처음부터 귀국의 내정에 간섭할 뜻은 없었으나 품에 날아든 궁지에 몰린 새를 해치는 것은 의롭지 못하다고 생각했소. 그래서 공자 풍을 장갈에 옮겨놓았소. 적절히 처리하기 바라오.

하는 내용을 친서에 밝혔다.

이튿날 아침 송나라 군사는 성 아래서 철수하여 장갈로 향했다. 진·채·노나라 3군은 송나라 군사가 이탈하는 것을 보고 도망치려 했다.

그때 갑자기 성의 동문이 열렸다. 공자 여가 병사를 이끌고 돌진했다. 그러나 진·채·노나라 3군은 거들떠보지도 않고 위나라 대군의 원문 앞에 포진하고 도전했다. 도전에 응해서 석후가 병사를 거느리고 원문을 나섰다.

공자 여와 석후가 부딪치는 창끝에 불꽃이 튄다. 그러나 불과 몇 합이 안 돼서 공자 여가 도망쳤다. 성벽을 따라 도망가는 공자 여를 석후가 추격했다. 그러나 공자 여는 미리 열어둔 서문 안으로 도망쳐 들어갔다.

석후가 추격해 갔을 때는 이미 성문이 굳게 닫혀 있었다. 나와 싸우라고 악을 썼으나 성문은 열리지 않았다. 할 수 없이 철수하려는 석후의 눈앞에 밀밭이 펼쳐져 있었다.

석후는 제족의 밀 추수 고사가 생각났다. 그래서 석후는 씽긋 웃으며 병사들에게 아직 익지도 않은 밀을 뿌리째 파 엎으라고 명했다.

그리고 밀단을 맨 병사들을 이끌고 승전고를 울리며 석후는 천천히 동문으로 돌아왔다. 그리고 더욱 세차게 북을 치며 서문에서 날라온 밀을 동문 앞에 쌓아놓고 위풍당당하게 위나라 군사의 원문으로 들어갔다.

태양은 아직 중천에 이르지 않고 있었다. 그러나 주우는 제일진에서 석후가 벌써 승리를 거둔 것을 기뻐하며 축하연을 준비하라고 명했다. 그러고는 점심 식사에 진·채·노나라의 제후들을 불러서 함께 승리를 축하하자고 재촉했다.

"주나라 조정 천자에 대한 정나라의 무례를 징계하는 이번 거병은 이미 그 목적을 달성했소. 정백(鄭伯)은 지금도 주나라 조정의 경사요, 더 이상 우리가 정백에게 무례를 가할 수는 없소. 따라서 내일 이른 아침 개선 길에 오르겠소."

하고 주우는 여러 장수에게 말했다.

그리고 날이 밝자 주우는 철수하기 전 동문에 쌓아올린 밀단더미에 불을 질렀다. 타오르는 불꽃이 동문을 조금 그을렸다. 이것이 세상에서 말하는 '동문(東門)의 역(役)'이다.

주나라 조정의 권위를 위하여 정나라를 쳐서 대승을 거두고 개선했다고 주우와 석후가 떠벌리고 다녔다. 그러나 예상과는 달리 위나라 백성의 반응은 냉담했다.

주우와 석후 두 사람은 마음속으로 당황했다. 그러자 석후가 한 계교를 꾸몄다.

"내 아버지 석작은 신하들의 신뢰를 한 몸에 받고 있으며 백성들의 신망도 두터우니 재출마를 하명하는 것이 어떻겠소."

"물론 좋소. 하명이 아니라 머리를 숙이고 부탁합시다. 그런데 만나주기나 하겠소?"

"그건 신이 타진하겠습니다."

그래서 석후는 오래간만에 집으로 돌아가서 아버지 앞에 나타났다.

"주공이 만나자고 하는데, 무슨 일이냐?"

하고 아들의 얘기를 듣고 나서 석작이 물었다.

"정권 안정을 위해서 아버님의 도움이 필요하다고 합니다."

"그 문제라면 어려울 것 없다. 낙양의 천자에게 즉위를 알리고 허락을 받으면 즉위는 정당한 것이 되고 정권도 안정될 것이다."

"하지만…"

석후는 주우가 즉위한 경위가 떳떳하지 못한 것을 생각하고 말을 더듬었다.

"하지만 모처럼 올라가도 천자께서 알현을 허락하지 않거나 아무 분부가 없으시면 어쩝니까?"

하고 생각 끝에 말한다.

"그럴 염려는 없다. 진(陳)나라의 환공은 천자의 신임을 받고 있으므로 진나라에 들러 사례를 하며 중재를 부탁하고 동행을 청하면 모든 일이 순조로울 것이다."

"알겠습니다."

석후는 평생 처음으로 공손하게 아버지의 말씀에 따르고 머리를 숙였다.

석후의 말을 듣고 주우가 기뻐한 것은 말할 것도 없다. 그리고 두 사람은 당장 진나라를 거쳐 낙양으로 떠날 준비를 했다.

그날 밤 석작은 급히 서신을 썼다. 그리고 이튿날 아침, 그 서신을 심복에게 주어 은밀히 진나라의 대부 자침(子鍼)에게 보냈다. 석작과 자침은 간담상조(肝膽相照: 서로 마음을 터놓고 지내는 사이)하는 친구였다.

주우가 선왕 환공을 시해하고 왕위를 찬탈한 것은 이미 알 것이오. 그것을 도운 것은 다른 사람 아닌 이 못난 사람의 자식 후요. 시군찬위 (弑君簒位)는 더 없는 악행이오. 그리고 이런 악덕비도가 한 번 통하면 당장 각국에 전파되어 창궐할 것이 뻔하오. 그 본을 남겨서는 안 되오. 선례는 끊어야 하오. 그 천하의 두 악당이 근일 귀국으로 가오. 위나라만을 위해서가 아니라 천하를 위해서도 그 두 악당을 잡아 감금해 주시오. 거듭 말하지만 천하를 위해서요.

석작은 위와 같은 편지를 자침에게 보냈다.

자침은 곧 석작의 편지를 진환공에게 전하고 그 실행을 설득했다.

"위나라의 전쟁에 간섭했다가 화근을 남기지 않을까?"

진환공은 염려를 했다.

"아닙니다. 석작도 재삼 강조하는 것처럼 이것은 천하의 질서를 잡기 위한 일입니다. 한 나라 안에서 모반하여 왕을 시해하고 자리를 찬탈했을지라도 국제적인 제재는 면하지 못한다는 것을 천하에 공표해서 악의 만연을 막자는 것입니다."

자침이 역설했다. 진환공은 그제야 납득을 했다.

열흘 정도가 지나서 주우와 석후가 예의를 갖추고 진나라로 찾아왔으나 즉시 체포되어 두 사람은 따로따로 감금되었다.

자침은 곧 석작에게 사자를 보냈다. 통보를 받은 석작은 신하들을 소집했다. 중의는 곧 결정되어 시해된 위나라 환공의 실제인 공자 진(晉)을 옹립하기로 했다.

형나라로 망명해 있던 공자 진이 수도의 제구(帝丘)로 돌아와서 즉위하여 선공(宣公)이 되었다. 선공은 진나라에서 체포된 주우에게 사형을 선고하나 석후의 단죄는 망설였다.

"석후는 주우와 같은 죄를 지었습니다."

석작이 상주했다.

"그러나 경의 공적을 보아서…"

선공은 말을 꺼냈다.

"그렇다면 신하로서가 아니라 불초한 자식으로 아비가 선고하겠습니다. 그것을 허락해 주십시오."

석작이 청원했다. 그리고 주우의 처형을 위해서 진나라에 파견하는 우재추(右宰醜)에게 가신(家臣)인 유양견(孺羊肩)을 동행시켰다.

우재추는 진환공에게 인사를 마치고 주우의 처형장으로 나갔다.

"그대는 과인의 신하가 아닌가? 신하가 임금을 처형하는 도리가 어디 있는가?"

주우가 화를 냈다.

"도리는 없으나 전례는 있소. 왜 선왕을 시해했소! 그러나 난 단지 왕명에 따라서 역적을 처형하는 거요."

하고 말하고 칼을 뽑아들었다. 석후가 유양견에게 소리쳤다.

"아무튼 아버님을 한 번 뵙게 해주오. 이대로 죽을 수는 없소. 아버님께 남길 말이 있소."

"도련님, 단념해 주십시오. 그럴 필요 없다는 분부를 받고 왔습니다. 어차피 목은 가지고 가니까, 원하신다면 대면하실 때 영감님께 말씀하십시오."

유양견은 시치미를 떼고 석후의 목을 내리쳤다.

봄이 가고 한여름도 고비를 넘기고 있었다. '동문의 역' 이후 그럭저럭 반년이 지났다. 아직 더위가 한창이던 어느 날에 장갈에서 전투를 하고 있어야 할 공자 풍이 갑자기 신정에 나타났다. 장갈성은 결국 함락되고 만 것이다.

신정의 동문에서 5개국 연합군으로부터 이탈한 송나라 군사는 필사적으로 장갈을 공격했다. 그러나 한 달 아니 며칠이면 그만이라고 예상했던 장갈성은 의외로 완강하게 반년이나 대항하고 있었다.

공자 풍의 입장에 내심으로 동정하고 있던 송나라 군사가 공성(功城)에서 손을 댔기 때문이다. 거기에다 공자 풍에게 내통하는 자까지 있어서 송나라 군사의 작전은 성안으로 누설되고 있었다. 뿐만 아니라 생사를 건 공자 풍이 필사적으로 분전하고 있었기 때문이기도 했다.

정나라 장공은 장갈에 몇 번이나 원군을 보내려고 생각했다. 그러나 그때마다 제족이 만류했다.

"가만히 송나라 상공의 솜씨를 봅시다. 변변치 못한 작은 성이기 때문에 함락시켜도 별 것이 아닙니다. 여지없이 힘을 소모시키고 우리 정나라 군사의 강함과 정나라에 대한 침략이 얼마나 비싼 대가를 치르게 되는지를 송나라에게 깨닫게 할 겸 천하에 보일 다시없는 기회입니다."

라고 제족이 말하는 것이었다.

아무튼 공자 풍은 잘 버텼다. 그 공로를 보아 장공은 쾌히 공자 풍을 성으로 맞아들였고 다시 비호하기로 승낙했다. 공자 풍은 눈물을 흘리며 사의를 표했다.

"아니오, 하늘은 스스로 돕는 자를 돕소. 그러나 함락된 성에서 용케 탈출해 왔소."

제족은 공자 풍의 어깨를 다정하게 두드렸다.

한편 공자 풍을 놓치고 송나라 상공은 분해서 발을 굴렀다. 결국 무엇을 위해서 반년 동안이나 성을 공격했는지 모르는 결과가 되어 버린 것이다. 그래서 화풀이로 장갈 주변을 약탈하고 맥없이 돌아갔다.

정장공은 영내를 약탈당했다는 것을 알고 보복으로 군사를 동원하려고 했다. 그러나 또다시 제족이 만류했다.

"지금 송나라를 치면 5개국 연합군에 가담한 나라들은 불똥이 튀는 것을 우려해 다시 단결합니다. 원정하러 나섰다가 5개국에 협공을 당하면 손쓸 도리가 없습니다."

그리고 새해가 됐다. 정장공은 생각할수록 분이 풀리지 않았다. 또 신하들 앞에서 반대를 당할까봐 염려한 장공은 어느 날 은밀히 제족에게 자기 심정을 털어놓고 특별히 상의했다.

"곤란하군요. 또 화가 나셨습니까? 그렇다면 할 수 없습니다. 마침 낙양으로 알현 가는 것을 미루어 왔으니 이제 낙양으로 떠나시지요."

제족이 말했다.

"아니 송나라를 치자는 의논을 하고 있는 거요."

장공이 말했다.

"그래서 낙양으로 가시자고 권하는 것입니다."

"또 그 나쁜 버릇이 나오는군요. 빙빙 돌리지 말고 곧바로 얘기하시오."

"곧바로 말씀드리고 있습니다. 서둘지 말고 들어주십시오. 우선 낙양으로 가서 송나라를 토벌하는 동호(彤弧)와 동시(彤矢: 천자의 어명을 받은 깃발)를 손에 넣어야 합니다."

"하지만 그게 그렇게 쉽게 뜻대로 되겠소?"

"하여튼 뜻대로 되도록 해야 되지 않겠습니까?"

"얘기는 대강 알아들었소. 하지만 그대가 동행해 주지 않으면 불안할 것 같소."

"아무래도 그 겉치레 투성이의 낙양은 싫습니다. 게다가 낙양성 아래서 밀을 벤 전과도 있고 해서…"

"부탁하오."

아무도 보지 않는 틈을 타 장공이 머리를 숙였다.

"예, 분부대로 하겠습니다."

이렇게 해서 주나라 조정으로 천자를 알현하러 올라가기로 했다.

주나라 환왕(周桓王) 3년, 정나라 장공 27년 봄, 장공은 제족을 데리고 낙양으로 올라가서 조정에 들어갔다. 주공 흑견(周公黑肩: 시종장)은 예를 다해서 정장공을 맞이했으나, 아직 나이 어린 환왕은 정장공을 노골적으로 외면했다. 연회도 베풀어주려 하지 않고 말도 하지 않았다.

주공 흑견은 재삼 간언을 했으나 환왕은 응하지 않았다.

"정백은 경사입니다. 그의 조부 환공은 견융의 난에서 순사를 했습니다. 그의 부친 무공은 동천(東遷: 장안에서 낙양으로 천도한 일)에 공이 큽니다. 상응하는 예우를 하시지 않으면 또 쓸데없는 마찰이 있을 겁니다."

"마찰이라니 무슨 말이요. 천자와 제후 사이에 마찰이란 말은 없소. 차라리 얼굴을 내밀지 말 것이지, 그자의 낯짝을 보니 속이 다 메슥거리더군. 그자의 경사직을 파면하겠소."

"전하, 그것은 결코 안 됩니다. 부디 재고하시기를…"

"아냐, 절대로 파직이오."

"전하의 심중은 알겠습니다. 그러나 결코 그것을 입 밖에 내시면 아니 됩니다."

"무슨 상관이오. 더 이상 우쭐대는 꼴을 볼 수 없소."

"하지만 무슨 방법이…"

흑견은 이윽고 눈물을 떨구었다. 그는 울면서 궁여지책을 생각해냈다.

"그렇다면 경사직을 좌우로 나누어서 실권은 우경사(右卿土)에게 정백은 이름뿐인 좌경사로 하는 것이 어떻겠습니까?"

"음, 그대의 충의와 심로를 보아 그렇게 하겠소."

하고 환왕은 마지못해 허락했다. 흑견은 곧 수습에 들어갔다. 우경사로는 더욱 작은 나라인 괵(虢)나라의 괵공(虢公: 이름은 기보(忌父))을 기용함으로써 정장공의 체면을 세워 설득했다.

정장공은 의외로 좌경사를 쾌히 승낙했다. 오히려 그것이 편하다고 제족이 진언했기 때문이다.

그건 좋지만 할 일 없는 나날이 계속되자 장공과 제족은 당황하기 시작했다.

"금년의 밀 수확은 어떻습니까 하고 환왕에게 물어주십시오."

제족은 아닌 밤에 홍두깨로 불쑥 말을 꺼냈다.

"그걸 물어서 어쩌자는 거요."

"서서히 돌아가야 할 텐데 이대로 일어설 수는 없잖습니까? 그래서 환왕을 자극하면 혹 어떤 돌파구가 열리지 않을까 해서요. 무슨 확신이 있어서 하는 이야기는 아닙니다."

제족은 전에 없이 자신이 없어 보이는 표정이었다. 그러나 제족의 지혜를 믿고 있는 장공은 환왕에게 귀국 인사를 마치고 나서 시키는 말을 그대로 했다.

"아니, 정나라는 어떻소?"

하고 환왕은 금세 안색을 바꾸더니 되물었다.

"염려해 주신 덕택으로…."

장공은 환왕의 뜻을 알고 있었으나 넉살 좋게 대답했다.

"그런가, 덕분에 낙양의 벼나 밀은 도둑맞지 않아도 되겠군."

환왕은 싫은 표정을 노골적으로 드러내며 빈정댔다.

"다행스러운 일입니다."

장공도 지지 않는다.

"서화(黍禾: 기장과 벼) 열 수레를 그대에게 주겠소. 굶주림에 대비해서 가지고 돌아가는 것이 좋을 것이오."

환왕은 비난하는 뜻으로 곡식을 하사했다. 이에 당황한 흑견은 무마하기 위해서 얼른 수놓은 비단을 두 수레나 선물했다.

장공은 씁쓸한 표정이었지만 제족은 빙그레 웃었다. 그리고 비단 보따리를 풀어서 열 수레의 곡식 위에 펴서 덮었다. 그리고 하사(下賜)라는 큰 팻말을 꽂고 당당히 성문을 나왔다.

성문을 나오자 제족은 신정에게 가지고 와 숨겨두고 있던 동호와 동시를 꺼내서 큰 팻말에 매달았다.

見訕黍禾被蓋綵繪　빗대어 비난 받은 곡식에 수놓은 비단을 덮으니,
彤弧昭昭彤矢秒秒　붉은 활이 빛나고 붉은 화살은 날카롭다.

제족은 즉흥시를 흥얼거리며 비꼬고, 장공을 돌아보며 크게 웃어 댔다. 장공도 싱글벙글 웃었다.

동호와 동시라는 것은 제후를 토벌하기 위해서 천자가 특정 제후에게 내리는 붉은 활과 화살이 그려진 깃발이다. 제족은 무엇이 그리 우스운 지 웃음을 그치지 않고 다시 즉흥시를 흥얼거린다. 가사의 초초(秒秒)가 재미있어 장공도 함께 불렀다. 초초라는 말은 화살촉이 날카롭다는 뜻이다.

결국 장공은 송나라를 7천 자의 깃발을 손에 넣은 것이다. 제후들은 주나라 조정이 정장공의 압력에 굴복해서 정장공에게 동호와 동시를 주었다고 믿어 의심치 않았다.

제4장
난세지치(亂世之治)

낙양성을 뒤로 하고 정장공 일행은 이튿날 국경에 다다랐다.

"그 주공 흑견은 대단히 좋은 사람이었소. 귀국하면 금은보화와 미인을 답례로 보내주어야겠소."

정장공은 '하사'라고 크게 쓴 팻말을 바라보면서 말했다.

"그만두십시오. 그건 역효과를 냅니다. 그의 정나라에 대한 변호를 약화시키는 것이 고작입니다."

제족이 머리를 흔들었다.

"그야, 몰래 보내주면 될 게 아니오."

"그건 안 됩니다. 밀봉돼 있는 것 같아도 달걀껍질에는 구멍이 있습니다. 그보다 그는 정치를 아는 사람이니까 정으로 묶어 놓을 필요는 없습니다."

"어떻게 하면 좋은가?"

"우리 편에 묶어두려는 생각보다 적이 되면 파멸한다고 명심하게 하는 것이 중요합니다."

"그런 말을 하는 것은 가혹하군."

"아닙니다. 힘이 일을 결판내는 것은 난세의 법칙입니다."

"알았소. 그만둡시다."

천성이 인색하기로 소문난 장공은 곧 동의했다. 그리고 제족이 즉흥으로 지은 시가 마음에 들었는지 다시 소리 내어 읊조렸다.

시는 시인을 도취시켜서 자기 암시에 빠지게 한다. 장공은 시를 읊으며 낙양에서 환왕에게 꾸지람 들은 일을 완전히 잊고 있었다. 마음은 이미 송나라 도성에 가 있어서 그 도성을 함락시킨 그의 앞에 송상공이 무릎을 꿇고 '성아래 맹세'를 하는 가련한 모습을 그리고 있었다.

자기 나라 영내로 들어가자 국경을 경비하는 병사들이 맞으러 왔다.

"송나라를 치라는 왕명을 받았다."

장공은 마중 나온 병사에게 알렸다.

"저것을 봐라."

동호와 동시를 가리켰다.

그러나 부정한 마음을 가지면 허깨비에 놀란다는 말이 있다. 도성으로 돌아오자 장공은 문득 불안해지기 시작했다.

동호와 동시가 진짜가 아니라는 것이 드러나면 재미없다. 그렇다면 하루 빨리 송나라를 쳐야 한다. 하지만 역시 제족이 말렸다.

그렇지 않아도 송나라에서는 이미 상공이 움직이기 시작하고 있었다. 5개국 연합군에 가담하여 헛일로 그쳤지만 장갈을 공격하고 돌아온 송상 공은 정나라의 보복을 모면할 수 없다고 각오하고 신속하게 움직였다. 어쨌든 정나라와 석문에서 혈맹을 맺은 제나라를 먼저 이간시키기로 했다.

송나라는 위나라와 사이가 좋고 위나라는 제나라와 친교가 있었다. 게다가 본래 위나라는 '동문의 역'의 주모자였다. 그 위나라의 중재로 동문의 역의 화해를 부탁하면 제나라가 거절할 수 없을 것이다.

그렇게 예상한 송상공은 위나라 선공(宣公)에게 사자를 보냈다. 동문의 역을 일으킨 장본인 주우는 이미 이 세상에 없다. 그러나 선공은 역시 어떤 형태로든 정나라와 화해하고 싶은 생각이 있던 참이었다.

그래서 위선공은 쾌히 승낙하고 곧 제나라에 사자를 보냈다. 정이공에게 와옥(瓦屋: 하남성 유천현)에 가서 화해를 중개해 달라고 부탁했다. 화해의 중개를 부탁받은 것은 영광스러운 일이다. 제이공은 기쁘게 받아들여 날짜를 미루지 않고 정장공에게 친서를 보내 와옥에서 만나자고 제의했다.

제이공의 친서를 받은 정장공은 신하들과는 상의하지 않고 제족과 의논했다.

"이미 송나라를 토벌하라는 왕명이 떨어졌으니 마음대로 화해할 수가 없다고 정중하게 거절하면 됩니다."

제족은 대수롭지 않게 말했다. 그러나 장공은 허깨비를 두려워했다.

"그러나 만약 그 왕명이 거짓이라는 것이 드러나면 다른 사람은 몰라도 이공은 좋지 않을 거요."

장공은 안색을 흐렸다.

"그럴 염려는 없습니다. 그런 엉뚱한 짓을 할 겁 없는 사람도 없거니와 곧 드러날 거짓말을 태연히 할 정신 나간 사람도 이 세상에 있으리라고는 아무도 생각하지 못합니다."

"하지만 우리가 그것을 하고 있지 않소."

"그렇습니다. 그래서 의심할 자가 없습니다."

"아무튼, 조심해야겠소."

"안심하십시오."

"들키기 전에 병사를 출동시키면 될 게 아니오."

"이미 말씀드렸지만 사냥 나가는 것과는 경우가 다릅니다. 충분히 준비를 하지 않고는 안심하고 성에서 내보낼 수 없습니다."

"뭐요. 송나라 토벌군에는 가담하지 않을 생각이오?"

"예, 빈 성을 지킬 생각입니다. 대군이 성에서 나가면 그 성이 습격을 받을 수도 있습니다."

"그것도 그렇군. 그런데 제후(齊侯: 제나라 군주의 후작)의 화해 권고를 정말 거절해도 되는 거요?"

장공은 거듭 다짐을 했다.

"물론 괜찮습니다."

"그러나 제후의 체면을 깎는 것이 아닌지 역시 마음에 걸리오."

"생각해 보십시오. 이런 파국에 이웃 나라들의 불화를 진심으로 화해시키려고 생각하는 기특한 제후가 어디 있겠습니까?"

"그렇군. 게다가 이쪽에는 왕명이라는 결정적인 수단도 있소."

"아뇨, 아닙니다. 이 기회에 확실히 말씀드리겠습니다. 왕명이라도 결정적인 수단은 못됩니다. 가령 누가 왕명을 내세우고 우리에게 불리한 요구를 한다면 전하는 그 요구에 따르겠습니까?"

"아니오."

"그렇습니다. 권력이 없는 왕명은 대의명분에 불과하다고 생각하십시오."

"듣고 보니 그렇군. 하지만 생각해 보면 묘한 얘기요."

"확실히 묘하긴 하지만 이상할 것은 없습니다. 제후들은 치국의 원리나 위정의 방략을 모르고 있고, 체신에 불안을 느끼고 있습니다.

그래서 항간의 사람들이 별로 믿음도 없으면서 합장(合掌)하고 의식을 행하는 것처럼 제후들은 주나라 왕실(周王室)의 권위를 인정하지 않으면서 싸움이 벌어지면 의식을 행하듯 왕명을 내세우는 데 불과합니다."

"그러고 보니 아무것도 아니로군."

"전하도 실은 그렇게 생각하고 있을 겁니다."

"듣고 보니 그렇군. 그러나 이번 경우는 모처럼 연극을 잘했는데, 유감이군."

"아니, 유감스럽게 생각할 건 없습니다. 경의를 나타내는 의식으로서는 역시 필요했고, 게다가 본래 대의명분이라는 것은 적을 위협하기보다는 이쪽을 고무하기 위해서 있는 것입니다."

"맞소. 왕명이 결정적인 수단이 아니라는 것은 알았소. 그럼 이웃나라들을 규합할 수는 있겠소?"

"그건 그때 가봐야 알겠지만 적어도 제후만은 달려올 것입니다."

"그렇소. 석문에서 혈맹을 맺기를 잘했군."

"그게 아닙니다. 왕명과 마찬가지로 혈맹도 결정적인 수단이 아닙니다. 전하는 정직해서 맹세를 어기면 천벌을 받는다고 생각하여 황천에서 만나기 위해서 궁전 뜰에 우물을 팠지만 입술에 피를 발라 맹세했다고 서로 맹세를 어기지 않는다면 천하는 어지러워지지 않을 것입니다."

"그러면 왜 제후만이 달려올 것이라고 말하는가?"

"왕명을 사칭한 것을 모른다면 반드시 경의를 표하며 상대해 줄 것입니다. 가령 그것을 알았다 해도 그는 이쪽의 대담한 연극에 경의를 표하고 병사를 동원해 줄 것이라고 간파했기 때문입니다."

"과연 아무튼 병사를 내주기만 하면 할 말은 없소. 그러나 제후가 자청한 화해의 중개를 거절당하고 기분이 상해서 하고 싶은 대로 하라고 하지 않을까?"

"어떻게 말하면 알아듣겠습니까? 그렇게 석문의 혈맹에 구애된다면 당장 화해에 응하십시오."

제족은 화를 내고 퉁명스럽게 말했다. 정공은 한숨을 쉬었다.

"왜 갑자기 그렇게 냉정하게 말하는 거요. 그 말을 내가 모르는 게 아니오. 다만 석연치 않을 뿐이오."

"곧 다 아시게 됩니다. 송나라 공작은 이 기회를 잡아서 위나라 후작과 둘이 제후를 유인하여 와옥(瓦屋)에서 혈맹을 맺으려 꾀하고 있을 겁니다. 그리고 아마 제후도 기꺼이 그 혈맹에 응할 것입니다. 그리고 제후는 그것을 가지고 전하에 대한 배신이라고는 결코 생각하지 않을 것입니다."

"음, 그거 난처하군."

"이렇게 돼도 석연치 않습니까?"

"아니, 충분히 이해가 가오. 하지만 역시 재미없소."

"무엇이 재미없습니까? 그렇지 않다고 말씀드리고 있지 않습니까? 당장 석문의 혈맹을 잊는 겁니다. 와옥의 혈맹이 이루어져도 그것을 묵살하십시오. 항간에서 하는 혈맹이라면 몰라도 정치적인 혈맹은 단지 제후들이 마음의 안정을 얻기 위한 신뢰의식에 불과합니다."

"그래? 이제야 알 것 같소. 평소에는 듣지 못하던 얘기여서 알아듣기 어려웠소. 아무튼 과인은 대단한 악당은 못되는 것 같소."

"아닙니다. 사람들은 전하를 악당이라고 말하고 자산도 남 못지않은 악당이라고 자처하지만 보아하니 천하의 제후들 중에서 전하는 선량한 악인 아니 선인이십니다. 그래서 섬겨왔으나 정치 세계에서는 선인이든 악인이든 별로 문제가 안 됩니다. 다만 난세에는 힘과 지모(智謀)가 없으면 살아남기 어렵다는 것만은 명심해 주십시오."

"고맙소. 경을 믿겠소. 언제까지나 곁에 있어 주오. 부탁하오."

"황공하옵니다. 그렇게 부탁하지 않아도 정치 수렁에 발을 한번 들여놓으면 뺄 수가 없습니다. 아무튼 전하와 신은 그야말로 어울리는 군신입니다."

"그게 무슨 말이오?"

"전하에게는 천하를 바라는 야망도 없고, 정직하게 말해서 신에게도 그것을 달성할 만한 지모와 야심이 없습니다."

"그것으로 됐지 않소. 자, 당장 제후에게 중재를 거절한다는 서신을 씁시다. 그리고 병사의 양식을 비축하고 군대 훈련을 강화해서 송나라 토벌의 거병을 준비합시다."

장공이 말했다.

정장공 30년(기원전 716), 만반의 준비를 끝낸 정나라는 이윽고 송나라 토벌의 군대를 일으켰다.

송나라가 낙양에 대한 조공을 게을리 했다는 것이 공식적인 이유였다. 그것을 왕명에 의하여 친다는 것이 대의명분이었다. 그러나 실은 동문의 역에서 송나라 군사가 장갈 지방을 약탈한 데 대한 보복이었다.

송나라는 정나라 동쪽의 국경에 접해 있었다. 작위가 높아서 공작이며 유서가 깊은 나라였다. 그러나 지금의 송상공(宋殤公)은 용렬하고 국력도 별것이 아니었다.

그래서 2년의 세월을 두고 군비를 강화한 정나라는 단독으로 송나라를 쳐도 충분히 승산이 있었다. 그러나 정장공은 의도가 있었다. 그래서 왕명을 내세워서 굳이 이웃 나라들에게 출병을 호령한 것이다.

이에 응해서 제나라와 노나라가 군대를 출병시켰다. 제후는 전년에 와옥에서 송공과 우호의 혈맹을 맺었으나 주저하지 않고 아우 이중년(夷仲年)을 장수로 하여 병거 1백 대를 지원했다. 노나라도 공자 휘를 장수로 병거 2백 대를 지원했다.

그러나 진(陳)나라는 이유를 달아 발뺌을 했다. 채·위 두 나라도 호령을 묵살했다. 허(許)·성(郕) 두 나라는 딱 잘라 출병을 거부했다.

이들 나라에서 묵살을 당하고 거부를 당하고도 정장공은 화를 내기는커녕 오히려 미소를 지었다. 그 나라들에게 항명이라는 죄를 씌울 수가 있었기 때문이다. 정공은 이것으로 후일에 그 죄를 묻기로 하고 토벌할 구실이 생겼다고 기뻐했다.

곧 제나라와 노나라의 군대가 도착했다. 정나라에서는 공자 여(孔子呂), 공손 알(公孫閼), 고거미(高渠彌)를 장수로 임명했고, 병거 8백 대와 병사 5천 명이 대기하고 있었다. 장공은 자기 나라의 군대를 중군(中軍: 본대)으로 하고 제나라 장수 이중년의 군대를 좌군으로, 노나라 장수 공자 휘의 군대를 우군으로 배치했다.

병거 천 3백 대, 병사 5천 명으로 된 토송군(討宋軍)이 편성되었다. 출정에 앞서 정장공은 아낌없이 소와 양을 잡아 기분 좋게 전 병사들에게 향연을 베풀었다. 장공은 인색하기로 소문나 있었다. 그러나 왕명을 사칭했기 때문에 제나라 제후와 노나라 제후에게 보내야 하는데도 뇌물을 보내지 않았으므로 그로 인하여 상당한 비용을 절감할 수 있었다. 이렇게 인색한 장공이 신기하게도 병사들에게는 인심이 좋았던 것이다.

이렇게 해서 나흘째 되는 날이 밝았다. 정장공은 동호와 동시를 높이 단 수레에 올라타고 토벌군을 이끌고 도성을 떠났다. 국경을 넘어 송나라 영내로 들어간 토벌군은 곧바로 노도(老桃: 산동성 제령현)를 향해서 진군했다. 그리고 노도에 이르자 순식간에 그 성을 공략했다.

중군은 그대로 노도에 사령부를 설치하고 주둔했다. 이중년 휘하의 좌군은 방성(防城: 산동성 금향현)으로, 공자 휘가 이끄는 우군은 고성(郜城: 산동성 성무현)으로 향했다. 장공은 중군의 고거미에게 좌군을 원호하라고 명했다. 우군에게는 마찬가지로 공손 알이 지휘하는 지원부대를 따르게 했다.

장공이 좌군과 우군에게 딸려준 원호와 지원부대는 말하자면 독전대 같은 것이다. 좌우 양군은 모두 용감하게 싸워서 어려움 없이 방성과 고성을 함락시키고 다시 노도에 집결했다. 기쁨에 찬 장공은 곧 승리를 축하하고 전군 병사들에게 술을 내서 축하연을 베풀었다. 그리고 병사들을 노도에서 3일간 쉬게 했다.

그러나 그 이틀째 되는 날 저녁에 국경에서 위급을 알리는 제족의 편지가 날아왔다. 위나라와 채나라 연합군이 신정성 아래로 밀려왔다는 것이다.

며칠 동안 술에 절은 정장공의 붉은 얼굴이 그 순간 창백해졌다. 당장 회군을 할까 하는 생각을 했으나 편지가 지시하는 대로 조급한 마음을 억눌렀다.

그리고 그날도, 이튿날도 갑자기 쓴맛으로 변한 승리의 술을 제나라 장수, 노나라 장수와 함께 마셔댔다. 그리고 기회를 보아 철군을 알렸다.

"여기서 3일이나 머물렀으나 송나라 군사가 반격하는 기색이 없소. 따라서 송나라를 징계하는 이번 출병은 그 목적을 달성했소. 내일이라도 군대를 철수시키겠소. 수고가 많았소."

하고 말했다. 그리고 공략한 방성을 제나라에, 고성을 노나라에게 준다고 했다. 그러나 제나라 장수 이중년은 사양했다. 그래서 장공은 사양하지 않고 고성을 받아들인 탐욕스러운 노나라 장수 공자 휘에게 방성을 더 주었다.

　왕명을 더 이용할 생각이라면 빼앗은 성을 두 나라에게 나누어 주십시오.

제족이 편지 끝에 써놓았기 때문이었다.

송나라 토벌군은 편성된 지 열흘 만에 해산되었다. 장공은 시치미를 떼고 노도에서 제나라와 노나라 양 군대와 헤어져서 서둘러 귀국했다.

한편 정나라가 송나라 토벌을 일으킨 것을 알고 송상공은 즉각 위나라와 채나라 양국에 연락했다. 그리고 송나라 토벌군이 신정의 성을 떠나는 것과 동시에 사마(司馬: 군부대신) 공보가(孔父嘉)에게 병거 3백 대를 주어 급히 위나라로 보냈다. 위나라에서는 우재추가 군대를 정비하여 대기하고 있었다. 곧 채나라에서 파견된 군사도 위나라에 도착하여 3개국 군사가 태세를 갖추었다. 갑자기 3개국 연합군이 편성된 것이다.

그리고 송나라 토벌군이 국경을 넘는 것을 기다렸다가 3개국 연합군은 정나라 영내로 침입했다. 그것을 안 제족이 노도에 진격해 있던 장공에게 급히 알린 것이었다.

정나라 영토로 들어선 3개국 연합군은 신정을 향해서 돌진해 갔다. 도성을 수비하고 있던 태자 홀이 성에 남아 있는 군대를 출동시켜서 맞서 싸우려고 했다. 그러나 제족은 그것을 만류하고 성을 굳게 지키게 했다.

신정의 성 아래 도착한 3개국 연합군은 성 북문 앞에 야영장을 구축하고 곧 성문에 병사를 출동시켜 도전했다. 그러나 성문은 굳게 닫힌 채 도전에 응하는 기색이 없었다.

성을 공격하기 위한 무기를 준비한 연합군은 할 수 없이 성을 공격하기 시작했다. 그리고 성을 지키는 모습을 보고 공보가와 우재추는 성의 수장이 제족이라는 것을 알고 아연실색했다. 제족이 성에 남아 있다면 쉽게 공격할 수는 없기 때문이었다.

사흘 밤을 꼬박 새워 힘을 다해 공격했으나 성은 끄떡도 하지 않았다. 그래서 우재추는 생각했다.

'이쪽의 의도를 알고 있었다면 송나라에 침공한 장공 휘하의 군대는 곧 철수할 것이다. 그러나 송나라에서 정나라 군사를 떼어놓았으니까 나름대로 이 작전은 성공한 것이다.'

우재추는 공보가에게 철군을 권고했다.

"어차피 철수할 바에는 장공의 군사가 도착하기 전에 철수하지 않으면 위험하오."

조속한 철수를 주장했다.

"제족이란 자가 다 뭐요. 공격을 할 만하면 공격해 보는 거요. 허겁지겁 물러설 것은 없지 않소."

공보가는 단념하지 않았다.

"철수가 지연되면 협공을 받을지도 몰라 위험하오."

"뭘요. 그렇게 되면 대(戴)나라를 거쳐 돌아가면 되오."

공보가가 말하고 더욱 성을 공격했다.

성안에서는 제족이 머리를 갸웃거리고 있었다. 적군도 계산을 하고 있을 것이며, 송나라에서 철수해 오는 정나라 군사와 마주치지 않기 위해서는 늦어도 아침에는 성 아래에서 물러가야 했다.

계속 머리를 갸웃거리던 제족은 문득 깨달았다. 대나라를 거쳐 도망가는 길을 택할 생각이라는 것을 눈치 챘다. 그날도 연합군은 힘을 다해서 성을 공격하고 날이 저물었는데도 철수할 기미가 보이지 않았다. 틀림없이 우회로를 택할 생각이구나 하고 제족은 단정 짓고 대나라로 향했다. 그 전에 제족은 민첩하게 태자 홀의 친서를 가진 밀사를 대나라로 달려가게 했다. 연합군에게 길을 내주지 말라는 친서였다.

과연 연합군은 대나라에서 길이 막혀 버렸다. 화가 난 공보가는 제족이 추격군을 투입하지 않은 것을 확인하고 돌아가는 길의 품삯이나 벌자고 대나라를 공격했다.

대나라는 정나라의 원군을 기다리며 성문을 굳게 닫았다. 작은 성이지만 연합군은 공격에 애를 먹고 있었다. 그런 판에 반대쪽에서 장공이 이끄는 정나라 군사가 물밀듯이 밀려오고 있었다. 대나라는 성문을 열고 정나라 군사를 받아들였으나 뜻밖의 사태가 일어났다. 장공은 성을 탈취하고 대나라 제후를 추방시켰다.

힘들이지 않고 대나라를 손에 넣은 장공은 여러 장군들에게 출격을 명했다. 성문을 열어젖히고 정나라 군사가 봇물이 터지듯 연합군을 덮쳤다. 공보가와 우재추는 분전했으나 채나라 군대는 도망치기에 바빴다. 그리고 위나라 군사와 송나라 군사는 순식간에 괴멸되었고, 우재추는 어이없이 전사했다. 공보가는 겨우 목숨만 건져서 20여 명의 병사와 함께 송나라로 돌아갔다.

정장공은 그제야 가슴이 후련해졌다. 모처럼 노도에 출병했다가 철수해야 했던 분함도 대나라를 손에 넣음으로써 풀렸다. 그리고 '난세에는 힘과 지모로 처세하라'고 가르친 제족의 말을 생각하고 빙그레 웃었다.

신정으로 돌아온 장공에게 제족이 진언을 했다.

"대나라는 말하자면 우리 정나라의 속국입니다. 그런 대나라를 왜 병합해야 했습니까? 성을 대나라 제후에게 맡기고 그가 징수한 세금의 일부를 챙기고 있는 편이 수고도 덜고 현명한 것입니다. 국제적인 명성을 추락시킬 뿐 득이 없습니다."

"하지만 영토는 역시 넓어야 한다고 생각해서 탐이 났던 거요."

"아이들에게 언제나 빌려주던 장난감을 아무 이유도 없이 빼앗는 꼴입니다."

"그런 말 마시오. 그것도 힘과 지모의 하나요."

하고 장공은 말했다. 제족은 씁쓸하게 웃고는 더 이상 말하지 않았다.

이듬해 정장공은 제이공(齊釐公)과 협의해서 성나라를 쳤다. 정나라가 왕명을 사칭하고 송나라 토벌군을 일으켰을 때 성나라는 출병 명령을 거부했었다. 그 항명의 죄를 묻겠다는 것이 대의명분이었다.

사실 이때 정장공에게는 성나라에 대한 영토적인 야심은 없었다. 즉, 그것은 정략과 위신을 위한 싸움이었다. 장공은 송나라 토벌에 출병한 제이공에게 보답해야겠다는 생각을 하고 있었다. 그래서 성나라를 치고 그 영토를 제나라에 합병시키기 위해서 군대를 출동시켰던 것이다. 본래 성나라는 제나라에 가까운 작은 나라였다. 성나라 제후는 정나라와 제나라의 대군의 기세에 눌려 성을 내주고 말았다. 싸우지 않고도 성나라는 제나라에 합병됐다.

이듬해 다시 정장공은 같은 대의명분으로 허(許)나라를 정벌하기 위해 군대를 일으켰다. 허나라는 정나라에 인접한 작은 나라로, 정나라가 생각만 있으면 단독으로도 짓밟을 수 있었다. 그러나 정나라 장공은 제나라와 노나라에게 출병을 요구하여, 천하에 그 위세를 과시했다.

노나라에서 군주 은공(隱公)이, 제나라에서는 마찬가지로 이공이 스스로 병사를 이끌고 우선 신정으로 달려와서 정장공이 이끄는 정나라 군사와 합세해서 허나라로 진격해 갔다. 허나라 병사들은 사력을 다해서 싸웠으나 역시 중과부적으로 덧없이 함락되고 말았다. 허나라 장공(莊公)은 성이 함락되는 혼잡한 틈을 타서 성을 빠져나와 위나라로 도망쳤다.

임금이 없는 허나라 성에서 정장공은 노나라, 제나라의 양 후작과 전후 처리를 협의했다.

"이 성과 영토는 역시 노나라에 편입시키는 것이 어떻겠소?"

정장공이 말했다. 그러나 그것은 본심이 아니었으며 노나라가 사양할 것이라고 생각하고 한 겉치레 말이었다.

예측한 대로 노나라 후작은 역시 사양했다. 그러나 당장 그럼 내가 하고 나설 수는 없는 노릇이었다.

이렇게 양쪽이 겉치레로 사양을 거듭하고 있는데, 허나라의 대부 백리(百里)가 아직 나이 어린 허숙(許叔)을 데리고 불쑥 나타나서 땅에 엎드려 목숨을 애걸했다. 허숙은 허나라의 임금 장공의 친 아우다.

정장공은 문득 좋은 생각이 났다.

"이번 출병은 '항명'을 징계하자는 것이지 영토에 야심이 있어서가 아니었소. 그러나 허숙이 아직 어리니 이 나라를 다스리기 위해서는 후견인이 필요하오."

하고 갑자기 말했다. 노나라 후작과 제나라 후작은 그것을 알아차리고 머리를 끄덕였다. 정장공은 허나라를 동서로 나누어 허숙에게 동쪽을 맡게 했다. 후견인으로는 정나라의 대부 획(獲)을 임명하고 서쪽은 주둔군을 두었다. 명분을 주고 실리를 취한 것이다.

이렇게 해서 허나라 공격은 일단락이 되고 세 나라는 각각 귀국길에 올랐다. 그러나 일을 끝내고도 정장공은 안색이 밝지 않았다.

성의 공격을 시작하자마자 일어난 사고의 뒤처리로 고심하고 있었기 때문이다. 대부 공손 알은 진군의 북소리가 울리자 갑자기 수레 위에서 성벽으로 뛰어올라가 선두에 섰다. 그러나 다음 순간 아군의 화살에 가슴을 맞고 떨어져 죽은 것이다.

공손 알과 하숙영(瑕叔盈) 두 대부는 평소부터 무용을 다투며 서로 으르렁대는 사이였다. 확실한 증거는 없지만 활을 쏜 것은 하숙영이 틀림없는 것 같았다.

그런데도 장공은 하대부를 추궁하는 것을 주저했다. 한꺼번에 두 용장을 잃는 결과를 피하기 위해서였다.

그러나 한편으로는 대단한 미남자인 공손 알은 장공이 총애하던 신하였기 때문에 그 원한을 풀어주고 싶었다. 그렇기 때문에 장공의 안색은 밝지 못했던 것이다. 덧붙여 말하자면 후대의 맹자(孟子)는 '자도(子都)의 교(姣: 아름다움)를 모르는 자는 눈을 갖지 않은 것이다'라고 공손 알의 수려한 용모를 칭찬했다. 자도는 공손 알을 말하는 것이다.

그러나 도성으로 돌아온 장공은 싫어도 하숙영의 처벌을 단념하지 않을 수 없게 됐다. 병상에 누워 있던 또 한 사람의 맹장 공자 여가 이미 죽었기 때문이다.

　맹장 공자 여는 상경(上卿: 수상)이었다. 장공은 주저하지 않고 제족을 상경으로 임명했다. 그러나 제족은 두 손을 내저으며 사양했다. 꼭 임명하겠다면 정나라를 떠나겠다는 말까지 했다. 그러면 남아 있는 상경의 후보는 고거미 밖에 없다. 그러나 고거미를 상경으로 임명하는 것에는 태자 홀이 극구 반대했다. 장공은 그 반대를 무시하려고 했으나 태자 홀은 한 발자국도 물러서지 않았다.

　부왕의 뜻을 거역하는 태자를 패적 할 수는 있다. 그러나 태자 홀은 역시 걸출한 무광이었다. 장공은 계속해서 두 사람의 용장을 잃는 우를 범할 수가 없었다.

　부왕과 태자는 무언의 대립을 계속했다. 아무 일도 아닌 것 같지만 제족은 이것을 위험한 상태라고 보았다. 그보다 태자 홀이 정색을 하고 대들며 고거미를 반대했다는 것이 알려지면 설사 당장은 무사히 끝난다고 해도 돌이킬 수 없는 화근을 남길 것이 틀림없었다.

　"상경은 역시 신이 맡겠습니다."

　제족은 울음을 터트릴 듯한 목소리로 말했다.

　"그렇게 해주겠소. 부탁하오."

　장공이 마음을 놓으며 환한 표정을 지었다.

　"고맙소."

　태자 홀도 몹시 기뻐했다. 그러나 세 사람 밖에 모르는 이 자리의 일이 어떻게 된 일인지 밖으로 새어 나가 고거미의 귀에까지 들어갔다.

제5장
왕명으로 왕을 치다

　허나라에서 개선한 정장공은 승전 축하를 자숙하고 전사한 공손 알과 병사한 공자 여의 장례를 장중하게 치렀다. 그 일을 마치고 제나라와 노나라 후작에게 사례의 사자를 보냈으나 노나라에 보낸 사자는 가지고 간 장공의 친서와 예물을 그대로 들고 돌아왔다. 노나라에 정변이 일어나서 은공(殷公)은 이미 이 세상 사람이 아니었기 때문이다.

　노나라는 정나라 동북쪽에 있으며 제나라의 남쪽과 국경을 접하고 도성을 곡부(曲阜: 산동성 자양현)에 두고 있었다. 은공의 아버지는 혜공(惠公)이다.

　혜공의 정실에게는 자식이 없는데다 일찍 세상을 떠나서 혜공은 측실인 중자(仲子)를 정실로 들어앉혔다. 혜공은 중자가 낳은 공자 궤(公子軌)를 몹시 사랑했으나 그가 아주 어렸을 때 혜공은 임종을 맞았다.

　그래서 다른 측실의 소생인 은공이 혜공의 뒤를 잇게 됐다. 마지막 숨을 거두면서 혜공은 공자 궤가 성인이 되면 꼭 왕위를 잇게 하라는 말을 남겼다.

말하자면 은공은 공자 궤에게 왕위를 넘겨주기 위해서 즉위한 것이다. 그러나 공자 궤가 성인이 되려면 아직도 10여 년의 세월이 필요했다. 어느새 11년이라는 세월이 지나갔다.

어느 날 대부 공자 휘가 무슨 생각을 했는지, 은공에게 계속 공석이었던 태재(太宰: 총리)직에 취임하고 싶다고 말했다.

공자 궤를 위해서 빈자리를 메우고 있다고 자인하고 있던 은공은 공자 궤를 구속하는 결과가 될지도 모르는 태재직을 굳이 임명하지 않고 있었다. 그것은 공자 휘도 이미 잘 알고 있다. 게다가 형식적으로 군권을 잡고 있는 공자 휘가 계속 태재인 양 행동하고 있었다.

이제 와서 뭘 새삼스럽게 라고 은공은 생각했으나 다시 자기의 뜻을 말했다.

"곧 공자 궤가 즉위하니까 태재직은 그때 가서 새 임금에게 요구하시오."

라고 말했다.

그러나 그 '곧'은 앞으로 4, 5년 후의 일이다. 공자 휘는 은공의 말에 속뜻이 있다고 생각했다.

소인은 자기의 마음으로 남을 저울질한다고 한다. 공자 휘는 일단 권력을 잡은 은공이 그 권력을 쉽사리 내줄 것 같지 않다고 생각하고 대담하게 은공을 부추겼다.

"선왕의 유지를 존중하려는 마음은 참으로 훌륭하지만, 즉위한 후에 공자 궤가 그 마음씨를 고맙게 여긴다는 보장은 없습니다. 화근은 미리 잘라야 한다고 생각합니다. 지금 신에게 태재직을 약속해 주시면 내일 이미 공자 궤는 이 세상에 없을 겁니다."

공자 휘는 은밀히 목소리를 죽이고 은공의 얼굴을 들여다보았다.

"당치도 않는 말이오. 과인은 결코 그런 짓은 하지 않소. 말을 삼가시오!"

은공은 노여움을 나타냈다. 그 노여움이 진정이라는 것을 안 공자 휘는 내심 당황했으나 태연히 물러섰다.

공자 휘는 역시 재난은 입에서 나온다고 생각하며 후회했다. 그러나 한 번 입에 담았던 말은 되돌릴 수가 없었다. 그래서 생각 끝에 공자 휘는 그날 밤 몰래 공자 궤의 저택으로 찾아갔다.

저택으로 들어간 공자 휘는 품에서 천천히 비수를 꺼내 공자 궤 앞에 놓았다.

"이게 무슨 짓이냐?"

공자 궤가 창백한 얼굴로 소리쳤다.

"임금님은 불의를 꾀하여 신에게 불충을 명했습니다."

하고 공자 휘는 조용히 말했다.

"어차피 이 저택은 병사들로 포위되어 있을 것이오. 목숨만 살려주시오. 날이 밝으면 성을 빠져 나가겠소. 부탁하오."

공자 궤가 함장을 했다.

"아닙니다. 성을 빠져나가도 임금은 결코 추격을 포기하지 않을 겁니다."

"그대는 나를 놓아주는 건가? 어떻게 해야 좋은지 말해보시오. 부탁하오."

"대담하게 나서서 상황을 역전시키면 살 길은 있습니다."

"어떻게 하라는 말이오?"

"죽기 전에 선수를 쳐서 상대를 죽이는 겁니다."

"그는 11년 동안이나 임금 자리에 있으면서 잘못도 없었고 백성들도 신복하고 있어 거사를 한다 해도 성공하지 못할 것이오."

"아닙니다. 백성들은 강한 쪽으로 붙게 마련입니다. 앉아서 죽기를 기다리느니 움직이는 게 낫습니다."

"어떻게 움직이면 되겠소. 하라는 대로 하겠소."

"그렇다면 제게 맡기십시오."

하고 말하며 자기 가슴을 두드린다.

은공은 미신에 깊이 빠져 있으며 남몰래 종무(鍾巫)라는 신을 믿고 있었다. 그래서 남들 모르게 교외에 종무묘를 세우고, 그곳에 신도들을 기거시켰다.

"은공은 한 해에 한 번씩 정해진 날에 그곳으로 미행하여 묵으면서 기도를 해왔습니다. 금년에도 꼭 갈 것이며 그날이 가까웠습니다. 그날 밤에 거사하면 암살은 꼭 성공할 것입니다. 거사하기 위해서는 병사로 싸우지 않고 부하 장사를 이용합니다."

공자 휘는 계획을 털어놓았다.

"그건 좋지만 임금을 시해했다는 오명은…"

"그건 걱정하실 필요가 없습니다. 거사한 장사를 즉시 국외로 도망시켜 버리면 됩니다. 그리고 그 종무묘의 신도들에게 책임을 씌워 그 일당을 처형해 버리면 오명을 쓸 리도 없고 알 사람도 없습니다."

"음, 가엾지만 그렇게 하기로 하지."

"그 전에 부탁이 있습니다. 즉위하시면 저에게 태재직을 준다고 약속하십시오."

"알았소. 하늘에 맹세코 약속하며 결코 어기지 않을 것이오."

이렇게 해서 은공의 암살 계획은 15일 후에 실행되었다. 공자 궤는 시치미를 떼고 노환공(魯桓公)으로 즉위하게 되었다.

노나라에서 공자 휘가 은공을 암살한 정변의 진상을 아는 사람은 아무도 없었을 터인데 어찌된 일인지 국내뿐만 아니라 온 천하에 그 소문이 퍼져 나갔다. 은공의 맹우였던 정장공은 신하들을 모아 대책을 협의하기에 이르렀다.

"죽은 사람에게 의리를 내세워도 별 수 없죠."

하숙영이 말했다. 자기가 공손 알을 암살한 것을 염두에 두고 하는 말이었다.

"아니오. 은공 암살을 구실로 출병하여 새 임금 환공을 위협하면 앞으로의 일에 유리할 거요."

고거미가 말했다.

"아니오. 순조롭게 즉위는 했지만 노환공은 정강이에 상처가 있어서 신경과민이오. 위협하지 않아도 우리 정나라나 제나라 등 은공이 우호를 맺었던 나라에는 반드시 머리를 숙이고 인사를 하러 올 거요."

제족이 말했다.

"그러나 인사를 하러 오게 되면 그때는 이미 그 죄를 물을 수 없소."

장공이 말했다. 맹우였던 노은공의 원한을 풀어주고 싶었던 것이다. 그러나 장공은 그 말을 입 밖에 내지는 않았다. 허나라 정벌 때 사살된 공손 알의 원한을 풀어주지 못했기 때문이다.

정나라 조정에서는 장공이 하숙영을 단죄하지 않은 것을 가지고 용케 감정을 눌러왔다고 칭찬하는 사람이 있는가 하면, 반대로 시비곡절을 밝히지 않았다고 내심 불만을 가진 사람도 있었다.

섣불리 말을 꺼냈다가는 하숙영에게 불똥이 튀어 그가 다칠지도 모른다고 생각을 한 제족이 얼른 화제를 바꾸었다.

"그보다 노나라에 한 번 생트집을 걸면 재미있을 겁니다."

하고 말했다.

노나라와 주나라 조정은 비교적 우호적인 관계를 유지하고 있었다. 그것은 노나라가 낙양에 조공 바치는 일을 게을리 하지 않고 있기 때문이기도 했다. 조공을 바칠 때는 노나라 후작(魯侯)이나 사신이 기거하며 휴식하는 관저가 필요했다. 그래서 주나라 조정의 천자는 노나라에게 허전(許田: 주나라의 허읍에 있는 전지(田地))을 하사했다. 즉 관저를 짓기 위한 토지를 준 것이다.

"주나라 조정이 노나라에게 준 허전을 우리가 옛날에 받은 팽지(祊地: 제사 지내는 곳)와 바꾸자고 제의하면 어떨까요?"

제족이 거듭 말했다.

팽지는 노나라 영토인 태산(泰山) 밑에 있었다. 천자가 태산에 제사지낼 때는 향사(鄕土)가 반드시 수행해야만 했다. 그것을 위한 목탕지(沐湯地: 목욕하는 곳)로서 천자가 정나라 시조 환공에게 하사한 땅이다.

제족이 그 팽지와 허전을 교환하자고 제안한 것은 노나라를 궁지에 몰아넣기 위함보다도 주나라 조정을 견제하기 위해서였다. 게다가 하사받은 땅을 멋대로 교환하는 것은 주나라 조정의 권위에 대한 심상치 않은 도전이었다. 즉, 그것은 천자를 모독하는 무례하기 짝이 없는 소행인 것이다.

감히 제족이 그런 소행을 시도하려고 한 것은 단순히 한 번 트집을 잡아보고자 한 것만은 아니었다. 지난번의 왕명을 사칭한 이래 주나라 환왕은 기탄없이 정나라 장공을 비난해 왔기 때문에 그 권위에 도전함으로써 봉쇄해 보자는 것이었다.

한편 노나라를 공범자로 끌어들이면 노나라는 싫어도 정나라와 우호관계를 가져야 한다고 생각했기 때문이다.

"그러나 허전은 낙양에 가깝기 때문에 결국 그것이 주체스러운 것이 아니오?"

장공이 의구심을 나타냈다.

"아닙니다. 사신 대신에 병사를 주둔시키는 겁니다."

제족이 대답했다.

"그렇군."

장공이 끄덕이고 신하들도 알아들은 듯한 시늉을 해 보인다.

그 결론을 기다리고 있었다는 듯, 곧 노나라에서 사자가 왔다. 노나라 환공이 즉위 인사를 겸해 월읍(越邑: 산동성 조현 경계)에서 정장공과 우의를 나누고 싶다는 환공의 친서를 가지고 왔다.

정장공은 약속한 날짜에 월읍에 갔다. 그리고 허전과 팽지를 교환했다.

그 이듬해인 정장공 34년, 정나라에서 10년째 망명생활을 하고 있던 송나라의 공자 풍(公子馮)에게 갑자기 송나라에서 맞아들이는 사자가 왔다. 송나라에 정변이 일어나서 공자 풍의 사촌 형제 상공(殤公)이 살해되었기 때문이다.

송나라의 정변은 태재 화독(華督)과 사마 공보가(孔父嘉)의 세력 싸움이라기보다는 화독이 공보가의 아름다운 아내를 빼앗으려고 한 데서 발단되었다.

공보가는 무예를 자랑하는 타고난 무인이며, 전쟁터에서 달리는 것을 사냥터에서 짐승을 쫓는 것보다 더 즐거워했고 게다가 임금이 총애하는 인물이었다. 그래서 그는 상공을 부추겨서 이웃의 작은 나라를 무수히 치고, 큰 나라에도 자주 쳐들어갔다.

물론 공보가가 전쟁을 좋아한 데는 경제적인 이유도 있었다. 전쟁이 일어나면 전쟁비용은 사마의 재량에 맡겨진다. 전리품의 분배도 사마의 권한인 데다가 스스로 병사를 통솔하는 장수이기도 하였다. 즉, 전쟁을 벌일 때마다 그의 호주머니는 부풀고 그의 일족은 윤택해졌다.

그러나 전쟁의 부담이 과중해지면 나라 재정은 어쩔 수 없이 어려워진다. 전비를 염출해야 하는 입장에 놓인 태재 화독은 그 때문에 심한 고통을 떠맡게 된 데다가 공보가의 하는 짓이 화독에게는 마땅치 않은지라 두 사람 사이에는 자주 말다툼이 일어났다.

그러나 공보가는 대단한 명장으로 이제까지 치명적인 패배를 당한 일이 없었기 때문에 사람들은 거듭되는 전쟁이 지긋지긋하면서도 그의 명장으로서의 인기는 날로 높아졌다.

패한 일이 없는 명장 공보가도 이윽고 그 대(載)나라 공격에서 불운을 당하기에 이른다. 정장공이 이끄는 송나라 토벌군의 의표를 찌른 것은 훌륭했으나, 철수하다가 대나라를 공격하여 참패하고 전군이 괴멸되어 목숨만 겨우 건져서 도망쳐 왔기 때문에 그의 위신은 하루아침에 땅에 떨어지고 말았다.

우선 전사한 병사들의 유족들로부터 원망의 소리가 높았다. 군 내부에서도 불신과 비난의 소리가 들끓었다. 그런데다가 다시 화독의 하수인들이 항간에 헛소문을 퍼뜨리고 군내부에서 선동을 함으로써 어쩔 수 없이 사면초가의 판국에 이르렀다.

그러나 그것에는 아랑곳하지 않고 공보가는 병력을 증강시키고 군대 훈련에만 힘썼다. 정나라에 대한 보복과 대나라에 대한 설욕을 하고 오로지 위신을 회복하려는 집념으로 온갖 노력을 경주했다.

그 한결같은 노력과 집념이 빗나가 어처구니없는 일이 일어났다. 상당히 아름다운 아내를 가진 것이 뜻밖에도 공보가의 목숨을 앗아 가게 된 것이다.

공보가의 아내 위씨(魏氏)는 송나라 제일의 미인이라는 평판을 받고 있었다. 태재인 화독도 한 번만이라도 그 미인을 보고 싶다고 오랫동안 벼르고 있었다. 공보가의 저택에 몇 번이나 방문했으나 공보가는 결코 손님 앞에 아내를 나오게 하지 않았다. 그녀가 외출하는 것을 기다린 적도 있었으나 그녀는 수레 밖으로 얼굴을 내밀지 말라는 남편의 엄한 명령을 받고 있었다.

그것은 일반적으로 미인 아내를 가진 남편의 고통으로부터 나온 자위책이기도 했다. 특히 공보가는 직업상 오랫동안 집을 비우는 일이 많기 때문에 어쩔 수 없는 일이었다.

하지만 아무리 두꺼운 벽도 금이 가게 마련이다. 공보가는 군사훈련에 정신을 쏟고 있었다. 그런 가운데 위씨는 어느 날 친정의 성묘를 위해 혼자서 친정집에 가게 되었는데, 조상의 산소 앞에서 합장하고 있는 위씨의 모습을 때마침 지나가던 화독이 보게 된 것이다.

그 순간 화독은 별별 생각을 다하기 시작했다. 소문은 거짓이 아니었구나, 아니 소문 이상으로 아름다워! 꼭 내 것으로 만들고 말겠다고 화독은 마음속으로 굳게 맹세했다.

공보가는 그런 일이 있는 줄도 모르고 여전히 군사훈련에 열중하고, 화독은 더욱 열심히 '반전과 공보가 비판'을 선동했다. 그러던 어느 날 화독은 한 가지 계책을 꾸며서 그럴듯한 헛소문을 퍼뜨렸다.

공보가는 이윽고 정나라 출병을 상주(上奏)에서 상공의 승낙을 청했다.
그러나 화독이 맹렬히 반대했기 때문에 상공은 재가를 주저하고 있다.

화독은 정나라에 출병하면 정나라와 동맹하고 있는 제나라와 노나라에게 협공을 당하여 송나라는 저 대나라에서의 전투와 마찬가지로 반드시 전멸할 것이라고 주장했다. 그러나 공보가는 설사 전멸하는 일이 있어도 정나라를 치지 않으면 송나라의 체면이 서지 않고 자기는 화가 풀리지 않는다고 기염을 토했다.

그런 말끝에, 그렇게 반대를 한다면 죽여 버리겠다고 화독을 위협했다. 자, 이렇게 되면 일이 무사히 끝나지 않는다. 출정한 병사들은 다시 전멸하게 된다. 게다가 이번에는 정나라가 진짜 보복을 하게 될 것이다. 그렇게 되면 상구(商丘: 송나라 수도)는 공격을 받아 성이 불타고 말 것이다.

이 위기에서 구원할 수 있는 것은 태재 화독뿐이다. 그가 무슨 수를 쓰지 않으면 구원될 수 없다.

화독은 하수인들을 동원해서 소란을 피우게 했다.

화독이 낮에 흘려보낸 헛소문은 저녁때가 되어 전군에 퍼져서 하급 장군들이 삼삼오오 화독의 저택 앞에 모여들었다. 그러나 저택의 문은 굳게 닫혀 있고 면회사절이라는 팻말이 붙어 있었다.

면회를 요구하는 장군들과 문지기들 사이에 입씨름이 벌어졌다.

"태재는 사마의 암살을 두려워하고 있소. 문을 열 수 없소."

집사가 나와서 설명했다.

"그런 일을 두고 보지만은 않겠소. 우리가 지키겠소."

장군들은 흥분하기 시작했다. 그러고는 서로 공감한 듯 동지들을 규합하려고 흩어졌다.

얼마 후에 무기를 든 분노한 장군들이 무리지어 몰려왔다. 화독은 문을 열고 장군들을 뜰 안으로 불러들였다. 뜰에 모습을 나타낸 화독은 연못 앞 누각 위에 서서 탄식했다.

"백성들이 애석하게 전쟁터에서 죽어가는 것이 딱해서 정나라 출병을 막으려고 했소. 그러나 군권은 사마의 손아귀에 있소. 이렇게 백성이 나를 위험에서 지켜주는 것은 눈물이 날 정도로 고맙지만 난 백성들의 개죽음을 막을 수가 없는 처지요. 유감스럽고 비통한 일이 아닐 수 없소. 불행하게도 출병의 승낙은 내일 아침에 떨어질 것이오. 아무리 발버둥 쳐도 나는 나라를 망치고 백성들을 죽음에 몰아넣는 무모한 사마의 망동을 막을 수가 없소. 용서해 주시오."

화독은 침통한 얼굴로 말하고는 눈을 가리고 깊이 머리를 숙였다.

"공보가는 역적이다. 사마를 죽여라!"

"그렇다. 죽여라, 죽여!"

장군들이 일제히 소동을 부리기 시작했다. 결국 사태는 화독이 꾸민 각본대로 맞아 들어갔다.

화독은 충성을 맹세하는 장군들과 작전을 짜고 천천히 뜰에서 나왔다. 그리고 공보가의 저택으로 달려가 문을 두드렸다.

한밤중에 느닷없이 장군들이 몰려가자 문지기가 기겁을 했다. 그러나 태재가 직접 가마를 타고 왔다는 말을 듣고는 곧 문을 열어 정중히 안으로 안내했다. 화독의 모습이 안으로 사라지자 한걸음 늦게 태재의 가신이 주인에게 급한 볼일이 있다고 방금 닫힌 문을 두드렸다.

가신의 얼굴을 아는 문지기는 다시 문을 열었다. 그때 담 뒤에 숨어 있던 한 무리의 장군들이 일제히 몰려 들어갔다. 그와 동시에 사면팔방에서 다른 장군들이 담을 타고 넘어 갔다. 여기저기서 저택을 지키고 있던 호위병들과 칼싸움을 벌이는 소리가 요란했다.

그 소리를 들은 공보가는 눈을 부릅뜨고 칼을 잡으러 달려갔다. 그때

"여기다!"

하고 화독이 소리쳤다. 공보가는 칼을 잡을 사이도 없이 밀어닥친 몇 몇 장군들에 의해서 목이 떨어져 나갔다. 저택을 호위하고 있던 병사들은 곧 제압되고, 저택 안에서는 약탈이 벌어졌다. 화독은 잽싸게 위씨 부인을 낚아채고 철수해 버렸다.

이튿날 아침, 사건을 알게 된 상공은 몸소 공보가의 저택으로 조문을 하기 위해서 갔다.

"본래 임금 자리에는 상공이 아니라 선왕의 적자인 공자 풍이 즉위해야 했었다. 공자 풍을 새 임금으로 앉히면 백성들은 반란죄로 처벌되지 않아도 된다."

화독은 장군들에게 상공을 죽이라고 부추겼다. 장군들은 공보가의 저택으로 다시 쳐들어가서 상공을 죽였다. 화독은 급히 공자 풍을 모셔 들이는 사자를 정나라로 보냈다.

공자 풍이 사자의 진의를 의심하여 망설이고 있을 때, 정장공은 공자 풍에게 호위군을 딸려 보냈다. 공자 풍은 호위하는 병거 3백 대를 이끌고 의기양양하게 송나라 수도 상구로 돌아왔다. 호위군대는 공자 풍의 안전을 확인하고는 정나라로 돌아갔다. 그 후 공자 풍은 즉위하여 송나라 장공(宋莊公)이 되었다.

정나라 장공 37년은 주나라 환왕 13년(기원전 707)이 되는 해이다. 정나라가 노나라와 배령지(拜領地)인 허전과 팽지(祊地)를 맞바꾼 지 4년이 지나갔다.

윤허를 받지 않고 배령지를 교환한 것을 안 주환왕은 불같이 화를 내면서 허전을 몰수하겠다고 호통을 쳤다. 그리고 허전에 파견된 정나라 군대를 눈 안의 가시처럼 여기면서 그 군대를 내쫓으라고 주나라 공작 흑견에게 명령했다. 그러나 흑견은 전과 같이 만류했다.

이윽고 환왕은 멋대로 배령지를 맞바꾼 굴욕을 참지 못하고 울화통을 터뜨렸다. 정나라의 행패와 무례를 징벌하기 위하여 진(陳)·채(蔡)·위(衛)사 3국의 군대를 동원하여 정나라를 치기에 이른다. 허전에 주둔하고 있는 정나라 군대는 사전에 이것을 알고 물러서면서 이 위급한 사태를 본국에 알렸다.

주나라 환왕이 어가친정(御駕親征: 임금이 직접 정벌함)한다는 소식을 전해들은 정장공은 태연한 척하면서도 내심으로는 조금씩 동요를 일으키기 시작했다. 또한 신하들도 갑자기 닥친 사태에 당황하지 않을 수 없었다. 한 제후의 자리로 전락했다고는 하지만 천자는 역시 천자인 것이다.

"아무래도 환왕의 눈이 뒤집힌 모양입니다. 환왕은 지난날 우리가 왕명을 사칭한 것을 분노하고 있는 것 같으니까, 이 기회에 왕명을 사칭하는 비열한 짓은 안한다는 증거로 당당하게 왕명을 가지고 환왕과 싸웁시다."

제족은 태연히 묘한 말을 했다.

장공을 비롯하여 신하들은 그 말의 진의를 이해하지 못했다. 그러나 어느 사이에 어찌되었든 이런 경우에는 제족에게 문제를 맡겨야 한다는 암묵적인 양해가 형성되어 있었다. 그래서 감히 이러쿵저러쿵 말하는 자가 없었다.

제족은 당장 대천벌죄(代天罰罪)라고 큼직하게 쓴 모호(蝥孤: 대제후가 소제후를 토벌할 때 내거는 깃발)를 만들었다. 대천벌죄란 글자 그대로 하늘을 대신해서 죄를 다스린다는 의미를 띠기 때문에 왕명을 표방한 것이 된다.

이것은 짓궂은 장난 정도의 수준을 훨씬 넘은 것이었다. 그렇게 함으로써 천하의 제후들에게 정나라의 위신을 보여주자는 속셈도 있었다. 그러나 이 경우에는 보다 구체적인 의도가 있었다. 즉 환왕을 화나게 해서 진두에 끌어내리려는 작전이었다.

며칠 지나서 환왕의 어가친정군이 신정성 아래에 나타나, 성의 서문 밖 밀밭에 영을 쳤다.

그 이튿날 아침에는 진을 전개하고 서문 앞에서 도전해 왔다. 그러나 성은 문을 굳게 닫은 채 응전할 기미가 보이지 않았다. 두 번, 세 번 도전을 시도해 보았으나 역시 반응이 없었다. 친정군의 장수 괵공기보(虢公忌父)는 단념하고 병사들에게 밥을 먹였다. 네 번째 도전에도 성문은 열릴 기색이 보이지 않았다.

"어쩔 수 없습니다. 성을 공격할까요?"

괵공이 환왕의 뜻을 물었다.

"시시한 겁쟁이들이군. 좋아! 성을 공격해라."

환왕이 명령을 내렸다.

"아니, 야습을 하려는 것인지도 모릅니다. 야습에 대비해서 진영을 정비해야 한다고 생각합니다."

종군하고 있는 주나라 공작 흑견이 진언했다.

"아니, 그것은 성을 공격한 뒤라도 늦지 않다."

환왕은 병거를 진격시키라고 명했다.

그것을 멀리 성루에서 바라보고 있던 제족이 성문을 열 준비를 하라고 명령한다.

"자, 나가라! 꼭 팔꿈치를 겨냥하는 거다. 빗나가도 할 수 없다. 단

절대로 머리와 심장은 쏘지 말라, 알았지."

제족은 하숙영에게 다짐을 하고, 군대를 내보냈다.

성문이 열리자 전투의 원칙을 무시하고 맨 앞에 대천벌죄라고 크게 쓴 깃발이 높이 달려 있는 노거(路車: 왕이 타는 수레)가 느릿느릿 나갔다.

"제족의 짓이다. 무슨 농간을 부리는 것인지도 모른다."

흑견이 괵공에게 조심하라고 이른다.

"아니, 공격을 당하면 곧 성안으로 도망치려는 것일 게다."

환왕은 초조한 마음으로 옆에서 한마디 했다.

보고 있으려니까 노거는 느릿느릿 다가오는데 성문에서 상당히 떨어져 있었다. 그런데도 배후에 있는 병거들은 좌우로 전개하지 않았다.

"발칙하게도 모호의 깃발을 세우고 있잖은가? 게다가 큰 글씨로 쓰여 있어. 뭐라고 쓰여 있는지 읽어보시오."

환왕이 분하다는 듯이 말하며 흑견을 돌아보았다.

"멀어서 아직 읽을 수 없습니다."

대답은 했으나 실은 그도 벌써부터 그것을 걱정하며 보고 있었다. 그러나 뭐라고 쓰여 있는지 짐작도 할 수 없었다.

"가까이 가서 보고 오시오."

환왕이 명했다.

"예!"

하고 흑견은 대답하면서도 움직이지 않았다.

"알았다. 좋지 않은 말이 쓰여 있는 게로군."

환왕은 마부에게 말하지도 않고 갑자기 말에다 채찍을 휘둘렀다. 흑견은 당황해서 환왕의 뒤를 쫓고 괵공은 할 수 없이 진군의 북을 치게 했다.

큰 북소리가 울리자 친정군의 병거가 움직이기 시작했다. 동시에 성에서 나온 정나라 군사가 좌우로 펼쳐지면서 친정군의 좌군(진나라 군사)과 우군(채나라 군사)을 향해 돌진해 왔다.

흑견은 필사적으로 환왕의 수레를 세우려고 했다. 그러나 '대천벌죄'라는 글을 읽은 순간 환왕은 분노해서 무서운 기세로 돌진했다. 그리고 '모호' 깃발을 떨어뜨리려고 화살을 시위에 메기는 순간, 그의 오른손 팔꿈치에 하숙영이 쏜 화살이 날아와 박혔다. 환왕은 활과 화살을 내동댕이치고는 몸을 웅크렸다. 그러고는 왼손으로 오른손 팔꿈치를 잡고 신음을 토해냈다. 마부는 당황한 나머지 수레를 돌려 퇴각했다. 친정군의 중군 주력부대(위나라 군사)는 분전했으나 전의가 없는 좌군과 우군은 순식간에 무너져서 퇴각했다. 좌우의 정나라 군사들은 퇴각하는 친정군의 좌우군을 추격하지 않고 좌우에서 친정군의 중군을 습격했다. 전세가 불리하다고 판단한 괵공은 퇴각하라는 징을 울리게 했다. 친정군은 일제히 퇴각하고 정나라 군사도 추격하지 않은 채 성안으로 철수했다.

그날 저녁 붉은 태양이 서쪽 하늘에 질 무렵, 군사(軍使)의 깃발을 꽂은 수레에 탄 제족이 친정군 진문 앞에 나타났다. 수레 위에 위문품을 가득 싣고 환왕의 전상을 위문하러 왔다고 제족이 문지기에게 말을 전했다.

괵공은 의아한 표정으로 말없이 제족을 바라보았으나, 흑견은 정중하게 본진으로 맞아들였다. 그리고 상처의 아픔으로 기분이 좋지 않은 환왕을 어르고 달래서 제족의 문병을 받아들이게 했다.

"천자께서는 하늘의 아들이시라, 역시 하늘의 가호가 있었습니다.

실은 전하에게 활을 쏜 그 사람은 백발백중의 신궁이며, 하늘을 나는 새의 눈알을 쏘아 맞춥니다. 그 화살이 급소를 벗어나서 팔꿈치에 맞은 것은 전하의 행운일 수밖에…."

제족이 말을 계속하려고 했으나 이 이상 싫은 소리를 했다가는 환왕이 역정을 낼 것이라는 것을 안 괵공이 그의 말을 가로막았다.

"전하께서는 몹시 피곤하시니 그만 물러가시오. 다만 그 전에 한마디 묻겠는데 정백은 그 괘씸한 사수를 어떻게 처벌하겠는가?"
하고 괵공이 물었다.

"사수를 어떻게 처벌하다니요? 처벌할 수 없다고 생각합니다. 그 신궁이 이르기를 자기가 쏜 사람은 절대로 천자가 아니라고 주장하고 있습니다. 천자된 자가 그런 모습으로 진지 앞으로 뛰어나올 리가 없다고 고집합니다."

"뭐라고!"

환왕이 노기가 등등해서 처음으로 입을 열었다.

"격분하지 마십시오, 전하. 실은 신도 처음에는 마찬가지로 의심했습니다. 천자는 금군(禁軍: 근위대)의 6개 사단을 이끌고 친정하시는 것이 예라고 배웠습니다. 그러므로 잡병을 그러모아 우리 정나라에 침입한 군대를 보았을 때 어느 시골 제후가 왕명을 사칭해서 일으킨 군대로 알았습니다."

제족은 넉살 좋게 늘어놓았다. 흑견의 안색이 창백해지면서 제족의 팔을 잡았다.

"제발 이제 물러서시오."
하고 울음을 터뜨릴 듯한 목소리로 만류했다.

"그럼, 부디 조심하시고 하루 빨리 쾌유하시기를 빌겠습니다."

제족은 흑견에게 팔을 잡힌 채 물러 나왔다. 어깨를 나란히 하고 진문을 나오면서 흑견이 중얼거렸다.

　"열심히 간언을 드렸지만…."

　"심정을 알겠습니다. 그러나 다음에 다시 전쟁터에서 만나면 눈알을 쏠 것이라고 충고해 주십시오."

하는 말을 남기고 제족은 진문을 빠져나와 수레에 올라타고는 성으로 돌아갔다.

제6장
오는 봄을 어찌하랴

이듬해 장공 38년, 북융(北戎)이 대군을 이끌고 제(齊)나라에 침입해 왔다. 지금까지 북융은 자주 국경 주변에 출몰하여 약탈을 거듭해 왔으나 그때와는 규모가 상당히 달랐다.

융나라의 장수 대량(大良)과 소량(小良)이 1만이 넘는 대군을 이끌고 국경을 넘어 제나라 깊숙이 쳐들어와 축아(祝阿: 산동성 장청현 동북 쪽)성을 공략하고 있었다.

역하(歷下: 산동성 역성현)성도 위태롭다고 역하의 수장은 임치(臨淄)에 지원을 요청했다. 위급을 알고 제이공(齊釐公)은 정(鄭)·노(魯)·위(衛)나라 3국에 출병을 요청하고는, 스스로 군대를 이끌고 역하성으로 달려갔다.

지원 요청을 받은 정장공은 당장 지원군을 편성하고 태자 홀(太子忽)을 대장으로, 부장수는 고거미(高渠彌), 하숙영(瑕叔盈)을 선봉으로 삼고 제족을 태자 홀의 군사(軍師)로 삼았다.

갑작스레 편성된 병거 3백 대의 지원군은 지체하지 않고 신정을 나서서 곧바로 역하성으로 달려갔다. 열흘도 채 안 되어 도착한 지원군을 보고 제이공은 대단히 기뻐했다. 스스로 성 밖까지 나가서 지원군의 병사들을 위로하는 한편, 제족을 발견하고는 빙그레 웃었다.

"백만 대군을 얻은 것보다도 마음이 든든하오."

하고 말하며 제족의 손을 잡았다.

곧 지원군의 여러 장수들을 성안으로 불러들여 작전회의를 시작했다. 이공의 동생 이중년(夷仲年)이 전황을 보고했다.

"융병은 지금까지도 국경 주변의 약탈을 자행해 왔습니다만 쥐가 음식물을 물고 도망가는 것 같았기 때문에 내버려두었습니다. 그래서 기승을 부리는지도 모릅니다."

이공이 덧붙인다.

"그렇다면 축아성을 빼앗은 융병은 더욱 기승을 부릴 겁니다. 그러나 그 기승을 이용하면 그들을 전멸시킬 수 있습니다."

태자 홀이 느닷없이 말했다. 그 말투가 무슨 계략이 있는 듯했다. 실은 신정에서 역하로 오는 도중 제족으로부터 전략을 지시받았다.

"꼭 그 방도를 들려주십시오."

이공이 나섰다.

"겁 없이 중원에 침입한 융병은 단 한 명도 살려 보내서는 안 됩니다."

태자 홀은 결론부터 내렸다. 그러나 제나라라고 말하지 않고 '중원'이라고 말한 데는 다른 속셈이 있었기 때문이다.

태자 홀은 이번 작전에서 주도권을 잡을 생각이었다. 중원이란 황하 유역에 있는 나라들의 지배 영역을 말한다. 따라서 중원에 침입한 북융을 물리치는 것은 중원 제국의 공동 책임이며, 그렇기 때문에 공자 홀은 자기가 주도권을 잡아도 이상할 것이 없다고 은근히 주장하고 있었던 것이다. 태자 홀이 말했다.

"여기서 북융이 오만해져서 멋대로 침입하게 내버려두면 중원 제국은 베개를 높이 베고 잠잘 수 없습니다. 그리고 뱀을 설죽이면 되살아났을 때는 더욱 사나워지듯이 그저 몰아내기만 하는 어정쩡한 작전을 펴서는 안 됩니다. 중원을 침입하면 무서운 대가를 치르게 되는, 아니 두 번 다시 국경을 넘어올 생각을 하는 것만으로도 몸서리가 쳐질 정도로 철저하게 때려 눕혀야 합니다."

"그렇소. 그런데 그 구체적인 방법은?"

이공이 끄덕이며 다음 말을 재촉했다.

"그 전에 부탁이 있습니다만….'

"무슨 말이든 하시오."

이공이 말했다.

"어느 정도의 희생을 각오하셔야 합니다."

태자 홀이 잘라 말했다.

"그건 어쩔 수 없겠지."

이공은 주저하는 빛도 없이 동의했다.

"그럼 당장 성안에서 백성들을 내보내 주십시오. 동시에 모든 식량을 성 밖으로 운반하고 물의 근원을 단절하고 우물도 메꾸어 주시면 고맙겠습니다."

태자 홀이 말했다.

"그리고?"

이공이 이번에는 당황하는 기색을 보였다.

"함공성지계(陷空城之計), 즉 폐허나 마찬가지인 빈 성안에 적군을 쳐놓고 가두어 버리는 것입니다."

"과연 명안이군."

"그리고 시기를 기다려서 퇴로를 열어 주면 적군은 어쩔 수 없이 그쪽으로 퇴각합니다. 그리고 우리는 적군이 어디서 쉬고 밥을 먹을 것인지 예상되는 지점에 복병을 배치합니다. 정나라에서 동원된 군사는 국경을 봉쇄합니다. 적은 한 놈도 살아서 돌아가지 못할 것입니다."

"알았소."

이공은 동의했다. 장수들은 당장 구체적인 작전계획을 짜기 시작했다.

얼마 후, 폐허 작전으로 역하성에는 일대 소동이 벌어졌다. 또 제족의 요청으로 이중년이 일대를 이끌고 길 안내를 할 겸해 정나라의 지원군과 합류했다. 우선 정찰을 하기 위해서 국경으로 향하고 일찌감치 역하성 아래에서 떠났다.

축아성을 함락시킨 융군은 성에서 꼼짝도 하지 않았다. 병사들은 휴식을 취하고 있는 것이 아니었다. 융나라에서는 볼 수 없는 좋은 술과 미인들, 신기한 음식들 때문에 대량과 소량을 비롯해서 모든 장수들이 거기에 홈빡 빠져 꿈쩍하지도 않는 것이었다.

그때 축아성 아래에 공자 충(公子充)이 지휘하는 제나라 군사가 나타났다는 전갈을 전해 들은 소량이 벌컥 화를 내기 시작했다.

"좋아, 내가 쫓아 버리지."

하고 적이 도전해 오는 것도 기다리지 않은 채 말에 올라타고는 병사들을 이끌고 성문을 열었다. 그러나 제나라 군사는 소량이 나온 것을 보고는 순식간에 도망치기 시작했다.

처음부터 말과 병거는 비교가 안 되었다. 소량이 이끄는 기병대는 순식간에 제나라 군사의 병거대를 따라잡았다. 그러나 기병대에 접근한 제나라 군사는 병거 위에서 뒤쪽을 향하여 화살을 퍼붓는지라 쉽게 접근할 수가 없었다. 그러나 소량은 단념하지 않고 간격을 두었다가 집요하게 바싹 따라갔다. 상당한 시간이 지나고 전방에 큰 성이 보이기 시작했다.

"훌륭한 성이로군."

소량이 뒤쫓다 말고 찬찬히 성을 바라보았다. 어느 사이에 병거대는 그 성안으로 사라졌다. 그러나 모처럼 뒤쫓던 적을 놓쳤지만 소량은 만족해했다.

"좋아, 내일이라도 저 성을 빼앗자."

소량은 좋아하며 축아성으로 돌아갔다. 그러나 더 좋아한 것은 소량보다도 역하성안에 있던 제이공과 장수들이었다. 공자 충 휘하의 병거 1대는 훌륭하게 안내역을 다한 것이다.

과연 이틀 후, 대량과 소량은 융군을 이끌고 역하성 아래에 나타났다. 진지를 쌓을 겨를도 없이 성문이 열리고 병거대가 달려 나왔다. 역시 공 자충이 지휘하는 병거대가 진지를 쌓고 있는 융군에게 돌진한 것이다. 소량이 솜씨 있게 진영을 정비하고 맞서 싸운다. 그러나 몇 번 맞서 싸우다가 공자 충이 또 도망을 쳤다. 그러나 소량은 굳이 추격하지 않았다. 공자 충은 그대로 병거대를 이끌고 축아성 쪽으로 달아났다.

"겁쟁이들이군."

소량이 말에서 내리자 다른 병거대가 성문을 열고 나왔다.

"좋아, 포위해서 섬멸시키자."

대량이 소량에게 소리치며 말 등에 올라탔다. 그리고 성문에서 나온 공손 대중(公孫戴仲) 휘하의 병거대를 포위하기 시작했다. 다급해진 병거대는 활을 마구 쏘아대며 역시 축아성 쪽으로 달아났다.

"겁이 나서 성을 버리고 도망치는구나."

축아성 공격으로 맛을 들이고 있던 소량이 말했다.

"성안에는 이제 군대도 별로 남아 있지 않을 거야. 내일 아침 단번에 함락시키자."

대량은 전군에게 진지를 쌓으라고 명했다.

밤중에 작은 백기를 든 성 백성의 대표라고 자칭하는 사람이 진문 앞에 나타났다.

"성안에는 병사가 별로 남아 있지 않습니다. 성을 공격하여 성안의 백성이 재해를 입을까 봐 몰래 모여서 의논한 결과 밤중에 성문을 열어 귀국의 군대를 끌어들이기로 뜻을 모았습니다. 그러니 성 백성의 약탈을 일삼지 않는다는 약속을 해 주십시오. 지금부터 한 시간 뒤에 여러분들에게 성문을 열어드리겠습니다. 부디 원만하게 처리해 주십시오."

하고 잔뜩 겁먹은 표정으로 말했다.

"알았소. 원만하게 처리하도록 약속하겠소."

대량은 승낙하고, 성안의 백성 대표는 성으로 되돌아갔다. 대량과 소량은 빙그레 웃으며 끄덕인다.

"소리를 내지 말고 입성 준비를 하라."

전군에게 하달했다.

한 시간 뒤, 약속한 대로 성문이 조용히 열리고 융군이 성안으로 몰려 들어갔다.

그러고는 다시 성문이 조용히 굳게 닫혔다. 바깥쪽에서 빗장이 걸렸다. 성문은 이미 바깥쪽에서 잠그도록 개조되어 있었던 것이다. 성이 폐허라는 것을 안 대량과 소량은 당황하기 시작했다. 어느 사이에 성벽 위에는 제나라 병사들이 올라가 있었다. 성문을 부수려는 융병이 성벽 위에서 쏘아대는 화살을 맞고 쓰러져 시체가 무수히 쌓였다.

날이 밝자 성벽 밖에는 무수한 운제(雲梯: 사다리차)와 비루(飛樓: 높은 대를 설치한 차)가 즐비하게 서 있고, 그 위에서 제나라 병사가 성문을 감시하고 있었다. 조금만 움직여도 화살이 빗발처럼 쏟아졌다.

계략에 빠진 것을 안 대량과 소량은 비로소 후회를 했다. 게다가 불행하게도 식량을 운반해 오지 않았을 뿐더러 우물을 파려고 해도 연장이 없었다.

성안은 금세 혼란 상태에 빠졌다. 그 상태로 하루가 지나면 궁지에 몰린 쥐가 고양이를 문다는 것을 아는 제이공은 이튿날 아침 봉쇄를 풀어주었다.

간신히 성을 빠져나온 융군은 혼쭐이 나서 퇴각을 했다. 비틀거리면서도 물을 찾아서 서둘러 갔다. 그러나 물을 마실 수 있는 곳에는 반드시 제나라 군사가 버티고 있었다. 간신히 식량을 구해서 불을 피우면 틀림없이 복병이 나타났다. 이렇게 해서 날이 갈수록 융병의 숫자는 급격하게 줄어들고, 소량도 성에서 나온 이틀 후에 객사하고 말았다. 대량과 병사 5백 명 정도가 겨우 목숨을 부지한 채 간신히 국경에 도달했지만 그곳에는 개미 한 마리도 통과시키지 않으려는 듯이 공자 홀 휘하의 지원대가 진을 치고 있었다.

"저 사람이 그 유명한 대량입니다. 굶주리고 있지만 만만치 않습니다."

이중년이 제족에게 말했다. 제족이 하숙영에게 눈짓을 했다. 그러자 하숙영이 천천히 활을 당겨 쏜 화살이 한 치도 빗나가지 않고 말에 탄 대량의 오른쪽 눈을 꿰뚫었다. 그것을 신호로 지원군은 패잔병들을 포로로 붙잡기 시작했다.

포로가 된 용병은 5백 명이 조금 넘었다.

"불쌍하지만 본보기다. 차열형(車裂刑)에 처하라."

태자 홀이 명했다. 차열형이라는 것은 좌우의 발을 두 대의 수레에 묶어서 찢어 죽이는 형벌을 말한다.

수레를 끄는 말에 의해 가랑이가 찢어진 시체들은 국경 밖에 있는 산에 산더미처럼 쌓였다. 그 맨 위에는 오른쪽 눈에 화살이 박힌 채로 대량의 시체가 버려졌다.

제이공은 복구공사로 북적거리는 역하성에서 태자 홀이 돌아오기만을 기다리고 있었다. 그대로 귀국하겠다는 태자 홀을 무슨 일이 있어도 들어가야 한다고 임치로 초대한 것이다.

그들이 함께 역하성을 떠나려고 할 때 노나라와 위나라의 지원군이 약속이라도 한 것처럼 동시에 도착했다. 이공은 내심 달갑지 않았으나 웃는 얼굴로 맞아들여 역시 도성으로 초대했다.

임치에 도착하자 곧 승리의 대축연이 벌어졌다. 물론 태자 홀의 공로에 보답하는 연회였다. 그러나 이공은 그것을 기회로 혼담을 꺼내려고 생각하고 있었다.

"내 둘째 딸에게 빗자루를 들려서 신정 궁전이나 쓸게 하려는데 태자의 뜻은 어떻소."

상석에 앉아서 이공은 기회를 엿보고 있다가 말을 꺼냈다.

"고마우신 뜻이지만 그러나…."

"그러나 어떻다는 말이오?"

"예, 전공을 핑계로 혼인을 강요했다고 천하의 오해를 받아서는 곤란합니다."

"뭘, 이 자리에는 증인이 여럿 있소. 그런 염려는 말구려."

"게다가 먼저 부모의 허락을 받지 않으면 불효자라는 비난을 받게 됩니다."

"그 점도 염려할 것 없소. 오래 전의 일이지만 아버님과는 이미 이해가 있었소."

"아무튼 이 자리에서 대답을 드리기는 어렵습니다."

태자 홀은 잘라 말했다. '이 자리에서'라고는 말했지만 그것은 거절임이 명백했다.

"그러면 좋은 대답을 기다리겠소."

이공은 속으로 수모를 느꼈으나 적당히 말을 얼버무렸다.

태자 홀이 혼담을 거절한 것을 불쾌하게 생각한 것은 이공보다도 제족이었다. 이공이 혼담을 꺼내리라는 것은 처음부터 알고 있었다.

"그 청혼은 받아들였어야 합니다. 여자는 혼인하지 않고는 좋은지 나쁜지 모르는 것입니다. 태자에게는 형제가 많습니다. 난세에는 즉위하기 전에 태자라고 해서 꼭 즉위한다는 보장이 없습니다. 아니, 즉위했다고 해도 형제의 찬위는 다반사입니다. 그러므로 대국과 혼인을 맺는 것은 일종의 안전보장과 같은 겁니다. 그것을 거절해서는 안 됩니다."

제족은 국경에서 역하성으로 돌아오면서 타일렀다. 그러나 태자 홀은 무관심한 표정이었다.

"처갓집을 후원자로 삼기도 싫고 내 성미에도 맞지 않소."

태자 홀은 오만하게 말했다.

"그게 무슨 말씀입니까? 아무도 후원자로 삼으라는 말은 안했습니다. 안전보장이 된다고 말했을 뿐입니다."

제족은 전에 없이 말이 거칠었다.

"그랬소. 그럼 다시 생각해 보겠소."

태자 홀은 제족의 태도에 당황해서 말을 고쳤다.

그러나 태자 홀이 생각을 다시 하는 기색은 보이지 않았다. 제족은 처음부터 강요할 생각은 없었기 때문에 그 이야기는 더 이상 계속되지 않았다. 그러나 이공의 제의를 직접 거절한 것은 좋지 않았다는 생각은 떨쳐버릴 수가 없었다.

그렇다면 왜 사전에 자기에게 한 마디 귀띔도 해주지 않았는가. 그런 줄 알았더라면 손님들 앞에서 이공에게 망신을 주지 않아도 되었을 것을 하고 제족은 태자의 사려가 부족한 데 불쾌했던 것이다.

이렇게 돼서 이공은 여전히 웃는 얼굴을 짓고 있었으나 모처럼 정성을 다한 연회의 분위기가 어딘지 모르게 서먹서먹했다. 그 자리에 있던 제나라 장수들은 이공의 심기를 느끼고 일찌감치 자리를 떴다.

이튿날 아침, 정나라의 지원군은 노·위 양국의 파견군과 함께 임치를 떠나 귀국했다. 귀로에 선 태자 홀은 의기양양했다. 제나라를 구한 것보다도 북융이 감쪽같이 계략에 넘어가서 전멸한 것이 무엇보다 기뻤던 것이다.

"고맙소."

태자 홀은 계책을 가르쳐 준 제족에게 사례를 했다.

"난, 이제 모르겠습니다!"

하고 제족은 거칠게 쏘아붙였다. 기분이 몹시 나빴던 것이다. 그런데 비록 쏘아붙이긴 했지만 다른 뜻은 없었다. 그러나 태자 홀은 제족의 한 마디 말과 태도를 너무나 심각하게 받아들인 나머지 후일에 스스로 자기 운명을 그르치는 결과를 낳았다.

제이공이 정나라 태자 홀에게 출가시키려고 했던 딸은 이공의 둘째 딸로, 이름은 문강(文姜)이라고 하며 나이는 16세였다.

그녀는 천성이 총명하여 머리는 가을 물처럼 맑고(生得秋水爲神) 얼굴은 부용같이 고와(面如芙蓉), 꽃과 이야기하면 꽃이 대답하고(比花花解語), 옥을 칭찬하면 옥이 향기를 뿜는(比玉玉生香) 그런 아름다운 여자였다. 게다가 학문을 닦아 고금의 지식에 해박하여(通今博古), 말은 입에서 나오면 글이 되는(出口成文) 그런 재원이었다.

그러나 어려서부터 2살 위인 이복오빠에게 성적 희롱을 배운 탓에 비할 데 없는 조숙한 여자로 자랐다. 그 이복오빠는 이공의 장자였다. 이름은 제아(諸兒)라 하며 말할 수 없는 개구쟁이였다. 습관은 성격이 된다고 문강은 자랄수록 음란한 요기가 그녀의 주변에 떠돌았다. 그래서 이공은 그녀를 일찍 시집을 보내려고 했던 것이다. 더구나 상대가 영웅호걸이 아니면 그녀는 만족하지 못할 것이라고 딸의 아비로서 알아차리고 있었다.

정나라의 태자 홀은 그야말로 좋은 배필감이었다. 그런 만큼 청혼을 거절당한 이공의 낙심은 체면이 깎였다는 것 이상으로 컸다. 게다가 이 공은 돌이킬 수 없는 실수를 저질렀다. 지레짐작하고 태자 홀의 얘기를 이미 문강에게 했던 것이었다.

정나라의 태자이며 미남이고 무예가 뛰어나다는 말을 듣고 문강이 기뻐하는 모습은 형언하기조차 어려울 정도였다. 금세 그녀의 꿈은 하늘을 날고 망상에 두둥실 떠서 밤마다 베개를 부둥켜안곤 했다.

그리고 시 한 수를 지었다.

春草醉春煙 춘초취춘연	임 그리운 봄 안개에 취한 듯
深閨人獨眠 심규인독면	깊은 규방에 혼자 잠드네.
積恨顔將老 적한안장로	한 쌓여 얼굴은 주름지고
想思心欲燃 상사심욕연	생각할수록 그리움 불타네.
幾回明月夜 기회명월야	몇 번이나 달 밝은 밤에
飛夢到郎邊 비몽도랑변	꿈속에서 임 곁에 달려갔던고.

그럴 즈음, 문강은 북융을 토벌하는 지원군을 이끌고 태자 홀이 왔다는 말을 듣고 뛸 듯이 기뻐했다. 그러고는 밤이 되면 그 베개를 부둥켜안고 침실에서 뒹굴었다. 더욱이 그가 천재적인 계략을 써서 융군을 전멸시키고 융장 대량의 목을 베었다는 말을 들은 그녀는 너무나 흥분해서 졸도할 정도였다.

그리고 점점 자기 자신을 망상 속에 빠뜨렸다. 얄밉도록 그리운 님을 만날 날이 이윽고 다가왔다. 역하성에서 도성으로 들어온 태자 홀이 영웅처럼 수레에 올라타고 달려오는 모습을 호흡을 죽인 채 그늘에 숨어서 바라보던 문강은 그만 졸도하고 말았다.

다시 휘장 뒤에서 술잔을 높이 든 영웅의 장한 모습을 본 문강은, 자기도 모르게 황홀해서 사타구니를 적시며, 치밀어오는 신음소리를 참느라고 실신하기도 했다.

그래서 그녀는 연회석상에서 태자 홀이 혼담을 거절한 사실을 전혀 모르고 있었다. 이공도 체면이 서지 아니하고 무엇보다도 딸이 가여워서 그 말은 꺼내고 싶지 않았지만 그녀가 졸라대는 바람에 할 수 없이 사실을 토로했다.

"거짓말이야! 어떻게 그럴 수가 있어…."

그녀는 오열하다가 이번에는 정말 기절했다. 그러고는 그대로 허탈 상태에 빠져서 병상에 눕고 말았다. 이른바 상사병을 앓게 된 것이었다.

문강이 상사병을 앓는다는 소식을 들은 이복오빠 제아는 심한 질투를 느꼈다. 차라리 죽어라 하고 처음에는 분통을 터뜨렸으나 그 질투의 불꽃은 욕정으로 되살아나 활활 타올랐다.

문강의 거처가 내궁 깊숙한 곳에 있는지라 아무리 오빠라 해도 성인이 되면 함부로 누이동생을 찾아갈 수 없게 되어 있었다. 그러나 다행히 병문안을 한다는 좋은 핑계가 생겼다.

이윽고 제아는 문강을 찾아가기로 결심하고는, 기대에 부풀어서 문강의 거처로 갔다. 조용히 타이를 일이 있다고 제아는 우선 시녀들을 물리쳤다. 욕정의 불꽃이 타오르는 제아의 눈을 보고 착란을 일으킨 문강은 태자 홀의 모습으로 보고 있는 것이다. 그리고 그녀는 끌어안으려는 그의 가슴에 스스로 안겼다. 이윽고 두 몸이 한 덩어리가 되어 불꽃을 튕겼다.

열기가 식고 문강은 눈앞에 태자 홀이 아니라 제아가 누워 있는 것을 보았다. 그러나 어려서부터 서로 드러내고 주무르며 희롱하던 사이로, 새삼스럽게 수치심 같은 것을 느낄 상대는 아니었다. 아니 쌓인 욕정을 푼 기쁨 때문에 오히려 어떤 신통한 약을 먹은 것처럼 기분이 상쾌했다.

신명이 난 제아는 뻔질나게 문강의 거처에 드나들며 때로는 잠을 자고 가기도 했다.

문강의 병이 좋아지고 있다는 것을 알고 이공은 가슴을 쓸어내린다. 그러나 문득 어떤 생각에 미치자 아연실색하며, 당장 제아에게 누이동생을 문병하는 것을 엄하게 금했다.

문강의 병세는 좋아져서 곧 기운을 되찾았다. 이번에야말로 빨리 좋은 신랑감을 찾아서 시집을 보내자고 이공은 다짐했다. 다른 사람들은 모르겠지만 문강에게는 흠이 있으니 분에 넘치는 요구는 할 수 없다고 이공은 마음을 정했다.

역시 이 세상에는 버리는 자도 있고, 또 그것을 받아들이는 자도 있다. 정나라의 태자 홀이 문강과의 혼담을 거절했다는 것을 알고 노환공은 문강을 정실로 받아들이겠다고 생각했다.

노환공은 이미 나이 40세를 넘겼으나 측실이 몇 명 있을 뿐 아직 정실은 없었다.

그러나 갑자기 혼담을 꺼내도 나이 차가 많아서 거절을 당할지도 모른다는 생각에 노환공은 공자 휘에게 값비싼 예물을 가지고 제나라를 찾아가게 했다. 우선 타진을 해보라는 것이었다.

제이공에게 예물을 바치고 나서 공자 휘는 조심스럽게 마음속을 떠보았다. 그러나 의외로 이공은 노환공에게 뜻이 있다는 듯이 자진해서 혼인을 성사시키자고 말을 꺼냈다.

이야기는 급속도로 진행되어 얼마 후에는 택일을 하기에 이르렀다. 환공의 나이를 문제 삼을 수도 있다 하겠으나 문강도 이의가 없었다. 아니 그녀는 남자라면 누구라도 좋았던 것이다.

부군이 누이동생을 만나지 말라고 해도 문강이 궁 안에 있기만 하면 언제든지 만날 수 있다고 생각한 제아는 조용히 분란이 가라앉기만을 기다리고 있었다.

문강이 노나라로 출가한다는 말을 들은 제아는 더욱더 욕정이 불타올랐다. 게다가 출가할 날도 며칠 남지 않았는지라, 제아는 생각하다 못해 밤중에 몰래 숨어 들어가기로 작정했다.

그러나 혼담이 이루어졌으니 문강의 마음이 변했을지도 모른다. 그렇게 생각하고는 먼저 편지를 보내기로 했다. 그러나 다른 사람이 보면 곤란했다.

그래서 머리를 짜내어 노래를 지었다.

挑有花 도유화	복사꽃잎
燦燦其霞 찬찬기하	안개처럼 찬란하게
當戶不折 당호부절	문이 닫혀도 흘러들어
飄而爲苴 표이위차	회오리바람 꾸러미 되어
盱嗟兮 우차혜	슬프다, 감싸고 싶어라
復盱嗟兮 부우차혜	아아! 어쩔거나.

그 편지를 받고 문강이 답장을 보내왔다.

桃有英 도유영	복사꽃송이
燁燁其靈 엽엽기령	이글거리는 그 마음
今玆不折 금자부절	지금이라도 문을 열고
詎無來春 거무래춘	오는 봄을 왜 막는가
叮瞕兮 정녕혜	정녕, 보고 싶어라
復叮瞕兮 부정녕혜	아아! 정녕.

제아가 빙그레 웃은 것은 말할 것도 없다. 그리고 밤이 깊어지는 것을 기다려서 숨어 들어갔다. 제아는 가는 봄을, 아니 지는 복사꽃을 아쉬워하듯 다음날 밤도, 또 그 다음날 밤도, 모든 것을 잊고 밤이 깊어지기만을 기다렸다.

그리고 춘소일각천금(春宵一刻千金)의 정사 밀회도 결국 그칠 날이

다가왔다. 그러나 그것으로 모든 것이 끝난 것은 아니었다.

노나라로 시집간 문강에게 제아는 우차(吁嗟)라는 두 글자를 써넣은 편지를 보내서 근친을 재촉했다. 또 문강은 정녕(叮嚀)이란 두 글자를 쓴 편지를 맞으러 와달라고 재촉했다.

노환공이야말로 우스운 꼴이 되어 버렸다. 아니 꼴만 우습게 된 것이 아니라 여자 운이 몹시 나빴던 모양이다.

아무튼 어느새 문강과 제아에 대한 괴상한 풍문이 돌아 그것이 정나라 태자 홀의 귀에까지 들려왔다.

"역시, 그 여자를 아내로 맞아들이지 않기를 잘하지 않았소?"

태자 홀이 짓궂은 말로 제족에게 말했다.

"아직 노란 주둥이를 가지고 아는 체하는 게 아니오. 말은 기수에 따라서 좋은 말도 되고 나쁜 말도 되는 거요."

하고 제족은 또 한 번 불쾌한 표정을 짓는다. 또 하지 않아도 되는 말을 했구나 싶어 태자 홀은 다시 후회했다.

제7장
거문의 서까래를 노문에 끼운다

　정장공은 재위 43년(기원전 698)만에 세상을 떠났다. 그에게는 태자 홀 외에 공자 돌(公子突), 공자 미(公子亹), 공자 의(公子儀) 등 10여 명의 아들이 있었다.

　"태자 홀을 폐하고, 공자 돌에게 뒤를 잇게 하고 싶은데 어떻게 생각하오."

　죽기 직전에 장공이 제족에게 물었다.

　"그것은 안 됩니다. 일을 어렵게 만들 뿐입니다."

하고 제족은 반대했다.

　"그렇다면 돌이 홀 아래에 얌전히 있지는 않을 거요. 그 아이는 무턱대고 위에 오르기를 좋아하오."

　"그렇다면 외국으로 내보내는 게 좋겠습니다."

　제족이 진언하자 얼마 후 공자 돌은 송나라로 보기 좋게 추방되었다. 송나라는 그의 생모의 나라이자 외조부가 있는 곳이다.

　장공이 죽고 태자 홀이 즉위하여 정소공(鄭昭公)이 되었다. 장공의 장례식과 소공의 즉위식이 끝나자 조정신하들은 이웃 나라에 신왕 취임 인사를 하러 나갔다.

제족도 이웃 송나라로 갔다. 송장공(공자 풍)은 정나라에 망명해 있을 때 제족의 개인적인 은혜를 입었다. 그래서 제족은 송나라를 택해서 가벼운 마음으로 갔지만, 사실은 공자 돌의 동정이 염려스러웠기 때문이다.

그러나 송장공은 정중히 제족을 맞아들여 그를 연금해 버렸다. 즉, 귀국하는 제족의 발을 묶어 놓은 것이다.

"새 임금 소공을 폐하고, 다시 공자 돌을 정나라 임금으로 세우시오."

그 말을 남기고 장공이 나가버리자 화독(華督)이 밀실로 제족을 데리고 들어갔다.

"귀국의 공자 돌의 어머니는 우리나라 권문 옹씨(雍氏)의 따님입니다. 그 옹씨가 외손자인 공자 돌을 꼭 정나라의 임금으로 세워달라고 우리 장공께 떼를 썼습니다."

하고 화독이 말했다.

"그게 어쨌다는 말이오. 나와는 상관이 없질 않소."

하고 제족이 기가 막히다는 듯이 웃음을 터뜨렸다.

"아니, 그것은 잘 알지만 장공께서는 그것을 귀공에게 부탁하면 잘될 것이라고 말씀하셨습니다. 그래서 부탁을 드리는 것입니다."

"당치도 않은 말을 하지 마시오. 어떻게 그럴 수가 있소. 날 과대평가하지 마시오. 나에게는 그럴 힘도 없거니와 그럴 생각일랑 추호도 없소."

"겸손의 말씀. 귀공의 능력을 일찍부터 잘 알고 있습니다."

"그렇다면 이게 무슨 짓이오. 나를 연금하다니 무례하지 않소. 당장 내 수레를 갖다 대 주시오."

제족은 화를 벌컥 냈다. 덩달아 화독도 불끈했다.

"소문으로 듣던 인물이 아닌 것 같군요, 제족. 왕명이기 때문에 말씀을 낮췄지만 나도 이 나라의 태재이니, 정나라의 상경(上卿)과는 동격이오. 말을 삼가 하시오."

하고 갑자기 태도를 바꾼다.

"음, 그렇겠군요. 하나 결정적인 차이가 있소. 당신은 태재가 되고 싶어서 됐고 나는 되고 싶어서 된 게 아니오. 같은 물에서 헤엄을 쳐도 물고기와 새우는 종류가 다르오."

"말씨름 할 생각은 없소. 하지만 승낙하지 않고는 살아서 돌아가지 못 할 줄 아시오."

"이젠 위협까지 하는군. 하지만 내가 없으면 공자 돌을 세울 수 없지 않소."

"뭘요. 군대를 동원할 준비도 되어 있소."

"그럼 나에게 구애될 건 없군. 그럼 당장 출병하면 되는 일이잖소."

"아니오. 가능하면 원만하게 하라는 임금의 뜻이니까 이렇게…."

"연금했다 이거로군. 되지도 않는 소리 작작하시오. 사람을 감금해 놓고 무엇이 원만하단 말이오."

"속보이는 허세는 부리지 마시오. 소리를 지르면 장수들이 달려들어서 당신의 그 입이 있는 머리를 몸뚱이에서 떼어놓을 거요."

"그렇겐 안 되지. 그 전에 당신은 팔이 비틀려서 인질이 될 걸."

제족은 한 발을 내딛자 화독이 지레 겁을 먹고 물러섰다.

"나쁜 말은 안하겠소. 꼭 원한다면 장공에게 가서 머리를 숙이고 내게 부탁하라고 말하시오."

"그렇게 하면 승낙하는 거요?"

"그야, 경우에 따라서는. 솔직히 말해서 당신들은 내게 손을 대지 못 한다는 것을 알고 있소. 허나 나도 이런 곳에서 언제까지나 이러고 있고 싶지는 않소."

"알았소. 그러나 지금 여기서 일어난 일들은 절대 말하지 마시오."

"난 그렇게 입이 싼 사람은 아니오. 안심하고 장공께 오라고 해요. 아니 이런 곳에서는 안 되지."

제족이 말했다. 화독은 조금 끄덕이더니 밖으로 나갔다. 그러고는 의외로 빨리 돌아왔다.

"들어갑시다."

제족을 장공이 있는 방으로 안내했다.

"꼭 좀 도와주시오."

장공은 빙그레 웃는 표정을 지으며 가볍게 머리를 숙였다.

"이제까지의 의리도 있고 해서 그건 좋지만 전하, 공자 돌의 입장이 되어 다시 생각해 보시는 것이 어떻겠습니까?"

"어떻게?"

"지금은 난세입니다. 공자 돌에게는 형제가 많아서 어설프게 권력을 잡았다가는 목숨을 잃을 수도 있습니다. 임금 자리에 앉는 것은 쉽습니다. 그러나 목숨은 아무도 보장할 수가 없습니다."

"음, 하지만 그야 시운이 그러니 어쩔 수 없는 일이지."

"알겠습니다. 정직하게 말해서 선왕의 아들이면 누가 왕위에 있든 실은 별 문제가 아닙니다. 받아들이겠습니다."

뜻밖에도 제족은 깨끗이 수락했다.

그러나 그것으로 문제가 해결된 것은 아니었다. 공자 돌이 밀실로 불려 들어오자 장공이 목소리를 낮추고 신중하게 말했다.

"아는 바와 같이 정나라에 새 임금이 즉위했소. 그 새 임금에게서 밀서가 왔는데, 그대를 죽이면 그 대가로 세 개의 성을 주겠다는 것이오. 하지만 그대는 옹씨의 일족이고, 옹씨의 체면도 있고 해서 그대를 죽일 수는 없소. 그러나 이 사실은 그대도 알고 있는 것이 좋다고 생각해서 그대를 부른 것이오."

"제발 도와주십시오."

공자 돌은 엎드려 이마를 조아렸다.

"만약 전하의 도움으로 다행히 정나라의 임금이 된다면 세 개의 성이 아니라 어떤 방법으로라도 은혜에 보답하겠습니다."

공자 돌은 힘주어 말했다.

"그렇다면 좋소."

장공은 스스로 손을 내밀어 공자 돌을 일으켰다.

"들어와라."

장공이 문 밖을 향해서 소리쳤다. 복도에서 기다리고 있던 당번 장수가 삽혈(歃血: 입에 피를 발라 맹세하는 것)을 위해서 준비한 피와 이미 써둔 서약서를 들고 밀실로 들어왔다.

장공은 말없이 그 서약서를 공자 돌에게 넘겨준다.

세 개의 성을 양도하는 것 외에 백벽(白璧) 백 개와 황금(적동) 1만 일(20만 량), 그리고 매년 양곡 3만 종(1종: 256승)을 송나라 도성에 공급하는 것을 답례로 한다고 서약한다는 내용이었다. 그것을 읽어 내려 가면서 공자 돌의 손이 떨리기 시작했다.

그리고 국정을 제족에게 맡기고, 옹씨 일족이며 사촌형제가 되는 옹규(雍糾)를 대부로 임명한다는 조건이 붙었다.

곧이어 밀실에 제족이 불려 들어오고, 그 뒤에 옹규가 따라 들어왔다. 국정을 제족에게 맡긴다는 것에는 공자 돌에게 이의가 없었다.

그러나 너무나 가혹한 장공의 요구에 기가 죽은 공자 돌은 서약서를 제족에게 내보이며 의견을 묻는다. 그러나 제족은 슬쩍 훑어보고는 아무 말 없이 공자 돌에게 돌려주었다.

"자, 네 사람이 혈맹 서약을 합시다."

장공이 재촉했다.

"그렇게 하십시오. 하지만 외신이 이 서약에 가담하는 것은 경우가 아닙니다. 게다가 아마 왕실의 재산에 관한 일 같은데 내가 상경이긴 하지만 신하에 불과합니다. 이런 일에 개입하거나 관여하는 것은 도리에 어긋나고 외신의 뜻에도 반하기 때문에 할 수가 없습니다."

제족은 말하고 나가려 했다.

"잠깐 기다리시오."

장공이 그를 잡았다.

"알았소. 그 대신 당신의 딸을 이 옹규에게 준다고 서약해 주시오."

"그것은 본인의 의견도 들어봐야 하지만 좋습니다. 그러나 그 정도의 일은 남자의 일언으로 해결되는 것, 혈약까지 할 필요는 없습니다."

제족은 그 자리에 입회하는 것도 거부하고 밀실에서 나왔다.

밀실에서 송장공과 공자 돌은 옹규가 입회인이 된 가운데 순조롭게 혈맹의 절차를 끝냈다.

혈맹한 사실은 외부에 알려지지 않았지만 제족이 공자 돌을 옹립한다는 소문은 금세 퍼졌다. 그 말이 신정에도 전해져서 즉위한 지 얼마 안 되는 소공의 귀에까지 들어갔다. 이공의 딸 문강의 일로 제족을 두 번이나 화나게 한 것이 역시 탈이 됐을까 하고 소공은 은근히 걱정을 했다. 제족을 화나게 한 것은 나의 잘못이다. 다른 사람은 몰라도 그 제족과 싸우다니 아무리 생각해도 안 될 일이었다.

그래서 소공은 도망칠 채비를 했다. 그리고 당장 밀정을 풀어서 제족이 공자 돌을 데리고 귀국한다는 것을 확인하고는 위나라로 망명했다.

귀국한 공자 돌은 아무 탈 없이 즉위하여 여공(麗公)이 되었다. 옹규는 대부로 임명된 후 제족의 딸과 결혼하여 그녀를 옹희(雍姬)라고 이름 지었다. 제족은 딸에게 결혼을 강요하지는 않았다. 단지 옹규의 남자다운 태도가 마음에 들었기 때문이다.

그러나 여공이 즉위한 흥분이 가라앉기도 전에 송나라에서 서약을 이행하라는 재촉이 날아왔다.

"그때는 즉위하고 싶은 마음 때문에 승낙했지만 그 서약대로 내줘야 한다면 나라 창고가 바닥이 나을 게요. 게다가 즉위와 동시에 성을 셋이나 잃는다면 조정신하들도 납득하지 않을 것이고, 이웃 나라의 웃음거리가 될 게 뻔하오. 어떻게 해야 좋겠소?"

여공이 제족에게 묻는다.

"상구에서 한 서약은 사사로이 하신 것이니까 신에게는 상관이 없고, 지금은 임금이신 전하도 곧이곧대로 상대할 것 없습니다."

제족이 말했다.

"그렇긴 하지만 개인적인 약속이라고 해서 완전히 무시할 수는 없지 않소?"

"좋으신 생각입니다. 그러나 신은 나라의 정사를 맡은 상경이지 전하의 개인 비서는 아닙니다. 그 밀실에서 말씀드린 것처럼 신은 왕실의 재산에는 관여하지 않는 것을 원칙으로 하고 있습니다."

"그러면 거절할 구실을 말해주시오."

"그건 간단합니다. 성은 민심이 아직 안정되지 않아서 만약 성을 내준다면 난이 일어날 염려가 있으니 기다리라고 하면 됩니다."

"알았소. 그러면 재산과 양곡은?"

"국고가 바닥이 나서 백벽 10개, 황금 천 일 즉, 약속의 10분의 1로 줄여서 보내고, 양곡도 재고가 없기 때문에 금년에는 못 보내고 내년에나 보내고 싶다고 전하면 됩니다."

"그것으로 납득이 될까?"

"아뇨, 납득할 리가 없죠. 그러나 다른 도리가 없잖습니까?"

여공은 일러준 수량에 덤을 붙여서 백벽 20개, 황금 1천 5백 일을 재촉하는 사자에게 내주었다.

"신의가 없는 놈이군. 사실대로 말하면 정나라의 재산은 네 형 홀의 것이 아니었는가. 그것을 빼앗아 주었는데 참 인색한 놈이군!"

송장공은 화를 내고 다시 재촉하는 사자를 보냈다. 정여공은 제족과 다시 의논을 하고는 사자에게 백벽 5개, 황금 5백 일을 주어 보냈다.

그것도 적다고 다시 사자를 보냈으나 이번에는 아무것도 주지 않고 빈손으로 돌려보냈다. 그런데도 단념하지 않고 계속 사자를 보내는 바람에 결국 할 수 없이 제족은 송장공에게 아래와 같은 내용의 편지를 썼다.

전하의 재촉을 받다가 문득 생각이 났는데 귀국이 우리나라에 지불해야 할 빚이 있습니다. 전하가 과거 10년 동안이나 우리나라에 망명해 계실 때 그 동안의 하숙비와 모든 경비는 막대한 것 이었지만 그것은 우리가 호의로 한 것이니까 모두 탕감해 드리겠습니다.

그러나 '동문의 역' 때 전하를 장갈성에 편안히 보호해 드렸습니다.

그것 때문에 송나라 상공의 공격을 받고 성을 지키기 위해서 소비한 막대한 전비와 전후 복구를 위해서 막대한 경비를 썼습니다. 그것은 꼭 갚아주십시오.

아마 차액이 얼마는 남아 있을 겁니다. 필요하시다면 후일 계산서를 보내드리겠습니다.

그와 동시에 제족은 노나라와 제나라에 사자를 보내서 탐욕스러운 송장공의 요구와 징수의 중재를 부탁했다.

제이공은 태자 홀이 딸 문강과의 혼담을 거절한 원한을 가지고 있었으나 북융을 물리쳐 준 태공 홀의 은의를 잊지 않고 있었다. 제족의 요청을 딱 잘라 거절하기는 마음이 거북하나 태자 홀을 추방하고 임금이 된 공자 돌을 도와줄 수는 없다고 중재를 사양했다.

한편 노환공은 쾌히 중재를 수락했다. 그래서 환공이 송장공을 만났으나 냉정하게 거절당했다. 제족은 다시 상이(商彝)를 노나라에 주고 환공에게 부탁했다.

그 '상이'라는 것은 상(商)나라 왕조에서 송나라로 전해 내려온 청동 제기(祭器)로, 송장공이 즉위했을 때 정나라에 준 것이다. 이것을 돌려줄 테니, 여공이 사례금으로 주겠다고 서약한 물품을 탕감해 달라는 것이다.

그러나 노환공을 통해서 상이를 받고도 송장공은 정나라에 대한 징수를 늦추지 않았다.

상이를 빼앗긴 꼴이 된 노환공이 화가 났다. 이윽고 정나라와 합세해서 송나라를 공격하기에 이른다.

정·노나라 연합군이 휴양(睢陽: 하남성 상구현 남쪽)에 당도한 것을 알고 송장공은 제나라에 지원을 요청했다.

그러나 때마침 기(紀)나라를 토벌하기 위해서 군대를 보내려 하고 있는 제나라는 내정이 몹시 혼란스러웠다.

한편, 송나라에 원정 나가 있던 노환공에게도 기나라에서 지원 요청이 왔다. 노환공은 할 수 없이 원정군을 송나라에서 기나라를 지원하기 위해서 빼돌리고, 의리 때문에 정나라 군사도 그대로 노나라 군사를 따랐다.

정·노나라의 연합군이 송나라 땅에서 철수한 것을 보고 송장공도 제나라를 지원하는 군대를 기나라로 보냈다.

이렇게 해서 기구하게도 전쟁터는 기나라로 옮겨가고 제·송나라의 연합군은 기나라를 돕는 정·노나라 연합군에게 대패했다.

제이공은 패전한 충격 때문에 귀국 후 얼마 되지 않아 병사하고 말았다. 태자 제아가 뒤를 이어 제양공(齊襄公)이 되었다.

그것은 그렇고 정나라께 대한 송장공의 원한은 뼈에 사무쳤다. 다음해 정여공 3년(송장공 12년)에 송나라는 제·위·진·채의 5개국 연합군을 조직하여 정나라의 수도 신정을 공격했다.

정여공은 결전을 벌이자고 주장했으나 제족은 이를 무시하고 성문을 굳게 닫은 채 방위만을 굳혔다.

"마음대로 성문을 열고 나가는 자는 군법으로 처형한다."
하고 병사들에게 임명했다.

성을 굳게 지키는 것을 보고 5개국 연합군은 동쪽에 있는 거문(渠門: 큰 깃발을 세운 성의 바깥문)을 불태우고 그 서까래를 뽑아가지고 철수했다.

송장공은 그 서까래를 가지고 돌아가서 노문(盧門: 많은 사냥개를 기르는 개집의 문)에 끼웠다. 그것을 구경거리로 삼아서 정나라를 모욕하고 자신도 그것을 바라보며 울분을 풀었다.

역시 부왕 정장공이 죽기 전에 말한 것처럼 아들 여공(공자 돌)은 남에게 지기를 싫어했다. 무슨 일에나 지시를 받고 의견을 무시당하고 업신여김을 당한 여공은 제족을 미워하기 시작했다. 이윽고 제족의 암살 계획을 송나라에서 데리고 온 대부 옹규에게 은밀히 말했다.

그리고 제족 암살을 성공시키면 옹규를 상경으로 승진시켜 주겠다고 약속했다. 옹규의 처 옹희는 제족의 딸이다. 제족을 암살하기 위해서는 옹희의 손을 빌리는 것이 가장 좋다고 옹규는 생각했다. 자기가 상경이 되면 옹희는 상경부인이 되는 것이다. 그래서 옹희도 한몫거들게 하기 위해 그 계획을 털어놓았다.

그 말을 들은 옹희는 매우 당황하며 심각히 고민한 끝에 어머니에게 묘한 질문을 했다.

"아버지와 남편 둘 중 어느 쪽이 더 소중하죠?"

"그야 물론 아버지지. 남편은 몇 번이라도 바꿀 수 있지만, 아버지는 영원히 하나 밖에 없잖니."

어머니는 웃으며 대답하면서도 왜 그런 이상한 질문을 하느냐고 물었다.

"아무것도 아니에요."

옹희는 말끝을 흐렸다. 그러나 어쩐지 이상한 예감이 든 어머니는 남편 제족에게 그 말을 전했다.

얼마 후 장인의 기나라에서 승리를 집안끼리 축하하고 싶다고 사위 옹규의 집에서 초대를 했다. 그러나 그 직전에 승리의 축하연은 이쪽에서 개최하니 이쪽으로 참석하라고 제족은 오히려 사위를 불렀다.

옹규는 당황했다. 그러나 옹희가 자신의 편이므로 안심하고 마음을 굳힌 다음 장인 집으로 갔다. 그러나 옹규는 손발이 떨리면서도 짐주(鴆酒: 짐새의 날개를 술에 담가서 만든 독주)를 준비했다.

곧이어 연회가 시작되었다. 먼저 옹규가 한쪽 무릎을 꿇고 공손히 장인에게 술잔을 올렸다.

"고맙다."

제족은 잔을 받아서 우선 식탁 위에 놓았다. 그리고 다음 순간 제족은 옹규의 등 뒤로 돌아가서 갑자기 겨드랑이 밑으로 두 팔을 넣어 목 뒤를 꽉 죄었다. 그리고 왼손 엄지손가락과 네 손가락으로 그의 양 볼을 꽉 죄고는 위아래 잇몸 사이를 손가락으로 조여 입을 벌렸다. 그리고 식탁 위에 놓았던 술잔을 오른손으로 잡고 그 술을 옹규의 입 속에 부었다.

옹희가 '왁' 하고 비명을 지르며 울음을 터트렸다.

"너 자신이 너를 죽인 거야. 더러우니까 당장 그 시체를 내가거라."

제족은 분하다는 듯이 소리쳤다.

사태를 알고 여공은 당황하여 물건을 챙기지도 못하고 부랴부랴 채나라로 도망쳤다.

제족은 소공(태자 홀)이 망명해 있는 위나라에 급사를 보냈다. 소공이 위나라에 망명한 직후에 제족은 굳이 허둥지둥 도망갈 필요가 없었는데 왜 그랬느냐는 밀서를 보낸 적이 있었다. 그래서 소공은 주저하지 않고 귀국하여 복위했다.

그 정변을 틈타서 또다시 송나라가 위·진·채나라와 연합하여 정나라에 다시 침입했다. 태자 홀이 복위했기 때문에 제나라가 이번에는 연합군에 가담하기를 거부했다.

그것을 안 제족은 소공과 함께 군사를 이끌고 출정하게 되고, 4개국 연합군은 참패하여 퇴각했다.

제족은 새로 즉위한 제양공(齊襄公)과 우호관계를 맺으려고 제나라로 갔다. 제양공은 부왕 이공이 제족을 적으로 삼지 말라고 유언한 일도 있어 제족을 환대했다.

그때 복위한 지 얼마 안 된 소공이 아경(亞卿)인 고거미(高渠彌)에게 살해됐다는 소식이 전해지자 제족은 급히 귀국했다.

"왜 죽였는가?"

제족은 고거미에게 따져 물었다.

"지난 날 선왕이 나를 상경으로 임명하려는 것을 그때 태자였던 소공이 반대했다는 것을 여공으로부터 들었소. 그래서 그를 죽이지 못하면 내가 죽는다는 것을 알고 죽였소."

고거미는 거리낌 없이 털어놓았다.

"다 끝난 일을 이러쿵저러쿵 말해보았자 뭘 하겠소. 빨리 새 임금을 세워야 하지 않겠소."

제족은 말했다. 여공을 다시 복위시킬 수도 있었다. 그러나 고거미는 제족의 뜻을 알고 공자 미를 세울 준비를 했다.

그 이튿날에 공자 미가 즉위했다. 칭호는 없고 그대로 정희미라고 불렀다. 희(姬)는 정실의 성이다.

즉위한 지 얼마 안 되어 갑자기 제나라의 사자가 신정에 왔다. 제양공이 수지(首止: 하남성 휴현)에서 회맹하고 싶다는 내용의 서신이었다.

정희미는 뛸 듯이 기뻐하며 고거미와 함께 수지로 달려갔다. 그러나 제족은 핑계를 대며 동행하지 않았다.

"임금을 죽인 죄는 용서할 수 없다. 임금을 시해한 죄를 하늘을 대신해서 벌준다."

제양공은 느닷없이 정희미와 고거미를 칼로 베어 죽였다. 태자 홀의 원수를 갚은 것이다.

사실 수지에서 회맹하자는 것은 제양공의 함정이었고, 소공의 원수를 갚기 위해서 정희미와 고거미를 유인해 낸 것을 제족과 제양공은 이심전심으로 짐작하고 있었다. 그런데도 두 사람이 가는 것을 말리지 않은 것은 고의로 죽게 내버려둔 것이다.

제족은 자신의 앞날이 얼마 남지 않았다고 생각하고 있었다. 그렇게 되면 정희미가 임금의 자리에 앉아 있는 한, 앞으로 정나라의 정치를 좌지우지하는 것은 고거미가 될 것이 뻔했다. 그 두 사람은 이상하게 배짱이 맞아서 젊어서부터 특수한 신뢰관계를 가지고 있었다. 그러나 버릇없고 외골수인 고거미가 정치를 독점해서는 정나라의 앞날이 위태롭다고 판단한 것이다.

게다가 제족은 과거에 여공이 옹규를 사주한 그 암살 계획에 고거미도 한몫 거들었거나 그것을 알고 있었을 것이라고 추측하고 있었다. 그래서 제족은 이쪽을 죽이려고 했거나, 또는 도우려고 하지 않은 자를 죽게 내버려 두는 것은 죄가 안 된다고 생각했다.

그보다 누구나 권력에 흥미를 가진 자는 항상 횡사를 각오해야 했다. 그것은 누구의 탓도 아니고 자기 자신의 책임이다. 그것이 싫으면 권력에서 멀리 떨어져라. 제족은 죽게 내버려뒀느니 당했느니 하고 떠들 필요가 없다고 생각하고 있었다.

그래서 굳이 두 사람을 죽게 내버려뒀지만 아무튼 수지에서 일어난 사건에서, 제족은 무엇인가 시대의 새로운 움직임 같은 것을 느꼈다. 제양공이 정희미의 후계자 문제에도 간섭하지 않고 금품도 요구하지 않았기 때문이다.

돌이켜보니 자기가 처음 섬긴 장공이 즉위한 지 꼭 50년이라는 세월이 지나갔다. 천하는 역시 좋은 동료(임금)와 짝이 되지 않으면 움직이지 못하는 것인지도 모른다. 장공이 떠난 후의 정치 정세는 내외를 막론하고 눈뜨고 볼 수 없는 것뿐이다.

뒤돌아보면 새로운 시대에 알맞은 질서를 기대하고, 아무것도 모르고 여러 가지 시도를 해봤다. 허황한 질서를 지탱하는 허구의 권위를 무너뜨리면 새로운 질서가 나타나지 않을까 하고 열심히 뛰었으나, 바라는 세상이 될 징조는 보이지 않았다. 아니 점점 혼미를 더할 뿐이었다.

그러나 제양공은 왜 희미와 고거미를 징계하기 위하여 굳이 수지까지 가야 했을까? 분명히 복수이긴 했지만 요즈음 세상에 그런 기특하고 한가한 임금이 있을 리가 없다. 시군찬위(弑君簒位: 임금을 죽이고 자리를 빼앗음)는 이제 일상다반사이기 때문이다.

게다가 놀라운 것은, 이유는 어찌됐든 방금 즉위한 남의 나라 임금을 불러내어 느닷없이 베어 죽였는데도 어느 나라에서도 비난은커녕 이의 하나 없다. 그도 그럴 것이다. 직접 당사자인 자기부터가 그것을 못 본 척 하고 있으니 그야말로 이상한 일이다.

어쩌면 그 수지에서 일어난 사건은 무엇인가 새로운 질서의 태동을 예고하는 것인지도 모른다고 제족은 감흥에 사로잡혔다.

확실히 그것은 감흥을 불러일으키는 매혹적인 조짐이다. 그것에서 눈길을 돌리고 싶지 않다고는 생각하지만, 이제 자신은 정력도 기력도 없다. 흥미는 없지 않지만 그런 분에 넘치는 생각은 할 수 없다.

이젠 됐지 않은가. 그보다 이 난세에 50년 동안이나 용케 살아왔다. 제족은 스스로 자신의 요행을 회고하며 쓸쓸하게 웃음을 지었다.

그러나 한치 앞도 분간하기 어렵다. 당장 내일이라도 무슨 일이 일어날지 알 수가 없다. 하지만 이만큼 살아왔잖은가. 군자는 마지막 한순간을 소중히 여긴다고 한다. 그렇다. 역시 유종의 미를 거두자.

제족은 은퇴를 결심했다.

이미 공자 의가 즉위하여 정희영(鄭版嬰)이라고 칭했다. 제족은 새 임금이 즉위한 것을 기회로 은퇴를 허락해 달라고 요청한 지 3개월이 지나서 물러났다. 은퇴한 제족은 홀로 저택에서 나와, 기르고 있던 많은 한로(韓盧: 산서성 남부에서 자라는 검은 개)들 중에서 영리한 어미와 새끼 개 세 마리를 이끌고 산림에 들어가 은둔생활을 했다.

제족은 결코 주인을 배반하지 않는 개들과 벗하며 한가한 생활을 즐겼으며, 정희영 8년에 세상을 떠났다.

"결국 천수가 다했는가?"

그는 마지막으로 쓸쓸한 웃음을 남기고 눈을 감았다.

제8장
은여지계(隱語之計)

제양공 4년(기원전 694)에 노환공은 부인 문강을 데리고 제나라를 방문했다. 제양공이 수지에서 정희미와 고거미를 칼로 베어 죽인 이듬해의 일이다.

문강으로서는 첫 번째 친정나들이였다. 물론 이복오빠인 제아 양공과는 그 우차, 정녕의 편지로 짜고 난 뒤의 일이다.

양공과 문강의 밀통 소문은 천하가 다 알고 있었다. 아무리 등잔 밑이 어둡다고 해도 노환공은 그것을 어렴풋이나마 알고 있었다. 그러나 문강을 깊이 사랑하고 있던 환공은 스스로 그 의심을 지워 버리고 굳이 그 소문을 믿으려 하지 않았다.

그것을 기화로 문강은 교만해지기 시작했다. 난세의 문란하고 개방적인 사회에서 불륜은 거리낌 없이 저질러지고 있었다. 그러한 사회 상황이었기 때문에 오빠와의 밀통을 거듭하면서도 문강에게는 별다른 심각한 죄의식 같은 것이 없었다. 게다가 그녀 언니의 일도 있었기 때문에 그것이 본이 되기도 했다.

문강의 언니는 위나라의 선부인(宣夫人)이며 이름은 선강(宣姜)이다. 그리고 선공과 선강은 그 방면에 관해서는 그야말로 어울리는 한 쌍이었다.

우선 선공으로 말하자면, 그는 태자 시절에 부왕의 측실과 밀통을 하여 아이까지 낳았다. 급(汲)이라고 이름 지은 그 아이는 남몰래 다른 사람의 손에 양육되었으나 선공이 즉위하자 당장 급을 태자로 삼았다.

그리고 본래 태자 급의 신부로 제나라에서 데려온 것이 선강이다. 선공은 제나라에서 데려온 태자의 신부를 보는 순간 그녀의 미모에 매료되어 자신의 아내로 삼았다.

본래 선강의 친정은 초강대국인 제나라이므로 그녀만 싫다고 하면 선공이 마음대로 할 수는 없었다. 그러나 선강은 경험이 부족하고 창백한 태자 급보다는 백전 연마의 씩씩한 임금이 더 좋았다. 그래서 두 사람은 금슬 좋은 부부가 된 것이다.

그리고 선강은 곧 공자 수(公子壽)에 이어서 공자 삭(公子朔)을 낳았다. 어머니에게 사랑받는 아들은 아버지에게 안긴다는 말대로 선공은 태자 급을 폐적하고 공자 수를 태자로 삼았다. 그러나 공자 수와 급은 모두 동생 공자 삭의 간계에 넘어가 살해되고 말았다.

얼마 후 선공은 병사하고 공자 삭이 즉위하여 위혜공(衛惠公)이 되었다.

위혜공은 이웃 정나라에서 정변이 일어나 그때 위나라에 망명하고 있었던 정소공이 복위하는 것을 호위하기 위해 정나라로 나가 있는 사이에 그대로 추방되었다. 즉 혜공이 출타 중에 공자 검모(公子黔牟)가 즉위하여 혜공의 귀국을 가로막은 것이었다. 임금 자리를 빼앗긴 혜공은 할 수 없이 어머니 선강이 태어난 제나라로 망명했다. 후일에 장인인 양공의 힘을 빌려 위나라 군사 검모를 추방하고 겨우 복위하지만 아무튼 선강은 아들이 망명 중에 이복아들인 위나라의 공자 석(公子頓)과 부부가 된다. 그리고 공자 석과의 사이에 3남2녀를 두었으니 그야말로 놀라운 일이 아닐 수 없다.

그런 까닭에 선강과 문강 자매는 그녀들이 생활한 퇴폐적인 시대를 대표하는 음란한 여자로 치면 쌍벽을 이룬다고 말할 수 있다. 선강과 문강은 말하자면 도화요경(桃花妖境) 속에 함께 태어난 것이었다.

그러면서도 그 강인함에 있어서는 언니 선강이 동생 문강보다 한 수 위였으나 유감스럽게도 그 화려함은 동생만 못했다.

후대 사람들은 음부를 가리켜서 '복사꽃을 찼다(帶桃花)'고 했다. 지난날 태자 제아와 공녀 문강이 주고받은 '도유화(桃有花)'의 우차와 '도유영(桃有英)'의 정녕이라는 노랫말에서 나온 말이다.

사람들은 일반적으로 그러한 나쁜 유행을 사회현상으로 어쩔 수 없이 받아들였다. 그러나 그것을 시인하면서도 그것이 자기의 신변과 관련되면 자연히 문제는 달라진다. 노환공도 아내인 문강과 그 오빠의 밀통이 사실이라면 용서할 수 없다고 생각했다.

그때까지 노환공이 세상에 떠도는 소문을 믿으려 하지 않은 것은 그것이 사실이라는 것을 두려워했기 때문이다. 그러나 소문의 진위는 역시 자기 눈으로 확인해야 한다고 결심했다.

그래서 용기를 내서 문강의 근친(친정나들이)에 동행하여 제나라 수도 임치로 갔던 것이다. 그것은 상당히 어려운 결단이었다.

그야말로 양공과 문강은 남매간이다. 한 방에 둘만이 같이 있던가, 손을 잡고 있던가 하는 것은 결정적인 증거가 되지 않았다. 그렇다고 해서 후궁에 출입할 수는 없으니 결정적인 순간을 잡는다는 것은 불가능한 일이어서 노환공은 고민에 빠졌다.

하릴 없이 며칠이 지나갔다. 물론 믿을 만한 정황증거는 계속 눈에 띄었지만 단정할 수 있는 것은 아니었다. 아니 단정하고 싶지도 않았다.

임치에 같이 온 대부 신수(申繻)도 환공의 심정을 짐작하고는 마음이 착잡했다. 생각하다 못한 신수가 모사 시백(施伯)과 상의하기에 이른다. 임치성에 온 지 6일째 되는 날 저녁, 두 사람은 환공에게 사냥을 나가자고 진언했다.

"성 남문에서 20리 정도 떨어진 산 속에서 진기한 원숭이가 나온다는 소문을 들었습니다. 산놀이를 겸해서 사냥을 하면 귀국할 때 좋은 선물이 될 것입니다."

시백이 말했다.

"음, 그거 재미있겠군."

환공이 기뻐했다.

"그러면 국모(문강)께서도 지루하실 테니 함께 가시자고 권하시는 게 좋을 것 같습니다. 아무리 친척간이라도 제나라 영내에서 사냥을 하시려면 역시 양공의 허락을 받으셔야 합니다."

신수가 말했다.

"당장 내일이라도 준비하지."

환공이 고개를 끄덕였다.

"아닙니다. 전하, 원숭이는 수시로 이동하기 때문에 같은 장소에는 오래 있지 않습니다. 사냥을 나가시려면 내일 새벽이 아니면 모처럼의 기회를 놓치고 맙니다."

시백이 말했다.

"하지만 이미 저녁인걸. 고작 사냥을 허락받기 위해서 이 시각에 양공을 찾아가는 것은 예의가 아니고, 그뿐만 아니라 밤 연회를 재촉하는 것으로 오해를 받을까 거북하군."

"그러시면 전하, 지금 서찰을 하나 써 주십시오. 신이 궁전으로 가지고 가서 양공과 문강에게 전하도록 부탁하겠습니다."

신수가 말했다.

"그게 좋겠군. 모처럼의 기회를 놓치기는 아깝지."

환공은 편지를 쓰고, 신수는 궁전으로 달려가 수전관에게 부탁했다. 그러는 사이에 날이 밝았다. 새벽에 출발할 예정이던 것이 동쪽 하늘에 해가 떠올라도 문강의 모습은 나타나지 않고 양공으로부터도 아무런 소식이 없었다.

"상황을 살펴보고 오겠습니다."

신수가 이미 사냥 준비를 하고 기다리는 환공의 곁을 떠났다가 곧 돌아왔다.

"어젯밤부터 양공과 국모의 거처를 몰라 전하의 서찰을 전하지 못한 모양입니다."

하고 보고했다. 갑자기 환공이 안색이 변했다. 그리고 입술을 꼭 깨물었으나 곧 평정을 되찾고 시백에게 물었다.

"이제부터라도 늦지 않을까?"

환공은 허락을 받지 않은 채 문강을 남겨두고 갈 태세였다.

"예 전하, 이미 원숭이는 잡았으니 한시라도 빨리 귀국하셔야 합니다."

시백이 말했다. 환공은 그제야 문득 깨달았다.

'원숭이를 잡는다'는 말은 밀통 현장을 잡는다는 은어인 것이었다.

환공이 씁쓸하게 웃으며 귀국 준비를 하라고 명하니 사냥 준비가 곧 귀국 준비가 된 것이다.

그들이 출발하기 바로 직전에서야 양공이 나타났다.

실은 양공도, 문강도 시백의 '은어지계(隱語之計)'에 넘어간 것이다. 오빠와 동생은 어제 저녁부터 계속 밀실에 틀어박혀 있었던 것이었다. 그 밀실의 문은 아무도 마음대로 열지 못하게 금지되어 있었다.

그러나 다른 사람 아닌 노환공의 긴급 연락인 것이다. 생각 끝에 궁녀는 환공의 편지를 문 밖에서 말로 전했다. 그 말을 방 안에 있던 두 사람은 '현장을 잡았다. 내일 떠난다'는 말로 도둑이 제발 저려서, 과민하게 잘못 들은 것이었다.

본래 그것은 시백이나 신수가 예기치 못했던 일이었다. 그래서 양공이 나타난 것을 보고 환공은 물론 시백과 신수는 얼굴이 창백해졌다.

"상관 말고 이대로 가시죠."

신수가 환공의 귀에다 대고 속삭였으나 양공이 이미 이쪽으로 다가왔다.

"그렇게 급히 떠나실 것은 없습니다. 꼭 떠나신다면 환송의 연회를 준비하겠습니다."

양공은 자기의 수레를 환공의 수레 앞에 댄다. 이대로는 돌려보내지 않겠다는 의사표시인 것이다.

여기서 일을 시끄럽게 만들어서는 안 된다고 생각한 환공은 웃음을 지어보였다. 양공은 상관하지 않고 경하전(慶賀殿)으로 환공을 안내했다.

이른 아침부터 연회가 벌어졌다. 술을 마시지 않겠다고 노환공은 작정했으나 그래서는 모가 난다는 생각에 신경을 진정시키기 위해서는 술이 필요했다.

환공은 권하는 대로 다 마시고 취하고 말았다.

"환공을 모셔라."

양공이 공자 팽생(公子彭生)에게 명했다. 몸집이 거대한 팽생은 힘이 세기로 유명했다. 가볍게 환공을 들어 올려서 뜰로 나갔다. 그러고는 수레 위에 올려놓고 함께 동승했다.

노나라에서 수행한 환공의 신하들은 성의 남문 밖에서 기다리고 있었다.

"취해 계십니다."

팽생이 축 늘어진 환공을 신하들에게 넘겨주었다. 그때는 이미 죽은 상태였다.

"숨이 없소!"

신수가 소리쳤다.

"목이 조인 자국이 있다."

시백이 발견하고 신수에게 가리켰다.

"어떻게 이런 끔찍한 짓을…!"

신수가 떨어뜨리는 눈물이 환공의 시체 위에 떨어진다.

"이대로 임금의 영혼이 안녕할 수는 없소. 양공에게 팽생의 처형을 요구합시다."

시백이 신수의 팔을 잡고 말했다.

"아니오, 이것은 저 호색광의 짓이 분명하오. 팽생을 처형하라는 말에 응하지 않을 거요. 도리에 어긋나는 일이오."

신수는 좀처럼 움직이지 않았다.

"그 도리에 어긋나는 것을 밝혀두지 않으면 우리는 천하에 수치를 면하지 못할 것이요. 양공 그 자도 옳지 하고 책임을 팽생에게 넘길 거요. 어찌됐든 직접 손을 댄 것은 팽생이니까요. 그 팽생을 처형하지 않는다면….”

시백은 주머니에서 단도를 꺼내 잡았다. 죽이지는 못하더라도 양공의 얼굴에 상처는 남겨야 한다고 시백이 신수에게 속삭였다.

신수는 시백과 함께 성으로 들어가서 팽생을 처형하라고 양공에게 요구했다. 시백이 예상한 대로 양공은 즉각 팽생을 참수하라고 명했다.

그리고 그 목을 들고 성 남문에 나타나서 환공의 시체 앞에 바치고 애도의 뜻을 보냈다.

“그 목을 가지고 가서 제단에 바치고 정성스럽게 환공의 영혼을 위로하시오.”
라는 말을 남기고 양공은 돌아갔다.

노나라에서는 환공의 장례를 마친 뒤 태자 동(太子同)을 왕위에 앉혔다. 즉위한 태자 동은 노장공(魯莊公)이라 칭했다. 아직 나이 어린 장공은 사신을 보내서 모후 문강을 모셔왔다. 반대 이론은 있었지만 강대한 제나라와 시비를 일으킬 수는 없었다. 게다가 노나라의 수치를 천하에 드러낼 수도 없다는 시백의 주장도 있고 해서 신하들도 납득했다.

그러나 귀국하는 도중 국경에 당도했을 때 문강은 떼를 쓰기 시작했다. 쉬었던 객사가 마음에 든다고 하면서 문강은 그곳에서 꼼짝도 안하는 것이었다. 그곳은 국경선 위에 있는 작(禚)이라고 하는 곳인데 제나라 영토도 아니고 노나라 영토도 아니었다.

할 수 없이 노장공은 모후를 위해서 그 근처의 노나라 영내 축구

(祝丘: 산동성 임기현)에 저택을 세워서 살게 했다. 그 후 문강은 상구와 임치의 두 성을 자유롭게 왕래했다. 동생 문강과 마찬가지로 오빠인 제양공이 기뻐한 것은 두말할 나위도 없다.

그러나 제양공은 문강과 놀아나면서도 제나라의 국위를 빛내는 일에도 게을리 하지 않았다. 제양공 7년에는 노나라와 연합하여 위나라를 치고, 이듬해 8년에는 인접한 기나라를 멸망시켰다.

다시 이듬해 9년에는 노·송·진·채나라를 이끌고 위나라를 공격하여 제나라에 망명해 있는 조카 혜공을 위나라의 임금으로 복위시켰다. 이때 추방된 위나라의 검모는 주장왕(周莊王)의 사위이다.

그래서 주나라에 망명 한 위나라 검모가 주왕의 힘을 빌려 제나라에 보복하기 위해서 규구(葉丘: 산동선 임치현 서쪽)의 방비를 굳히기로 했다. 그것을 위해서 대부 연칭(連稱)과 관지보(管至父)를 장수로 임명하고 병사를 받아 규구에 주둔시켰다. 참외가 한창 때인 초여름이었다.

"내년 참외가 익을 때 교체해 주겠소."

참외를 먹으면서 양공은 두 장수에게 말했다. 즉, 임기는 1년이라고 약속하는 것이다.

성안에서 편안하게 살고 있던 고관으로서는 변경에서 병역에 종사한다는 것은 괴로운 일이 아닐 수 없었다. 그렇지만 연칭과 관지보 두 장수는 그럭저럭 1년의 임기를 채워나갔다.

어느 날 임지의 농민으로부터 맛 좋은 참외를 진상 받고, 두 장수는 돌아갈 채비를 시작했다. 그러나 아무리 기다려도 교체 명령이 내려오지 않는 것이다.

"참외 진상을 핑계로 도성에 교체를 재촉하러 갑시다."

연칭은 기다리다 못해 관지보와 의논하고 임치로 갔다.

그러나 불행하게도 양공은 축구에 문강을 만나러 갔기 때문에 도성은 텅 비어 있었다. 열흘이 지나서야 양공은 돌아왔으나 그 사이에 연칭이 도성에서 기다리고 있었다는 말을 듣고 분노했다.

"대장이 멋대로 주둔지를 떠나다니 괘씸하기 짝이 없군. 당장 돌아가시오!"

하고 연칭을 몹시 꾸짖었다.

"전하, 실은 참외가 익는 계절이 왔기 때문에… 부디 교체를…."

연칭은 겁 없이 재촉했다.

"과인에게 재촉을 하다니 이게 무슨 짓인가? 교체는 다음 참외가 익을 때까지 연기한다."

양공은 연칭을 규구로 쫓아 보냈다.

"바보 같은 임금! 본때를 보여주마! 힘을 합해서 혼쭐을 내줘야지."

규구로 돌아온 연칭은 분을 참을 수 없어서 관지보와 의논을 했다.

"아니오, 혼쭐을 내준다고 무슨 소용이 있겠소. 서툰 짓을 하면 이쪽이 패가망신하는 거요. 어차피 우리가 병사를 잡고 있으니까 죽여버리는 거요. 하다말다 흐지부지해서는 절대 안 되오."

관지보가 더욱 더 흥분했다.

"하지만, 그건…."

"주저할 것 없소. 공손 무지(公孫無知)를 우리 편으로 끌어들이면 틀림없이 성공할 거요. 그는 선왕의 동생인 이중년의 장자이고, 선왕의 총애를 받았으며 조정의 각별한 대접을 받았는데 그것을 시기한 양공이 즉위하자마자 공손 무지의 처우를 깎아내렸소. 그래서 그는 양공을 원망하고 있소. 양공을 죽이고 그를 세운다고 약속하면 목숨을 걸고 동참할거요."

"그거 잘됐군요. 후궁에 있으면서 지금은 양공의 총애를 잃은 연비 (連妃)는 내 누이동생이오. 그녀도 한패에 넣기로 하겠소. 공손 무지에게 성사가 된 후, 연비를 부인으로 삼는다는 약속을 하게 하면 그녀도 위험을 무릅쓰고 양공의 동정을 알려 줄 거요. 연비와의 연락은 공손 무지가 직접 받으면 돼요."

연칭은 기염을 토한다. 곧 논의가 이루어졌고 공손 무지와 친한 관지보가 당장 공손 무지에게 밀서를 썼다.

공손 무지에게 그 밀서를 보낸 다음, 두 사람은 휘하 병사들을 열심히 선동했다.

"이대로 가다가는 몇 년이 지나도 교체는 해주지 않을 것이다. 머지않아 주나라 천자의 명령을 받은 연합군이 쳐들어온다. 일을 일으키지 않으면 우린 개죽음 당하고 만다."

하고 위협하는 바람에 병사들은 연칭과 관지보 두 장수와 함께 운명을 같이 하기로 맹세했다.

여름이 지나고 가을도 끝나는 11월, 기다리고 기다리던 공손 무지의 답장이 규구에 도착했다.

12월 1일에 양공이 패구(沛丘)로 사냥 나가기 위해서 도성을 떠나 고분(姑棼: 산동성 박흥현 남쪽)의 별궁으로 간다. 수행원이 적으니 고분에서 일을 결행하고 싶다. 12월 상순에 고분으로 군대를 이동시키면 합류하겠다. 양공의 마부를 한패로 끌어들였으니 성공은 틀림없다.

연칭과 관지보 두 장수는 당장 군대를 정비하고 그날에 대비했다. 양공은 그것도 모르고 고분의 별궁으로 가자, 곧 사냥터를 탐색하라고 명했다.

"사냥감은 많이 모여 있지만 죽은 공자 팽생의 망령이 나타난다고 부근 주민들이 전전긍긍하고 있습니다."

하고 탐색을 나갔던 수행원이 보고했다. 팽생의 망령이라는 말을 듣고 양공은 가슴이 철렁했으나 억지로 웃어넘겼다.

이튿날 아침, 양공은 패구의 사냥터로 사냥을 나갔다. 과연 사슴도 있고 산돼지도 있었다. 양공은 팽생의 망령 같은 것은 완전히 잊고 정신없이 동물을 쫓고 있었다. 그때

"앗! 공자 팽생의 망령이 저기 있습니다."

마부가 소리쳤다.

"어디야, 화살을 한 대 먹여주마."

양공이 활시위에 화살을 메긴다. 그러나 망령은 어디에도 없었다.

"저깁니다."

마부가 채찍으로 오른쪽을 가리켰다.

"없잖은가?"

"앗! 저쪽으로 도망갑니다."

이번에는 왼쪽을 가리켰다.

"좋아, 수레로 쫓아가라!"

양공이 명했다. 오른쪽이다, 왼쪽이다 하고 마부는 수레를 달렸다. 그리고 마부는 고의로 수레바퀴가 깊은 고랑에 빠지게 했다. 그 순간에 양공이 수레에서 튕겨져 나와 떨어지면서 왼발을 다쳤다.

모처럼의 사냥도 그것으로 끝났다. 그러나 별궁으로 돌아가서 발의 상처를 치료하던 양공은 그제야 왼쪽 신이 없는 것을 깨달았다.

"왼쪽 신을 가지고 오라."

"지금 새 신을 가져오겠습니다. 왼쪽 신은 전하가 수레에서 굴러 떨어질 때 공자 평생의 망령이 가지고 도망갔습니다."

왕의 신을 주관하는 직책을 맡은 불(茀)이라는 사람이 대답했다. 실은 왼쪽 신을 감춰놓은 마부의 허튼소리를, 불이 그대로 믿고 하는 말이었다.

"그런 어리석은… 당장 찾아와!"

양공은 느닷없이 한쪽 신짝을 휘둘러 불을 때렸다. 마음속의 두려움을 쫓아버리기 위해서 양공은 신짝을 휘둘렀던 것이다.

양공의 방에서 나온 불은 어쩔 수 없이 마부와 의논했다.

그런 판에 이미 별궁을 완전히 포위하고 있는 연칭과 관지보가 벌써부터 합류하고 있는 공손 무지와 함께 나타났다. 마부에게 까닭을 묻고는 공손 무지는 기뻐했다.

"좋아, 신을 찾았다고 말하고, 양공의 방문을 열어라."

불에게 말했다.

불은 시키는 대로 방문을 열었다. 공손 무지와 연칭과 관지보 세 사람이 시퍼런 칼을 들고 방으로 들어섰다.

"제아야, 죽어다오!"

하고 소리치며 공손 무지가 칼을 휘둘렀다. 칼을 잡을 겨를도 없이 양공은 세 사람에 의해 무참하게 살해되었다.

이미 별궁이 포위됐다는 것을 알고 양공의 수행자들은 저항을 단념하고 항복했다. 그리고 공손 무지에게 충성을 맹세했지만, 주구 불만이 양공의 방에서 자살했다.

공손 무지는 연칭과 관지보 두 장수와 함께 병사들의 호위를 받으며 도성으로 들어갔다. 그리고 즉위하여 제나라 왕이 됐다. 시호는 없다. 약속에 따라 연비를 정실로 맞아들이고 연칭을 정경으로, 관지보를 아경으로 임명했다.

고분의 별궁에서 살해된 양공에게는 아들이 없었다. 누이동생 문강과 정을 통한 양공은 결국 아이를 두지 않았다. 그러나 아직 나이 어린 두 동생, 공자 규(公子糾)와 공자 소백(公子小白)이 있었다.

그 공자 규의 보좌역은 관이오(管夷吾)이고, 공자 소백의 보좌역은 관이오의 친구인 포숙아(鮑叔牙)였다.

양공이 살해되자 곧 관이오는 공자 규를 따라 노나라로 망명했다. 그와 동시에 포숙아도 공자 소백과 함께 거(莒)나라로 난을 피했다.

포숙아는 일반적으로 포숙이라고 하고, 관이오는 관중(管仲)으로 알려져 있다. 공자 소백은 후일의 제환공(齊桓公)이며 사상 최초의 패왕으로 유명하다. 관중은 그 재상이다. 아니 군사(軍師)라고 해야 옳을 것이다.

춘추전국시대가 시작되자 곧 정장공과 군사 제족은 시대의 첨단을 달리고 있었다. 그 제족은 죽음 직전에 '새로운 질서'의 태동을 감지하면서 새로운 시대의 탄생을 예견하고 있었다. 그 새로운 질서를 만들고 그 새로운 시대를 역사적으로 출현시킨 것이 실은 관중과 제환공의 결합이었다.

관중과 제환공이 살았던 약 50년 동안의 춘추사는, 바로 이 두 사람의 독무대였다. 그리고 이 두 사람이 역사에 출현시킨 '패왕의 시대'는 장장 2백여 년 동안 이어진다.

본래 이 새로운 시대가 서쪽에서 진(秦)나라의 발흥과 남쪽에서 초(楚)나라의 등장과 함께 출현한 것은 물론이다. 즉, 서쪽과 남쪽에 두 강대국이 출현함으로써 중국 여러 나라는 대응을 강요당하게 되었다.

춘추전국시대가 막을 올린 당초의 진나라는 야만적이고 낙후한 나라로 중원제국들의 안중에는 있지도 않았다. 서주(西周)의 옛 땅, 즉 위수(渭水)의 경수(涇水) 유역(감숙성과 섬서성 일대)을 지배하고 있었으나, 국경이 분명하지 않아 영내 여기저기에 융족(戎族)과 뒤섞여 살고 있었다.

그러나 끈질기게 서서히 융족을 정복하여 얼마 후에는 인접한 중원제국을 위협할 정도의 강대국이 되었다. 주나라 조정에 충성을 서약하고 그 뜻을 받아들여 중원제국과 어깨를 나란히 하게 된다. 주환왕(周桓王) 18년(기원전 702년, 정장공 42년)에는 예(芮)나라의 내정에 간섭하여 진나라에 망명해 있던 예백(芮伯) 희만(姬萬)을 임금으로 복위시켰다. 그 진나라에 비해 남쪽 초나라는 눈부신 성장을 보였다.

초나라는 양자강의 중류 일대를 지배하고 있었으나 역시 남만(南蠻)과 섞여 살고 있었다. 그러나 급속히 강대해진 주환왕 16년에 초왕국을 건설했다. 그리고 그때까지 초무공(楚武公)이라고 부르던 그는 스스로 초무왕이라고 개칭했다.

왕위에 오른 초무왕은 곧 그 위광을 주위 나라들에게 과시하기 위하여 이웃의 약소 제후들을 심록(沈鹿: 호북성 종상현)에 모아 회맹했다. 또 그는 회맹에 참가하지 않은 황나라와 수(隨)나라를 공격하여 수나라 군사를 격파하기도 했다.

실은 그 전해에도 초무왕은 수나라에 출병, 패배하여 강화를 요구하는 수나라 임금을 낙양으로 보내서 초나라 건설의 사전 승인을 요구했으나 주환왕에게 거부를 당했었다. 그래서 수나라에 다시 출병한 것은 그 앙갚음이라기보다는 화풀이였다.

아무튼 진나라와 초나라의 두 강대국이 출현함으로써 중원의 천하는 팽창하기 시작했다. 그리고 그 팽창한 천하는 그 지역과 문화의 차이에서 삼분되는 형세를 이루었다.

　따라서 새로운 시대가 열리고 있는 것은 틀림이 없다.

제9장
관포지교(管鮑之交)

　관중과 포숙은 제(齊)나라의 시조 태공망(太公望)의 후예로 고귀한 혈통의 집안에서 태어났다.

　관중은 용모가 깨끗하고 눈빛이 날카롭고 평소에 성난 표정을 하고 있어 첫인상이 좋지 않으나 포숙은 용모가 단정하고 항상 온화한 표정을 하고 있는 대인관계가 좋은 귀공자였다.

　이 두 사람은 어려서부터 아주 친한 친구였다. 그리고 평생토록 의 좋게 서로 도우며 훌륭한 생애를 마쳤다. 이 관중과 포숙의 교제를 가리켜서 '관포지교(管鮑之交)'라고 부르며 후대에 이르기까지 교우의 귀감으로 삼아 왔다.

　두 사람은 어려서부터 함께 무예를 닦고 학문을 익혔다. 실력은 서로 난형난제였으나 장래의 목표는 전혀 달랐다. 그러나 성장하면서 포숙은 관중에게서 큰 인물이 될 자질이 있음을 보고 그의 장래를 촉망하여 모든 일에서 스스로 한발 양보하게 되었다.

　예를 들면, 함께 무예를 익히면서 관중은 궁술에 열중했으나 포숙은 검술과 극술(戟術)에 힘썼다. 그런데 궁술에 열중하는 관중의 말이 걸작이었다.

"난 군무를 맡게 되면 총대장을 원해. 전쟁터에서는 서전에서 이겨야 한다고 생각하지. 만일 실패하여 적이 접근하면 두말 말고 도망가야 해. 그러므로 궁술은 닦아야 하지만 검술이나 극술까지 능할 필요는 없어. 국조 태공망은 '전승불투(全勝不鬪)', '대병무창(大兵無創)'이라고 가르쳤지. 할 수만 있으면 그런 경지에 도달하고 싶어."

포숙에게 말했다.

전승불투란 싸우지 않고 이기는 것이며, 대병무창이란 대군을 손상시키지 않는다는 말로 태공망의 병법을 기록한 『육도(六韜)』에 나오는 말이다.

관중은 국조 태공망을 마음속으로 숭배하고 있었으며 『육도』를 경전과 같이 읽으면서 그 글귀를 모조리 외우고 있었다.

그뿐만 아니라 관중은 그 외우고 있는 글귀를 실생활에서 응용해야만 직성이 풀렸다. 그가 창검술보다 궁술을 중시한 것도 그 첫 선택의 일단이었으며 다행히도 그 궁술이 당장 한몫을 했다. 학업을 마친 관중과 포숙은 곧 병역에 복무하여 북방 국경으로 파견되었다. 관중은 그의 장기인 궁술로 산과 들의 새와 짐승을 잡아서 병역의 식탁을 풍성하게 만들었다.

그래서 그는 영내에서는 발언권이 강했으나 적이 내습하면 반드시 꽁무니를 빼고 적을 공격할 때는 결코 앞에 서지 않았다.

그러나 싸움이 끝나고 전황이나 전과를 보고할 때는 반드시 선두에 섰다. 그것이 한두 번이라면 별 문제가 아니겠으나 매번 그런 식이니 전우들이 화를 낼 수밖에 없었다.

"저놈은 비겁해. 게다가 아주 교활한 놈이야."

전우들 사이에서 비난의 소리가 높았다.

"아니, 관중은 비겁한 자가 아니야. 그는 활의 명수니까 뒤에 있는 것이 전체를 위해서 유리해. 그리고 저 사람은 효자야. 관중은 독자이고 집에서 그가 돌아오기를 손꼽아 기다리는 노모가 있어. 또한 글을 잘 쓰기 때문에 전황 보고에서 앞장서는 것은 우리 모두를 위해서 좋은 일이지. 교활해서가 아니야."

포숙은 정색을 하고 관중을 변호했다.

물론 전우들은 그런 바보 같은 소리 말라고 비웃었다. 그러나 생각해 보면 그의 활 솜씨 덕분에 자주 맛 좋은 고기를 얻어먹고 있었다. 그렇지만 그보다도 포숙의 체면을 보아서 전우들은 입을 다물고 있었다. 왜냐하면 전투가 벌어지면 포숙은 누구보다도 용감하게 싸웠기 때문이었다.

이윽고 1년이 지나갔다. 전우들은 서로 격려하면서 주둔지를 떠나 후송되었다. 그러나 도성으로 돌아온 전우들은 공개된 전공 기록을 보고 분통을 터뜨렸다. 전공 제1호가 포숙으로 되어 있는 것은 그런대로 당연하다고 할 수 있지만 제2호가 관중이라니 납득하기가 어려웠다.

"난 사실 별로 싸운 것도 없잖아. 그래서 가능하면 전공 제1호를 관중에게 양보하고 싶어. 우리 식탁에 맛있는 고기를 마련해서 사기를 높여 준 그의 공적은 큰 거야."

포숙이 또 변호하고 나섰다.

"그렇겠군."

하고 전우들은 이번에도 포숙의 체면을 보아서 소란을 삼갔다.

그러나 그 중에서 단 한 사람, 분통을 참지 못하는 자가 있었다. 그 사람은 권문세가의 자제로서 이전부터 불량배들과 한패가 되어 도성안팎에서 제 세상을 만난 양 설치고 다니는 자였다.

어느 무더운 한여름 날의 일이다. 관중과 포숙이 성의 바깥 해자(垓字)에서 물을 바라보며 장래 이야기를 하고 있는데 그 자가 많은 패거리를 이끌고 나타났다. 때마침 그 근처에는 인적이 없었다.

아무리 생각해도 이 해자 근처에 볼 일이 있는 자들은 아니었다. 물론 물가의 경치를 즐기러 온 것도 아니었다.

"포숙, 저놈들이 시비를 걸면 물속으로 뛰어드는 거야. 시간을 벌어야 해. 곧 돌아올게."

라고 말하고 관중은 쏜살같이 달아났다. 포숙이 헤엄을 잘 친다는 것을 관중은 알고 있었다.

"이봐! 우리가 전공 제1호와 2호에게 솜씨를 좀 보여줄까 하는데 어때, 포숙? 관포지교가 다 무엇이야. 관중은 친구가 매 맞을 것을 뻔히 알면서 혼자만 살겠다고 도망간 것이 아니라고 말해 봐."

그 자가 도발하며 히죽히죽 웃었다.

"그래, 관중은 겁이 나서 도망친 게 아냐."

포숙이 말했다.

"그래? 그 말투가 마음에 안 들지만 실은 네가 미운 게 아냐. 하지만 나쁘게 생각하지 마, 관중을 웃음거리로 만들기 위해서야. 내가 좀 혼을 내주지."

그 자가 포숙의 턱을 치켜 올렸다. 그러자 졸개들이 포숙을 둘러쌌다. 말상대가 되지 않는다고 판단한 포숙은 뒤로 물러섰다가 해자 물속으로 뛰어들었다.

"히야, 헤엄도 칠 줄 알았던가. 과연 전공 제1호군."

그 자가 큰 소리로 놀려댔다. 그 패거리 중에는 헤엄을 칠 줄 아는 졸개가 없었던 모양이다. 그들은 포숙에게 돌을 집어 던졌다. 돌이 미치지 않는 곳까지 헤엄쳐 가는 것은 포숙에겐 문제가 아니었다. 그러나 그들을 잡아두기 위해서 포숙은 적당한 거리에서 돌을 피하며 관중이 말한 대로 시간을 벌고 있었다.

과연 얼마 안 돼서 관중이 특별히 만든 활을 들고 나타났다. 둥을 돌리고 있는 그 자들은 아직 관중을 보지 못했다.

"네놈들 뒤통수에 대고 활을 쏜다."

포숙이 소리쳤다. 그 일당이 되돌아보았다.

"꼼짝 마!"

하고 소리친 것은 관중이 아니라 그 두목이었다. 관중에게 달려들려는 졸개들을 말린 것이었다.

"바로 그거야. 움직이는 놈부터 차례로 이마에 구멍을 내주겠다."

관중이 활시위에 화살을 메겼다. 그리고 힘껏 시위를 당겨 화살을 쏘았다. 그 화살이 두목의 모자를 뚫고 그 모자가 그대로 해자 물 위에 떨어졌다. 물속에 있는 포숙이 화살이 꽂힌 모자를 주워 올렸다.

"잘 들어! 이 모자는 내가 맡아두지. 다시 시끄럽게 굴면 이 진상을 적은 벽보와 함께 성문에 매달 거야. 단 조용히 물러가면 지금 있었던 일은 일체 입 밖에 내지 않겠다고 약속하지. 어느 쪽이든 네가 좋을 대로 해."

관중이 말했다. 두목은 풀이 죽어서 아무 말 없이 졸개들을 데리고 사라졌다.

관중과 포숙은 함께 웃어댔다. 관중이 손을 뻗쳐 포숙을 물속에서 끌어 올렸다. 그리고 아무 일도 없었다는 듯이 다시 처신에 관해서 의논을 시작했다.

"포숙, 자네 수중에 쓸 수 있는 밑천이 얼마나 있나?"

갑자기 관중이 물었다.

"음, 계산해 봐야 알지만 아버님이 남겨주신 것이 상당히 있어. 그건 왜 물어?"

"나도 많진 않지만 조금은 있어. 우리 합쳐서 장사를 할까?"

관중이 아닌 밤중에 홍두깨 식으로 말했다. 그리고 태공망의 어록을 소리 내어 엮어대었다.

心以啓智 심이계지

智以啓財 지이계재

마음으로 지혜를 열고

지혜로서 재물을 연다.

"이봐 포숙, 우리는 이미 심혈을 기울여 학문을 닦고 지식을 넓혔어. 이번에는 그 지혜로 재산을 모아야 해. 즉 장사를 해서 돈을 버는 거야."

하고 설명을 덧붙이면서 계속했다.

財以啓衆 재이계중

衆以啓賢 중이계현

賢之有啓 以王天下 현지유계 이왕천하

利天下者 天下啓之 이천하자 천하계지

재산을 이루면 사람이 모이고,

사람이 모이면 현인이 나온다.

현인이 나타나면 천하의 왕이 되고,

천하에 이익을 주면 천하는 그의 것이 된다.

하고 관중이 어록을 풀었다.

"어이 관중, 국조에 심취하는 것도 정도껏 해. 기우장대(氣宇壯大: 기개와 도량이 크다)한 것도 좋지만 당치도 않은 야심은 몸에 안 좋아."

포숙이 기가 막힌다는 듯이 말했다.

"음, 확실히 시대는 변했어. 국조가 왕조를 세운 위업을 나는 이룰 수도 없지만 그보다 이제는 그런 힘든 일을 할 필요는 없어. 지금 천하의 제후들이 간절히 바라고 있는 것은 패왕(覇王)의 출현이야. 국조는 주나라 왕조의 왕업을 이루었으나 나는 제(齊)나라를 위해서 아니 천하를 위해서 패왕을 세우는 것이야."

하고 관중은 가슴을 펴며 말했다.

주나라 왕조가 몰락함으로써 천하에 군림하여 제후를 지배하고 있던 통합적인 권력이 사라진 지 거의 백 년의 세월이 흘렀다.

그 동안에 천하의 제후들은 놀이라도 즐기듯이 자기 마음대로 권력 투쟁을 일삼아 왔다.

한편, 그들은 놀이를 즐기면서도 실은 그 놀이의 가혹함을 두려워하고 있었다. 언제 정권을 빼앗기거나 죽음을 당할지 모른다고 항상 겁을 먹고 있었다.

그래서 당연히 그들은 정권의 안정과 생명의 안전보장을 위한 방도를 모색했다. 그리고 주왕조의 통합적인 권력을 부활시키는 것이 좋은 방도라는 것을 잘 알고 있었다. 그러나 이제 와서 과거로 돌아갈 수는 없고, 또한 그런 지배에 굴복해서 모처럼 차지한 자유를 포기할 생각도 없었다.

그래서 그들은 자기 구제책으로 이웃 나라간의 상호 안전보장을 목적으로 자주 회맹을 거듭해 왔다. 그러나 실은 그 회맹도 별 도움이 되지 않았다.

그들은 어찌할 바를 몰랐다. 회맹이 도움이 안 된 것은 회맹 자체가 무의미해서가 아니었다. 그들이 제각기 국운을 건 엄숙한 정치동맹을 하나의 윤리적인 서약으로 처리하려고 한 데 문제가 있었던 것이다.

즉 그들은 정치가 힘의 뒷받침이 없는 의논으로 처리될 수 있다고 착각했거나 또는 그 이전에 외교를 사교와 혼동했는지도 모른다.

연맹을 맺는 것은 그 자체가 어김없는 정치투쟁의 일종이다. 따라서 회맹이라는 것은 제후가 거기서 싸우는 정치의 장인 것이다. 정치의 장에서는 싫어도 권력이 작용한다. 그리고 회맹의 장을 틀어잡는 권력이 결국은 패권인 것이다.

이제까지의 회맹이 쓸모가 없었던 것은 거기에 패권이 존재하지 않았거나 또는 그 존재를 인정하려 하지 않았기 때문이다. 아니 구질서에 얽매인 제후의 작위나 영토의 크기가 패권의 성립을 저해했는지도 모른다.

패권은 왕권과 같이 고유하고 절대적인 것이 아니고 합의에 근거한 상대적인 권력이다. 즉 패권은 제후의 합의 사항에 관여하고 그 집행에 있어 강제할 수 있는 권한을 갖는 대신 그 결과에 대해서 책임을 져야 한 다.

따라서 왕권 아래에서의 질서가 철저한 상하관계 및 지배와 피지배의 관계를 형성하는 데 반해서, 패권 아래서는 같은 평면에서의 서열만이 다른 전후의 상호관계를 만든다.

본래 그 전후의 관계를 결정하는 것은 이제 작위나 영토의 넓이에 있지 않고 당연히 국력에 있다. 어지러운 세상에서 힘이 강한 자가 선두에 서서 호령하는 것은 당연한 일이다. 회맹의 장에서 그것에 이의를 제기할 여지는 없다. 아니, 그래야 비로소 회맹은 그 목적을 달성할 수 있다.

중원 제국의 주요한 나라들은 본래 한 족속이었다. 그리고 여전히 혼인관계를 통해서 많건 적건 인척관계가 맺어져 있다. 그렇기 때문에 치열하게 싸우면서도 서로 숨통을 끊는 것을 삼가 해왔다. 반대로 말하자면 모든 나라들이 서로 인척관계에 있는 세계에서는 어부지리를 얻는 자가 없기 때문에 안심하고 무책임한 전쟁을 일삼을 수 있었던 것이다.

이윽고 그 중원을 넘보는 강대국이 나타났다. 서쪽의 진(秦)나라와 남쪽의 초(楚)나라다. 거기에 그들과 호응하는 형세로 동이(東夷), 서융(西戎), 남만(南蠻), 북적(北狄)이 대치하고 있다.

따라서 중원 제국은 싫어도 공동 방위를 할 수밖에 없었다. 그래서 그것을 조직하고 주도권을 잡는 자, 즉 패권을 잡은 패왕이 출현할 기운이 높아졌다.

그래서 관중은 당대가 패왕의 출현을 갈망하고 있다고 말한 것이다. 그리고 패업(霸業)을 잡는다는 말은 물론 패권을 잡기 위한 실력을 쌓는다는 말이다. 그 첫걸음으로 관중은 장사를 하자고 제안한 것이다.

우선 장사를 하여 재산을 모으고 그 재산으로 인재를 모아 세상의 인심을 모으고, 나아가서 현인을 찾아 지혜를 빌리고 동시에 평판을 높여 벼슬에 유리한 조건을 갖추어 권력에 이르는 길을 개척한다는 계산이었다.

아무튼 벼슬길에 오르지 않으면 패업을 잡는 꿈을 실현시키는 발판을 마련할 수 없다. 그것을 위해서는 먼저 장사를 시작하는 것이다. 그렇게 해서 패업을 위한 원대한 계획의 한 발을 내딛는 것이다.

느닷없이 장사를 하자는 말을 들은 포숙은 한순간 주저했다. 물론 관중은 단지 즉흥적인 착상만으로 제안한 것은 아니었다.

관중의 어머니는 정나라에서 태어났으며 그녀의 친정이 영상(潁上: 안휘성 영상현)에 있어 관중은 영상을 잘 알고 또 그곳 지리도 밝았다.

영상은 후에 소림사(少林寺) 권법의 본산으로 숭산(嵩山)에서 발원하여 하남 평야를 흐르는 영수(潁水) 하류에 위치하고 있다. 영수는 회하(海河)로 들어가는데 영상은 그 합류하는 곳 가까이에 있다.

회하는 하남 평야를 가로질러 안휘성을 거쳐 강소성에서 바다로 흘러든다. 도중에 홍택호(洪澤湖)가 있고 그곳에는 산동성의 제나라로 나가는 수로가 있다.

즉 영상은 수상 교통이 편리하여 예부터 상업의 중심지로 성장하면서 교역의 중계지로서 활기찬 곳이었다. 제(齊)나라의 수도 임치(臨淄)도 상업 도시로서 번영하고 있었으나 그곳과는 다른 활기가 넘치는 곳이기도 했다.

그래서 가끔 영상을 찾아갔던 관중은 그 활기에 신선한 충격을 받아 일찍부터 교역에 관심을 가졌었다. 장사를 하려면 교역만한 것이 없다고 생각하고 있었던 것이다.

상품을 팔며 다니는 것을 상(商)이라 하고, 가게를 차려놓고 파는 것을 고(賈)라고 한다. 즉 그때까지는 장사라고 하면 '상'이 아니면 '고'였다.

그러나 모든 나라들이 안으로는 맹목적인 권력 싸움으로 세월을 보내고, 밖으로는 장래가 불확실한 공방(攻防)에 쫓기고 있는 사이에 정치적으로 공허한 틈바구니에서 자율성을 지킨 사회는 의외로 발전하여 경제 규모가 급속도로 확대되었다. 이와 함께 새롭게 교역이나 무역이 유통 세계에 나타났다. 그래서 멀리 떨어진 지방과의 교역이나 모든 외국과의 무역이 민간인들 사이에서 이미 시작되었다.

　　"우리의 조상이 제철을 발명한 덕택으로 우리 제나라는 철제나 철기의 생산을 독점하고 있어. 청동기시대는 지났어. 이제는 철기시대야."

　　관중이 설명했다.

　　"설마 철제 무기를 팔자는 것은 아니겠지. 그건 국법에 위배되는 행위야."

　　포숙이 어리둥절한 마음을 숨기려는 듯 말을 얼버무렸다.

　　"아니, 파는 게 아냐. 무역을 시작하는 거야. 상품은 물론 법에 저촉이 안 되는 농기구이지 무기가 아냐. 우리나라에서는 철제 농기구가 보급되어 비약적으로 농업 생산이 늘어났어. 하지만 외국은 아직 그다지 보급이 덜 됐거든."

　　"그래, 그건 수요가 많아서 잘 팔릴 거야. 하지만 이미 상인들이 혈안이 되어 이웃 나라들에게 팔아먹고 있어."

　　"그건 그래. 그러니까 상인들과 경쟁을 해서는 안 되고 이익도 적어. 그보다 농기구인데 그들이 팔고 다니는 것은 기껏해야 쟁기 날이나, 가래, 괭이, 낫 같은 거야. 우리는 소달구지의 바퀴축이나 축대와 바퀴 테 같은 걸 파는 거야."

　　"하지만, 그걸 구입하려면 힘이 들 걸."

　　"아니, 주문을 하는 거야. 경우에 따라서는 제조자에게 자금을 대

주고 제품을 독점하면 돼."

"관중, 진짜 상인이 될 생각이야?"

"그런 건 아냐. 하지만 무슨 일이든 본격적으로 하지 않으면 성공하지 못해."

"하지만 실패하면 크게 손해 볼 걸."

"그건 그래. 그러니까 실패해서는 안 되지."

관중의 태도는 진지했다. 일단 위험성은 염려되지만 포숙은 관중의 말이라면 무엇이든지 믿었다. 그것을 관중도 알고 있었다. 그런만큼 관중의 책임은 막중하므로 계획을 자세히 설명하여 포숙을 안심시켰다.

"교역의 거점을 영상에 두는 거야. 단기적으로 승부를 내야 하니까 일이 시작되면 일시에 임치 시장에 있는 상품을 있는 대로 매점해서 영상으로 수송하는 거야. 영상에서 신용할 만한 상점을 골라서 일시에 물건을 도매하는 거야."

"그러나 임치 시장에서 재고를 몽땅 매점하려면 막대한 양이 될 걸. 그것을 한 번에 사들일 만한 자금이 있어?"

"아니, 설사 있어도 단번에 사들이지 않을 거야. 대금은 후불로 해도 좋고 위탁판매의 형식으로도 상관없어."

"아니, 그건 위험해."

"음, 무엇을 하건 위험은 따르는 법이야. 하지만 그것을 막는 방법이 꼭 있기 마련이야. 그것을 생각해 내면 돼. 속이거나 배반하는 것보다 그렇게 하지 않는 것이 이롭다고 상대에게 납득시키는 것이 첫째야. 물론 그것을 사전에 탐지해야 하고."

"알았어. 그래서 친척이 있는 영상을 근거지로 했군."

"음, 그것도 있지만 진짜 이유는 따로 있어."

다시 관중은 이유를 설명했다.

"영수와 회하의 상류는 하남 평야인데 말하자면 곡창지대야. 새로운 농기구는 아무리 있어도 부족해. 그러나 잠재적인 수요는 있어도 농민에게 구매력이 있느냐 없느냐 하는 것은 큰 문제지."

"그건 그래."

포숙은 불안한 표정을 지었다.

"하지만 걱정할 것 없어. 농기구의 대금은 추수 후에 받으면 돼. 아니 대금을 곡물로 받으면 농민들도 좋아하고 그것이 우리도 바라는 바야. 다행히 수상 운수가 편리해서 임치로 수송하는 것은 문제없어."

"음, 그래."

"그뿐만 아니라 영수와 회하의 상류에서 목재로 뗏목을 만들어 임치로 수송하는 목재상이 있어. 그것에 편승해서 곡물을 수송하면 운임이 반 이하 아니, 아마 3분의 1이면 될 거야."

"그럼 몽땅 남는 거 아냐?"

"음, 그것을 노린 거야. 그리고 영상을 거점으로 잡는 이유는 그것뿐만이 아냐."

관중이 계속 말했다.

"영상은 정나라의 땅이야. 신흥 초나라가 싫건 좋건 중원의 대국과 최초로 접촉하는 것은 지리적으로 정나라밖에 없어. 영상에서 소문이 나면 초나라도 반드시 새로운 농기구를 탐낼 거야."

"그렇겠는데."

"양자강 중류라고 하면 역시 곡창지대야. 농기구의 수요는 대단할 거야. 게다가 먼 나라니까 한꺼번에 몰래 사들일지도 몰라."

"그럼 얼마나 좋을까? 하지만 대금은 어떻게 되는 거지? 설마 외상은 아니겠지?"

"그럼, 들리는 바에 의하면 초나라에서는 아직 화폐가 유통되지 않는가 봐. 별 수 없이 곡물로 받을 수밖에 없어."

"하지만 거리가 멀어서 야단인데."

"아냐, 멋대로 왕국을 사칭하고 있는 나라니까 멀리 자기 나라에서 운반해 오지는 않을 거야. 아마 어느 가까운 곳에서 약탈해서 지불하겠지."

"그거 재미없는데."

"뭘, 우리와는 상관없는 일이야. 농기구 대금이 아니더라도 약탈을 하고 있으니까."

"하지만…."

"걱정할 거 없어. 언젠가는 중원에 침입해 올 거야. 그때 마음껏 때려눕히는 거야."

관중은 아무렇지도 않게 말했다.

"그보다 포숙, 사실은 하남 평야의 농민들이 집단적으로 가지고 도망갈까 봐 겁이 나."

"그래? 하지만 사전에 예방한다고 말하지 않았어?"

"물론 손을 쓰지. 하지만 완벽할 수는 없어. 농민들도 지금은 성안의 사람들과 마찬가지로 나빠졌어."

"그건 할 수 없지. 가끔 그들은 학문을 한 마음 고약한 자들보다 더 대단해서 혀를 내두를 때가 있어."

"최근의 일이지만 성안의 고리대금업자로부터 돈을 빌린 한 부락이 야간에 집단도주를 한 예가 있어."

"저런!"

"추수를 마치고 위험하다고 생각한 고리대금업자는 언덕 위에 초막을 짓고 감시인을 두었던 모양이야. 그날 아침도 감시인이 깨어나서 바라보니 평소와 다름없이 집집마다 밥 짓는 연기가 솟고 있는 거야. 그래서 감시인은 눈치를 채지 못한 거라구. 뒤에 이상하다고 생각돼서 상황을 살피러 가 봤더니 이미 부락은 텅 비어 있더라는 거야. 부랴부랴 뒤쫓아 갔으나 이미 국경을 넘어서 어쩔 수 없었다는 거지."

"그거 참…."

"어쨌든 농민은 군량을 공급하고 있고, 병력을 충당할 수 있는 귀중한 보물이니까 말이야. 도망은 농민을 정치적인 이유가 있건 나쁜 짓을 해서 왔건 상관없이 대환영을 하니까 어쩔 수 없지."

"하지만 관중, 조금이라도 살기 좋은 나라로 이주할 수 있다는 것은 농민으로서는 좋은 일이지."

"음, 나도 그렇게 생각해. 하지만 지금은 그 일에 감탄하고 있을 때가 아냐."

"알고 있어. 하지만 네가 본격적으로 생각하면 꼭 좋은 지혜가 나올 거야."

"음, 개인과 집단 또는 집단과 집단에 연대 책임을 지게 하는 방법을 생각하고 있는 거야. 그리고 내부의 밀고자에게 보상을 준다든가 외부로 부터 첩자를 잠입시킨다든가…"

"정직하게 말해서 그런 일은 좋아하지 않지만 전 재산을 투입하는 일이니까, 어쩔 수 없어. 무튼 맡기겠어."

"또 속 편한 소리하고 있군."

"그보다 관중, 언젠가 국정을 맡게 되면 과거에 아무도 생각 못한 연대 책임을 축으로 한 보갑제도(保甲制度)로 사회를 조직화하고 싶다고 말했지?"

"그래, 말 했었지."

"그럼 우선은 예행연습이야. 잘 해 봐."

"이봐 포숙! 그렇게 남의 일처럼 말하지 마."

"아냐, 믿고 있어. 실패하면 파산하는 건 난데 뭐가 남의 일이란 말이야."

포숙은 빙그레 웃으며 관중의 어깨를 툭 쳤다.

　　날 낳아주신 이는 어머니, 날 알아주는 이는 포숙

하고 관중은 마음속으로 중얼거리며 미소를 지었다.

"자, 결심한 날이 길일이야. 자넨 생산과 재고 상황을 당장 면밀히 조사해줘. 난 내일 당장 영상으로 가서 현지를 답사하겠어."

관중이 말했다.

만에 하나라도 실패는 없을 것이라고 포숙은 온화한 표정으로 떠났고, 험난한 시련이 있을지라도 극복하자고 관중은 성난 표정을 짓고 집으로 돌아갔다.

　　그대 아는가, 세상에 관포지교가 있음을…

하고 후대의 시인들이 읊었지만 알면서도 흉내 내기는 쉽지 않다.

제10장
삶보다 무거운 죽음도,
세상보다 무거운 삶도 있다

관중과 포숙이 시작한 무역은 그야말로 순풍에 돛단 듯 2년 만에 막대한 이익을 남겼다. 본래 정치 자금을 위해서 시작한 일이니까 그 이익의 태반을 공동 관리하기로 한 것은 말할 것도 없다.

그리고 그 나머지를 둘이서 분배했다. 관중이 출자한 금액은 포숙의 50분의 1도 안 되었지만 관중은 당연하다는 듯이 그 반을 받았다.

"관중께서는 욕심이 너무 많습니다. 뻔뻔스러운 것도 정도가 있어야지요."

포숙의 아랫사람이 불평을 했다.

"그런 소리 하지 마라. 이번 장사는 그의 재주로 성공한 거야. 그리고 그의 집은 별로 넉넉하지 못한 데다 노모까지 계셔. 뻔뻔스러운 것도 아니고 욕심이 많은 것도 아냐."

포숙은 아랫사람을 타일렀다.

그리고 관중과 포숙은 막대한 정치자금을 가지고 우선 성 아래 빈민촌을 찾아가서 구제했다. 그리고 성안에서 무료로 공부방과 연무관을 차려놓기도 하고 재주를 가진 식객(食客)을 모아들였다.

금세 소문이 퍼져 두 사람은 임치의 유지가 되었다. 이윽고 관중과 포숙의 명성은 그 '관포지교'라는 말과 함께 궁전 안에까지 퍼졌다. 그리고 이전에 재상 자리에 있었던 고혜(高後)라는 사람에게까지 알려지게 됐다. 고혜는 이미 정치에서 은퇴했으나 직도 조정의 신망을 한 몸에 모으고 있는 원로였다.

제양공(齊襄公) 10년, 앞에서 기술한 것처럼 양공은 연칭(連稱)과 관지보(管至父)에게 병사를 내주어 규구(葵丘)로 파견했었다. 규구로 파병한 것은 말하자면 당연한 조치였다. 그러나 양공이 연칭과 관지보 두 사람에게 병사를 맡긴 것에 고혜는 왠지 불길함을 예감했다.

"연칭과 관지보는 분별없는 야심가이며 게다가 사물의 이치를 분간하지 못하오. 미친 사람에게 칼을 쥐어주는 격이나 마찬가지오. 반드시 평지풍파가일 것이오."

고혜는 심복인 대부 옹름에게 말했다.

"그럼, 어찌해야 하겠습니까?"

옹름이 뜻을 살피고 물었다.

"산불에 대비해서 튼튼한 묘목을 길러야 하겠소."

"그러시다면?"

"공자 규(公子糾)의 부(傳: 보좌관)로는 소홀(召忽)이 있지만 아무래도 그는 약해서 역부족이오. 그리고 공자 소백(公子小白)에게도 역시 걸맞은 부를 붙여주는 게 좋아."

"그럼, 누군가 마음에 두신 사람이라도…?"

"음, 그 소문에 들리는 두 사람, 관중과 포숙이 어떨까."

"예, 무난한 인물 같습니다. 그러나 벼슬길을 찾는 것은 분명하지만 그런 속이 들여다보이는 수를 쓰는 것을 보면 글쎄요?"

"아니지. 속이 들여다보이는 수, 그것이 정공법이오. 뇌물을 쓰는 것보다 당당해서 좋지 않소. 그렇게 공공연하게 실력을 과시해 놓고 겁도 없이 실적을 마구 뿌려대다니 훌륭하오."

"과연 그렇습니다."

"당장에라도 기용하게 하는 것이 어떻소?"

"알았습니다."

"단, 양공에게 이상한 오해를 받으면 안 되니까 새삼스럽게 왕께 말씀드려서 허락을 받을 필요는 없소."

"말씀은 그렇지만 왕의 아우분의 보좌관이라면 높은 자리는 아니지만 역시 중요한 인사라서…."

"음, 만약 문제가 생기면 그 두 사람은 내 인척인데 우선 시험적으로 써봤을 뿐이라고 하면 되오."

"알았습니다. 그렇다면 별 이의가 없을 겁니다."

"하지만 역시 조용히 일을 처리하는 게 좋겠소. 그런데 알겠지만 공자 규는 한마(悍馬: 사나운 말)이고, 공자 소백은 순마(馴馬: 길들이기 쉬운 말)요. 공자 규에게는 관중을, 공자 소백에게는 포숙을 붙여주는 게 좋을 것 같소."

"그 두 사람을 아십니까…?"

"아니, 그렇진 않지만 항간에 떠도는 소문을 들어 잘 알고 있소."

"황송합니다."

이렇게 해서 관중과 포숙은 순조롭게 공자 규와 공자 소백의 보좌관으로 임명되었다.

뜻하지도 않게 큰일을 맡게 되어 관중이 회심의 미소를 지은 것은 말할 것도 없다. 그러나 포숙은 안색이 창백해졌다.

"아무리 생각해도 대를 잇는 것은 공자 규 쪽이야. 즉위할 가능성도 없는 공자 소백을 보좌하는 것은 보람이 없어."

포숙은 불만을 털어놓았다.

"그것은 잘못된 생각이야. 포숙, 누가 즉위할지는 아무도 모르지. 그리고 대등한 조건을 가진 두 공자는 아무튼 양립할 수 없는 운명이야. 그러니까 미리 어느 쪽에 거는 것은 위험해. 우리 두 사람이 함께 저 형제의 보좌관이 된 것은 그야말로 하늘이 주신 기회야. 우선은 마음이 강한 형을 내가 가르치겠어. 인덕이 있는 동생은 네가 따뜻하게 감싸줘. 성의를 다하면 어린 소백은 너를 따를 거야. 사실을 말하면 동생 쪽이 패왕으로 세울 만한 사람이야. 서로 노력하자구. 소홀히 여기지마."

하고 관중은 포숙의 엉덩이를 두드린다.

어느 사이에 1년이 지나갔다. 역시 고혜의 불길한 예감이 적중해서 양공은 연칭과 관지보에게 살해되었다. 공자 규는 관중과 노나라로, 공자 소백은 포숙과 거(莒)나라로 각각 망명했다.

양공이 살해됐는데도 이미 시군찬위(弑君簒位: 임금을 죽이고 임금 자리를 빼앗음)에 인이 박힌 백성들은 별로 관심을 보이지 않았다. 사실 백성들에겐 임금이 누가 되든 그것은 실생활과 상관이 없었고 아무래도 좋은 일이었다.

그러나 얼마 후 이번에 일어난 정변에는 백성들이 예외적으로 불평불만을 늘어놓았다. 관중과 포숙의 식객들이 그들을 선동했기 때문이다.

"정통을 잇는 후계자를 모시고 있는 관중과 포숙을 외국으로 추방한 것은 잘못이다."

하고 떠들어댔다.

　그러한 원망의 소리를 들으면서 즉위한 공손 무지(公孫無知)는 궁중에서도 마찬가지로 신하들의 따가운 시선을 받아 입장이 난처했다. 더구나 원로인 고혜에게도 외면을 당하자 궁지에 몰리게 되었다.

　그때 옹름은 공자 규를 옹립하는 관중이 노나라의 군대를 빌려서 임치로 공격해 온다는 헛소문을 퍼뜨렸다. 옹름이 관중과 포숙의 식객들을 이용해서 성 아래서 그 소문을 퍼뜨렸기 때문에 소문은 사실로 들렸다.

　그 소문을 듣고 공손 무지와 연칭, 관지보는 신경을 곤두세웠다. 그보다 신하들이 숨을 죽이고 소문에 귀를 기울이고 있었다. 그리고 정보의 근원이 되고 있는 옹름에게 자세한 것을 물었다. 그러나 그는 말을 이랬다저랬다 하며 분명한 말을 하지 않았다.

　공손 무지가 즉위한 후 괴상한 정보가 난무하는 가운데 한 달이 지나갔다. 무슨 바람이 불었는지 갑자기 고혜가 연칭과 관지보를 저녁 식사에 초대했다.

　마침 잘됐다는 듯 두 사람은 부랴부랴 고혜의 저택으로 달려갔다.

　"노신은 이미 여생이 얼마 남지 않았소. 그래서 셋이서 느긋하게 술이라도 마시면서 뒷일을 부탁하고 싶소."

하고 말하며 고혜는 다른 사람을 물리쳤다. 연칭과 관지보를 경호하는 무사도 마찬가지로 나가게 했다. 그리고 연석을 마련한 방문을 굳게 잠갔다.

　시각은 그리 늦지 않았다. 그러나 겨울 해는 이미 서쪽으로 지고 있었다.

　같은 시각에 옹름은 저택에 신하들을 모아놓고 있었다.

"정직하게 말하겠소. 관중이 노나라의 군대를 이끌고 임치를 공격한다는 정보는 사실이 아니오."

옹름이 말을 시작했다.

"공손 무지는 역적이오. 그는 정통 왕위의 계승자가 아니오. 연칭과 관지보에게 국정을 맡기면 나라는 망합니다…."

"그래서 나라를 위해 그 세 명의 역적을 없애버리기로 했소. 두 사람은 지금 국공(國公) 고혜 어른의 저택에 사실상 감금돼 있소."

"공손 무지는 내가 없애겠소. 없애고 나면 봉화를 올릴 것이오. 봉화를 보면 국공의 저택에 감금돼 있는 두 사람의 목을 치게 돼 있소."

"이의가 없으면 지금 동참하길 바라오. 긴급 조정회의를 연다고 거짓으로 알린 것은 공손 무지를 유인해내기 위해서였소."

옹름이 설명했다.

"이의 따위는 없소. 국공이 잘 나섰소. 늙으신 분이 봉화를 기다리고 있을 테니 한시라도 늦추면 아니 됩니다."

대부 동곽아(東郭牙)가 말하고 신하들이 일제히 일어서서 궁전으로 서둘러 갔다.

"전하, 공자 규와 관중이 노나라 군대를 이끌고 국경에 접근하고 있습니다. 긴급회의를 위해서 조정신하들을 불렀습니다. 임석해 주십시오."

하고 옹름이 공손 무지에게 알린다.

"연칭과 관지보 두 경은 나왔는가?"

"군사령부에 긴급 연락했으니까 곧 올 것으로 압니다."

"그래."

공손 무지는 조정에 나왔다. 그 모습을 보고 신하들은 일제히 일어섰다. 그와 동시에 공손 무지의 등 뒤에 서 있던 옹름의 비수가 그의 심장에 꽂혔다.

공손 무지는 그 자리에 쓰러져서 절명했다. 궁전을 경호하는 무사들이 움직이려고 했으나 신하들이 제지했다.

궁전 뜰에서 봉화가 올랐다. 고혜의 저택에서는 요리를 들고 온 하인이 살짝 고혜에게 눈짓을 했다.

"나이가 들어 이젠 안 되겠소. 잠깐 실례하오."

고혜가 시치미를 떼고 일어나서 자리를 떴다. 그와 동시에 한 무리의 억센 무사들이 달려들었다. 소리 지를 사이도 없이 관지보의 목이 떨어졌다. 신하들이 궁전에서 고혜의 저택에 다다랐을 때는 이미 연칭과 관지보의 시체는 치우고 난 다음이었다.

곧 왕위계승 문제가 논의되고 의견이 엇갈렸다. 장유의 서열과 재주를 중요시하는 일파는 공자 규를 추대했고, 기품과 인덕을 중시하는 일파는 공자 소백을 추대했다. 두 파가 서로 양보하지 않는 것을 보고 고혜가 입을 열었다.

"왕이 될 사람은 그만한 운수를 타고 나지요. 양쪽에 동시에 사자를 보내는 것이 어떻겠소. 운수를 타고난 쪽이 먼저 달려올 거요. 즉 운수를 타고난 쪽을 옹립하자는 말이오."

하고 뜻밖의 제안을 했다. 그렇게 어처구니없는 말을 듣고 보니 반대할 수도 없었고 게다가 국공의 권위를 거역할 수도 없었다.

결국 고혜가 제안한 대로 노나라와 거나라에 동시에 사자를 보내기로 했다. 고혜는 곧 사자에게 줄 편지를 썼다.

고혜의 뜻을 알아차린 신하들은 서둘러 물러났다. 고혜가 운수라는 묘한 말을 했지만 거나라는 노나라보다 훨씬 가깝다. 그가 공자 소백을 꼽고 있는 것은 분명했다. 그렇지 않아도 붙임성이 좋은 공자 소백을 고혜가 어릴 때부터 귀여워한 것은 모두가 다 잘 아는 사실이었다.

과연 고혜는 거나라의 왕과 공자 소백에게 편지를 쓰자 어두운 밤을 틈타 떠나라고 사자에게 명했다. 그리고 노나라에 보내는 편지를 쓰다가 중도에 붓을 놓았다.

"술이 과해서 피곤하니 한잠 자고 쓰지."

하고 누워 버렸다. 결국 노나라로 보내는 사자가 성문을 나선 것은 하룻밤이 지난 후였다. 노나라에서 편지를 받은 공자 규는 곧 관중과 소홀을 불러 의논했다. 그러나 관중은 문득 생각나는 바가 있어 쉬고 있던 사자를 흔들어 깨워서 출발할 때의 그곳 상황을 물었다.

공평하게 하려면 노나라에 보내는 사자를 먼저 출발시켜야 했다. 그런데 오히려 하룻밤이나 늦게 출발시킨 것을 알고 관중은 고혜의 마음을 간파했다.

공자 규는 망했구나 하고 관중은 마음속으로 중얼거렸다. 결국 공자 규는 이틀이나 늦게 편지를 받은 것이었다. 게다가 노나라는 거나라보다 훨씬 멀다.

교묘하게 꾸며진 괴상한 경마에서 공자 규가 질 것은 불을 보듯 뻔한 일이었다. 그러나 공자 규에게는 대단한 지혜가 있었다.

"관중! 당신은 활의 명수였지?"

하고 불쑥 물었다. 그리고 분연히 눈을 부릅뜨고 말했다.

"비열한 속임수를 쓰고 있소. 이런 속임수에 당하면 후세까지 웃음거리가 될 거요. 그대가 솜씨를 보여줘야 할 때가 왔소. 그대의 활 솜씨를 보여주오."

공자 소백을 쏴 죽이라는 말이었다.

관중은 그 순간 말문이 막혔다. 그러나 순간 머릿속에 어떤 생각이 번뜩 스쳤다.

"그 길밖에 없겠죠. 곧 떠나겠습니다."

하고 관중이 대답했다.

"당장 노나라 제후에게 수레를 빌리겠소. 50대면 될까?"

공자 규는 일어섰다.

"아뇨, 싸움을 하는 것도 아니고 노리는 상대는 단 한 사람입니다. 굳이 빌릴 필요 없습니다. 가지고 있는 세 대로도 충분합니다."

"그래? 그리고 샛길을 빠져나가지 않으면 쫓아갈 수 없을 테니까 수레 수가 많으면 오히려 거추장스러울 거요, 알았소. 그럼, 당장 출발해 주오."

공자 규는 관중을 급히 떠나보냈다. 관중은 수레 두 대를 이끌고 급히 노나라를 떠났다.

관중은 거나라에서 제나라로 가는 길을 잘 알고 있었다. 머릿속으로 여러 가지 계산을 하고, 샛길을 지나 국경 부근에 숨어서 공자 소백 일행을 기다리기로 했다.

"명심해라. 너희들은 절대 쓸데없이 나서지 말고 언제라도 도망칠 수 있게 수레를 숲 속에 숨기고 구경만 해."

현장에 도착한 관중이 병사들에게 명했다.

공자 소백의 일행은 관중의 예측보다도 상당히 늦게 현장에 도착했다. 휴식하기 위해서 일행이 수레를 세웠다. 수레에서 내린 포숙이 소백의 수레로 걸어가는 것이 보였다.

포숙이 다가오는 것을 보고 소백도 수레에서 내렸다. 그 순간에 관중이 쏜 화살이 소백의 배에 그것도 정확하게 배꼽에 꽂힌 것처럼 보였다.

핏기를 잃은 소백이 두 손으로 화살이 꽂힌 배를 움켜잡고 웅크렸다. 그것을 포숙이 위에서 덮치듯 밀어서 쓰러뜨렸다. 화살이 꽂힌 곳은 대구(帶鉤: 허리띠 장식)였다.

"죽은 척하고 있어요."

포숙이 속삭였다.

"움직이지 마!"

다시 포숙이 적의 그림자를 찾아 움직이려고 하는 호위 수레를 제지했다. 그리고 큰 무릎덮개로 쓰러져 있는 소백을 덮고 천천히 일어났다.

그것을 확실히 지켜보고 나서 관중은 유유히 현장을 떠났다. 맹렬한 기세로 모래먼지를 일으키면서 서쪽으로 질주하는 세 대의 수레를 포숙은 씁쓸히 웃으면서 바라보고 있었다. 그리고 그는 깊은 한숨을 내쉬었다.

"이제 안전합니다. 일어나시지요."

포숙이 무릎덮개를 들추고 소백을 일으켰다.

"그 못된 놈이 도대체 누구요?"

공자 소백이 아직도 떨리는 소리로 말했다.

"걱정할 것 없습니다. 관중입니다."

포숙은 바닥에 떨어진 화살을 집어 들었다. 그리고 빙그레 웃었다.

"어떻게 알았소?"

"이 화살은 눈에 익은 관중의 특제 화살입니다."

"왜 관중이…?"

"이유는 모르겠습니다. 그러나 아마 공자 규가 명한 것 같습니다."

"어쨌든 발칙한 놈이오. 용서할 수 없소."

"아니, 오히려 칭찬해 주십시오."

"뭐라고?"

"그는 처음부터 대구를 겨냥했습니다. 대단한 솜씨가 아닙니까?"

"그걸 어찌 알아?"

"그는 겨냥한 사냥감을 결코 놓친 적이 없습니다. 죽일 생각이었다면 머리나 더 맞추기 쉬운 심장을 노렸을 겁니다. 그보다 어서 어가에 옮겨 타십시오."

"그럽시다."

"관중은 공자 규에게 전하를 사살했다고 보고할 것입니다. 성에 들어갈 때까지는 역시 죽은 척하는 것이 좋을 것 같습니다."

"그게 좋겠군."

공자 소백은 어가로 옮겨 탔다. 잠시 쉰 뒤에 일행은 쏜살같이 임치를 향해서 말을 달렸다.

노나라로 돌아온 관중은 공자 규에게 담담한 마음으로 경과보고를 했다. 관중을 따르던 병사가 화살 하나로 결판낸 관중의 신궁에 감탄했다고 했다.

공자 규는 관중의 손을 잡고 감사의 뜻을 표하며 재상 자리를 약속했다. 노나라는 이미 수레 50대를 준비하고, 공자 규를 호송할 준비를 했다.

이튿날 아침, 공자 규는 의기양양하게 곡부(曲阜) 성문을 나섰다. 귀국하여 즉위하는 공자 규를 노장공(魯莊公)은 임금 대우로 성 밖의 장정(長亭)까지 환송했다.

불과 2개월도 안 되는 망명에서 떳떳하게 돌아가는 공자 규는 만면에 희색을 띠고 설레는 가슴을 억눌렀다. 특히 고혜가 꾸민 음모를 뒤집은 것에 그 기쁨은 절정에 달했다.

아무리 세습 경위(卿位)를 가졌다고 해도 고혜의 처사는 절대로 용서 할 수 없다고 공자 규는 생각했다. 약한 자를 괴롭히는 것보다 강한 자를 굴복시키는 것이 훨씬 재미있다고 생각하며, 공자 규의 마음은 이미 국경을 넘어 임치에 가 있었다.

그러나 국경에 도착한 공자 규는 갑자기 얼굴이 창백해졌다. 당연히 임치에서 환영하러 나온 줄 알았던 대군이 그의 입국을 가로막았기 때문이다.

"이미 새 임금이 즉위하셨으니 물러서 주기 바라오."

옹름이 정중하면서도 당돌하게 공자 규의 앞을 가로막았다.

"새 임금이라니 그게 누군가?"

"공자 소백이 즉위하셔서 환공(桓公)이라 칭했습니다."

"그런 바보 같은 소리! 소백은 죽었을 텐데."

"아니오, 다행스럽게도 화살이 대구에 꽂혀 목숨을 구했습니다. 그야 말로 임금의 운세를 가지고 태어나신 분이라고 조야가 축복하고 있습니다."

"언제 즉위했소?"

"닷새 전입니다. 경쟁에 진 이상 깨끗이 물러나 주시오. 당장 말머리를 돌리지 않으시면 좌우의 진지에서 일제히 화살이 날아옵니다."

옹름이 진지를 가리켰다.

공자 규는 돌파를 강행할까 하는 생각도 해봤으나 병력이 부족했기 때문에 후일을 기하자고 공자 규는 원한의 눈물을 삼키고 노나라로 돌아갔다.

곡부성으로 돌아간 공자 규는 노나라 장공 앞에서 눈물을 흘렸다. 그러나 장공은 대국인 제나라와 일을 꾸미는 것이 어떨까 하는 생각을 하고 있었다.

공자 규가 몸부림치며 괴로워하고 있는 사이에 한 달이 지나갔다. 그동안 제나라 환공은 노나라의 국경에 계속 병마를 집결시켰다. 그리고 총병력 집결이 끝나자 대군으로 국경을 제압하고 나서 노나라에 사자를 보냈다.

사자는 흥정에 능숙한 습붕(隰朋)이었다. 노나라 장공 앞에 나간 습붕은 먼저 새 임금의 즉위에 대한 제나라의 인사를 마치자 거침없이 용건을 꺼냈다.

"공자 규가 이 세상에 살아 있는 한 우리 새 임금이 베개를 높이 베고 잘 수 있는 밤은 없으며 귀국이 공자 규를 비호하고 있으면 제·노나라 사이에는 평화로운 날이 없을 겁니다."

습붕이 우선 못을 박았다.

"국경에 집결한 병마로 귀국의 영내를 짓밟고 우리 손으로 공자 규를 잡아 목을 치자는 의견도 있소."

하고 공갈을 쳤다.

"그 의견을 누르는 데 힘이 들었으니 귀국이 우호의 표시로 공자 규의 수급(首級)을 내준다면 그 이상 다행한 일은 없소. 단, 소홀과 관중 두 사람은 그 목을 칠 것 없이 산 채로 결박하여 넘겨주기 바라오."

위압적인 태도로 요구했다.

"특히 관중은 뻔뻔스럽게도 우리 새 임금께 활을 쏘았소. 그를 죽이는 것만으로는 그 죗값을 다할 수 없소. 잡아서 산 채로 그 살을 깎지 않으면 화가 풀리지 않는다고 우리 새 임금은 원한이 골수에 차 있소. 그러니 다치지 않게 포박하여 함거(檻車: 죄인을 호송하는 수레)에 가둬서 내 주기 바라오."

관중의 처리에 관해서 각별히 말했다.

"국경에 집결한 아군의 총사령관은 동곽아 장수인데 그는 몹시 성미가 급하오. 따라서 신은 그의 폭주를 억제하기 위해서 곧 국경까지 물러서겠소. 그곳에서 공자 규의 목과 소홀의 몸과 관중을 가둔 함거의 인도를 기다리겠소."

습붕은 말을 마치자 물러갔다.

노나라 장공은 그 건방진 태도와 협박에 치미는 화를 참을 수 없었으나 그 요구를 거절했다가는 제나라 군대가 밀어닥칠 것이 뻔했다. 따라서 그 요구를 들어주는 것은 노나라로서 아무것도 아니라고 생각하고 결국 그 요구에 응했다.

기오(綺烏) 일대에 대군을 집결시켜 국경을 압박하고 있던 제나라 군대 본진에서는 포숙이 목을 빼고 관중을 태운 함거가 나타나기만을 기다리고 있었다. 확실히 습붕이 말한 대로 동곽아 장수가 있기는 했으나 군대를 통수하고 있는 것은 그가 아니라 포숙이었다.

과연 습붕이 돌아온 이튿날에는 공자 규의 목을 담은 상자와, 관중을 가둔 함거를 호송하는 노나라의 수레가 도착했다. 포숙은 호위대장에게 깊은 사례를 하고 많은 선물을 주어 그 노고를 치하했다.

"이봐, 포숙! 뭘 꾸물거리고 있어. 빨리 꺼내 줘."
하고 노나라 호송대가 떠난 것을 보고 관중이 크게 소리쳤다.

"오! 빨리 꺼내주고 싶지만 불행하게도 그 함거에는 문이 없어."

하고 말하면서 포숙이 함거의 격자문에 손을 짚고 안을 들여다보았다.

"오, 관중. 내가 못한 경험을 다하고, 잘했어."

"쓸데없는 소리 말고 빨리 꺼내 줘."

"덩치가 커서 비좁았을 거야."

"그 시시한 소리는 나중에 하고!"

"아냐, 난 함거에 들어간 적이 없어서 여는 방법을 잘 몰라."

"싱거운 소리 작작해. 쉽게 열릴 거야, 못을 쳤으니까 부셔 버려."

"하하. 그 정도는 알고 있어. 아무튼 꽤 시달린 모양이군. 좋아 곧 꺼내 주지."

포숙은 병사를 시켜 도끼로 함거를 부쉈다.

"이젠 됐어!"

결박을 풀어주자 관중은 포숙을 끌어안고 한바탕 웃었다.

"하지만 관중, 위험한 짓을 했어."

"그렇게 할 수밖에 없었어."

"그렇긴 해. 하지만 조금만 빗나갔어도 소백의 목숨은 끝이었어."

"그래도 할 수 없지."

"그런데 관중, 소홀은 어떻게 됐어?"

"음, 그는 결박을 당하기도 싫고 공자 규가 죽었으므로 구차하게 살아서 뭘 하겠느냐며 자살했다네."

"그래? 하지만 관중, 이렇게 생각할 순 없을까?"

"어떻게?"

"생사가 반대로 커서 소홀의 죽음은 그 삶보다 낫고 관중의 삶은 그 죽음보다 낫다고(生死亦大笑, 召忽之死也賢其生, 管仲之生也賢其死)."

"그럴 수도 있지."

"그런데 관중, 여기서 떠들고 있을 새가 없어. 이곳 수비대장에게 말해뒀으니까 쉬고 있어. 환공이 예를 갖추고 맞이하러 오도록 이제부터 설득하고 올 테니까. 대충 양해를 받았지만 확실히 말한 것은 아냐."

"그래 수고해. 포숙 활약이 대단하군!"

"치켜 세우지마. 아무튼 주상과 대면할 때까지는 내가 최선을 다해야지. 그 다음은 네 차례니까 난 몰라."

그런 말을 남긴 다음 포숙은 군대를 이끌고 도성으로 돌아갔다.

제11장
알아주는 이를 위하여 목숨을 바치다

제나라 환공 원년(기원전 685), 환공이 즉위하여 불과 8일만의 일이다.

관중을 맞이하기 위하여 국경까지 가는 것이 좋겠다고 포숙은 열심히 환공을 설득했다.

"사람은 자기를 알아주는 자를 위해서 목숨을 바치고 예우에 보답하여 지술(智術)을 다한다고 합니다. 지난날 우리 국조 태공망 강상(姜尙)께서는 지술을 다하여 주 왕조를 세우는 데 공헌하셨습니다. 그것은 주나라 문왕(周文王)이 태공망을 위수(渭水)의 낚시터에서 맞이하였고, 마찬가지로 무왕(武王)이 상부(尙部)로 우러러 모셨기 때문입니다."

"과인에게도 그렇게 하라는 말이군."

"그렇습니다. 관중을 위해서 말씀드리는 것이 아닙니다. 이미 재상으로 임명하기로 결정한 이상 그가 사력을 다하여 그 지혜를 짜서 충성하지 않을 수 없도록 예를 다하는 것이 현명하다는 말씀입니다."

"음…."

"전하의 예우에 보답하여 반드시 관중이 전하를 위임하고 패업을 이룰 것이 틀림없습니다."

포숙이 역설했다.

환공은 포숙의 천거를 받아들여 이미 관중을 재상으로 임명하기로 승낙했다. 제나라를 다스리는 일쯤은 자기도 할 수 있다. 그러나 천하의 패권을 잡는 일은 관중의 도움을 받지 않으면 안 된다고 포숙이 진언한 것 까지는 쉽게 납득했다. 그러나 국경까지 나가서 관중을 맞아들이라는 말에는 좀처럼 머리를 끄덕이지 않았다.

환공이 좀처럼 승낙하지 않자 포숙의 마음은 초조했다. 그러나 그것은 실은 환공의 포숙에 대한 배려 때문이었다.

"그대가 말하는 뜻은 알겠소. 그러나 다시 한번 다짐해 두겠는데 관중을 재상으로 임명하는 것만으로도 그대는 서열에서 관중 아래로 밀려나게 되오. 하물며 그런 예우까지 하면 두 사람은 점점 대등하지 않게 되오. 정말 그래도 좋겠소? 그런 줄 알고 대답해 주오."

"생각할 것도 없이 물론 좋습니다."

"음! 그것이 사람들이 부러워하는 관포지교라는 것이군. 하지만 과인에게는 그대의 심정이 이해되지 않는군."

"전하, 너무 깊이 생각하실 것 없습니다. 실제로는 신과 관중의 우정이 세상 사람들이 선망하는 것만큼 고결한 것도 못 됩니다."

"그래! 그럼, 뭐요?"

"어떤 사람이 다른 사람의 식견과 재능을 유능하게 보고 스스로 발판이 되어 꿈이나 이상을 실현하고자 하는 입신양명하는 얘기입니다. 그래서 신은 관중에게 희망을 걸고 온갖 봉사와 회생을 아끼지 않으며 어떠한 양보도 마다하지 않습니다. 즉 처음부터 우리 두 사람은 대등하지 않았습니다. 전하의 배려에는 감사드리지만 그러나….."

"알았소. 그대가 그렇게까지 생각하고 있다면 저 '위수 낚시터에서의 만남'의 고사를 본떠서 먼저 목욕재계를 해야겠소. 그리고 나서 사흘 후에 국경에 가서 관중을 군사(軍師)로 맞이하겠소."

환공이 말했다.

"더없는 영광입니다."

포숙이 크게 안도의 한숨을 내쉬고 빙그레 웃음을 띠었다.

포숙을 완전히 믿고 있던 관중은 국경 수비대 안에서 유유히 지내고 있었다. 포숙이 수비대장에게 부탁한 덕분에 그는 관중을 대단히 정중하게 대접했다.

하루 세 번의 식사에는 산해진미가 올랐고, 대장 자신이 꼭 붙어서 일일이 돌봐 주었다. 그러나 그것은 어디까지나 포숙의 명령에 따랐던 것뿐이었고 대장은 관중의 정체를 모르고 있었다.

"보살펴 주는 것은 고맙지만 그대에게는 병사를 조련하는 임무도 있지 않소. 임무에 힘쓰길 바라오."

사흘째 되는 날 관중이 말했다.

"아닙니다. 임무에 힘쓰는 것도 중요하지만 손님은 정중히 모셔야 합니다. 염려 마십시오."

대장은 간살을 부리며 웃었다.

"그것은 잘못이오."

"아닙니다. 임무에 힘쓴다고 승진이 빨라지는 것도 아니고, 역시 누가 진언해주는 편이 출세는 확실합니다."

"그렇소?"

"손님은 임관 경험이 없으니까 잘 모르시겠지만 그건 당연한 상식입니다. 그래서 실은 부탁이 있는데 언젠가 포숙 어른께서 재상이 되실 날이 있을 텐데 부디 부탁을 드립니다."

"그럴 순 없소. 그 대신 앞으로 임무에 힘쓰는 자가 반드시 승진하도록 고과제도(考課制度)를 고치겠소."

"아뇨, 됐습니다."

하며 대장은 갑자기 기분이 상한 듯 외면을 해 버렸다. 손님의 머리가 이상하다고 생각하는 모양이다. 그런 일이 있은 후에는 대우도 나빠지고 식사도 소홀해졌다.

관중은 쓸쓸하게 웃었으나 당장 식사가 형편없게 나오자 견딜 수가 없었다. 그래서 병사에게 활과 화살을 빌려 사냥을 나갔다. 그리고 사냥을 해서 병사들과 같이 먹으며 병사들과 많은 얘기를 나누었다.

"그런데 자네들은 대장을 어떻게 생각하오?"

그들과 친해진 관중이 은밀히 물었다.

"뭐, 그저 그렇죠."

한 병사가 대답했다.

"아니, 이해심이 많은 좋은 대장이죠."

반장이 말했다. 아마 대체로 평이 좋은 모양이었다.

"음, 이해심이 있다는 건 예를 들면 어떤 것이죠?"

"여러 가지가 있지만 이를테면 우리는 공동으로 수천 마리의 닭을 기르고 있습니다. 대장은 달걀을 거둬들일 뿐 닭에는 손도 대지 않습니다."

"호호! 닭을 치고 있군. 그럼 사료는 어떻게 구하오? 음식찌꺼기가 그렇게 많이 나오나요?"

"아, 알았다. 당신은 신분이 높으니까 병정으로 끌려나온 일이 없겠군요."

"음, 그저 다행히…."

관중은 어물어물 대답했다. 사관 훈련을 받으면서 병역에 복무한 일은 있었다. 그러나 그것은 지금 그가 보고 있는 군대와는 비교도 안 되는 세계였다.

"그러면 말해주죠. 사료는 이 근처 농가에서 얻어 옵니다."

"즉 징발해 오는 거요?"

"아뇨, 들일을 도와준 대가로 받아옵니다."

"품삯이군요."

"정확히 말하면 좀 달라요. 대장에게는 우리 품삯을 얼마간 주는 모양이니까요. 그러나 그것은 우리와 상관이 없어요. 묻지는 않았지만 아무튼 사료를 주고 있어요."

"음, 하지만 닭을 많이 치고 있는 것에 비해 병사들의 식탁에 닭고기가 안 오르던데…."

"바보 같은 소리 마시오. 이 닭은 귀중한 재산이오."

"재산?"

"그럼요, 시장에 내다 팔면 이게 다 돈이 되는데…."

"시장에?"

"그래요. 아까 대장이 이해심이 있다고 말한 것이 그 말이오. 닭을 팔 때 부대 수레를 내줘요. 물론 그때는 대장의 달걀도 함께 내다 팔지만요."

"허허, 대장도 잇속이 밝군."

"아뇨, 그만하면 괜찮죠. 재미를 같이 보니까 좋은 대장이죠."

"그런데 대장은 어느 수비대나 다 그래요?"

"아니, 닭의 일정 부분을 내놓으라는 뻔뻔한 사람도 있어요."

"그래, 전쟁이 일어나면 닭은 어떻게 하오?"

"걱정할 거 없어요. 큰 전쟁이 터지면 어차피 사전에 알게 마련이니까 그 전에 팔아치우죠."

"하지만 팔러 갈 시간이 없으면? 게다가 수천 마리를 한꺼번에 운반할 수는 없을 텐데."

"그게 또 기가 막히게 되어 있어요. 상인들은 정보가 빠르니까 반드시 사러 와요. 물론 그렇게 되면 값을 호되게 후려치지만요."

"그거 고약하군."

"아니, 고마운 일이죠."

"그래요? 그럼, 국경에서 작은 전투가 벌어지면?"

"아무것도 모르시는구먼. 서로 죽기 싫으니까 적군과 아군이 서로 의논해서 싸운 것으로 하고 전과를 조작하는 거죠. 바로 그때 사육한 닭이 필요하죠."

"닭으로 흥정하나요?"

"그런 선심을 누가 써요. 의논하는 회식 때 요리로 내놓을 뿐이죠."

"허허, 대장끼리 의논을 하나요?"

"대개는 그렇지만 대장이 똑똑하지 못할 때는 병사들끼리 타협해 버리죠."

"그러나 대장이 승낙하지 않으면?"

"별로 좋은 얘기는 아니지만 살해되는 멍청한 대장도 가끔은 있어요. 하지만 병사들은 많고 대장은 혼자니까요. 웬만한 대장이라면 병사들의 말을 듣죠."

"그렇겠군요. 자네들의 대장이 오래 살고 있다는 것은 역시 이해심이 있다는 증거군요."

"그렇죠. 그보다 지금의 대장은 머리가 좋아요. 엉터리 전과를 조작하는 동시에 명부상으로 병사가 죽은 것으로 만들어 줘요. 그 전사한 것으로 된 병사는 집으로 돌아가죠. 그러니까 또한 식량도 남구요. 그 일부를 닭 사료로 돌려쓸 수 있죠. 그는 전공을 세운 것이 되니 호주머니가 두둑해지구요. 서로 좋은 거죠."

"알았소. 그래서 좋은 대장이라 이거군요."

"그렇소. 이겨 약탈할 수 있는 전쟁이라면 모르지만 국경에서 티격태격하다 마는 전투로는 한 푼도 안 생겨요. 거기다 대장은 예쁜 첩을 끼고 있으니 우리네보다 대장이 훨씬 죽기 싫을 거 아니겠소."

"잠깐, 난 대장 관사에 사흘 동안이나 있었는데 첩 같은 건 없었소."

"무슨 소리, 당신 눈은 동태눈이구먼. 두 부관 중의 하나는 남장을 한 여인이었소."

그러고는 병사들은 낄낄거리고 웃어댔다. 관중도 덩달아 웃었다. 웃으면서도 마음이 암담했다.

"이거 여러 가지로 재미있는 얘기를 들었소. 그 답례로 내일이라도 산에 가서 사냥을 해와야겠소."

관중은 병사(兵舍)를 나와서 하늘의 별들을 바라다보았다. 바람이 차다. 아니, 그보다 마음이 얼어붙는 것처럼 으스스했다. 이 군대를 어떻게 바로잡아야 하나 하고 관중은 입술을 깨물고 생각에 잠겼다.

이튿날 아침 관중은 사냥을 하러 나가려고 새벽에 일찍 일어났다. 병사들에게 한 약속을 지키기 위해서였다.

"사슴을 잡을 수 있는 길목으로 안내하죠."

친해진 반장이 안내를 자청했다.

그곳은 멀다면서 병거 3대를 준비하라고 병사에게 명했다.

"안내하는 것만으로 좋으니 도울 것은 없소."

관중은 병거를 사양했다.

"돕는 게 아니라 사냥한 것을 운반하기 위해서죠. 당신의 실력이라면 몇 마리 잡을 테니까요."

반장은 꿍꿍이셈을 하고 있는 것이었다.

"그보다 군용수레를 3대나 멋대로 써도 되는 거요?"

"뭘요, 대장에게도 한몫 주면 불평하지 않아요."

반장은 넉살 좋게 말했다. 이젠 무슨 말을 들어도 관중은 놀라지 않았다. 그는 병거 3대를 끌고 사냥터로 향했다.

"그런데 당신, 활은 누구에게서 배웠소?"

사냥터로 가면서 반장이 물었다.

"혼자서 배웠소."

관중이 적당히 둘러댔다.

"알았소. 사냥꾼의 아들이군."

"음….''

"그만한 실력이면 사냥꾼이나 장군이 되는 편이 훨씬 많이 벌 텐데요."

"장군 되기가 그렇게 쉬운가요!"

"아뇨, 옛날에는 되고 싶어도 못 됐지만 요즘은 안 그래요. 전쟁에 나가서 큰 공을 세우면 간단히 되죠. 당신은 풍채가 좋으니까 조상이 귀족이었다고 속이면 문제없어요."

얼마 후에 사냥터에 도착했다. 목이 좋아서 관중은 잠깐 사이에 세 마리의 사슴을 잡았다.

"자, 돌아갑시다. 길이 머니까."

관중이 말했다.

"아니 한 마리 더 잡아줘요. 아주 큰 놈으로 부탁해요."

반장은 두 손을 모으고 비는 시늉을 했다.

"왜 그래요? 사슴은 너무 크면 맛이 없소."

"그건 상관없어요. 실은 도중에 큰 부락이 있는데 그곳 촌장이 큰 부자예요. 무게로 사줄 테니까 클수록 좋아요."

"뭐, 팔겠다구요?"

"군대와 시비를 일으키고 싶지 않으니까 꼭 사줘요."

"알았소."

관중은 문득 그 촌장과 마을이 보고 싶어서 반장의 부탁에 응했다. 그리고 상당한 시간을 들여서 큰 사슴을 잡았다.

돌아오는 길에 선두에 선 반장은 다른 길로 빠져서 어느 부락으로 들어갔다. 그리고 한참 가다가 수레를 세웠다.

"이런 젠장!"

못마땅하다는 듯이 뇌까렸다.

"왜 그래요?"

관중이 의아해서 물었다.

"부락이 비었어요. 고양이 새끼 한 마리 안 보여요."

"왜?"

"국경 너머로 옮겨갔어요."

"옮겨갔다고? 국경 저쪽이라면 노나라가 아니오?"

"음, 같은 부락이 국경 저쪽과 이쪽에 있어요. 세금을 피하기 위해서 국경을 넘나들어요."

"그게 무슨 말이오?"

"당신 활솜씨는 좋지만 머리는 형편없군요. 이쪽에서 세금을 내라고 하면 저쪽으로 넘어가고 저쪽에서 닦달하면 이쪽으로 피해오는 거죠."

"그러나 이쪽으로 넘어오면 또 내라고 할 거 아뇨?"

"그때는 세리(稅吏)에게 뇌물을 쓰는 거죠."

"그러면 처음부터 뇌물을 쓰면 될 게 아뇨?"

"참, 바보로군. 그래서 될 거라면 누구나 그렇게 하죠. 그게 국경을 넘나드니까 가능한 거요."

"잘 모르겠는데."

"즉, 국경을 넘어간 다음 세리에게 뇌물을 주고 행방불명으로 명부에서 이름을 삭제하게 부탁하는 거요."

"그래요?"

"이젠 그런 바보 같은 질문에는 대답하지 않겠소. 빨리 가기나 합시다."

"그럽시다, 빨리 돌아갑시다."

"쓸데없는 소리 말아요. 모처럼 큰 사슴을 잡았는데 이제부터 국경을 넘는 거요."

반장은 말머리를 돌렸다.

"이봐, 그건 국법에 걸려요. 그만둬요!"

"웃겼어, 국법이 다 뭐요. 걱정 말아요. 그리 멀지 않으니까 날이 저물 기 전에 병영으로 돌아갈 수 있어요. 잔소리 말고 따라오기나

해요.

"아니, 난 안 가겠소."

관중이 거부하자 의외로 반장은 빙그레 웃었다.

"그럼, 먼저 돌아가도 좋아요. 단, 판 돈을 나눠줄 순 없어요. 그래도 좋죠?"

"좋소!"

"이해가 빠르군. 그럼 길을 잃으면 불쌍하니까 길안내 할 사람을 딸려 보내죠."

반장은 병졸에게 길을 안내하라고 명했다.

"아니, 난 혼자 갈 수 있어요."

관중이 말했으나 반장은 병졸을 붙여주었다. 그리고 반장은 인적이 없는 국경을 넘어갔다.

"저 반장, 사람이 친절하군."

관중이 병졸에게 한 마디 했다.

"그게 아니고 병사를 끌고 가면 몇 푼이든 돈을 더 써야 하니까요. 그것을 아끼려고 그런 거죠."

하고 말하며 병사는 씁쓸하게 웃었다.

반장이 큰 사슴을 촌장에게 얼마나 받고 팔아 넘겼는지는 알 길이 없었다. 그리고 그 촌장이 큰 부자라고 반장은 말했지만 끝내 그 진위를 알 길은 없었다.

하지만 관중은 마음속으로 생각했다. 국경에서 제나라와 노나라를 넘나들고 있는 촌장은 두 나라의 시장을 비교하면서 유리하게 수확물이나 필수품을 사고 판 것이다. 큰 부자가 된 것은 탈세로 벌기도 했겠지만 양쪽 시장에서의 물가 차이를 교묘하게 이용해서 벌었을 거라고 관중은 추측했다.

그 후에도 관중은 병사들과 담소를 하면서 느긋하게 시간을 보냈다. 화제가 없어지면 병사들은 제각기 고향 자랑이나 신세타령을 했다. 책을 읽는 것과는 또 다른 감동이 있어서 즐거웠다.

그때 예고도 없이 포숙이 나타났다. 싱글싱글 웃으면서 수레에서 내리는 포숙의 표정을 보고 기쁜 소식을 가져왔구나 하고 생각했다.

"만사가 잘 되었네. 기다리는 신세도 괴로웠겠지만 나도 결코 즐겁지만은 않았네."

하고 포숙은 기쁜 표정으로 말했다.

"아니 수고했네. 난 믿고 있었으니까 기다리는 것은 그리 힘들지 않았네. 그보다 난 뜻하지 않은 좋은 공부를 많이 했다구."

관중은 열흘 동안에 이곳에서 듣고 본 일들을 포숙에게 얘기했다.

"그래, 그거 고약하군. 당장 대장을 추궁할까? 환공이 도착하려면 아직 시간이 있으니까."

포숙이 말했다.

"아냐. 그건 안 돼."

"하지만 군율 위반을 방치해 둘 수는 없지."

"그래, 하지만 그렇게 한다고 문제가 해결되는 것도 아냐."

"왜…?"

"대장도 그렇지만 병사들도 죄의식이 전혀 없는 거야. 군율은커녕 도대체 법이 있다는 생각조차 그들의 머리에는 없어. 우선은 법이나 군율이 무엇인지를 가르치는 것이 시급해."

"그래? 그거 큰일이군."

"음, 우리의 일은 여기서부터 시작하는 거야. 이대로 두면 아무것도 제대로 돌아가는 게 없을 거야."

"알았어. 그러나 그렇다고 해서 당장 할 일을 방치할 수도 없어."

"아냐, 지금 대장을 처벌하면 묘한 오해가 생겨."

"그게 무슨 말이야?"

"아까 말한 것처럼 전혀 죄의식이 없으니까 처벌은커녕 야단만 쳐도 그것은 나를 푸대접한 보복이라고 생각할 거야."

"음, 그래선 안 되지."

"게다가 그 대장은 처벌한다 해도 본보기가 안 돼. 그렇게 문제가 보편적이고 뿌리가 깊어."

관중이 어두운 표정을 지었다.

"그럼, 단단히 각오를 해야지."

하고 포숙이 어조를 바꾸자,

"이봐 포숙! 여전히 남의 일처럼 말하는군."

관중이 발끈했다.

"아니, 그렇게 약속했을 텐데."

"난, 그런 약속을 한 기억이 없어."

"그러면 양해라고 말해도 좋지만 아무튼 기대하고 있어. 잘 해봐."

포숙은 또 같은 소리를 했다. 그리고 다시 계속했다.

"그건 그렇고 관중! 좀 더 있으면 주공께서 조정대신 후보자들을 이끌고 이곳으로 올 거야. 재상을 맞으러 오는 것이니까 여기서는 의식이 일체 없어. '저 위수 낚시터의 만남'에서 국조 태공망이 어떻게 행동했는지를 염두에 두고 잘 해봐."

"뭐야, 대부 임명도 아직 안 했어?"

"먼저 재상이 있는 거야. 인사문제는 먼저 재상의 의견을 묻는다는 게 주상의 뜻이야."

"대단하군. 포숙. 그런 것까지 주상께 주문했어? 하지만 대단한 신임이군. 사실은 나보다 자네에게 군사의 자질이 있는지도 몰라."

관중은 진심으로 포숙이 짧은 기간에 이루어놓은 환공과의 신뢰관계에 감탄했다.

"아냐, 마지막 마무리에서 조금 노력했을 뿐이야. 세상 사람들이 모처럼 '관포지교'라고 치켜 세워주고 있어. 그리고 불행히도 나는 무슨 일이 있어도 패업을 이루어야 한다고 고집하는 별난 친구를 가지고 있지. 그 양쪽에 꽃다발을 안겨줘야 하겠다고 생각했어."

포숙은 신념을 농담으로 얼버무렸다.

"호! 자네가 농담도 할 줄 아는군. 고마워."

관중은 포숙을 다시 보았다. 그리고 포숙과의 만남을 진심으로 기뻐했다.

"하지만 관중! 이것이 나의 마지막 일이야. 정말 뒷일은 몰라."

포숙은 진지한 표정으로 말했다.

"왜 같은 말을 그렇게 몇 번이나 하는 거야."

"정말 내가 나설 차례는 이것이 마지막이라고 생각하니까 못을 박아두는 거야."

포숙은 사뭇 밝은 표정으로 말했다. 아니 만족스러워하고 있었다.

그때 포숙의 모습을 본 대장이 허둥지둥 허리를 굽히고 걸어 나왔다. 손바닥을 싹싹 비비면서 정중히 인사를 했다.

"인사는 됐소. 곧 전하 일행이 도착하십니다. 급히 맞을 준비를 하시오."

"예! 어쩐 일로 전하께서 이곳까지 갑자기…?"

"재상 각하를 모시러 납시는 거지."

"예…!?"

하고 대장은 눈이 둥그레졌다.

"그래, 우선 재상 각하께 인사드리는 게 좋겠군. 승진에 힘이 될지도 모르니까."

그 말을 듣자 대장은 포숙 앞에 털썩 주저앉아 이마를 땅에 조아렸다.

"허둥대지 마시오. 내가 아니야."

포숙이 놀렸다. 대장은 어리둥절해 하며 얼굴을 들었다.

"이쪽 어른이네."

포숙이 관중을 가리켰다. 희롱당한 것이 아니라는 것을 알고 대장은 땅바닥에 주저앉은 채 울음을 터뜨리며 이제까지의 무례함을 사과했다.

"사과할 것 없소. 그대는 재상에게 좋지 않은 음식으로 푸대접하고 태연히 콧방귀를 뀐 배짱 좋은 남자야. 재상은 그 배짱을 아까부터 감탄하고 계셨어."

포숙이 말했다.

"죽을죄를 졌습니다. 제발 말씀 좀 잘해주십쇼."

대장이 이번에는 포숙에게 애원했다.

"아니 오해 말아요. 재상께선 그대의 배짱에 감탄해서 책망할 수 없다고 말씀하셨어. 난 태연히 재상에게 좋지 않은 음식으로 푸대접했다고 퍼뜨리고 다니면 그대는 남자의 체면을 세울 거야."

포숙이 웃으면서 말했다. 잠시 침묵이 흘렀다. 대장은 역시 머리가 좋았다. 포숙이 한 말을 재빠르게 알아들었다.

"감사합니다. 용서해 주신 은혜는 평생 결코 잊지 않겠습니다. 이제부터 열심히 우리 재상은 바다같이 넓은 도량을 가지신 분이라고 소문을 내겠습니다."
하고 말했다.

"빨리 전하를 맞을 준비를 하오."
포숙이 소리 쳤다. 대장이 물러가자 포숙이 소리쳐 웃었다.
"제법 신통한 짓을 하는군! 포숙. 자네가 곁에 있으면 틀림없이 숙원의 패업을 이룰 거야."
하고 관중이 포숙의 어깨를 툭 쳤다.

제12장
공평무사(公平無私)

국경에 있는 기우(綺雨) 수비대에서 관중과 함께 성으로 돌아온 환공은 성문에서 문무백관에게 영접 받으며 그대로 궁전으로 들어갔다.

"인사(人事)의 지체는 인심을 동요시킵니다."

관중이 재빨리 진언했다. 쉴 새도 없이 각 인사의 전형이 시작되었다. 기우 수비대에서 포숙과 은밀히 타협을 본 관중에게는, 이미 생각이 있었다.

"정치적인 배려를 차치하고, 적인적임(過人適任), 적재적소를 기준으로 했으면 하는데 어떻습니까?"

관중이 먼저 물었다.

"중부(仲父)에게 맡기겠소."

하며 환공은 끄덕였다. 포숙의 진언에 의해 환공은 태공망(太公望)을 무왕이 '상부(尙父)'라 경칭한 것을 본떠, 관중을 '중부'라 부르고 있었고, 개인적으로는 스승의 예를 다하고 있었다.

"그렇다면 재야에 있는 현인을 등용했으면 합니다만…."

"좋소."

하고 환공은 바로 대답했다.

"대리(大理: 사법대신)로는 옳고 그름을 분별할 줄 알며, 청렴결백한 현상(弦商)을 임용했으면 합니다."

"좋소."

환공은 말했다. 현상은 예전에 관포의 식객이었던 현인이다.

"대행(大行: 외무대신)으로는 명쾌한 변설로 국제의례에 밝고, 정치적 절충력이 뛰어난 습붕(隰朋)이 적임자라 생각합니다."

"으음, 대행에는 그 사람 외에 인재가 없소."

환공도 찬동했다.

"대전(大田: 농무대신)으로는 황지개간 및 관개치수, 농지이용에 능통한 영무(寗武)를 기용했으면 합니다."

"재야의 현인(賢人)이 아닌가?"

"예, 그 분야의 전문가로 구하기 힘든 인재입니다."

"다행이오. 조정 내에서는 그만한 인재가 없소."

하며 환공은 기뻐했다.

"대사마(大司馬: 군무대신)로는 지모가 깊은 전략가이고, 인망도 후덕한 공자 성부(公子成父)가 적임일 듯싶습니다."

"맞소!"

"대간(大諫: 자문역)으로는 성실하고 기탄없이 직언하는 동곽아(東郭牙)를 임용했으면 합니다만, 어떠십니까?"

관중은 말을 하면서 환공의 얼굴을 응시했다.

"으음, 맡긴다고 했으니 굳이 반대는 하지 않겠지만 그건 아무래도 좀 시끄러울 것 같은데."

환공은 주저했다.

"심정은 알겠사오나 전하, 부디 승낙해 주십시오."

"그건 왜 그렇소?"

"일이 이렇게 진행되는 것을 보고 포숙과 제가 전하를 농락하여 국정을 전단(專斷)하는 것이 아닌가, 전례에도 없는 재야의 인사를 두 사람씩이나 등용하는 것은 나쁜 책략의 노골화라며 조정대신들은 반드시 의혹을 품을 것입니다."

"그럴까?"

"그러므로 그렇게 하지 않으면 안 됩니다. 공명정대한 정치를 한다는 증명을 위해 동곽아를 대간으로 임용해야 합니다. 대간이야말로 이번 인사에서 가장 중요한 부분입니다."

"그래, 그렇다면 좋소."

환공은 드디어 납득했다.

"경중(經重: 경제정책)을 담당하는 장관은 특별히 두지 않고, 제가 겸임하겠습니다."

"그게 좋겠군."

"이상입니다."

하고 관중이 말했다.

"아니, 뭐 잊어버린 게 없는가?"

"아, 포숙에 대해서 말입니까?"

"음, 아무리 조정대신들이 의심한다고 해서 포숙을 뺀다는 것은 있을 수 없소."

"아닙니다. 타협을 위해서가 아닙니다. 아니, 동곽아를 대간으로 임용하기로 타협한 것이야말로 오히려 포숙에게 유리합니다."

"그게 무슨 말이오?"

"포숙은 이미 대부(大父: 관청의 장(長))이므로 아무 관직을 맡기지 않아도, 어디에든 마음대로 참견할 수 있습니다. 그리고 또 그러함에 따라 각부 대신은 포숙의 곁에서 근무를 감시한다고 생각하게 되어 직무를 소홀히 할 수 없을 겁니다."

"과연!"

"게다가 포숙이 평상시엔 전하의 말벗 상대를 해드리기 때문에 그에게 경의를 표하고 있는 동곽아는 아무리 대간이라고 해도 지나친 행동을 할 수 없을 겁니다."

"음, 좋소!"

하고 환공은 빙그레 웃었다. 그리고 옹름을 생각했다.

"이번 정변에서는 옹름에게도 뛰어난 공적이 있었소. 이에 보답하지 않으면 안 되오."

환공은 말했다.

"예. 빠른 시일 내에 상금을 내려, 그 공에 보답하는 것이 좋을 거라 사료됩니다."

"본인은 괜찮다 치고, 고혜(高後)가 어떻게 나올까?"

"어떻게 나오든 상대하실 필요는 없습니다."

관중은 힘주어 말했다. 환공은 무심코 관중의 얼굴을 보았다.

"애당초 은퇴한 자(長老)는 스스로 정치에 대한 참견을 삼가야 합니다. 그보다 국왕 외에 충성을 맹세할 상대(고혜)를 가진 대부(옹름)에게 권력을 나눠 주어서는 안 됩니다."

관중은 굳은 표정을 지었다.

"그렇다면 고혜도 추방하는 편이 낫지 않을까?"

"물론입니다. 시대는 바뀌었습니다. 그들은 전시대의 인물들로 도움이 되지 않을뿐더러 오히려 해가 될지도 모를 망령입니다."

"해가 된다니?"

"한 나라 안에서 군주와 함께 권세를 갖는 자가 존재하는 것은 혼란의 근원입니다."

"그러나 이번처럼 은퇴한 자가 있어서 다행인 경우도 있지 않소."

"짚신 끈이 끊어졌을 때, 이따금 떨어져 있던 새끼줄이 도움이 되는 경우도 있습니다. 그런 우연이 있을 수 있다고 해서, 그것을 기대해서는 안 됩니다. 은퇴한 자는 아무 것도 하지 않고 가만히 있기 때문에 장로인 것입니다. 하물며 그는 치세에 공적을 남기고 은퇴한 장로가 아닙니다."

"그러나 그에게는 신망이 있소."

"나라를 위해 아무것도 하지 않으면 원망을 살 일도 없습니다. 그보다, 이 어지러운 시대에 조정과 직접 연결된 벼슬아치 세습자가 제후국(諸侯國)에 존재하고, 게다가 '국공(國公)'이라 숭배되고 있다는 것은 어릿광대짓 아니, 당치도 않은 시대착오입니다."

"음, 말하자면 그렇지."

"그러나 사람들은 아직 그것은 시대착오라고는 생각지 않기 때문에 지금 당장은 경건히 절도를 지키며, 시대의 도태(淘汰)를 기다릴 수밖에 없습니다."

"알았소."

하고 말하며 환공은 일어섰다. 이야기가 복잡해지자 잠시 쉬려고 관중, 포숙을 동행하고 정원으로 나갔다. 매서운 바람이 살을 엔다. 저녁이 온통 하늘을 붉게 물들이고 있었다. 기러기인지 백조인지 두 마리의 새가 머리 위를 날아 세 사람의 시선을 받으면서 구름 저쪽으로 사라졌다.

"날개가 있다면 저렇게 하늘을 날아다닐 수 있을 텐데."

환공은 탄식 섞인 어조로 중얼댔다.

"전하도 중부라는 날개를 얻으셨으니, 이제 천하를 자유롭게 뛰어다닐 수 있습니다."

포숙이 말했다.

"음, 빨리 그렇게 되고 싶소."

환공은 새들이 날아간 허공을 바라보았다.

"아닙니다, 전하. 날개만 있어서는 하늘을 날 수 없습니다."

관중이 대화에 물을 끼얹었다.

"어째서?"

"홍곡득풍(鴻鵠得風), 이천가상(而天可翔) 즉, 큰 기러기와 고니는 바람이 불어야 비로소 하늘을 날 수 있습니다."

관중은 대답했다.

"교룡득수(蛟龍得水), 이신가립(而神可立) 즉, 교룡도 물이 없으면 그 신묘한 움직임(神)을 나타낼 수 없습니다."

하고 덧붙였다. 포숙이 말을 이었다.

"호표득유(虎豹得幽), 이위가재(而威可載) 즉, 호랑이나 표범도 어슴푸레한 산림유곡에 숨어 있기 때문에, 그 위엄을 떨칠(載) 수가 있고요."

하고 말하며 관중의 어깨를 두드렸다.

"과연, 바람과 물과 깊은 숲속인가?"

환공은 깊게 숨을 들이마셨다.

"예, 권력이 작용하는 '장(場)'을 말하는 것입니다."

관중이 말했다.

"다시 얘기가 어려워졌군."

"아닙니다. 한 마디로 말해서 지배체제를 말하는 것입니다. 권력과 인력과 지력을 어떻게 정치사회로 짜 넣는가 하는 것입니다."

"그래도, 역시 짐작이 가지 않는데…."

"우선은 부국강병을 달성하는 것입니다."

"그건 이해가 가오."

"그러나 그에 앞서 군대, 사회, 정치, 경제구조를 개혁하지 않으면 안 됩니다. 아니, 그전에 법에 의한 질서를 세울 필요가 있습니다."

"대단한 일이로군."

"예, 그 자체가 대단한 일입니다만, 더구나 개혁에는 기득권을 가진 세력이 맹렬히 반대합니다. 이만저만한 것이 아닙니다."

"그렇겠지. 그러나 반드시 달성해 주시오. 기대하고 있겠소."

"반드시 기대에 보답하겠습니다만, 시간이 걸립니다."

"어느 정도?"

"3세가 되어서 치정(治政)하고, 4세에는 교(敎)를 이루고, 5세가 되어서 병(兵)을 내보내면, 곧 패업을 거둡니다."

관중은 잘라 말했다.

"그렇게 되면 저 새들과 같이 하늘을 날아다닐 수 있는가?"

하며 환공은 하늘 저편으로 시선을 던졌다.

"그렇습니다."

"좋아, 아침이 밝거든 즉시 조정회의를 열어 정식으로 중부를 조정대신에게 소개하고, 각료를 임명하여 패업을 향한 첫걸음을 시작해야지."

환공은 가슴을 폈다.

다음 날 아침 예정대로 조정회의가 열렸다.

"관중을 재상으로 임명하며 '중부'라 칭하기로 정하였는데, 찬성하는 사람은 의전(議殿) 입구를 들어와 좌측으로, 이의 있는 사람은 우측으로 착석하시오."

환공은 호령하였다. 속속 잇따라 들어오는 조정대신들은, 모두 좌측으로 참석하였다. 그러나 단 한 사람만이 입구 중앙에 선 채로 움직이지 않는 자가 있었다. 그는 바로 동곽아였다.

"어째서 중앙에 서 있는고?"

환공이 물었다.

"신은 관중의 인물 식견을 잘 모릅니다. 그래서 찬부(贊否)를 정할 수 없습니다."

동곽아는 대답했다.

"회의를 시작하겠소. 어서 좌로든, 우로든 정하시오."

환공이 재촉했다.

"아닙니다. 이야기를 듣고 상황을 본 연후에 결정하겠습니다."
하며 동곽아는 그 자리에서 좀처럼 움직이지 않았다.

"그렇다면 들으시오. 중부의 진언을 받아 그대를 대간에 임명하기로 하였소. 맡겠는지, 맡지 않겠는지를 말하시오."

환공이 말했다. 허를 찔린 동곽아는 내심 당황하여 부산을 떨었다.

"그것은 곤란합니다."

사적으로 대답하였다.

"곤란한지 아닌지를 묻고 있는 것이 아니오. 맡겠는지 아닌지를 묻는 것이오."

"관직이 탐이나 억지를 썼다고 취급받는 것은 당치도 않으므로 맡을 수 없습니다."

"맡지 않겠다고?"

환공이 단호하게 되물었다.

"예. 아닙니다."

동곽아는 횡설수설 대답했다.

"어느 쪽이오. 분명히 하시오."

환공이 다그쳤다.

"전하, 기다려 주십시오."

하며 보다 못한 옹름이 입을 열었다. 그리고 천천히 동곽아에게 다가가 동곽아의 허리를 등 뒤에서 반쯤 끌듯 좌측으로 데려갔다. 조정대신들의 사이에서 예기치 않은 가벼운 박수가 일었다. 대간으로 임명받은 동곽아를 축하하는 박수였다. 관중과 포숙이 자연스레 시선을 마주치며 살짝 머리를 끄덕여 보였다.

"그 옛날 우리의 시조 태공망 강상(太公望姜尙)은 주(周)나라 조정에서 '상부'라 숭배되어 조정회의를 주재하였소. 그 고사에 따라 앞으로 조정회의의 주재를 중부에게 맡기겠소."

환공이 선포하였다. 조정대신들은 무심코 서로의 얼굴을 쳐다보았다. 이에 개의치 않고 관중이 일어섰다.

"그러면, 바로 각료의 인사를 발표하겠습니다."

각부 대신의 이름을 불렀다. 의외의 인사에 조정대신들이 순간 술렁거렸다. 관중은 아무 말도 하지 않고 엄한 시선으로 그들을 제지하였다.

"진지하게 경청하셨으면 합니다. 대리와 대전에 재야의 유현을 기용한 것은 '재능을 헤아려 관직을 내린다'라는 원칙에 입각한 것입니다. 이 원칙은 앞으로도 이어질 것입니다.”

관중은 먼저 말을 꺼냈다.

“이제까지의 정치는 백성을 토지에 묶어놓고, 마구 세금을 거둬들이는 것을 능력으로 알아 왔습니다. 이제는 그런 시대가 아니며, 게다가 이를 지속하면 나라가 위험해집니다. 따라서 부국강병책을 추진하기로 하였습니다. 싫더라도 정치는 바빠집니다. 인재는 많아도 부족합니다. 재능 있는 자를 위한 관직의 길은 무한히 열려 있습니다. 단, 재능 없는 자는 승진을 바라지 말 것이며, 일하지 않는 자는 직위가 있더라도 봉록(俸祿)을 주지 않습니다. 뿐만 아니라 불로무공(不勞無功)하면서도 봉록을 받은 자는, 그 ‘세록(世祿)’을 중단합니다.”

딱 잘라 말했다. 그 충격으로 회의장은 긴장감이 돌고 물을 끼얹은 듯 조용해졌다.

“그 부국강병에 대해 듣고 싶습니다.”

옹름이 침묵을 깼다.

“부국강병의 기초는 백성입니다. 따라서 우선 백성의 수를 늘리지 않으면 안 됩니다.”

관중은 설명하기 시작하였다.

“백성의 수를 늘리는 구체적인 방법으로는, 다른 여러 나라로부터 백성이 들어오고, 국내의 백성이 달아나지 않을 환경을 만드는 데 있습니다. 세금을 경감해 주고, 공평하게 거둬들이며, 재산을 늘려주고, 활동 공간을 넓혀 주며, 교역으로 시장을 개방해서 화폐물가의 안정을 꾀하고, 또한 사람들의 곳간을 풍요롭게 하는 것입니다. 국가 수호는 곳간에 있습니다. 사람들은 곳간이 가득해야 예절을, 의복과 식량이 넉넉해야 영욕(榮辱)을 압니다. 그 바탕 위에 안정된 사회가 성립됩니다. 사회가 안정되면 사람들은 그때까지 등을 돌렸던 정치에 관심을 갖게 됩니다. 사람들이 정치에 참가할 움직임이 생기면 그때 '병력을 정치로 모이게 한다'는 것이 가능해집니다. 병력을 정치로 모이게 한다는 것은 병정일체(兵政一體)의 사회제도를 만들어내는 것입니다. 이리하여 부국강병이 그 궤도에 오르는 것입니다. 전란 중에는 필승의 병력이 나라를 좌우합니다. 필승의 병력은 목숨을 건 백성에게서 생겨납니다. 백성은 신상필벌(信賞必罰)을 기대하며 목숨을 내던집니다. 신상필벌은 공정하고 엄격한 법으로, 공평무사(公平無私)한 집행과 궤도를 같이 합니다. 즉, 법(法)-공(公)이면서, 영(令: 執行)-평(平)이라면 사람들은 죽어도 후회하지 않습니다. '풍우엔 차별이 없기 때문에 원노를 사지 않는다'란 바로 그것입니다. 비바람은 사람들에게 은혜를 베푸는 반면, 지나치면 재해를 가져다줍니다. 그러나 피해를 입어도 사람들이 원망하거나 노여워하지 않는 것은 비바람에 차별대우가 없기 때문입니다. 마찬가지로 법도 공평무사하게 집행하면 사람들의 원망과 노여움을 사지 않습니다. 공평무사란 어떠한 권문귀족이라 하더라도 법망을 빠져 나가지 못하게 하는 것입니다. 임금 및 제후가 마음대로 천하를 다스리는(人治) 시대는 지났습니다. 이제는 법으로 나라를 다스리는(法治) 시대가 도래 하였습니다. 지금까지 통치의 규범으로써 '예(周禮)'가 있었습니다. 그러나 법은 규범이라기보다 질서입니다. 따라서 법치시대에서는 임금이라 하더라도 법 바깥에 설 수는 없습니다. 권문귀족도 법에 저촉되면 처벌받는 것은 당연합니다. 어떠한 사람도 법 앞에서는 특권을 가질 수 없습니다. 즉, 법이 공정엄격하게 집행되어 사람들이 정치에 원망과 노여움을 품지 않는다면, 그때야 비로소 부국강병책은 거의 성공한 셈입니다. 나머지는 경제정책의 시책에 달려 있습니다. 어쨌든 모든 난국을 타개하며 부국강병책을 추진합니다. 그리고 성공을 의심치 않습니다. 그때 우리 제국은 패권자가 됩니다. 천하의 패권은 마음먹기 달려 있습니다. 천하의 질서는 우리 제나라의 어깨에 달려 있습니다. 와우각상(蝸牛角上: 좁은 나라 안에서의 내분) 할 때가 아닙니다."

관중은 끝을 맺었다. 그리고 다짐했다.

"원래 정책추진의 과정에서 다양한 문제와 마찰은 일어나기 쉽습니다. 그것을 발견하면, 사헌부를 통해 임금에게 진언하길 바랍니다. 그러나 부당하게 온갖 방법으로 관직을 얻으려고 야심적으로 경쟁할 필요는 없습니다. 또한 범죄자의 감형 및 목숨을 구해달라는 탄원은 특히 삼가길 바랍니다."

관중은 표정을 더욱 엄하게 하고 조정대신들을 바라보았다. 조정대신들의 얼굴에 역력히 곤혹스러운 기색이 나타나기 시작하더니 망연자실하는 사람도 있었다. 그러나 누구보다도 놀란 것은 환공이었다. 조정회의가 끝나자 조정대신들은 누구나 할 것 없이 동곽아 주위에 모였다. 동곽아는 하루아침에 '기라성(綺羅星)'이 된 것이다. 관중은 환공에게 불려갔다.

"중부, 과인에게도 법을 따르라 했는데, 그게 정말인가?"

환공이 물었다.

"물론입니다. 전하가 법을 지키시면, 법에 권력을 보증 받으실 수 있으므로 괜찮지 않습니까?"

관중이 말했다.

"그런가? 좀 이해하기 어렵군."

"사람이 사람을 죽이면 그 다음에 자신이 죽게 됩니다. 생살여탈

(生殺與奪)의 권력을 법에 맡기는 것은 백성들을 위해서만이 아닙니다. 그것은 전하가 천수를 다하는 길이기도 합니다."

"과연, 그런 것이라면 괜찮지만 실은 과인에게는 선천적인 식도락과 여도락(女道樂)이라는 두 가지 버릇이 있소. 그것은 법에 저촉되지 않겠지."

환공이 진지한 얼굴로 물었다.

"물론입니다. 부디 마음껏 산해진미를 맛보십시오. 후궁의 미녀와 지내시는 것도 법에 저촉되지 않으니 아무것도 두려워하실 필요 없습니다."

관중은 약간 의외일 듯한 말을 했다.

"어이 관중! 아니, 중부"

포숙이 입을 열었다.

"전하께서도 법에 대해 물으시면서 쩔쩔 매셨소. 조정대신들도 정말 오해했을 것이네."

하고 말했다.

"음, 그럴지도 모르오. 그러나 오해가 너무 심각해지면 '종착취착(從錯就錯)' 즉, 착각함에 따라서 착각하게 된다고 하지 않소. 처음부터 위협한 김에, 심하게 해두는 편이 좋을지도 모르오."

"아니, 과인도 실은 당황하였소."

환공이 포숙의 말을 뒷받침했다.

"황공하옵니다. 그러나 조정대신들은 익숙해지기만 하면 법치를 고마워할 것입니다. 나쁜 짓을 할 수 없는 대신 이유 없이 죄를 뒤집어쓰거나, 처형되는 일은 없기 때문입니다."

관중은 말했다.

"그건 그럴 것이오. 임금이 기분이 좋을 때는 상을 받을 수 있으나, 노여움을 사게 되어 느닷없이 죽여라! 하면 합당치 않을 것이오."

환공이 맞장구를 쳤다.

"감사하옵니다. 전하께서 이와 같이 이해해 주시니, 이 개혁은 만에 하나의 실패도 없을 것입니다."

관중은 감동스러운 어조로 말했다.

"그러나 과도기에는 광인이 나타날지도 모릅니다. 그러므로 전하, 당분간 궁전에서 나가실 때는 반드시 '무거(武車: 무장된 수레)'에 오르십시오."

하고 다짐해 두었다.

"출타 시에는 신과 동곽아가 동행하므로 염려하지 않으셔도 됩니다."

포숙이 덧붙여 안심시켰다.

"그러나 그것은 갑갑하지 않겠소."

환공이 말했다.

"얼마 동안만 참으시면 됩니다. 그러면 전하께서 경호 없이 마음껏 잠행하실 수 있도록 하겠사오니 그날을 기대해 주십시오."

관중이 환공을 달래고 궁전을 나왔다.

사회의 재편과 정책개혁에는 반드시 저항과 방해가 따르는 법이다. 부국강병책을 실행하는 것은 결코 쉬운 일이 아니었다. 재상으로 취임한 관중의 앞에는 많은 문제가 잔뜩 쌓여 있었다. 그러나 이미 오래 전에 구상을 해온 관중의 마음속에는 이미 대안이 있었다. 국가의 수호는 '곳간'에 있다고 확신하고 있던 관중은 문자 그대로 '곡물 창고'를 세우는 것에서부터 시작했다. 관중은 주저함 없이 중신과 고관, 그리고 상인들에게 창고를 지으라고 포고령을 내렸다. 중신, 고

관은 그 신분에 따라 상대부(上大夫) 이상은 천 종(鍾: 2,560곡), 중대부는 오백 종, 하대부는 백 종의 세울 창고의 크기를 정했다. 상인들은 오십 종에서 천 종까지로, 그 신분에 따라 창고의 크기가 정해졌다. 그리고 곡물 수확기에 각 창고를 가득 채울 것을 의무화하였다. 그에 따라 농민은 수확물을 상인에게 부당하게 값을 깎여 팔지 않아도 되었다. 가격은 인위적으로 오르게 되어 농민들이 풍요로워지는 구조였다. 그 방대한 매입에 필요한 막대한 자금으로 부유계급은 일반소비를 절약하게 되었다. 그래서 후대의 물가 변동의 상식대로 모든 물가를 내릴 수 있었다. 즉, 창고건설의 강제는 물가조작의 일환이기도 했다.

이어 관중은 세제개혁에 착수했다. 그때까지의 조세는 물납이었다. 그것을 장부상에서는 화폐로 환산한 표준적인 세액을 정하고, 게다가 그것을 시가로 환산하여 물납하게 하는 것으로 개정하였다. 이에 따라 흉작의 해나 농사가 안 되는 지역에서는 곡물가가 오르게 되므로 농민의 부담은 훨씬 가벼워졌다. 그뿐만이 아니라 풍작지역에서 여분으로 수확한 곡물을 흉작지역의 구제로 돌릴 수 있었다.

또한, 징세의 공정을 기하고 지적(地積)의 재측량을 명했다. 게다가 지방에 따라서 토지의 등급을 매기게 하였다. 그때까지 천편일률적인 면적에 의한 과세를 지방에 따라 조정한 것이다.

또 관중은 사회의 재편에 착수하였다. 그가 조정대신들에게 예고한 '병력을 정치로 모이게 하는' 병농일체의 제도란 역사적으로 이름 높은 궤(軌)를 이루고, 10궤로써 리(里)를 이룬다. 궤에 궤장을 두고, 리에 리장을 둔다.

4개의 리로 연(連)을 이루고, 10연으로 향(鄕)을 이룬다. 연에 연장을, 향에 향장을 두고 3향에 1수(師)를 둔다. 그것에 의해 병력을 정치로 모이게 하여 군령(軍令)을 이룬다는 것이다. 그것으로써 군령을 이룰 수 있는 것은, 다섯 집으로부터 병사 5명으로 군을 편성하기 때문이 다. 즉, 1궤는 5명이므로 1리에서 50명, 1연에서 2백 명, 1향에서 2천 명이라는 식으로 군대조직과 행정조직을 쌓아 올리고, 각 행정단위의 수장이 각각 자기 군(軍)을 통솔하는 제도이다. 그리고 평상시에는 농사를 지으면서 일단 위급한 일이 생기면 전장으로 나가므로, 병농일체의 제도라 칭해졌다. 그런데 실은 이 제도야말로 지금부터 삼십 년 정도 전에 중국공산당이 만든 '인민공사(人民公私)'의 원형이다. 또한 마찬가지로 관중이 만든 징세제도는 역시 이천 수백 년 후에 국민당 정부에 의해 악용되었다. 그리고 몇 년 전까지도 국민당 정부는 극도로 낮게 정해진 '공정가격'으로 세액을 산출해서 실제로 물납시키게 하여 농민으로부터 쌀을 수탈하였던 것이다.

제13장
신종여시(愼終如始)

관중이 제나라의 정치개혁을 착수하여 부국강병을 추진하고 있다는 소문은 이윽고 이웃 노나라에까지 퍼졌다.

노나라의 모사(謀士)에서 이미 대부(大夫)로 승진한 시백(施伯)은 관중을 잘 알고 있었다. 얼마 안 되는 기간이었지만, 관중이 공자 규(公子糾)와 노나라에 망명해 있는 동안 시백은 그와 친하게 술을 마시며, 천하국가(天下國家)에 대해 이야기를 나누었던 관계였다.

실은 제나라의 환공이 즉위하여, 바로 공자 규의 수급(首級)과 관중의 포박을 노나라에 요구했을 때 시백은 그에 응할 수 없다며 강경하게 반대했다. 공자 규를 이용하면 여러 가지로 제나라를 견제하는데 도움이 될 것이다. 특히 관중은 천하의 귀재이다. 그를 송환하면 결국 제나라의 국정을 잡게 되는데, 그렇게 되면 제나라는 더욱 강해져 이웃 나라를 위협하게 될 것이다.

환공은 자신의 손으로 관중을 처형하고 싶다고 했지만, 그것은 거짓이 분명했다. 포숙이 환공 측근에 있는 한, 관중의 처형은 있을 수 없었다. 그리고 위기에 처한 관중에게 동요의 기색이 없었다는 것으로도 밝혀졌다. 따라서 관중을 필시 노나라에 머물게 해야 한다. 가능하다면 그의 재능을 노나라에서 활용케 해야 한다며 시백은, 그때 노장공(魯莊公)에게 진언했었던 것이다. 그러나 노장공은 그만 그것을 들어주지 않았다. 지금에 와서는 소 잃고 외양간 고치는 격이다. 게다가 관중이 결국 부국강병에 착수했다는 것을 알고 시백은 심상치 않은 위협을 느꼈다. 그리고 다시금 장공에게 진언했다.

"부국강병책을 추진하고 있는 제나라를 그대로 보고만 있어서는 안 됩니다. 조만간에는 손을 댈 수도 없게 됩니다. 위협의 싹은 미연에 제거해 버려야 합니다."

하고 출병을 권했다. 그러나 관중을 잘 모르는 장공은 전혀 위기의식이 없었다. 그러나 그것과는 별도로 예전에 제나라가 대군을 이끌고 국경을 넘어왔을 때 항복한 것을 장공은 분해하고 있었다. 관중을 처형한다고 위장한 그 일구이언도 용서하기 어려웠다.

"출병하는 것은 좋은데 승산은 있는가?"

장공이 시백에게 물었다.

"예. 뛰어난 재야의 병법가가 있습니다. 그 사람을 기용한다면, 이길 승산이 있습니다."

"재야라?"

"예. 이제껏 재야의 인사를 기용하는 것을 삼가고 있었습니다만…."

"그것은 지금도 변함없지 않은가?"

"아닙니다. 만부득이한 경우라면 작은 희생을 치러야 합니다. 제나라에서도 재야의 인사를 두 명이나 등용하고 있습니다."

"제나라는 제나라고, 우리 노나라는 '예'의 나라요. 게다가 '주례

(周禮)'를 정한 것은 시조이신 주공단(周公旦)이요. 하여튼 싸움은 이기면 되지 않느냐? 하는 식이어서는 안 되오."

장공은 말했다.

"아니옵니다. 싸움에 져서 나라를 멸망케 해서는 '예'도 '체(體)'도 없습니다. 시대는 바뀌었습니다."

시백은 관계치 않고 반론했다.

"음… 좋을 대로 하시오."

장공은 내키지 않았지만 결국엔 허락했다. 시백은 재빨리 동평(東平: 산동성 동평현)의 산마을에 은신하고 있는 조말(曹沫)을 찾아갔다. 그리고 출마를 간구했다.

"조정대신(肉食者)과 모의하는 것이 아니고, 초근목피를 먹는 은둔자에게 모의하는 것이오?"

하고 조말은 쓴웃음을 지었다.

"그렇소. 체력이 없는 자(藿食者)가 가벼운 지휘를 하고, 체력이 뛰어난 자(肉食者)가 무거운 무기를 흔드오. 훌륭한 이야기가 아니오!"

하며 시백도 웃었다. 간청을 받아들여 조말은 시백과 함께 곡부로 향했다. 그리고 군사(軍師)로 임명되었다. 곧이어 출병준비가 시작되었다.

마치 약속이나 한 것처럼 제나라에서도 때를 같이 하여 출병준비가 시작되고 있었다. 그 이유는 약간 사연이 얽혀 있었다. 제나라의 궁정에서는 관중의 부국강병책에 반대하는 조정대신은 아무도 없었다. 그러나 조정대신들은 관중이 새삼스럽게 요란을 떨지 않아도 제나라는 옛날부터 강대국이라고 자부하고 있었다.

물론 부국강병책을 실행하게 되면 제나라는 더욱 강대해질 것이다. 그러나 원래부터 강대국이었으므로, 관중이 혼자 공을 독식하는 것은 달갑지 않다고 하는 생각들을 품고 있었다. 그러한 연유로 조정대신들 사이에서는 어딘가에 싸움을 걸어 지금도 충분히 강하다는 것을 관중으로 하여금 인정케 하려는 분위기가 공공연히 일고 있었다.

그러던 중에 노나라가 빈번히 국경선을 침범하고 있다는 보고가 들어왔다. 제나라에서는 기다리고 있었다는 듯이 노나라 출병회의가 시작되었다.

아무래도 기우 수비대장이 허위전공 욕심으로 날조한 것일 거라고 생각하며 추방해 버리려고 했지만 관중은 잠시 생각을 고쳐먹었다.

대의명분이 애매하고 이렇다 할 목적도 없는 싸움에서 병사들에게 사기가 있을 리 없다. 그러나 관중은 여기에서 꺾이는 것은 의미가 없고, 정반대의 입장에서 봤을 때, 자신의 생각이 조정대신들의 생각과 일치한다고 판단하여 출병에 동의했다. 즉, 부국강병을 꾀하지 않으면 제나라는 전쟁에 지는 것이라고 조정대신들에게 명심하게 하려고 생각한 것이다. 그리고 종군하는 포숙에게 숨김없이 이야기했다.

"나는 바빠서 출정할 수 없네. 노나라의 시백은 현명한 사람이네. 싸우면 아군이 지네. 지더라도 하는 수 없으나 치명적인 손상은 입지 말게나. 적당한 기회를 보아 퇴각하게나."

하고 포숙에게 부탁했다. 포숙은 아무 말 없이 미소를 지으면서 고개를 끄덕였다.

제나라 환공 2년 봄, 대사마(군무대신)인 공자 성부가 인솔한 제나라 대군은 도성의 남문을 나왔다. 3일 후에는 기우 부근의 국경선을 넘어 노나라 영토에 침입했다.

그것을 알고 노나라 군대는 급거, 곡부의 성을 나와 장작(長勺)에 이르러서는 견고한 성채를 쌓고, 제나라 군대의 도착을 기다리고 있었다. 총대장은 조말이었다.

그 다음 날, 제나라 군대가 도착하여 성채 가까이에서 야영했다. 그날은 아무런 격전도 없이 날이 저물었다.

다음 날 아침, 제나라 군대는 출동하여 노나라 군대의 성채를 포위하고 맹렬히 전고(북)를 두드리며 일제히 공격을 가했다. 그러나 노나라 군대는 출병하지 않고, 오로지 방어로만 대처했으며, 웬일인지 전고도 두드리지 않았다.

구름과 같은 제나라 대군에게 포위되어 두려워한다면서 제나라 장군은 더욱 기세 좋게 전고를 두드리며 병사의 사기를 북돋웠다. 그러나 성채는 철벽으로 둘렀는지 매우 단단하여 한 귀퉁이도 무너질 기미가 보이지 않았다. 하는 수 없이 제나라 장군은 징을 치며 퇴각을 명령했다.

그리고 점심을 겸한 휴식 후에 제나라 군대는 다시 전고를 울리며 노나라 진영으로 재차 공격을 가했다.

"어째서 우리는 전고를 울려 장병의 사기를 북돋지 않는가?"

성채내의 진영에서 노장공이 조말에게 물었다. 아니, 두드리라고 재촉했다.

"전쟁 중에는 아무리 임금이라 하셔도, 엉뚱한 지시는 하지 말아주십시오."

조말은 응하지 않았다. 성채가 꿈쩍도 하지 않음을 판단한 제나라 군대는 다시 퇴각했다. 그리고 이번엔 저녁시간을 노려 세 번째의 공격을 가했다.

또다시 하늘을 찌를 듯한 대단한 전고 소리가 울려 퍼졌다. 성안에서 조말은 가만히 그 소리에 귀를 기울였다. 얼마 후 전고 소리가 약해졌다. 조말은 총출격 준비를 명하였다. 이윽고 제나라 군대의 전고가 징으로 바뀌었다.

"좋아, 있는 힘을 다해 전고를 두드려라!"

조말이 외쳤다. 성채에서 노나라 병사들이 둑이 터진 물과 같이 퇴각하기 시작한 제나라 군대를 뒤에서 습격했다. 제나라 군대는 혼비백산하여 야영지로 도망쳤다. 그것을 쳐다보며 조말은 득의의 미소를 지었다.

"그대로 야영지로 진격하라! 저녁 준비는 필요 없다. 적이 준비한 식사를 빼앗아라!"

노나라 장군은 병사들에게 명령했다. 저녁을 빼앗으라고 명령받은 노나라 병사들이 일제히 돌격을 개시하자, 제나라 병사들은 장비를 모두 버린 채 도망치기에 바빴다. 과연 저녁 준비는 되어 있었다. 거기서 노나라 병사들은 배를 채우기 시작했다.

조말은 야영지에서 연기가 피어오른 시간과 공격을 가한 시간으로 제 나라 군대가 저녁 준비를 해두고 아직 먹지 않았다고 판단한 것이다. 제나라 군대는 혼비백산해서 도망간 병사들을 모으면서 그대로 총퇴각했다.

"어째서 추격을 하지 않았는가?"

노장공은 다시 입을 열었다.

"퇴각한 제나라 군대의 바퀴자국을 살펴보았는데 혼비백산해서 도망간 흔적은 없습니다. 복병을 어딘가에 배치했든지, 아니면 지원군이 올 예정이든지 둘 중의 하나입니다. 함부로 추격하는 것은 현명치 않습니다."

조말이 이번엔 고분고분 대답했다.

"그렇다면 적이 첫 번째, 두 번째 전고를 두드리며 공격했을 때, 전고를 두드리지 않았던 것은 왜인고?"

장공은 다시 물었다.

"전고를 치는 방법으로 승패가 결정됩니다. 원래 전고는 첫 번에는 사기를 북돋우고, 다시 치면 사기는 쇠하게 되며, 세 번째 전고는 사기를 다 하게 됩니다. 사기가 떨어진 때를 기해 전고로 사기가 충천한 아군을 부추기기 위함이었습니다."

"그래서 이겼다고 하는 건가. 좋소. 그대를 대부로 등용하겠소. 역시 시백은 통찰력이 있었소. 그러면 추격은 언제 시작하는고?"

"바로 적은 다시 상황을 보아 영을 칠 것입니다. 복병 및 지원군의 유무를 확인하고, 내일 새벽에 야영지를 습격하여 전군을 전멸시켜 보여 드리겠습니다."

조말은 자신 있게 말했다. 그러나 제나라 군대는 야영을 치지 않고 밤을 틈타 행군을 계속하여 도성으로 귀환했다.

그해 여름, 제나라는 장작 전투에서 퇴각한 설욕을 기약하고 다시 노나라를 침공할 군사를 일으켰다. 이번에는 송나라와 연합하여 공격했다.

노나라 군대도 마찬가지로 성을 나와 이번에는 승구(乘丘)에 진을 쳤다. 지휘를 맡은 것은 역시 조말이었다.

송나라 군대를 인솔한 것은, 산을 무너뜨리고, 청동 삼발이를 한 손으로 들어 올릴 수 있을 정도로 힘이 세기로 이름 높은 맹장 남궁장만(南宮長萬)이었다. 부장수도 마찬가지로 강인하고 용맹스럽기로 이름난 맹획(猛獲)이었다.

제나라 군대의 대장은 변함없이 공자 성부이고, 역시 포숙이 뒤를 따랐다. 제나라 군대는 승구 동북쪽에 진을 치고, 송나라 군대는 동남쪽에 포진했다. 노나라 군대는 장작의 싸움에서 맥없이 퇴각한 제나라 군대를 업신여기고 있었다. 그러나 남궁장만과 맹획이 지휘하는 송나라 군대에게는 겁을 잔뜩 먹고 있었다.

그런 까닭에 조말은 제나라 군대를 무시하고, 오로지 송나라 군대를 단번에 퇴치하려는 작전을 세우고, 구손생(歐孫生)을 불렀다. 구손생은 다른 제국에는 알려져 있지 않았지만 노나라의 유일한 맹장이었다.

"용장이 지휘하는 군대의 기세는 대장을 제거하면 단번에 무너지지. 그래서 맨 먼저 남궁장만을 제거하기로 했소. 정면에서 거침없이 일타를 날리시오! 단 승리를 서둘러 무턱대고 움직여서는 안 되오. '금복고(金僕姑)'로 지원할 테니 위험을 피하면서 상대의 움직임을 제지하도록 명심하시오."

조말은 구손생에게 일렀다. 금복고란 조말이 고안한 백발백중의 경궁(勁弓: 당기는 힘이 센 활)을 말하는 것이다. 수레에 설치되어 있고 특수한 조준기가 달려 있다.

동북쪽으로 진을 친 제나라 군대는 진지의 구축에 바빴고, 동남쪽으로 포진한 송나라 군대는 분주하게 움직였다. 노나라 군대의 진지는 여전히 아무 기색 없이 조용했다. 그 조용한 진지에서 얼마 안 되는 병사를 이끈 구손생이 큰 창을 들고 천천히 송나라 진영에 모습을 보였다.

"노나라 장군 구손생입니다. 송나라 장군 남궁장만과 단독으로 우열을 가리고 싶소."

하고 큰소리로 불렀다. 도전에 응하여 남궁장만이 진지하게 나왔다. 역시 큰 창을 양손에 쥐고 있다.

이름도 모르는 장군 입에 오르내리는 것조차 창피하다며 남궁장만은 돌연 공격을 가했다. 병거가 서로 엇갈리며 창에 불꽃이 튀었다.

맞서 싸우기를 수차례, 구손생이 갑자기 수레를 멈췄다. 남궁장만은 불현듯 미소를 지었다. 수레를 세우고 하는 경합이라면 천하무적이라는 자부심이 있었다.

남궁장만은 상대를 겁먹게 해서는 안 된다며 천천히 구손생에게 접근했다. 그리고 정지하기 직전에 창을 세게 찔렀다. 그러나 그 순간 남궁장만의 오른쪽 어깨에 금복고의 화살이 꽂혔다.

남궁장만은 눈살을 찌푸리며 왼손으로 오른쪽 어깨의 활을 뽑았다. 그 순간 왼쪽 대퇴부에 구손생의 창이 꽂혀 수레에서 굴러 떨어졌다. 그리고 남궁장만은 바로 일어났으나 밀려드는 노나라 병사들에게 에워싸여 포박되었다.

"비겁한 놈!"

부장수인 맹획이 진영에서 뛰어나왔다. 그러나 어디에서 날아올지 모르는 화살을 경계하느라 정신이 없었다.

갑자기 노나라 군대의 전고가 울려 퍼졌다. 동북쪽 제나라 군대는 거들떠보지도 않고, 노나라 군대는 송나라 군대의 진지로 밀려들었다. 진세가 불리하다고 본 맹획은 서둘러 본 진영으로 돌아가 급히 징을 치며 퇴각을 명했다.

퇴각하는 송나라 군대를 노나라 군대는 맹렬히 추격했다. 그 노나라 군대의 배후를 치려고 제나라 군대가 움직이기 시작했다. 동시에 제나라 군대의 배후에서 맹렬한 전고 소리가 울려 퍼졌다.

언제 숨어들었는지 전방에만 신경을 쏟고 있었던 제나라 군대의 배후에 노나라 군대 일대가 다가오고 있었다. 송나라 군대를 추격했던 노나라 군대가 방향을 바꾸어 제나라 군대를 포위하기 시작했다. 공자 성부는 포숙의 진언으로 전군에게 퇴각을 명했다.

이리하여 제나라 군대는 승구에서의 싸움 또한 노나라에게 패배당했다. 환공이 즉위한 지 반년 동안에 두 차례나 패배하자 제나라의 위신은 땅에 떨어졌다. 패배를 알고 아니, 그것을 각오하고 있었다고는 하지만 역시 꼴이 말이 아니었다.

"어떻게 하오?"

환공은 포숙에게 묻고, 포숙은 관중에게 의논했다.

"하지 말았어야 하는 싸움을 걸은 것이오. 조정대신들에게 깊이 반성하게 하는 편이 좋겠소."

관중은 엉뚱하게 말했다. 그리고 웃기 시작했다.

"시조의 가르침을 잊은 것이오. 이것으로 끝났으니 다행이오."

관중은 태공망의 가르침을 읊조렸다.

시조새는 바야흐로 공격함에 있어서는 날개를 접어 낮게 날고 맹수도 바야흐로 공격함에 있어서는 귀를 움츠리고 가며 성인도 바야흐로 행동함에 있어서 바보스럽게 한다.

"상대의 경계심을 없애기 위해 몸을 구부리고, 바보스런 표정을 지어 업신여기게 하는 것이오. 훌륭한 가르침이 아니오. 만사는 꾸며놓은 계획대로 움직이고 있소."

하고 말하며 관중은 무릎을 쳤다.

"음 대체적으로는 그렇소만, 그러나…."

포숙은 석연찮아 했다.

"알겠소! 좋은 수가 있네!"

관중이 말했다.

"그 좋은 수란 무엇이오?"

"노나라와 화해하는 것이오."

"닥치시오."

"아니, 진심이오. 화해한다고 해도 우리 쪽에서 머리를 숙이지는 않소."

"두 번이나 싸움에 지고, 그것이 가능하겠소?"

"가능하오. 그러므로 좋은 수라고 하잖소."

"빨리 말해 보시오."

"임금에게 주나라 왕실로부터 아내를 맞으시라고 하면 되오."

"그래서?"

"노장공에게 중매를 부탁해 주나라 왕실에서 지명해 달라면 되오."

"과연! 좋은 생각이오."

이번엔 포숙이 무릎을 치며 웃었다.

"체면보다도 부국강병 추진 중에 노나라로부터 계속 공격을 받아서는 곤란하다고 생각하는 바요. 전쟁 따위를 하고 있을 여유가 없기 때문이오."

관중도 함께 웃었다.

이윽고 대행인 습붕(隰朋)이 예를 갖추고 낙양으로 향했다. 표면상은 환공의 즉위 인사였고, 실제로는 혼담의 매듭이었다.

주나라 장왕(莊王)은 제나라에 왕녀를 시집보내는 것을 흔쾌히 승낙했다. 그리고 주문대로 노장공은 중매를 서주었다.

싫어도 노장공은 낙양과 임치를 왕래하지 않으면 안 되었다. 그리하여 제나라와 노나라 양국은 화해를 하게 되었다. 그뿐만 아니라 친밀한 관계가 구축되었다.

그런데 제나라와의 관계가 친밀해진 이상 노나라는 송나라와 대적할 이유가 없어졌다. 그래서 노장공은 승구의 싸움에서 포로로 잡은 남궁장만을 송나라로 송환하기로 했다.

장만은 어깨와 대퇴부에 상처를 입었지만 적절한 치료로 완치되었다. 장공은 그의 용맹스러움을 사랑하여 장군의 예를 갖추어 정중히 대했다. 장만은 그와 같은 환대에 고마움을 느껴 그대로 노나라에 머물겠다고 했다. 송나라에 돌아가는 것이 왠지 부끄러웠기 때문이었다. 그러나 그러면 오해를 낳는다면서 장공은 예를 갖추어 남궁장만을 송나라 상구(商丘)까지 송환했다.

그러나 역시 그 자신이 생각한 대로 송나라로 돌아온 남궁장만은 조정대신들의 차가운 시선을 받았다. 그렇지 않아도 전쟁의 위험이 사라지게 되면 무장이 외면당하는 것은 당연지사였다. 그러한 연유로 장만은 눈물로 세월을 보냈다.

이윽고 해가 바뀌어 제나라 환공 4년, 송나라 민공(來閔公) 10년이 되었다. 주나라 장왕은 재위 15년 만에 서거하고, 태자 호제(胡齊)가 즉위하여 희왕(僖王)이라 칭했다. 그 경조를 위해 송민공은 낙양에 올라갈 채비를 했다.

낙양에 간 적이 없는 남궁장만은 기분전환이 된다고 생각하고 민공의 호위를 맡겠다고 나섰다.

"포로였던 자에게 경호시킬 생각은 없네. 비웃음거리가 되는 것은 사양하네."

민공은 쌀쌀맞게 말했다. 그것만이라면 참을 만했다. 민공은 마침 그 자리에 있었던 대부 구목(仇牧)과 모멸의 빛을 드러내며 웃었던 것이 화근이었다. 그 웃음소리가 장만의 가슴을 파고들어 피가 역류하는 것 같았다.

"바보 같은 놈! 포로였더라도 사람은 죽일 수 있어. 죽어라!"

장만은 온힘을 다해 민공을 갈겼다. 한 주먹에 민공은 이가 날아가고, 목에 피를 뿜으며 숨이 끊어졌다. 대부 구목은 배를 차여 즉사했다.

이변을 전해들은 태재(太宰)인 화독(華督)이 뛰어 들어왔다.

"이게 무슨 일인가?"

장만은 따져 묻는 화독의 가슴에 대답 대신 큰 창을 찔러댔다. 그 창끝이 심장을 관통하여 화독은 숨이 끊어졌다. 장만은 피를 보고 더욱 미쳐 날뛰었다. 조정대신들도 새파랗게 질려 숨어 버렸다. 그곳에 장만의 아들 남궁우(南宮牛)와 이전의 승구의 싸움에서 부장수였던 맹획이 나타났다.

"우선 태자 어설(御說)을 죽여라! 나를 바보로 만든 모든 공자와 조정대신들은 모두 추방하라!"

장만이 큰 소리로 외쳤다.

"그러나 그렇게 되면 새 임금으로 세울 사람이 없어집니다."

맹획이 말했다.

"걱정할 필요 없소. 공자 유(公子游: 민공의 동생)를 세우면 되오. 오직 공자 유만 나를 바보 취급 하지 않았소."

장만은 말을 하고는 생각이 난 듯이 수레에 뛰어올라 공자 유가 있는 곳으로 서둘러 떠났다.

남겨진 남궁우와 맹획은 서로 얼굴만 쳐다볼 뿐 아무래도 그 같은 무모함은 불가능하다며 어찌할 바를 몰랐다.

"우선 당장은 태자 어설만은 죽이게 해서는 안 되는데….."

남궁우가 중얼댔다.

"아니오, 군대를 회유하는 것이 우선이오."

맹획이 말했다.

"과연….."

남궁우는 수긍했다. 두 사람은 병영을 향해 달렸다. 그 사이 태자 어설과 모든 공자, 조정대신들은 성의 북문으로 달아났다. 그리고 둘로 나뉘어, 호(毫)나라와 조(曹)나라로 망명했다. 남궁장만이 추방할 수고는 없어진 셈이다. 또한 장만에게 옹립된 공자 유는 무사히 즉위했다. 그러나 주요 조정대신이 달아나 정치를 할 수가 없었다. 그렇지만 장만은 역시 그것보다 태자 어설의 존재가 마음에 걸렸다. 태자 어설은 호나라로 망명했다. 장만은 남궁우와 맹획에게 명령하여 호나라로 병사를 보냈다.

송나라 군사가 도착하자 작은 나라인 호나라는 예의를 갖추어 성문을 열었다. 이것은 태자 어설의 계략으로 환영석상에서 남궁우를 살해하기로 한 것이다. 과연 백전연마(百戰練磨)한 맹획은 술자리에 난입한 무사의 창을 빼앗아 그들과 대적하며 별로 높지 않은 성벽을 뛰어넘어 난을 피했다. 그리고 생각 끝에 지인(知人)에게 부탁하여 위(衛)나라로 망명했다. 태자 어설과 여러 공자는 대장을 잃은 송나라 군대를 그대로 이끌고 고향으로 되돌아갔다.

조나라로 망명한 여러 공자와 조정대신은 어설로부터 연락을 받자 즉시 조나라에서 병사를 얻어 도중에서 합류했다. 상구로 돌아온 송나라 군대 깃발은 호나라로 갔을 때와 똑같이 그대로였다. 당연히 남궁우와 맹획이 개선한 것이라 여겨 성문을 열었다. 성에 들어간 군대는 즉각 궁정을 포위했다. 그러나 창을 휘두르며 앞을 가로막는 남궁장만 때문에 애를 먹었다. 그러나 뒤를 돌던 부대는 쉽사리 공자 유의 목을 베었다. 다른 부대는 장만의 노모를 인질로 잡았다. 공자 유의 베인 목과 인질로 잡힌 노모의 모습을 보고 장만도 단념했다.

"노모를 돌려주길 바란다. 그러면 나는 이대로 성을 나가겠다. 바로 수레를 준비하라. 그렇지 않으면 모두 죽여 버리겠다."

장만이 조건을 내걸었다. 배후에 있었던 태자 어설이 잠자코 고개를 끄덕였다. 수레가 준비되었다. 장만의 노모를 수레에 실었다. 성문에 이르는 길은 비어 있었다. 남궁장만은 주위를 경계하면서 수레에 올라탔다. 오른손에 창을 왼손에 채찍을 잡자 바로 성문을 빠져나갔다. 그리고 진(陳)나라로 망명했다.

태자 어설이 즉위하여 송나라 환공이라 칭했다. 그리고 바로 위나라와 진나라로 하여금 각각 맹획과 남궁장만의 신병인도를 요구했다. 위나라와 진나라 양국은 말을 돌리며 좀처럼 응하려 하지 않았다. 그 정보는 이윽고 제나라에 이르렀다.

"송나라를 위해 우리가 위나라 진나라 양국에 압력을 가해야 되는 것이 아니오."

포숙이 관중에게 의논했다.

"그렇군. 그러나 창피를 당하면 안 되니까 노나라와 공동으로 압력을 가하는 편이 낫겠군."

그렇게 관중은 말하며, 즉시 노나라에 사자(使者)를 보냈다. 제나라와 노나라 양국의 압력으로 위·진 양국은 송나라의 요구에 응했다. 위나라는 손쉽게 맹획을 잡아 송나라로 송환했다. 그러나 진나라는 남궁장만의 포박에 골치를 앓았다. 그리고 결국 몰래 술을 먹여 취했을 즈음 커다란 소가죽으로 만든 자루에 넣고 그 위에 몇 겹의 튼튼한 끈으로 다시 묶었다. 게다가 강인한 무사를 호위병으로 붙여서 송나라로 송환했다. 그래도 상구에 도착했을 때는 남궁장만은 자루를 뚫고 양 손, 양 다리를 내놓고 있었다. 덕분에 인수한 송나라에서는 수고를 덜 수 있었다. 우선 자루를 뚫고 내놓은 양 손, 양 발을 잘랐다. 그리고 조심스럽게 자루를 열었다. 그는 마치 야수와 같았다. 실은 남궁장만이 송민공을 치고 공자 유를 옹립했던 직후에도 역시 제나라에 정보가 갔었다.

"송나라를 구해야겠소."

포숙은 그때도 역시 관중에게 의논했었다. 그러나 관중은,

"엄청난 재난이나 그리 대단치는 않을 것이오."

하고 말했었다.

"호랑이도 평지로 내려오면 개에게는 꼼짝 못하네. 남궁장만은 전쟁터에서는 호랑이지만 궁정에서는 보통 쥐에 불과하오. 결국 겁먹고 도망가게 되지."

하고 예언했던 것이다. 그것은 그렇고, 수족이 잘려도 남궁장만은 살아 있었다.

그리고 번화한 시장으로 옮겨져서 만인이 보는 앞에서 참수를 당했다.

그 살은 '젓갈'로 만들어 조정대신에게 하사되었다. 3일 전에 역시 공개 처형된 맹획의 살도, 마찬가지로 젓갈로 만들어져 조정대신에게 나누어 주었는데, 그것은 반란자는 이렇게 된다고 하는 본보기의 뜻이 담겨 있다. 그러나 주방관(廚房官)의 부정 유출로 시장에 나간

그 젓갈에는 터무니없는 고가가 매겨졌다. 남궁장만의 젓갈에는 프리미엄까지 붙었다. 항간에서는 그것을 먹고 이들과 같이 강해지고 싶다는 일념으로 사람들은 비싼 가격을 지불하고 구입했다. 아무래도 오랜 옛적부터 용맹은 사람들의 소망이었던 듯싶다.

제14장
존왕양이(尊王攘夷)

이미 언급했듯이 관중이 '3년 치정(治定), 4년 교성(教成), 5년 출병(出兵)'이라 환공과 약속한 것은 기원전 685년의 일이다.

관중은 멋지게 환공과의 약속을 이루어냈다. 제나라 환공 5년 이미 부국강병을 이룬 제나라는 처음엔 사전연습을 하기 위하여 노나라에 병사를 파견했고 멋지게 3전 3승을 했다. 게다가 그 기세를 몰아 주변 여러 나라에 회맹(會盟)을 호령했다. 막 즉위한 송나라 환공의 자리를 승인하고 남궁장만의 난으로 어지러워진 송나라의 정세를 안정시킨다는 것이 회맹의 대의명분이었다. 회맹지역으로 북행(北杏: 산동성 동아현)이 선정되었다. 기일을 3월 1일로 정했다. 이것이 후세에 '북행 회담'이라 불리며 역사에서 말하는 '제환공, 제후를 구합(九合)한다.' 즉, 환공이 주최한 이 9회 회맹이 효시가 되었다.

송(宋)·진(陳)·채(蔡)·주(邾)의 네 나라는 날짜대로 북행에 모였으나 노(魯)·위(衛)·정(鄭)·조(曹)나라는 호령을 묵살하고, 수(遂)나라는 거부를 표명하며 참석하지 않았다.

"참석률이 좋지 않으니 회맹을 연기할까?"

제나라 환공이 말했다.

"아닙니다. 흔히 세 명이 모이면 그것을 군중이라 하고 군중은 까닭 없이 흩어지지 않는다고 합니다. 5개국이나 모였으니 예정대로 시작하지요."

관중은 환공에게 살짝 귀엣말을 했다.

우선 정식 상견례를 하기 위해 4개국의 임금이 한 곳에 모였다. 그러나 그 자리에서 송나라 환공이 역시 참석률이 나쁜 것을 이유로 회맹을 마칠 것을 주장했다.

"이것은 별개의 것이오. 이 회맹은 애당초 귀국(貴國)을 위한 것이오. 참석하지 않은 나라는 후일 다시 회맹하기로 하겠소."

하고 말하며 관중의 뜻을 받은 제환공의 안색이 변했다. 그러나 송환공은 다음날 새벽 인사도 없이 북행을 떠났다.

"공도 모르는 무례한 놈!"

제환공은 화를 냈다. 그리고 결국,

"있는 힘을 다해 추적해서 끌고 와라!"

하며 소란을 피웠다.

"아닙니다. 추방하십시오. 어제 상견례 할 때부터 도망갈 줄 알았습니다.

관중은 태연했다.

"참석률이 좋지 않으니까 혹시 깔본 것이 아니오?"

"아닙니다. 과거의 영화에 대한 꿈을 좇고 있는 것입니다. 송나라는 공작국(公爵國)이었기 때문에 당연히 상좌(上座)를 차지할 거라 생각했겠죠. 전하가 상좌를 차지한 것을 보고 노골적으로 불쾌감을 드러냈습니다."

"분수도 모르는 어리석은 놈!"

"지금은 거기에 마음 쓰시기보다 예정대로 회맹을 마치는 것이 중요합니다."

관중은 말했다. 그리고 제·진·채·주나라 네 나라 임금은 피로써 우호를 맹세하고 순조롭게 회맹을 마쳤다. 돌아오는 길에 관중은 약간의 수행 군사를 이끌고 회맹을 거부한 수나라에 기습을 가했다.

"시간이 걸리는 것은 위신에 관계된다."

관중은 갑자기 병사를 성벽으로 올려 보내고, 직접 활을 잡아 두 사람 밖에 없었던 수나라 수비대장을 겨냥하여 두 장군을 쓰러뜨렸다. 반나절 만에 수나라를 굴복시켜서 수나라는 다시 멸망했다.

"다니러 온 삯도 안 나온다."

수나라를 제나라의 판도(版圖)에 편입하고, 군사를 두고 귀국했다.

"패업은 생각만큼 잘 진행되지 못하고 있지 않소."

귀국한 제환공이 한숨을 쉬며 말했다.

"아닙니다, 처음 치고는 잘 되고 있습니다. 왕업(王業)은 권위로 사람들을 굴복시키지만 패업은 힘을 과시하지 않으면 지배자가 될 수 없습니다."

관중에게는 낙담하는 기색이 없다.

"우리들은 이미 부국강병을 이룬 것이 아니오."

"예, 확실히 나라는 부유해지고 국력도 생겼습니다. 그러나 지금 말하는 힘이란 국력을 배경으로 한 정치력을 말하는 것입니다. 정치력이란 예를 들어 맹수를 굴복시키는 것이 아니라 우리에 가두는 기술을 말하는 것입니다. 힘은 들지만 그런대로 재미있고 즐거운 일입니다."

"그러하오?"

"예, 지금 눈앞에 유쾌한 정치 드라마가 전개되고 있습니다. 큰 배를 탄 기분으로 편안히 관람하십시오."

"그것 재미있겠군. 그러나 저 몰상식한 어설(송환공)의 무례함은 용서할 수 없소. 우선 송나라에 군사를 보내 그 애송이가 울상 짓는 낯짝을 보여 주시오."

제환공은 관중에게 주문했다.

"그보다 다시 한번 회맹을 개최하여 억지로라도 참석케 하는 편이 재미있을 것입니다."

"과연."

"그러기 위해서는 우선 노나라를 잘 길들여야 합니다."

"어떻게?"

"회맹을 강요하겠습니다."

"그러나 이번에도 응하지 않으면?"

"싫더라도 응하게 하겠습니다. 북행에서는 설마하고 참석하지 않았지만 개별적으로 부르면 거부할 수 없을 것입니다."

관중은 자신만만해 했다. 그리고 즉시 북행과는 아주 가까운 가읍(柯邑)에서 회맹하고 싶다고 노나라에 사자를 보냈다.

회맹을 신청 받은 노나라 장공은 결단을 내리지 못했다. 북행의 회맹에 결석한 것을 힐난할 것임에 틀림없었다. 아니 옛날 제나라 양공이 회맹이라 속이고 정나라 희미를 처단한 예도 있었다. 그러나 거절하면 군사를 파견할 것임에 틀림없었다.

"주저하지 마십시오. 신이 수행하겠습니다."

조말이 곤혹해 하는 노장공에게 과감히 출석할 것을 재촉했다. 조말이 노나라 장군으로 임명될 당시에는 제나라에 2전 2승하여 장공의 두터운 신임을 받았다. 그러나 최근에 와서는 반대로 3전 3패하여 신용을 실추시켰다. 그 조말이 출석을 촉구하는 데는 그 나름의 이유가 있을 것이다. 그러나 그것을 확인할 틈도 없이, 조말의 진언이 제나라와 싸우면 또다시 진다고 하는 말처럼 생각되어져 장공은 결단을 내렸다. 이번에 진다면 성하의 맹세(적에게 수도까지 침입당하는 굴욕적인 항복의 서약)는 피할 수 없었다. 선택의 여지가 없다고 생각되어 회맹의 수락을 결단했다.

관중은 가읍에 훌륭하게 계단식으로 높이 단을 쌓고 호화로운 초대소(招待所)를 준비하고 노장공의 도착을 기다리고 있었다. 거기에 노장공이 조정대신을 한 사람도 수행하지 않고 조말에게 호위를 받으며 나타났다.

"무뢰한 같으니라고!"

제환공은 기분이 상했다.

"아닙니다. 최악의 사태를 감안하여 조정대신들을 남기고 왔을 것입니다. 즉 필사적으로 온 것이므로 이것으로도 최선이라 할 수 있습니다."

관중은 제환공을 진정시켰다.

그리고 드디어 회맹의 의식이 시작되었다. 왕을 수행하고 등단(登壇)하는 것은 조정대신 한 사람이라고 정해져 있었다. 당연히 조말이 노장공을 따라 등단했다. 형식상으로는 제환공을 수행하는 것도 무장이어야 되지만, 관중은 본래의 관례에 따라 대행(大行: 외무대신)인 습붕(隰朋)을 등단시켰다. 제환공과 노장공의 담화는 순조롭게 진행되어 북소리가 울려 퍼지며 드디어 피의 의식이 시작되었다. 그러나 습붕이 준비한 옥으로 만든 주발을 양손에 들자마자 조말이 재빨리 제환공에게 달려들어 그의 오른팔을 왼손으로 잡고 오른손으로 단도를 쥐고 제환공의 가슴에 들이대었다. 순간 북소리가 혼란스러워지며 그대로 멈췄다. 관중이 이변임을 알아차리고 계단으로 올라갔다. 단상에서는 환공에게 단도를 꽂으려는 조말과 장공에게 줄 옥주발을 든 습붕이 서로 숨을 죽이고 흘겨보고 있었다.

"싸움에서 빼앗은 토지를 돌려주길 바라오."

조말이 환공에게 다그치는 소리가 들렸다. 관중은 살며시 조말의 등 뒤로 다가갔다. 눈으로 환공에게 승낙하라고 신호하고 뒷걸음쳐 계단으로 내려갔다. 제환공은 노나라의 땅을 반환하기로 약속했다. 조말은 무례함을 빌고 다시 북이 울려 퍼졌다. 이윽고 아무 일도 없었던 듯이 혈맹의 의식을 종료했다.

예정된 축하연이 시작되려면 아직 시간이 남았다. 쌍방은 일단 각자의 초대소로 돌아갔다. 제환공은 기분이 몹시 상했다.

"아까, 왜 조말의 단도를 막지 못했는가?"

환공은 관중을 책망했다.

"조말에게는 전혀 살기가 없었습니다. 그것은 시백이 조말에게 연기하게 한 연극입니다."

"연극이라 하더라도 악질 연극이네."

환공은 분개했다.

"악질 연극이더라도 그렇다고 속아 주는 것이 패자(霸者)의 소양 중 하나입니다."

관중이 의외의 말을 했다.

"무슨 연극인가?"

"노나라의 땅을 돌려받으면 제나라의 패권을 인정한다는 암시극입니다."

"그렇다면 그렇다고 얘기하면 되는 것 아닌가?"

"아닙니다. 세상에는 단도직입적으로 말할 수 없는 것이 간혹 있습니다. 국제적인 체면이나 구실, 국내의 권력투쟁이나 기타 여러 사정이 있었겠죠. 패권자는 그것을 헤아리는 도량과 그에 동조하는 여유가 있어야 합니다."

"그것은 용서한다 치더라도 점령지는 절대 돌려줄 수 없소!"

"아닙니다, 어떤 상황에서도 패권자는 일단 입 밖에 낸 약속은 지켜야 합니다. 역시 반환하셔야 됩니다."

"그러면 협박에 굴복했다고 비웃을 것이오."

"아닙니다. 지금 우리나라의 실력으로 볼 때 아무도 협박에 굴복했다고 생각지 않을 것입니다. 부국강병을 이룬 목적의 하나는 태연하게 타국에 져주고 양보하면서도 자신감을 배양하는 것과 양보하더라도 겁쟁이 따위로 업신여김을 당하지 않으면 되는 것입니다."

"반드시 토지를 돌려주라고 하는 것이오?"

"예, 패자는 '주고서 취한다'는 것을 알아야 합니다."

"무엇을 취한다는 것이오?"

"물론 패권입니다만, 우선 국제적인 성망과 신용입니다. 어떠한 상황과 어떠한 조건 하에서도 일단 입 밖으로 한 약속은 지킨다고 하는 신용이 패자에게는 불가결합니다. 천하에 그것을 알리는데 이것은 생각지도 못한 좋은 기회입니다."

"그렇소?"

환공은 겨우 납득했다. 그러나 곁에서 듣고 있던 공자 성부는 납득할 수 없었다. 반환되는 노나라 땅은 그가 직접 병사를 이끌고 점령한 토지였기 때문이었다.

"이치는 알겠소만, 그래도 납득이 가지 않소."

공자 성부가 참견하며 중얼거렸다.

"그럴 것이오. 솔직히 말하면 신용을 갖고 천하의 제후(諸侯)를 복종하게 할 수는 없소. 그러나 '신(信)은 악(惡)'이오. 제후는 지금 당장 힘에 무릎을 꿇어도, 제나라 군주는 덕을 느끼게 하지 않으면 정신적으로 구원되지 않소. 패업은 무튼 걱정거리가 많은 일이오. 상대의 대의명분과 도망갈 구멍까지 준비해 주지 않으면 안 되오."

관중은 쓴웃음을 지었다.

한편 그곳으로 북행의 회맹에서 도망간 것을 해명하러 오라고 불려온 송환공이 병거 백 대를 이끌고 도착했다.

"연회석을 다시 만들지 않으면 안 되겠군."

하며 습붕이 일어서자, 관중이 제지했다.

"그럴 필요는 없소. 축하연에는 연석시키지 않을 것이오. 초대소에 별도로 식사준비를 하면 되오."

관중은 말했다.

"아니, 노나라 제후 앞에서 그것은 모양새가 나쁘잖소."

습붕이 이의를 제기했다.

"뭐, 노나라 제후에게도 언제까지나 좋은 얼굴을 할 필요는 없소. 아니, 송공(公)을 징계하여 노제후를 훈계할 필요가 있소. 노제후에게 우리 군주는 회맹을 하지 않는 자와는 자리를 같이 하지 않는다는 걸 전해 주시오."

관중은 습붕에게 말했다.

"두 번 다시 이상한 짓을 못 하도록 송나라 군대를 가만히 포위해 둘까요?"

공자 성부가 말했다.

"좋소, 설마 두 번 다시 도망갈 리는 없겠지만, 만일을 대비해서 귀로를 봉쇄하는 편이 좋겠소."

관중은 고개를 끄덕였다. 그러나 습붕의 뜻을 전했음에도 불구하고, 노제후는 송환공을 축하연에 부르고 싶다며 사자를 보내어 전했다.

"원칙은 바뀌지 않소."

관중은 분명히 거절했다. 그러자 예고 없이 갑자기 노제후가 나타나 관중에게 직접 이야기했다. 송공의 부탁을 저버릴 수 없다는 것이었다. 그렇게 말하니 관중도 딱 잘라 거절할 수 없었다.

"제후님의 청이라 하시면 반대할 의사는 없습니다. 단 송환공이 참석하기에 앞서 사죄하면 말입니다."

하며 관중은 응했다. 그리고 드디어 축하연이 시작되었다. 노제후는 송환공에게 윗자리를 양보했다. 관중은 자신이 내건 조건을 노제후가 입장 상 그대로 전하지 못했다는 것을 알았다.

"송공의 작위는 과연 위이지만, 그러나 천자의 위광이 천하에 미치지 않는 이 시대에서 그 옛날 천자가 정하신 작위에 구애할 필요는 없지 않겠습니까? 게다가 오늘은 송공은 정객(正客)이 아니라 배객(陪客)입니다."

관중은 송환공에게 들으라는 뜻으로 말했다. 송환공은 심상치 않은 사태에 적잖이 당황했다.

이대로는 어떠한 상황으로 치달을지 모른다고 생각하고 스스로 북행에서의 무례함을 사죄했다. 드디어 가슴이 후련해진 제환공이 비로소 웃음 띤 얼굴을 했다. 축하연은 표면상으로는 화기애애하게 진행되었고, 송환공은 웃음 띤 얼굴로 쓴 잔을 기울였다. 그것이 늦은 밤까지 이어졌다.

그리고 다음날 노제후가 송환공과도 다시 혈맹하라고 말을 꺼냈다. 그러나 제환공은 그것을 차갑게 거절했다.

"아니오, 이번은 혈맹을 위해 송공이 온 것이 아니므로 다른 날로 하겠소."

하고 말했다. 그리고 이윽고 서로 인사하고 귀국길에 올랐다.

다시 제환공 6년, 정나라에서는 정희영(鄭姬嬰) 14년이다. 제족(祭足)이 죽은 지 6년이 흘렀다. 제족을 암살하려고 음모하다 실패한 정여공(鄭厲公: 공자돌)이 채나라에 망명한 지도 벌써 17년이 경과했다. 일단 채나라로 망명한 공자 돌은 그 후 송나라의 병사를 빌려 역성(하남성 우현)을 점거했다. 역성은 정나라의 성이지만 성안의 반란을 틈타 탈취한 것이다. 그리고 역성을 점거한 채로 가만히 정나라의 정세를 엿보며 복위할 기회를 노리고 있었다. 그러나 근처에 있는 대릉성(大陵城)의 수비대장인 부하(傅瑕)에게 저지당해 꼼짝도 못하고 10년이란 허송세월을 보냈다.

관중은 그 공자 돌에게 주목하고 있었다. 그리고 공자 돌을 수도로 보내 복위시키려고 움직이기 시작했다. 관중은 그것이 북행의 회맹을 묵살한 정희영에게 제재를 가하고, 천하에 본때를 보여주는 데 둘도 없는 기회라고 생각했기 때문이다. 게다가 정통(正統) 군주의 복위는 돕는 것, 그것이야말로 패자의 책무이기도 했다.

그래서 관중은 비장의 무장인 빈수무(賓須無)에게 병거 2백 대를 하사하여 역성으로 향하게 했다. 빈수무는 역성에 이르자 역성 북문에서 2백 리 떨어진 거점에 병사를 주둔하고 역성에 사자를 보냈다. 공자 돌은 제나라 군대가 온 뜻을 알고 직접 성을 열어 빈수무를 맞았다. 이따금 수도에서의 기묘한 풍문을 듣고 있던 공자 돌은 역시 드디어 때가 왔다며 기뻐했다.

한 달 정도 전의 일이다. 어느 날 수도의 성문에 두 마리의 뱀이 나타났다. 성안에 있던 뱀은 푸른 머리에 노란 꼬리로 길이가 8척이나 되었다. 성 밖의 뱀은 빨간 머리에 녹색 꼬리로 길이는 1장(丈: 10자)이나 되었다. 그 두 마리가 성문을 끼고 열흘 정도 서로 노려본 후에 맹렬히 결투를 시작했다. 그것이 3일 낮밤으로 이어졌다. 그런데 드디어 성 밖의 뱀이 성안의 뱀을 죽였다. 그리고 성으로 들어가 대묘(大廟: 임금의 종묘)안으로 모습을 감추었다고 하는 풍문이었다. 공자 돌은 그것을 자신이 복위할 조짐이라고 풀이했다.

그러던 참에 제나라 군대가 나타난 것이므로 공자 돌이 기뻐하는 것은 당연했다. 역성에 제나라 군대가 들어갔다는 소식을 전해 듣고 대릉성의 수비대장인 부하는 병력을 출동시켰다. 제나라 군대의 장군 빈수무는 살며시 성을 나왔다. 성 밖에 주둔해 있던 군사를 이끌고 우회하여 부하의 배후를 에워쌌다. 그리고 부하가 역성을 공격하고 있는 동안 대릉성을 함락시켰다. 역성을 공격하다 지쳐 돌아온 부하는 대릉성이 함락된 것을 보고 투항했다. 그리고 역성으로 연행되었다. 원한이 뼈에 사무쳤던 공자 돌은 갑자기 부하의 참수를 명했다. 그러나 부하는 태연했다.

"복위를 바라는 전하께서 신을 죽이는 것은 현명하시지 못합니다."

부하는 웃음을 띠고 말했다.

"죽음을 눈앞에 두고 과인을 속일 작정인가?"

공자 돌은 화를 냈다. 이제까지 공자 돌은 몇 차례나 부하와 친분을 맺으려고 했으나 그때마다 거부당했었다.

"신을 사면해 주시면 자의(희영)의 목을 베어 가지고 오겠습니다."

부하는 말했다.

"그런 수법에는 안 속는다. 죽는 것이 두려워졌느냐?"

"아닙니다. 지금 수도에서 정권을 잡고 있는 것은 숙담(叔詹)으로, 그는 저와 친분이 있습니다. 제나라가 전하의 복위를 위해 병력을 동원한 것을 알게 되면 숙담은 분명 전하를 맞을 것입니다. 우리 두 사람이 음모한다면, 자의의 목을 베는 것은 식은 죽 먹기입니다."

"바보 같은 놈! 그런 감언이설에 넘어간다고 생각하느냐?"

공자 돌은 상대하지 않았다. 그러자 빈수무가 입을 열었다.

"기회를 주어도 손해가 안 된다고 생각합니다. 이상한 짓을 해도 어차피 수도에서 체포될 테니, 그때는 능지처참하시면 되지 않겠습니까? 외국으로 도망가더라도 도처에 인도를 요구할 수 있습니다. 그러니 도망 갈 수도 없습니다."

하고 공자 돌에게 이야기하며 부하를 위협했다.

"과연, 장군 말대로요."

공자 돌은 납득하고 부하를 석방했다.

수도로 입성한 부하는 숙담에게 사태를 알리고 의논하였다. 부하의 예측대로 숙담은 공자 돌의 복위에 가담했다. 부하는 바로 역성에 밀서를 보내었다. 밀서를 받은 빈수무는 곧바로 병력을 수도로 진군시켰다. 제나라 군대가 성에 도착한 것을 보고 숙담은 공격하러 나간다고 속여 성문을 열고 병사를 내보냈다.

"관전하시지요."

부하는 정희영을 꾀어 관전로(觀戰櫓)에 오르게 했다. 그리고 양 군대가 진을 치는 것을 묵묵히 지켜보고 있던 희영의 뒤에서 갑자기 단도를 내리 꽂았다. 그 일격으로 정희영은 그 자리에서 절명했다. 관전로에 신호의 흰 깃발이 걸린 것을 보고 숙담은 진을 치는 것을 멈췄다. 그리고 제나라 병력과 역성의 병력을 성안으로 이끌었다. 그리하여 공자 돌은 무사히 여공(厲公)으로 다시 복위했다.

연호는 정희영 14년에서 정여공 21년으로 바뀐다. 여공은 즉각 17년 전의 정변 시 자신을 대적한 조정대신의 숙청을 개시하여 부하도 체포되었다.

"그대가 대롱에서 저지른 수많은 무례함은 그대의 옛 군주 희영에 대한 충의로 인정하여 용서한다. 그러나 어떠한 이유가 있다손 치더라도 임금을 살해한 죄는 용서할 수 없다."

하고 부하를 처형했다. 여공이 완전히 정권을 장악한 것을 끝까지 지켜보고, 빈수무는 정나라를 떠나 귀국 길에 올랐다.

"베풀어 준 은혜는 영원히 잊지 않겠소. 후일 다시 인사하러 찾아 뵙겠소."

여공은 그렇게 말하고 성문 밖까지 빈수무를 환송했다.

여공을 제나라가 복위시킴으로써 북행의 회맹에 참석하지 않는 나라들은 떨고 있었다. 특히 아직 매듭이 지어지지 않은 위나라와 조나라 양국은 새파랗게 질려 있었다.

어쨌든 죄를 묻게 될 것이다. 그렇다면 그 전에 조처하는 것이 좋겠다고 생각한 위나라와 조나라는 금은보화를 가득 싣고 제나라에 사죄하러 왔다. 이미 제환공은 패권을 손에 쥔 것이나 다름없었다.

다음 해 환공 7년, 관중은 감히 북행의 회의에 참석하지 않은 여러 나라를 위나라 지역 견읍(鄄邑)에 모여 다짐의 회맹을 촉구하기로 했다. 그 직전에 주나라 황실 특사 단백(單伯)이 제나라 수도를 방문했다. 주장왕은 이미 몰락하여 아들인 희왕이 왕위를 잇고 있었다. 2년 전의 일이다. 그러나 제환공은 선왕의 조문에도, 신왕 즉위의 축하 시에도 얼굴을 내밀지 않았다. 제환공은 주나라 희왕의 사위였다. 그러나 희왕이 특사를 보낸 것은 제환공의 비정하고 무례함을 꾸짖기 위해서가 아니었다. 그렇다고 해서 친척간의 단순한 의례적인 방문도 아니었다. 사실대로 말하면 문안이었다. 아니 이미 천하의 패권을 쥔 제환공에게 주나라 왕실의 권위를 손상시키지 않도록 배려해 달라고 부탁하기 위해서였다.

마침 견읍의 회맹에 가려고 부산했던 참이어서 환공은 친절하게 대하질 못했다. 그러나 관중은 정중하게 접대하라고 환공에게 진언했다. 그 뿐만이 아니었다.

"아, 특사 단백에게 견읍까지 동행하도록 권하십시오."

관중이 진언했다.

"방해가 되지 않겠소?"

환공이 약간 불쾌한 기색을 드러냈다.

"아닙니다. 방해는 되지 않습니다. 존왕(尊王)이라고 하는 말은 이미 현재는 사용하고 있지 않으나, 아직 남아 있는 말입니다. 원래 존왕은 패권과는 상호 모순되는 게 아닙니다. 아니 어떤 때는 대의명분이 될 수도 있습니다."

관중이 이야기하자 환공은 이해했다. 이리하여 단백은 급거, 주나라 천자의 특사로서 견읍의 회맹에 참가하게 되었다. 단백이 뛸 듯이 기뻐한 것은 두말할 나위도 없었다.

제환공 7년 가을.

제환공, 주왕의 특사 단백, 조장공, 송환공, 위혜공, 정여공은 견읍에서 한자리했다. 그리고 회맹의 의단에 올라 중원을 위협하는 오랑캐들을 일치단결해서 배제할 것을 피로써 맹세했다. 이 견읍의 회맹에서 제환공이 맹주(盟主)로 추대되었다. 그리고 패왕으로 존칭되었다. 패왕이란 이 회맹에서 정해진 맹주의 호(號)이다.

이리하여 제환공은 명실 공히 천하의 패권을 장악하게 되었다. 역사적으로는 사상최초의 패왕이 탄생한 것이다. 그리고 패왕의 탄생으로 주나라 왕실의 지위는 더욱 격하되었다. 그것은 제후의 회맹에 참가한 특사의 모습에서 나타났다. 주왕의 특사는 제후들과 나란히 피를 마셨다(血盟). 이제 주왕조의 지위가 단순히 일개의 제후와 다름 없음을 자타 모두 인정한 것이다. 이리하여 주왕실과 제후와 패왕과의 관계는 단순한 심정적(心情的)인 것이 되었다. 그리고 '존왕'이란 제후 및 패왕이 주왕 실에 경의를 표하는 이상의 의미를 갖지 않게 되었다. 후대 사서(史書)가 견읍의 회맹에서 존왕양이(尊王攘夷)를 외쳤다고 기록하고 있는 것은 그러한 의미일 뿐 그 이상의 다른 뜻은 없다. 물론 관중이 환공에게 가르친 것과 같은 주문으로서의 존왕은 다른 범주이다.

제15장

군계일학(群鷄一鶴)

　견읍에서의 회맹을 성공적으로 끝마치고 귀국한 제나라 환공은 뜻한 바를 이루어 좋아서 어쩔 줄을 몰라 했다. 이제 천하의 패왕이 된 군주를 축복하는 소리가 성에 메아리쳤다. 환공은 은밀히 관중과 포숙을 궁전에 불러들여 세 사람만의 축하연을 벌였다.

　"그러합니다, 전하! 축하드립니다."

　포숙이 웃음 지으며 잔을 들었다.

　"고맙소, 포숙. 이 모두는 그대와 중부의 덕이오."

　환공은 솔직히 감사의 뜻을 표했다.

　"아닙니다. 전하의 인덕이 거둔 영광입니다."

　관중이 말했다.

　"앞뒤가 맞지 않는 말은 하지 마시오. 이곳에는 우리의 이야기를 엿들을 사람은 아무도 없소."

　포숙이 놀렸다.

　"그것은 다르오. 포숙, 한 손으로는 소리가 나지 않소. 뛰어난 군사라도 현명한 군주를 만나지 못하면 업적을 이룰 수 없는 것이오. 사

람을 알아보고 끝까지 신용하는 것은 아무 군주나 할 수 있는 일이
아니오."

관중은 진지하게 말했다.

"아무래도 좋지 않은가? 오늘은 어쨌든 마음껏 마시세. 기쁘지 않
은가?"

환공은 잔을 들고 두 사람을 부추겼다.

"전하, 기쁜 일은 거듭하라고 하는데 이 기회에 말씀드리겠습니다.
7년 전 그동안 경호 없이 미복잠행(微服潛行)하도록 하겠다고 약속
드렸는데, 드디어 그날이 왔습니다. 이제는 갑갑한 무차나 성가신 호
위를 할 필요가 없습니다. 마음껏 날개를 펼치십시오."

관중은 득의만면해서 말했다.

"그러나…."

포숙이 입을 열었다.

"아니오. 걱정할 필요 없소."

관중이 말끝을 이었다.

"사소한 위험은 있을 수도 있습니다. 불량배가 전혀 없다고는 단정
할 수 없으니까요. 그러나 가령 있다손 치더라도, 연대책임제의 사회
제도를 만들어 놓았고 그것이 어느 정도 궤도에 올라 이미 치안유지
기능이 자율적으로 작용하고 있습니다. 즉 경호하는 무사 대신 일반
백성들이 군주의 신변을 보호해 줄 것입니다."

관중은 말했다. 그리고 계속 말을 이었다.

"경호도 없이 천하의 패왕께서 거리에서 백성의 어깨를 두드리며
이야기하고 시장에서 점두를 바라보며 상인과 담소하는 모습은 실로
훌륭한 한 폭의 그림이 아니겠습니까? 게다가 그 한 폭의 그림은 백

만 대군보다도 천하의 제후에 대한 위협이 될 것입니다."

관중은 말을 맺었다.

"음, 매우 고맙소만, 패왕에게는 그 나름의 책임이 있으므로 그렇게 놀며 다닐 수는 없소."

환공이 말했다.

"바로 그렇습니다. 그러나 천하의 제후들은 전하가 책임을 다하실 것을 바라면서, 한편으로는 그에 수반된 권력을 휘두르시는 건 바라지 않습니다."

"그런가? 뻔뻔스러운 것을 생각하고 있는 것이 아니오."

"그렇습니다. 그러한 연유로 주어진 권력을 지나치게 사용하기보다는 오히려 조심스럽게 사용하셔야 됩니다. 자진해서 책임을 다하려고 힘쓰기보다는 상황이 부득이 하다던가, 혹은 꼭 나서기를 부탁받았을 때에만 그것을 사용하는 이런 것이 패권을 오래 유지시키는 첩경이니 명심하십시오."

"알았소. 그렇다면 놀러 다녀도 괜찮다는 것이오?"

"괜찮습니다."

"중부, 복잡한 이야기는 이것으로 끝이오. 악대와 가희를 불러 한바탕 놀지 않겠소."

환공의 얼굴에 웃음이 넘쳤다. 그리고 군신(君臣)이라기보다 친구인 세 사람은 밤새도록 술을 마셨다.

중원 제국은 남쪽의 초나라를 '남만(南蠻)'이라 하며 업신여겼지만, 실제로는 만(蠻: 오랑캐)이라 해도 야만이라기보다 시골사람 정도의 의미이다. 사실, 확대된 영토와 자원이 풍족한 초나라는 어느 사이에 확고부동한 강대국으로 성장하여 인접한 소국을 압박하고 혹은 속국화하거나 빼앗아 버렸다. 제환공 6년이면 초문왕 10년인데, 이 해에 초나라는 식(息)나라를 멸하여 그 판도를 넓혔다. 그리고 2년 후 초문왕 12년에는 등(鄧)나라를 멸했다. 초나라가 등나라를 멸한 경위는 확실치 않다. 그러나 식나라의 멸망은 초나라의 횡포라기보다 자업자득이었다. 아니 우스갯소리로 역사에 전해진 웃지 못 할 사건이었다.

그해 1월, 식규라 불리는 식나라 제후의 부인이 고향으로 돌아가던 도중에 언니의 얼굴을 보려고 채나라에 들렀다. 채나라 제후의 부인은 그녀의 언니였다. 채나라에 들른 식규를 채제후는 있는 정성을 다해 환대했다. 단 식제후의 부인으로서가 아니라 처제로서의 대우였다. 그러나 그 허물없는 게 식규에게는 왠지 마음에 들지 않았다. 그래서 고향을 다녀온 식규는 채제후가 그녀에게 무례하게 대했다며 남편에게 고했다. 왕은 채제후가 구체적으로 어떤 무례를 아내에게 했는가도 확인하지 않고, 화를 내기 시작했다.

그러나 화는 냈지만 현실적으로 방법은 없었다. 식나라는 국력이 채나라보다 훨씬 떨어졌으며 재정적인 원조를 받은 적도 있었다. 그런 까닭에 파병은커녕 불평을 할 처지조차 되지 못했다. 그래서 식제후는 초나라의 힘을 빌려 원한을 풀려고 생각했다. 이따금 초나라와 채나라는 마찰이 있었다. 초나라는 강대해지자 인접한 약소국가를 속국처럼 취급하고 있었다. 그러한 가운데 채나라만큼은 의연히 초나라의 권위에 눌리지 않았고 그 우위성도 인정하지 않았을 뿐 아니라 동조하지도 않고 예도 다하지 않았다. 그래서 초문왕은 채제후를 미워하여 허점을 노리고 있었다.

식제후는 그것을 이용하기로 했다. 그래서 식제후는 돌연 계략을 짜서 초나라에 사자를 보냈다. 그 계략에 따라, 초문왕은 식나라를 공략한다고 위장하여 파병했다. 그리고 식제후는 즉각 채나라에 구원을 요청했다. 채제후는 몸소 군대를 이끌고 식나라를 구원하러 갔다. 식나라의 성은 이미 초나라 군대에 포위되어 있었다. 채나라 군은 포위진의 한 곳을 돌파하여 성문으로 돌진했다. 그러나 성문은 굳게 잠겨 있었고 소리쳐도 열리지 않았다. 채나라 군은 성문 앞에서 오도가도 못 할 지경에 놓였다. 그 배후에서 초나라 군이 밀어닥쳤다. 퇴로를 잃은 채나라 군은 초나라 군의 먹이가 되어 순식간에 사라져 갔다. 채제후는 어이없이 포박 당했다. 포박 당한 채제후는 본진에 있는 초문왕의 앞에 끌려갔다.

"조금은 영리한 자인가 생각했는데 단순한 함정에 걸리다니, 매우 멍청한 놈이군!"

초문왕은 모멸의 빛을 역력히 드러냈다. 묶여서도 오만하게 서 있던 채제후는 식제후에게 속았다는 것을 깨닫고 갑자기 무릎을 꿇었다. 그리고 돌연 목숨을 살려 달라고 애원하기 시작했다. 목숨만 살려주면 채나라의 금은보화와 후궁에 있는 많은 미인을 바치겠노라고 애원했다. 중원 진출에 앞장선다며 진지한 표정으로 맹세했다. 의외로 초문왕은 간단히 채제후의 청을 받아 포승을 풀어주었다.

"관대한 덕으로 목숨을 살려준 은혜는 결코 잊지 않겠습니다. 그러나 남자의 체면을 걸고, 한 가지만 말씀드리고 싶습니다."

채제후는 말했다.

"무엇인가?"

초문왕이 물었다.

"멍청하게 식제후의 함정에 걸린 것이 아닙니다. 뭐라 하셔도 어쨌든 군대를 입성시키겠습니다. '군계일학(群鷄一鶴)'을 얻고자하기 때문입니다."

"무슨 뜻이오?"

"저희 채나라의 후궁 중에도 상당한 미인이 있습니다. 그러나 애석하게도 모두 군계로 학이 한 마리도 없습니다. 식제후의 부인인 식규는 보기 드문 절세미인입니다. 그녀를 잡아 채나라 후궁으로 데려가 군계일학을 삼고자 하니 군을 푸는 것을 허락해 주십시오."

"뭐라!? 식규라는 여자가 그렇게 미인인가?"

"예, 선녀보다도 훨씬 미인입니다. 천 마리 양의 가죽은 한 마리 여우의 겨드랑이 털에 미치지 못합니다. 따라서 어떠한 위험을 무릅쓰고라도 성에 들어가려고 생각합니다. 애당초 대왕과 싸우고자 군대를 출동시킨 것이 아닙니다."

채제후는 초문왕을 슬그머니 선동했다. 과연 초문왕의 눈이 야릇하게 빛났다.

'됐다!'

채제후는 마음속으로 외쳤다.

이윽고 초문왕은 식나라 성안으로 초대되어, 궁전에서 승리의 축하연이 시작되었다. 초문왕은 적당한 시기를 보아, 식제후 부인의 헌배(獻杯)를 요구했다. 연회석에 모습을 드러낸 부인의 아름다움에 초문왕은 숨이 막힐 것 같았다. 이윽고 입맛을 다시면서 잔을 든 부인의 팔을 잡고 사라졌다.

"아무리 대왕이라도 무례함은 용서할 수 없다."

식제후는 얼굴을 붉히며 일어섰다.

"용서해줄 필요는 없네!"

하며 초문왕은 빙그레 웃으며 턱을 치켜 올렸다. 미리, 이에 대비해서 연회석 구석에 대기시켰던 초왕 경호무사가 식제후를 포박했다.

"채제후가 말해 주었소. 군계일학으로 귀여워해 줄 테니, 염려 마시오."

초문왕은 말했다. 그러나 식규도 여간내기가 아니었다. 채제후라는 걸 듣는 순간 계략을 알아차렸다.

"채제후는 저의 형부이나 제게는 원수나 다름없습니다. 부디, 당장 그의 목을 쳐서 제 원한을 풀어주십시오. 그렇지 아니하오면 혀를 깨물고 죽겠습니다."

초문왕을 위협했다.

"알았소. 서두르지."

초문왕은 식규를 위로했다.

"좋다. 채제후의 목을 베어 와라!"

무사에게 명령했다. 무사는 그 즉시 성문을 나갔으나, 채제후는 이미 패잔병을 모아 도망간 후였다. 보고를 듣고 초문왕이 말했다.

"어쩔 수 없소. 그 원수는 나중에 반드시 처단하겠소!"
라고 약속하고 식규를 초나라로 데려갔다. 곧이어 식제후는 처형되고, 식나라는 망했다.

춘추시대에는 매우 뛰어난 제후가 있었지만 식제후는 그 최저 부류에 속한다. 약육강식은 어지러운 세상의 징표이며, 겸탄병합(兼呑並合)이 공공연히 행해지고 있었는데, 어쨌든 식제후와 같이 스스로 멸망의 길을 밟으며 자멸한 나라도 적지 않았다. 북행(北杏)의 회맹을 거부하고 얼마 지나지 않아 제나라에 의해 멸망한 수(遂)나라도 그 한 예이다. 그러나 수나라의 일족은 3년 후에 얼마 안 되는 제나라 주둔부대를 함정에 빠뜨려 소멸시키고 강인하게 나라를 되찾았다. 그러나 패왕 나라의 주둔부대를 소멸시키고, 일단은 나라를 되찾은 수나라의 운명이 어떻게 될지는 새삼 운운할 필요도 없을 것이다.

그런데 소국이면서 채나라 및 파(巴)나라와 같이 감히 강대한 초나라에 대항한 나라도 있다. 초문왕은 식규의 집념에 선동되어 몇 차례나 채나라를 공격했다. 그러나 채나라는 성을 굳히고 일보도 물러나지 않았다. 파나라는 반대로 제환공 10년에 초나라의 요충지인 나처(那處)를 공략하고 수도를 향했다. 그리고 성을 나와 이들에 맞대응한 초나라 군을 대파하고, 초문왕에게 중상까지 입혔다. 그 상처로 인하여 초문왕은 재위 15년 만에 사망했다. 그의 아들이 뒤를 이어 즉위했으나 왕이라고 칭하지 않고, 초두오(楚杜敖)라 칭했다.

하여튼 중원의 각국 정세는 강화된 초나라로 인하여 그 위기감을 더해갔다. 그러나 복위한 정여공은 반대로 초나라를 정치외교상으로 이용하려고 기도했다.

"사람에 의존하는 자는 위험하고, 사람에 굴(屈)하는 자는 치욕당하는 법이오."

숙담은 정여공에게 말했다. 즉 중원의 제나라에 의존하는 것도 남쪽 초나라에 굴하는 것도 모두 현명치 못하다는 것이다.

제·초 두 나라와 손잡고 정나라를 기점으로 2대 세력을 균형 있게 하여 그 위에 앉는다고 하는 계략이었다. 다른 의미로, 제나라의 패권을 거부하려고 하는 것이다. 따라서 정여공은 복위한 다음 해에는 초나라에

사자를 보내 예를 다하여 복위 인사를 했다. 그러나 모처럼의 교묘한 외교 전략도 의외로 실패했다.

"인사가 늦었다!"

초문왕은 화를 벌컥 냈다. 그리고 무례함을 바르게 고친다는 명분으로 정나라를 공격해 왔다. 겁먹은 정여공은 재빨리 재물을 헌납하여 사죄하며 평화를 구했다. 초문왕은 그에 응하여 군대를 철수시켰지만, 뜻하지 않게 긁어 부스럼을 만들었다.

위신을 손상당한 정여공은 위신을 회복하고자 송나라의 국경을 공격했다. 그것을 모면하기 위한 출병이었는데, 그것을 모르는 송환공은 정나라가 대의명분이 없는 싸움을 벌인다고 패왕께 호소했다. 이를 안 정여공은 서둘러 숙담을 제나라로 파견했다. 정여공은 역성에서 복위할 때 힘을 빌린 제나라 장군 빈수무에게 후일 제나라로 사례와 인사를 하러 간다고 약속했으면서 아직도 이를 지키지 않고 있었다. 그 변명과 아울러 국경분쟁을 자주적으로 해결할 수 있으니 패왕의 중재는 필요 없다고 알리기 위해 숙담을 파견한 것이었다.

제나라의 도성에 나타난 숙담을 환공은 만나주지도 않았다. 대신 관중이 용건을 들었다. 관중 앞에서 숙담은 초나라와 국경을 접한 정나라의 힘든 사정을 우선 역설했다. 그리고 중원의 패왕이 초나라를 막아준다면 정나라가 제나라에 실례를 범하는 일은 없을 거라고 못을 박으면서 반대로 책임을 제나라에 미뤘다. 게다가 서서히 화제를 정나라와 송나라의 국경분쟁으로 옮겼다. 그에 대한 특별한 설명도 하지 않고 갑자기 천하의 패왕께서 사소한 국경분쟁에 간섭하실 리 없을 테고 오랑캐 진압이야말로 천하의 패왕을 촉망하고 있다고 하였다. 이것은 패왕에 대한 지시라기보다 허세였다. 숙담도 뛰어난 군사이면서 대단한 웅변가이기도 했다. 그러나 관중은 잠자코 듣고 있었다.

결국 관중은 한 마디도 얘기하지 않고 천천히 자리에서 일어났다.

"손님을 객사로 안내해라."

좌우에 명했다. 무사 둘이서 숙담을 좌우로 안아 병거 뒤의 객사로 데려갔다.

"도망용 수레와 말을 옥사 곁에 준비해 놓아라."

하며 관중은 덧붙였다. 탈옥자가 도망간 현장이라고 조작하여 죽일 작정인가 하고 숙담은 잔뜩 겁먹은 표정으로 당황했다. 그러나 드디어 마음을 굳히고 감옥을 탈출했다. 그리고 허둥지둥 정나라로 달아났다.

한 달 후에 제환공은 유읍(幽邑)에 송·진·위·정·허 5개국을 소집하여 회맹을 개최했다. 그 야심만만하던 정여공도 단념하고 제후들의 면전에서 송나라로의 출병을 사죄했다. 그리고 제환공에게는 다시금 개인적으로 무례함을 빌었다.

제환공 9년, 낙양에서는 주나라 희왕이 재위한 지 불과 5년 만에 서거했다. 아들인 희랑이 즉위하여 주혜왕(周惠王)이라 칭했다. 나이 어린 혜왕이 즉위한 것을 기회로 정나라는 그때까지의 주나라 왕실 경시 태도를 갑자기 바꾸어 접근했다. 숙담은 집요하게 제나라와 초나라를 저울질하여 양다리 외교를 추진하고 있었다. 따라서 주나라를 교묘히 이용하려는 책략이었다. 회맹에서 결의한 존왕양이(尊王攘夷)를 역이용하려는 숙담의 얕은 꾀였다.

그러나 주 왕실에서는 혜왕이 즉위하자마자 치열한 권력투쟁이 시작되었다. 다섯 명의 대부가 반란을 일으켰다. 다섯 대부는 혜왕의 숙부에 해당하는 왕자 퇴를 옹호하며 궁전을 에워싸고 혜왕을 살해하려고 했다. 그러나 주공 기보(周公忌父)와 서백료의 반격으로 패퇴한 다섯 대부는 온읍(溫邑)으로 도망갔다. 왕자 퇴는 위나라로 도망가 위혜공에게 도움을 구했다. 이윽고 위나라가 대군을 이끌고 낙양을 공격하자 이번엔 주혜왕이 주공 기보와 서백료와 함께 연나라로 도망가 난을 피했다. 왕자 퇴는 위나라 군대의 호위를 받아 즉위했다. 소국 연나라로 도망간 주 혜왕이 곤경에 처한 것을 안 정여공은 혜왕을 역성으로 영접한다. 역성은 예전 여공 자신이 복위할 기회를 기다리며 17년이나 거주한 성으로 거기에는 간소하나마 궁전이 있었다. 그리고 다음 해에 정여공은 호공(虢公)과 함께 낙양을 공격하여 주혜왕을 복위시켰다. 혜왕은 그 공로를 치하하며, 정여공에게 호뢰(虎牢) 땅을 주었다. 게다가 거울이 달린 반감(鑿鑑: 큰 띠)을 하사했다. 반감을 받은 것은 최고의 영예이다. 반감을 허리에 찬 자는 연회석에서 천자 바로 다음의 상위 좌석을 차지할 수 있었다. 정변으로 인하여 정여공은 주혜왕에 대한 공로를 인정받아 그 지위가 급부상하게 된 것이다. 그 주나라 왕실의 변화를 제환공과 관중은 먼 곳에서 가만히 바라보고 있었다.

"놔둬도 괜찮겠소?"

환공은 초조해지기 시작했다.

"괜찮습니다. 패왕은 쉽사리 움직여서는 안 됩니다. 왕실이 현재 존재하지 못하는 것도 체통이 안서는 일이지만 힘이 너무 지나쳐도 곤란합니다."

관중이 말했다.

"하지만 정나라와 위나라는 주제넘은 짓을 하고 있소."

환공은 난처한 듯이 말했다.

"당분간은 그대로 놔두지요. 무엇이든 트집을 잡을 구실이 됩니다."

관중은 걱정하는 기색도 없었다. 그러나 그때 정여공이 지극히 높은 은상(恩賞)을 받았다고 하는 정보가 들어왔다.

"정여공이 허리에 반감을 차고 회맹의 자리에 나타나면 어떻게 하지?"

"그것은 시대에 뒤떨어진 완구입니다. 그보다 장소를 잘못 알고 찼을 때는 당연히 풀도록 하는 수밖에 없습니다. 허구의 권위를 실재로 꾸미는 것은 정치적인 수완이나, 그것을 실재와 착각하거나 혹은 잘못 이해하는 것은 어리석은 비극입니다. 그 어리석음을 펴기 위해 최근 정나라가 병력을 움직이는 가 봅니다. 군주가 우매한 망상광이고, 신하가 교활한 나라에는 애를 먹습니다."

관중도 난처해한다.

그러나 낙양에서 의기양양하게 귀국한 정여공은 갑자기 병을 얻어 어이없이 세상을 떠나고 말았다. 그리고 아들 희첩(姬捷)이 즉위하여 정문공이라 칭했다. 정문공은 아버지보다도 총명하여 즉위하자 바로 제나라를 방문하여 제환공에게 경의를 표하고 중원의 패왕에게도 충성을 맹세했다. 아버지 여공이 환공의 불신을 샀다고 알고 있었기 때문이다.

정문공이 중원의 패왕에게 충성을 맹세한 것이 초나라에 미묘한 반응을 일으켰다. 초나라와 인접한 중원이 강국 정나라가 양다리 외교를 끝내고 중원으로 회귀하고부터 초나라는 전체적으로 중원에 대적하는 것이 아닌가하는 불리함을 깨달았다. 그렇지 않더라도 초나라는 매사에 중원 제국으로부터 오랑캐족 취급을 받는 것이 늘 불만이었다. 마침 그때 초나라에서는 정변이 일어나 초두오가 살해되고 그의 동생 성왕이 즉위했을 때였다. 초성왕은 이 기회에 자진해서 중원 제국에 가입하려 생각했다. 초성왕 2년에 초성왕은 금은보화를 수레에 가득 싣고 낙양에 올라 주혜왕을 알현했다. 그리고 초나라 땅을 '중국'의 땅으로서 인정받고자 청했다. 주혜왕은 기뻐하며 성왕에게 제육(祭肉)을 하사했다. 그에 따라 초성왕은 형식상으로 제후의 행렬에 끼여 초나라는 중원 제국의 하나가 되었다. 이리하여 중원 제국 사이에 잠시 동안의 평화가 찾아왔다.

그러나 국제적인 긴장완화와는 반대로 국내의 권력투쟁은 더욱 심해졌다. 제환공 19년에는 진(陳)나라에서 공자 어구(御寇)가 부군 선공에게 반역을 일으켰다가 반대로 살해당했다. 그 공자 어구와 친했던 공자 완(完)은 반란에는 참여하지 않았지만 연루되는 것을 두려워한 나머지 제나라로 망명했다. 공자 완은 학식이 있고 식견이 높았으며 그중에서도 공예의 기능이 뛰어났다. 제환공은 그 학식과 재능을 사랑하여 공정(工正)이라는 기공집단의 장으로 그를 임명하고, 토지를 채읍(采邑)으로 하사하였다. 공자 완은 하사받은 채읍을 그대로 성(姓)을 따서 전완(田完)이라 불렀는데 이것이 전씨의 시조가 되었다. 아울러 3백 년이 지난 후에 강성 여씨(姜姓呂氏)의 제나라 공실(公室)은 전씨의 자손에게 멸망을 맛보아야 하는 역사적 변모를 겪게 된다.

밝아오는 제환공 20년에 낙양에서 주혜왕의 특사로서 서백료가 홀연 제나라 임치에 모습을 나타냈다. 8년 전 주나라의 다섯 대부가 왕자 퇴를 옹호하며 반란을 일으켰을 때, 위나라는 반란을 짜고 낙양에 병력을 지원했는데 그때의 죄를 묻기 위해 위나라를 토벌했으면 한다는 부탁을 하러 온 것이다. 환공도 관중도 쓴웃음을 지었지만 쾌히 승낙했다. 가끔 공자 완의 일로 진 선공에게 인의(仁義)를 갈라 둘 필요가 있다고 생각하고 있었던 참이었다. 그래서 제환공은 진선공, 송환공, 정문공을 다시 유지(幽地)로 모이게 하여 회맹을 개최했다. 그 자리에서 제환공은 위나라를 토벌할 왕명을 내린다고 세 제후에게 고했다. 한자리에 있었던 제 후들은 스스로 분담하여 군사를 출정시키겠다고 제의했다.

"아닙니다. 감사합니다만, 천하를 뒤흔들 정도의 것은 아닙니다."

제환공은 호의에 감사했지만 거절했다.

그리고 다음 해 환공과 관중은 직접 병력을 이끌고 위나라로 향했다. 위나라에서는 그때 낙양의 정변에 관련된 위혜공은 이미 몰락하고 의공(懿公)이 즉위하고 있었다. 제나라 군대는 국경에 도착하자 잠시 동안 움직이지 않았다. 그곳에 의공의 사자인 공자 개방(公子開方)이 나타났다.

"선대가 범한 죄는 저희와 상관없습니다."

공자 개방은 의공의 주장을 전했다.

"아니오. 선대라고 하더라도 좀 쓸데없는 데 참견을 했소. 특별히 중죄를 범한 것은 아니지만."

환공은 의외로 온화하게 말했다.

"쓸데없는 짓을 할 때, 한 마디로 거절하면 괜찮은 것이오. 그러나 모처럼 왔으니 천천히 군대를 훈련시키면서 병사를 수도로 진군시키겠소. 죄를 처단하기 위해 갑자기 군대를 일으키지는 않으니 걱정할 필요는 없다고 제후께 전해주시오."

관중도 상냥하게 말했다.

공자 개방은 안도의 한숨을 내쉬고, 서둘러 성으로 돌아가 이것을 의공에게 보고했다. 의공은 바로 공자 개방을 호군사로 임명했다. '호군'이란 문자 그대로 군사들의 노고를 위로하는 것이다. 다시 말해 술과 음식을 제나라 군대에 제공하는 것이다. 공자 개방은 서둘러 술과 고기 등을 가득 실은 수레 몇 대를 이끌고 제나라 군대의 야영을 찾아갔다. 그리고 그대로 제나라 군대의 연습을 보조하며 움직였다. 기뻐한 것은 제나라 군대의 병사들이었다. 훈련은 혹독하여 괴로웠지만 식사는 진수성찬이었다. 야영을 치면 저녁식사에는 반드시 술이 나왔다. 이렇듯 패왕의 군대 병사들은 마냥 들떠 있었다. 이렇듯 기세는 올라가고 훈련에는 열을 다하여 사기는 하늘을 꿰뚫었다. 그러한 제나라 군대의 위세에 압도당하여 공자 개방은 혀를 내두르며 내심 두려워했다. 이 군대와 싸우지 않게 된 것을 신께 감사드렸다.

게다가 공자 개방을 탄성 지르게 한 것이 있었다. 야영을 쳐도 병사의 아궁이에서 연기가 오를 때까지 환공과 관중이 있는 본진에서는 결코 연기가 나지 않았다. 즉 환공과 관중은 병사가 식사를 시작할 때까지 기다리며 그들보다 먼저 식사를 하지 않았던 것이다. 또 제환공은 미식가로서 천하에 알려져 있었다. 그러나 본진에 가져간 산해진미를 관중은 아낌없이 병사들에게 나누어 주었다. 나누어줄 뿐 아니라 양이 부족할 때는 병사들에게 힘겨루기를 하게 하여 그 상품으로 제공했다.

"전진(戰陣)에서는 결코 장병보다도, 맛있는 것은 입에 대지 않소. 연습의 경우도 마찬가지요."

관중은 공자 개방에게 알려주었지만 호군사인 공자 개방은 난처해졌다. 본진에 진수성찬을 내려면 병사에게도 내야 하므로 경비가 너무 많이 들었기 때문이었다. 그렇다고 해서 아무것도 내지 않을 수도 없었다.

닷새째 저녁 무렵, 제나라 군대는 제구성 아래에 도착했다. 위의공은 성문을 열고 나와 맞이했다. 그리고 예의 바르게 환공과 관중을 성문으로 인도하려 했다.

"왕명으로 출병한 것이므로 접대 받는 것은 사양하겠소. 그리고 내일 이른 새벽 돌아갈 예정이라, 한가롭게 있을 수 없소."

관중이 거절했다. 그러나 의공은 술을 나르고, 고기를 모든 병사들에게 베풀며 몸소 본진에서 환공과 관중을 접대했다. 주객은 화기애애하게 마시며 즐겼다. 그러나 이것은 틀림없는 '성하(城下)의 맹세,이다. 그 인정 넘치는 처사에 의공은 굳이 언급하지 않았고, 환공도 관중도 결국 위나라를 책망하는 언사는 한 마디로 하지 않았다. 다음 날 아침, 위의공은 금은보화를 실은 수레를 따라 제나라 군대의 원문에 나타났다.

"이번 군사연습의 군비를 부담하게 해 주십시오."

제환공에게 내밀었다. 한발 뒤쳐져서 무장한 공자 개방이 병거에 올랐다.

"제나라 성에서 미력하나마 견마지로(犬馬之勞)를 다하고자 합니다.

갑자기 환공의 앞에 한 쪽 무릎을 구부린다. 한 쪽 무릎을 굽히는 것은 군례(軍禮)로 공자 개방은 '신의 예(神禮)'를 취한 것이다.

"개방에게는 군위(君位) 계승권이 있습니다. 그러나 그것을 버리고 제나라의 신하가 되고자 하는 간절한 염원을 저버리기 힘들어 결국 허가했습니다. 부디 승낙하여 주시면 감사하겠습니다."

의공이 말을 거들었다.

"인접국가의 신부는 왠지 아름답게 보인다는 말도 있소. 그렇다고 갑자기 결정하는 것도 있을 수 없소."

관중이 말했다.

"아닙니다, 그냥 언뜻 이웃집을 보고 신부가 아름답다고 생각하는 것이 아닙니다. 여기 계신 5일 동안 보면서 곰곰이 생각했습니다. 부디 신하로 삼아 주십시오. 부탁입니다."

공자 개방은 굳게 결심한 듯했다.

"그렇다면 좋소."

환공이 허락했다. 공자 개방은 상당히 기쁜 듯했다. 관중도 쓴웃음을 지면서 하는 수 없다는 표정으로 끄덕였다. 동쪽 하늘을 붉게 물들인 태양은 이미 중천에 떠 있었다. 야영을 거둔 제나라 군대는 조용히 위나라를 떠났다. 의공은 국경까지 환공을 환송했다.

제16장
발본색원(拔本塞源)

제환공과 관중이 위나라에 파병할 것을 기다리고나 있었다는 듯이 초나라는 정나라에 출병했다. 관중이 그 보고를 받은 것은 위나라에서의 군사연습을 마치고 귀국하던 중 국경을 넘은 직후의 일이었다. 정나라를 침입한 초나라의 군대는 병거 6백 대나 되는 대군이었다. 그때 관중이 이끈 병거는 정예부대이기는 하나 불과 2백 대였다. 그러나 수의 차이에는 상관없이 관중은 주저하지 않고 그대로 군대를 정나라로 향했다. 그리고 바로 송·노·정 3개국에 급사를 보냈다. 송나라와 노나라에게 각각 병거 백 대를 정나라의 구원에 파견하여 정나라와 송나라의 국경에서 제나라 군대와 합류하도록 요청했다. 정나라에는 온갖 수단을 다하여 초나라를 가능한 한 오래 움직이지 못하도록 지시했다.

관중은 초나라가 그 정도로 대군을 출동시키면서 게다가 초나라 성왕이 진두에 서지 않고, 지휘를 영윤(令尹)인 자원(子元)에게 맡긴 것을 의아스럽게 생각했다.

초나라가 정나라에 파병하면 정나라가 제나라에 구원을 요청할 것이라는 걸 자원도 알고 있었다. 그러므로 자원은 제나라 군대가 구원하러 오는 데 필요한 시간을 계산에 넣었을 것이다. 필요 이상의 대군을 동원한 것은 지원군이 도착하기 전에 이 싸움을 반드시 승리로 결말을 내고 철수하려는 책략임에 틀림없었다.

그렇다면 초나라 군대가 정나라를 침입한 목적은 진심으로 정나라를 공략하기 위한 것이 아니라 단순한 위협인지, 그렇지 않으면 단지 승리의 이름만을 얻기 위한 것인지 가늠할 수 없었다. 여하튼 진심으로 싸울 의지가 없다는 것은 의심할 나위가 없다고 관중은 전략적인 판단을 내렸다. 게다가 진심으로 싸울 의지도 없고 예기치 않은 지원군이 출전하면 아무리 대군일지라도 총붕괴는 면할 수 없다. 좋아! 이 기회에 초나라의 전력을 괴멸시켜 그 국제적인 야망을 쳐부수자고 관중은 생각했다. 그러나 처음부터 초나라가 정나라에 출병한 진의와 경위를 관중은 알 수 없었다.

영윤 자원은 초성왕의 숙부이고, 초문왕의 동생이다. 자원은 오랫동안 형인 문왕이 식나라에서 데리고 온 식규를 연모하고 있었다. 그러나 이미 미망인이 되었으면서도 식규는 자원을 전혀 상대해 주지 않았다. 그리고 어느 날 식규가,

"저런 남자답지도 못한 자는 보는 것조차도 싫다."

라고 말한 적이 있었다. 그것을 전해들은 자원은 분개했다. 그렇다면 용맹스러움을 보여서 그녀의 마음을 사로잡아야겠다고 생각한 그는 때를 보아 결국 정나라로 출병한 것이다.

그것을 알 리는 없지만 관중의 전략적인 판단은 빗나가지 않았던 것이다. 자원은 겁쟁이였던 만큼 신중했다. 관중이 이끄는 제·노·송의 연합군이 송나라와 노나라의 국경에 집결한 것을 재빨리 탐지하고 군대를 철수하여 바로 초나라로 도망가 버렸다. 제환공은 초나라

군대를 놓친 것을 몹시 안타까워했다.

"그렇다고 헛걸음을 한 것은 아닙니다. 우리들은 멋지게 정나라를 구원하여 패왕의 책무를 다했습니다. 게다가 싸우지 않고 이긴 것은 병법에서 가장 중요한 것이니 축하할 따름입니다."

관중은 환공과 같은 생각이면서도 환공을 위로했다. 곁에서 공자 개방이 입을 열었다.

"패왕의 모습에 겁먹고 6백 대의 병거가 도망갔다는 소문이 퍼졌으니, 어쨌든 패왕의 위엄스러운 권위는 천하에 널리 퍼졌겠죠. 진심으로 축하드릴 따름입니다."

하며 축복했다. 더욱 기뻐한 것은 제나라 군대의 병사들이었다. 전투는 없었지만 국경에 머물면서 3박 4일이나 정나라의 후한 대접을 받았기 때문이다.

임치성에 돌아온 제환공은 바로 위나라에서 데려온 공자 개방을 대부로 임명하고 싶다며 관중에게 의논했다. 그러나 그렇게 서두를 필요는 없다며 관중은 쾌히 찬성하지 않았다. 관중은 이미 공자 개방과 대화를 나눈 적이 있었다.

"가만히 있어도 위나라의 군주가 될 몸이 뭐가 좋다고 타국의 신하가 되려는 마음이 생겼소?"

관중이 정곡을 찌르는 질문을 던졌다.

"아침에 저녁의 운명도 점칠 수 없는 어지러운 세상의 군주는 덧없는 것입니다. 게다가 가령 군위를 양보하더라도 권력투쟁의 장에서 벗어날 수 없으니 전 그와 같은 투쟁은 성격에 맞지 않습니다."

공자 개방은 대답했다.

"과연, 가늘고 길게 사는 것도 하나의 식견임에 틀림없지만, 그러나 어디에 있든 정치의 권력투쟁은 피할 수 없소."

"아닙니다. 중부께서 다스리는 제국에서는 그와 같은 규칙 없는 투쟁 따위는 없다고 익히 들어왔습니다."

"아니오, 겉에 드러나지 않은 것만으로 꼭 그것이 없다고 할 수는 없소."

"그렇다 하더라도 괜찮습니다. 권력의 사용방법도 잘 모른 채 마구 휘두르기보다는 중부와 같이 확실히 구사하고 계신 것을 가만히 보고 있는 편이 더 즐겁습니다. 5일 간의 군사연습을 견학하고 있는 동안 곰곰이 생각한 끝에 결심했습니다."

공자 개방은 관중을 감복시킬 정도로 말했다.

그러나 관중은 고개를 갸웃거렸다. 권력욕이 너무 강한 것도 곤란하지만, 너무 욕심이 없는 자는 인간적인 존엄성을 잃는다. 인간적인 존엄을 잃은 자는 일단 유사시에 무슨 일을 저지를지 모른다. 그보다도 만일 권력욕이 원래부터 없었던 것이 아니라, 단지 그것을 누르고 있는 것이라면 일단 그것을 터뜨렸을 때 걷잡을 수 없게 된다는 점이 솔직히 공자 개방을 발탁하는데 마음에 들지 않았던 것이다.

처음에는 마지못해 물러섰던 환공이지만 관중의 얼굴을 마주 대할 때마다 공자 개방의 임용을 들먹였다. 결국 관중은 공자 개방을 제나라의 대부로 임용했다. 이리하여 흔히 말하는 환공의 '삼귀(三貴)'가 이루어졌다. 삼귀란 세 사람의 귀인이라는 의미로, 여기에서는 환공이 아끼는 3인을 말한다. 당시 제나라에서 삼귀라 명명된 것은 수조(竪刁)와 역아(易牙) 그리고 공자 개방(開方)이다. 수조는 후궁을 관할하고 있었다. 후궁의 관할자는 내시는 아니며 꼭 내시를 쓸 필요도 없었다. 즉 거세를 할 필요는 없었다. 그러나 환공은 원래 호색꾼이고, 또한 질투가 많았다. 그것을 안 수조는 자진해서 부모에게서 물려받은 남자의 보옥(寶玉)을 없애버렸다. 그 충성심에 의해 수조는 환공의 총애를 한 몸에 받고 있었다. 역아는 1년 365일 하루도 같은 음식으로 식사를 낸 일이 없었다. 그 뿐이 아니다. 어느 날 역아는 상상하기조차 힘든 '아이의 통구이'를 환공의 식사로 내었다. 재료는 세 명이나 되는 그의 자식이었다. 환공은 그 충성심에 몹시 감동했다. 그렇지 않더라도 역아는 후대의 맹자가 그의 책 『맹자』에서 보증했듯이 고대의 유일한 요리사로 전통적인 중국채(中國菜) 즉, 중화요리의 기본적인 맛을 정한 맛의 명인이었다.

현실적으로 그는 요리사이면서도 위계는 수조와 마찬가지로 대부의 열에 있었다. 거기에 새롭게 공자 개방이 추가된 것이다. 공자 개방은 대부이지만 환공의 측근을 받드는, 지금으로 말하면 비서와 같은 것으로 몸과 마음을 다 바쳐 충성을 다했다. 그의 헌신적인 봉사는 그야말로 대단한 것이었다. 하루도 쉬는 일 없이 환공이 죽을 때까지 결국 고국에 한 번도 발을 들여 놓지 않았다. 그가 제나라에 온 지 7년째 되는 해 아버지인 의공이 피살되었으나 그 장례식에조차 가지 않았고, 연로한 어머니를 간호하러 돌아간 적도 없었다. 그러한 연유로 인해 환공이 고마워하는 것은 당연했다. 즉 그는 수조, 역아에 뒤지지 않는 총신(寵臣)이 되었다. 그러나 제환공은 이 '삼귀'라 불리는 세 사람의 총신으로 인해 슬픈 말로를 걷게 되는데 그것은 훗날의 일이다.

공자 개방이 말했듯이 정나라에 침입한 초나라 대군이 정나라의 구원에 참여한 제나라 군대의 모습에 겁먹고 퇴각한 사실은, 금세 중원 제국에 파란을 일으켰다. 관중이 제나라에 쌓은 부국강병의 기적을 새삼 재확인한 천하의 제후들은 탄식 섞인 감탄을 했다.

그러나 어느 제후보다도 그 사실에 놀란 것은 다름 아닌 환공 자신이었다. 그제까지 환공은 제나라가 그 정도로 위세를 구가한 강국이라고는 생각하지 못 했었다.

좋은 칼을 손에 쥐면 시험 삼아 베어보고 싶고, 강한 병사를 갖고 있으면 전쟁이 하고 싶어진다. 환공도 역시 어딘가로 출병하고 싶어서 안달이 났다. 그때 매우 안성맞춤인 대상이 눈앞에 있었다. 이미 망해 버린 기(紀)나라에 인접한 장(鄣)나라가 바로 그곳이다.

제나라가 훨씬 이전부터 눈엣가시로 여겼던 기나라는 환공의 선선대 즉, 양공(襄公)의 손에 이미 멸망되었다. 그러나 그 기나라의 부용국이었던 장나라는 제나라에 신하의 예를 취하려 하지 않았다.

장나라는 작은 나라였지만 태공망의 혈통을 잇고 있었다. 그래서 제나라와는 한 핏줄이라는 자부심이 있었다. 그것이 환공의 마음을 거슬리게 한 것이다. 그렇지만 장나라에 출병하려고 말을 꺼낸 환공은 관중에게 제지당했다.

"동성(同姓)인 나라를 치면 의에 어긋난다고 제후들에게 비난을 받습니다."

관중은 말했다.

"그러나 중원 제국 자신은 동성끼리 싸우고 있지 않소?"

환공은 말을 들으려하지 않았다.

"맞습니다. 그렇기 때문에 패왕께서는 그것을 하셔서는 안 됩니다. 제후는 패권에 따르는 대가로 마음대로 험담을 할 것입니다."

"그렇지만 아무리 생각해도 장나라는 마음에 들지 않소."

"그런 이유만이라면 쉽습니다. 신경 쓰이지 않도록 하겠습니다."

"어떻게?"

"공자 성부가 대군을 이끌고 장나라에서 대연습을 하면 반드시 장나라는 위나라의 흉내를 내어 종신을 맹세할 것입니다."

"과연, 위나라에서 사용한 수법을 다시 사용하자 그거지."

"그런 점도 있습니다만 그 뿐만이 아닙니다."

"그러면?"

"북방에 오랑캐, 특히 견융(犬戎)이 날뛰고 있습니다. 북오랑캐를 무찌르지 않으면 안 됩니다. 따라서 군의 대연습을 해 둘 필요가 있습니다."

"일석이조를 노린다, 그것이오?"

"바로 그렇습니다. 선(善)은 서두르라고 하므로…"

관중은 바로 공자 성부에게 출동준비를 명했다. 예의 정예부대를 제외한 실전부대 병거 8백 대가 총동원되었다.

이윽고 공자 성부가 그 대군을 이끌고 장나라로 진군했다. 과연, 제나라 대군이 장나라에 집결한 것을 예사가 아니라고 본 장나라는, 자진해서 성을 열고 제나라에 공경할 것을 맹세했다.

제나라 군대는 예정대로 연습을 마치고 도성으로 귀환했다. 그것을 기다리고나 있었던 듯이, 연(燕)나라에서 구원을 요청한 연장공의 특사가 도성으로 달려왔다. 역시 견융이 대거 연나라에 침입한 것이었다.

연나라는 계(薊: 지금의 북경)에 수도를 두고 영토가 지금의 하북(河北), 요녕(遼寧)에서 한반도(朝鮮半島) 북부에 이르는 대국이었는데, 오랑캐와의 전쟁에 쫓겨 그때까지 중원 제국과의 교섭은 거의 없었다. 아니, 중국의 북단에 위치한 연나라는 서북 오랑캐의 침입을 막는 중원 제국의 방벽을 이루고 있었던 것이다.

그 방벽이 무너지면서 오랑캐가 남하하면, 중원 제국의 피해는 피할 수 없다. 게다가 관중이 토벌을 생각하고 있을 때였다. 당연히 제환공은 쾌히 연나라의 구원을 수락했다.

원정준비로 도성이 갑자기 바빠지기 시작했다.

"이번 원정은 상당한 기간이 걸립니다. 게다가 지리에 익숙지 않아 길이 없는 황야나 산 계곡을 다니지 않으면 안 됩니다. 따라서 전하의 수행은 무리라 생각합니다."

관중이 말했다.

"아니오, 고생은 함께 하오. 어떠한 고생도 개의치 않소."

하고 환공은 의기양양하게 말했다.

"고마운 말씀입니다만, 정확히 말씀드리면 거치적거리게 됩니다."

"왜 갑자기 그런 말을 하는가? 오랑캐는 강인하고 위험하니까?"

"아닙니다. 우리 군의 대비는 항상 만전을 기했으며, 우리 제나라 군대는 천하무적입니다. 그러나 이번 원정은 예사 싸움이 아닙니다."

"어째서?"

"전쟁은 정치의 수단입니다. 그러므로 중원 제국은 하지 않았으면 하는 전쟁을, 게다가 실로 어중간한 전쟁을 계속 반복해 왔습니다. 그러나 이 세상에는 전쟁을 위한 전쟁 즉, 잔인한 전쟁이 있습니다."

"그것을 한다는 말이오?"

"그렇습니다. 그것을 제후에게 과시치 않으면 제후는 어린애 장난처럼 전쟁을 그칠 줄 모르며, 따라서 실로 패왕의 위신을 확립하는 것도 힘들어집니다."

"그 상대로 견융을 선택했다고 하는 것이오?"

"그렇다기보다도 기다리고 있었습니다. 오랑캐를 정벌하여 중원을 지키는 것은 패왕의 책무이며, 제후들도 마음속으로 그것을 기대하고 있습니다. 게다가 상대가 오랑캐라면 아무리 잔인하고 냉혹한 싸움이라 하더라도 비난할 자가 없습니다."

"음, 인간이라고는 생각할 수 없을 테니, 과연 그건 그럴 것이오."

"그러므로 이번 원정은 패왕의 시험대가 될 것입니다. 패왕의 군은 무적입니다. 멋지게 오랑캐 토벌 책무를 다할 것입니다. 게다가 패왕은 만일의 경우 냉혹하고 비정하고 잔인한 싸움도 마다하지 않는다는 것을 제후에게 과시하시어 확실히 깨닫게 해두면, 앞으로 패권에 거역할 자는 없어집니다."

"그런가."

"그런 까닭에 이번 원정은 단지 이기면 된다는 것이 아니라, 신기(神技)와 같이 완전히 이기지 않으면 안 됩니다."

"과연. 그렇다면 그와 같은 중부의 신기를 보고 싶소."

"그것을 보여드리고 싶은 마음은 간절하나, 그만두기로 하겠습니다. 거치적거리면 뜻대로 되지 않는 적도 있습니다. '전쟁터에 풀 한 포기도 남기지 않는다'라는 무자비한 전쟁의 현장에서, '자비가 많아야한다'며 제후가 기원하는 패왕의 본존(本尊)을 위해서 참전하시지 않는 편이 좋을 줄 아옵니다."

"알겠소. 중부의 의견을 따라 여기에 남아 성을 지키기로 하겠소."

"부탁합니다. 그리고 포숙과 습붕을 종군시키므로, 양지해 주십시오."

"왜인가?"

"병참은 원정군의 생명입니다. 그 병참을 맡기는 것은 역시 포숙이 아니면 안심할 수 없습니다. 습붕은 아시는 바와 같이 어학의 천재로 각국의 언어는 물론 오랑캐 언어에도 능통합니다. 따라서 역시 그의 종군은 부득이합니다."

"습붕은 그렇다 치더라도, 만일 포숙이 부재중에 무슨 일이 일어난다면."

환공은 떨떠름해한다.

"아니, 아무 일도 일어나지 않을 것입니다. 물론 성의 병력을 모두 출동시키는 것이 아닙니다. 게다가 이와 같은 경우를 대비하여 민병을 훈련시켜 놓았습니다. 게다가 대리인 현상은 상당한 전략가이고 대전인 영무에게는 병법의 소양이 있습니다. 정치적인 문제가 일어나면 대간인 동곽아와 상의하십시오."

"그건 그런데…."

"이미 말씀드렸듯이 이번 원정은 패왕의 시험대로 우리들은 통치자를 경시하고 천하를 뺏으려 하고 있습니다. 불안하신 것은 알겠사오나 태연자약하게 이제까지와 같이 유흥을 즐기십시오. 모든 일이 잘 될 것입니다."

"알겠소."

"원정에서 개선하면 천하의 형세는 일변합니다. 기대해 주십시오."

"어떻게 변하겠소?"

"패왕의 황금시대가 도래합니다."

"그래. 그거 듣던 중 반가운 일이군."

"단 저회가 없을 동안에 정치에 수조, 역아, 공자 개방의 의견을 들는 것만은 반드시 삼가 주십시오.”

관중은 다짐했다. 그리고 곧바로 원정군의 편성에 들어갔다. 우선 공자 성부를 중군의 장군으로 임명하고, 병거 3백 대를 주었다. 좌군의 장군에는 고흑(高黑), 우군의 장군으로는 연지(連摯)를 임명하고, 각각 병거 2백 대를 주었다. 구응사(救應使: 지원사령)로는 빈수무(賓須無)를 임명하고, 마찬가지로 병거 2백 대를 주었다. 포숙에게는 독량사(督粮使: 병참사령)로서 병거 백 대가 주어졌다.

게다가 기술자 2백 명을 동원하여 진나라에서 망명해 온 공정의 전완(田完)에게 통솔을 명했다. 차량 수리와 공병대적인 역할을 맡기기 위함이었다.

아울러 병거 천 대가 동원되었다. 견용의 군은 모두 기병이므로 그 기습을 막기 위해서는 병거가 효과적이었다. 즉, 대병거 부대를 동원한 것은 병거로 야영의 철벽을 쌓기 위함이었다.

원정군의 편성을 착수함과 동시에 관중은 제후에게 파병을 요청했다. 전투부대를 원했던 것은 아니고, 병량(兵粮)의 보급과 수송을 맡을 부대의 파견을 구한 것이다.

제나라에 구원을 요청한 연나라의 특사가 귀국하자, 그 3일 후에는 관중 휘하의 대원정군이 제나라를 출발하여 연나라로 향했다.

도성을 포위하고 약탈을 자행하던 견용의 군대는 지원 대병거 부대의 도착을 알고는 허둥지둥 국경을 넘어 도망가 버렸다.

성문을 열고 인사하러 나온 연장공이 연회준비를 시작하라고 부하에게 명했지만, 관중은 그것을 단호히 거절하고 원정계획을 이야기했다.

“그렇다면 저희 군대가 원정군의 선두에 서고 싶습니다.”

연장공은 말했다. 그러나 관중은 연나라 군대가 이제까지 견융과의 싸움으로 지쳐 있을 것이라며 거절하고, 병참근무로 돌렸다.

이윽고 각 나라에서 파견된 병참부대가 연나라에 도착하여 원정군에 합류했다. 관중은 지휘를 포숙에게 맡기고 진군 명령을 내렸다.

견융의 본거지는 흔히 영지국이라 칭하는 영지(令支)에 있긴 하지만 소재는 확실치 않았다.

다행히도 연나라 도성에서 북동쪽 120리 지점에 무종(無終)이라는 나라가 있었다. 견융과 동족인 사람들이 세운 나라이나 영지와는 적군, 아군으로 나뉘어져 있었다. 길 안내하기에 적당한 위치의 나라였다.

관중은 연나라 도성에 도착하자 바로 연장공의 진언에 따라 습붕을 무종에 파견했다. 습붕이 가지고 간 막대한 금은보화에 탐이 난 무종의 군주는 쾌히 길 안내를 승낙했을 뿐 아니라 무종 유일의 무장 호아반(虎兒班)이 이끄는 기병 2천 명을 원정군에 참가시켰다.

그것은 원정군에게 있어서 얻기 힘든 전력이었다. 관중은 기뻐하며, 호아반에게 선두를 맡겨 영지로 진군시켰다.

2백 리 정도 진군하자 갑자기 길이 좁아지면서 험해지기 시작했다. 게다가 몇 번이나 기로가 교차했다.

"여기는 북융의 출입구입니다. 즉 여기부터 안쪽은 북융의 지배영역으로 타관 사람이 출입할 수 없습니다. 게다가 기로의 대부분은 막다르게 되어 있습니다."

하며 호아반이 가르쳐 주었다.

"드디어 견융의 소굴에 근접했는가."

관중이 중얼댔다.

"이곳에 식량 집적장을 만들어 보급의 중계기지로 삼을까?"

포숙이 관중에게 의견을 구했다. 적의 출입구에 보급기지를 두는 것은 좀 난폭한 발상이나, 그것도 나쁘지 않다며 관중은 미소로 수긍했다. 포숙은 재빨리 산의 나무를 베고 돌을 옮겨 금세 견고한 성을 만들었다.

관중도 야영을 치게 하여 병사를 쉬게 했다. 병사들에게 충분한 음식과 휴식을 취하게 함과 동시에 잘하면 거기에 견융의 병사를 끌고 올 책략이었다.

그리고 3일 낮밤이 지났다. 그러나 견융의 군대는 전혀 모습을 나타내지 않았다. 정찰을 내보냈지만 30리 사방에 견융 병사의 모습은 보이지 않았다. 역시 원정군을 깊숙이 유인하여 쾌전을 할 심산인가 하고 관중은 짐작했다.

이곳에서 서북쪽 30리에 복룡산(伏龍山)이 있는데, 기슭이 매우 넓고 좁으면서도 평야가 펼쳐져 있다. 그 복룡산으로 관중은 군대를 진군하게 했다.

"복병이 있을 것이니 주의하십시오."

호아반이 말했다.

"아니오. 정찰병을 내보냈으나 복병은 없었소."

관중은 부정했다.

"아닙니다. 분산해서 소수가 동굴 등에 숨어 있으므로 익숙하지 않은 사람의 눈에는 쉽게 띄지 않습니다. 소집단으로 어디에선가 벌떼와 같이 튀어나와서는 공격을 가하여 적을 교란시키고 본대를 습격한다는 것이 그들의 전법입니다."

호아반이 가르쳐 준다. 호아반이 말하는 것이 맞을 것이라고 관중은 수긍을 했다.

"연도의 숲에 불을 질러라."

하고 관중이 명령했다. 과연 불탄 산 계곡에서 견융의 병사들이 뛰어
나왔다. 그들의 전법을 반대로 취한 형태로 뛰어나온 소집단의 견융
의 병사들은 그때마다 원정군의 포로가 되었다.

이른 아침에 출발한 원정군은 천천히 행진하여 저녁 무렵에 복룡
산에 도착했다.

관중은 주위를 한눈에 볼 수 있는 산허리에 본진을 두었다. 산기슭
양쪽에 군대를 따로 주둔시켰다. 중군은 평지에 야영을 쳤다.

때마침 그곳에 뜻하지 않게 융군대가 나타났다. 견융의 장군 속매
(速買)가 이끄는 3천 기병이 중군에 쇄도했다. 야영을 칠 때 경비를
맡았던 호아반 휘하의 무종 군대가 바로 맞공격을 했다.

수에서는 밀렸지만 무종의 군대는 과감히 분전했다. 중군의 장군
공자 성부는 야영을 치는 것을 중지하고 진을 정비하여 융군을 포위
하려 했다.

호아반과 속매의 싸움이 시작되었다. 호아반의 창과 속매의 칼이
불꽃을 튀기며 사투를 벌이는 도중, 포위되었다고 생각한 속매가 숲
속으로 도망치기 시작했다.

도망가지 못하도록 호아반이 맹추격을 가했다. 그러나 너무 깊숙
이 추격한 나머지 숲 속에 숨어 있던 복병에게 포위되고 말았다. 아
군이 뒤를 쫓아오는 기미는 전혀 보이지 않았다. 호아반은 포위를 풀
려고 필사의 힘을 다했지만 역부족이었다. 그때 말이 공격을 받아 호
아반은 말에서 떨어졌다. 그러나 말에서 떨어진 호아반을 융병이 포
박하려 할 때 배후에서 환성이 들려왔다.

빈수무가 정예부대인 병거 30대를 이끌고 달려온 것이었다.

호아반이 적장과 싸우는 광경을 빈수무는 복룡산의 산허리에서 바라보고 있었다. 그리고 적장이 숲 속으로 도망가는 것을 본 빈수무는 그 적장을 생포하려고 숲으로 군대를 돌진시킨 것이다. 그런데 뜻밖의 호아반의 위기를 구하게 되었다. 실로 간발의 차이로 조금만 늦었다면 호아반은 적에게 붙잡혀 끌려갔을 것이다. 한편 복룡산 기슭에 야영을 쳤던 우군과 좌군은 재빨리 중군에 쇄도한 견융 기병대의 배후를 에워쌌다. 갑자기 장군이 도망가 우두머리를 잃은 기병대는, 겨우 공자 성부의 중군에 의한 포위를 면했지만 좌우 양군에게 퇴로를 제지당했다. 그곳으로 중군이 합세하자 완전히 포위되고 말았다. 눈 깜짝할 사이에 전멸하다시피 하여 반은 살해되고 반은 포로로 잡혔다. 날은 저물고 각 부대는 야영 치는 것이 끝나자, 바로 본진에서 논공행상이 행해졌다. 빈수무, 고흑, 연지 세 장군은 관중이 기른 무장으로 열심히 병법을 습득하고 있었다. 따라서 관중의 수족과 같이 움직이는 세 장군에게는 명령 없이 임기응변으로 행동하는 것이 허용되었다. 그것이 무서운 기동력이 되어 나타났다. 그중에서도 호아반의 위기를 구한 빈수무의 공적이 빛났다. 관중은 주저 없이 서전의 '제일공(第一功)'을 빈수무에게 하사했다.

호아반이 관중 앞에 무릎을 꿇고 매우 면목이 없다는 듯이 사죄했다.

"아니오, 승패는 시운(時運)으로 병가지상사요. 심려할 것 없소."

관중은 호아반을 위로하며 상처를 입은 애마 대신에 연장공에게 받은 명마를 호아반에게 주었다.

제17장

천자는 중원에서 사슴을 쫓고,
패왕은 변경에서 사슴을 쫓는다

　복룡산(伏龍山)에서 서북쪽으로 15리 지점에 황태산(黃台山)이 있다. 영지국의 도성은 이 지점에서 15리쯤 더 떨어진 곳에 위치하며, 영지(令支)의 왕은 밀로(密盧)였다.

　밀로는 성을 나와 황태산에 진을 치고, 3천 기병을 인솔하여 복룡산에 출격한 속매(速買)로부터의 승전보를 기다리고 있었다.

　그러나 날이 저물고 나서 황태산 진지에 돌아온 것은 속매 단 한 명뿐이었다. 그것을 보고 밀로는 사태의 심각성을 깨달았다. 그리고 속매로부터 보고를 받은 밀로는 원정군의 기세와 그 무서운 기동력에 깜짝 놀랐다. 그러나 패군 장군 속매의 의기는 의외로 충천되어 있었다.

　"심려하지 마십시오. 설마하고 얕잡아 봤기 때문에 잠깐 그 꾀에 빠진 것뿐입니다."

라고 속매는 밀로를 위로했다. 그리고 묘책을 진언했다.

　"원정군은 병거대로 편성되어 있기 때문에, 협소한 길에서는 기동력이 떨어져서 잘 움직이지 못합니다. 즉, 지마령(芝麻嶺)으로 우회하는 길은 지세가 험하고 좁기 때문에 적들이 우리들을 공격하기 위해서는 황태산을 지나는 길을 통과해야만 됩니다. 그래서 황태산 입구에 차갱(車坑: 수레의 통행을 저지하는 함정)과 마갱(馬坑: 말의 통행을 저지하는 함정)을 돌아가면서 파두면, 날개가 없는 한 계속 전진할 수는 없을 것입니다. 그렇게 되면 당연히 복룡산에 머물 수밖에 없습니다. 그러면 복룡산 기슭을 흐르는 유수(濡水) 상류와 제방을 막아 물을 북쪽 골짜기로 떨어뜨립니다. 복룡산에는 유수 이외의 강은 없고, 물줄기도 없습니다. 물이 없으면 하는 수 없이 군대를 철수해야 됩니다. 그들이 철수할 때 그들의 배후에서 엄습하면, 적을 섬멸시키는 것은 식은 죽 먹기입니다."

속매가 말했다.

"역시 좋은 생각이오."

밀로는 기뻐하며 그 계획을 찬성했다.

날이 밝자마자 황태산 입구에서 마갱과 차갱을 파는 작업이 시작되었다. 속매는 병사를 이끌고 유수의 상류에 도달하여, 강의 흐름을 뒤바꾸어 복룡산의 수류를 단절시켰다.

유수가 돌연 바짝 마르자 원정군은 어리둥절해지기 시작했다. 재빠르게 분담하여 우물파기를 시작했다. 그러나 그들이 아무리 우물을 파도 물은 나오지 않았다. 관중은 병사들을 모아 놓고 대책을 협의했다. 습붕이 문득 어디선가 언뜻 들은 듯한 말을 기억해 냈다.

"무턱대고 판다고 해도 물은 나오지 않습니다. 개미집 밑에 물줄기가 있다는 말을 들은 적이 있습니다. 시험 삼아 그렇게 파보는 것이 어떨는지요."

관중에게 진언했다. 그러자 호아반이 쓴웃음을 지었다.

"실은 그 개미집을 찾아 헤매었습니다만, 그것을 발견하지 못했습니다."

"그렇지!"

관중은 무심결에 무릎을 탁 쳤다.

"지금은 겨울이다. 그러니 개미집은 산의 남쪽 사면에 있을 것이다. 군사를 남쪽 사면으로 이동시켜 개미집을 찾아서 우물을 파게 하라."

관중이 명령했다. 습붕이 의견을 내고 확신을 한 것이니까 틀림없을 거라고 믿었던 것이다. 과연 남쪽 사면에서 개미집이 발견되었고, 그 밑을 파 내려가니 생각했던 대로 물이 솟구쳐 올라왔다.

사방에서 환호성이 터져 나왔다. 몇 군데 우물을 파서 물을 찾아냈던 것이다. 관중은 상태가 호전되는 기미를 느끼고 양미간을 활짝 폈다.

"습붕과 호아반의 공적은 성 하나를 공격해 승리한 것에 견줄만하다."

라고 군공계에 명령하여 『전공부(戰功簿)』에 기록하게 했다. 그리고 급수의 편의를 도모하여, 평지에 설치 운영하고 있던 중군을 산기슭으로 이동시켰다. 산허리를 파서 찾아낸 우물물은 장인들의 손으로 만든 통에 담아서 각 부대에 공급되었다.

물 문제가 다 해결된 상태에서 관중은 군사회의를 열었다.

"적의 배후로 돌아가는 길은 없소?"

먼저 호아반에게 물었다.

"복룡산에서 황태산 쪽으로 향하다 보면, 도중에 좌측으로 들어가는 길이 있습니다. 약 3일 정도의 행정(行程)으로 지마령까지 갈 수가 있습니다만, 굉장히 험난한 길인 데다가 병거의 통행은 쉽지가 않습니다."

"용이치 않다는 것은 무리를 한다면 통과할 수가 있다는 말인가?"

"예, 지마령에서 북동쪽으로 역시 3일 정도의 행정이면 청산 입구에 도달하게 됩니다. 청산에서 동쪽으로 가게 되면 영지성까지는 약 하루, 아니 서두른다면 반나절의 행정으로도 갈 수 있을지도 모릅니다. 영지성에서 서남쪽으로 약 25리 정도 가면, 황태산 안으로 돌아 들어 갈 수가 있습니다. 단지 지마령에서 청산 사이의 길은 좁고, 험해서 경우에 따라서는 길을 고친다든지 넓힌다든지 해야 될지도 모릅니다."

"공력을 들이면 통행할 수가 있다는 얘기요?"

"네, 그것을 위한 도구를 확보하여 수행한다면, 커다란 어려움은 없다고 봅니다."

"잘 알았소. 그런데 북상해서 황태산으로 가는 도중에 좌측으로 꺾어져 들어가지 않고, 계속 남하해서 규자(葵茲)에서 지마령으로 빠져 나가는 길은 없소?"

"네, 식량 기지 부근에 있는 몇 군데인가로 가는 샛길 중 하나는 지마령으로 통하고 있습니다."

"그 샛길을 알고 있소?"

"딱 한 번 가 본 적은 있었습니다만, 정확히 기억하고 있지는 않습니다. 그러나 어떻게 해서든지 알아내도록 하겠습니다."

"부탁하오, 반드시 기억해 내도록 하시오. 규자에서 지마령까지의 행정은 얼마나 걸리겠소?"

"4일이나 5일 정도 걸립니다."

"그렇다면 규자에서 영지성을 지나 황태산 이면을 돌아 들어가는 데는 열흘 정도 걸리게 되는 셈이군. 그래."

"네, 넉넉잡아 12일 정도면 아마 틀림없을 겁니다."

"좋소. 길 안내를 부탁하오. 군사는 필요한 만큼 거느리고 가는 편이 좋겠소."

라고 관중은 결단을 내렸다. 그리고 빈수무에게 지원부대를 인솔하여 적의 배후를 공격하라고 명령했다. 빈수무는 재빨리 모든 준비 태세를 마쳤다. 장인을 20명 대동하게 했다. 호아반은 기병 5백기를 선출하여 출발 명령을 기다렸다.

원정군이 우물파기에 몰두하고 있는 사이에, 황태산에 포진한 적군은 그 입구에 무수히 많은 마갱과 차갱을 만들어 놓고 있었다.

관중은 공자 성부(公子成父)의 중군에게 정면 공격을 명령했다. 무엇보다 앞서 우선 차갱과 마갱을 메꾸는 작업을 하지 않으면 안 되었다. 차갱과 마갱은 적진에서 활의 사정거리 내에 있었다. 공자 성부는 그 매립에 포로들을 이용했다. 물론 포로들이 작업을 하면서 틈을 보아 적진으로 도망쳐 버릴 위험도 있었다. 그것에 대비해서 공자 성부는 활의 명수로 하여금 감시하도록 시키고, 그들이 도망치면 용서 없이 뒤에서 사살하라고 명령했다.

좌군의 장군 고흑(高黑)과 우군의 장군 연지(連摯)는 각각 군사를 거느리고 적의 양쪽 날개를 공격했다. 그러나 황태산의 좌우는 우뚝 솟은 단암절벽으로 되어 있었다. 공격할 필요조차 없다는 것은 처음부터 알고 있는 사실이었다. 진짜 목적은 빈수무의 지원군이 배후로 도는 작전의 은폐와 시간을 벌기 위한 공격이었으므로 고흑과 연지 두 장군은 그래도 열심히 갖은 수단과 방법을 동원하여 최선을 다했다.

공격을 개시한 다음 날, 규자의 병참사령부로부터 포숙이 직접 식량수송대를 거느리고 복룡산에 도착했다. 음료수를 운반해 왔기 때문에 통상 편성의 5배 정도의 대부대로 이루어져 있었다.

"헛수고는 했지만, 그래도 물이 나와서 다행이로군."

포숙은 우물파기의 성공을 기뻐했다.

"아니, 헛수고가 아닐세. 잘 편성된 대부대를 이끌고 와주었지 않은가?"

하며 관중의 얼굴에는 희색이 만연했다.

"무슨 의미인가?"

"운송부대와 빈수무의 지원군을 바꾼다는 걸세."

그리고 나서 관중은 우회 작전을 포숙에게 명했다.

"우회 작전의 성공여부는 그것을 은밀하게 운반하느냐 못 하느냐에 달려있네. 적의 첩자가 우리 군대의 동향을 감시하고 있는 것은 의심할 여지가 없네."

관중이 말했다.

"알겠네, 운송대를 복룡산에 남겨두고, 운송대를 지원군으로 바꾼 다음 규자로 철수한다는 계획인가?"

"그렇소. 그러니까 운송대의 병사들에게도 사실을 알리지 말고, 적절한 이유를 붙여 남겨두도록 하게. 그리고 빈수무가 나온 뒤에, 적의 초소에서 눈치 채지 못하도록 병참기지로 데리고 돌아가는 방법을 강구해 보도록 하세."

"진심으로 성공을 바라네."

포숙은 말하고 잠깐 휴식을 취한 뒤, 운송대로 위장한 지원군을 규자로 데리고 돌아갔다.

포숙이 이끄는 운동대가 규자에 도착했을 때는 태양이 아직도 중천에 떠 있었다. 저녁 무렵에 호아반은 지마령에 도달하는 지름길을 찾아냈다. 그리고 그 다음 날 새벽, 빈수무는 지원군을 거느리고 규자로 떠났다.

복룡산에서는 원정군이 승산도 없는 전투를 계속하고 있었다. 좌우 양군은 절망적인 단암절벽으로 도주하고 있었다. 그들은 도망치면서 분풀이로 주위의 산림을 마구 훼손하고 불태웠다.

정면에서 공격을 하는 중군은 우선 차갱과 마갱을 메꾸는 작업에 애를 먹었다. 불쌍한 것은 그 작업에서 도망치는 포로들이었다. 도망을 치면 정면에서 활이 날아와 꽂혔다. 게으름을 피워도 마찬가지로 활 세례를 받았다. 그리하여 이미 상당수의 사상자가 발생했다.

황태산의 본진에 있는 원정군이 오늘 철수할 것인지, 내일 할 것인지에 대해 밀로와 속매는 여유를 부리며 원정군을 관망하고 있었다. 그리고 점점 필요 없는 싸움을 질리지도 않고 계속하는 원정군에 초조해지기 시작했다. 결국, 그 초조감을 가라앉히기 위해 술을 마시기 시작했다. 그리고 자연스럽게 오로지 원정군의 철수를 기다리면서 기분 좋게 계속 마셔댔다.

금세 열흘이 지났다. 아니, 관중에게 있어서는 긴 열흘이었다. 밖으로 나와 하늘을 올려다보면서 관중은 중군의 병거에 실을 목재와 암석을 준비시켰다.

과연 다음 날 점심때가 조금 지나 지름길로 빠져나온 빈수무의 전령이 두 명, 또 저녁 무렵에도 같은 두 명의 전령이 복룡산의 본진에 모습을 나타냈다. 애타게 기다리고 있던 전령이었다.

빈수무의 지원군은 영지성을 우회하려는 참에 가끔씩 성의 군사와 마주쳤다. 부득이 빈수무는 황태산으로 통하는 길을 봉쇄하고, 보기 좋게 영지성을 함락시키는 불을 붙여서 성을 소각시켰다고 전했다.

만약 황태산의 오랑캐가 밤이 되어서, 성에서 타오르는 불길을 보고 하산하여 성으로 돌아가면, 산기슭에서 기다렸다가 공격한다. 길에는 마갱을 파놨기 때문에 도망칠 염려는 없다. 그리고 만약 그들이 성의 변화에 아무 반응이 없이 이동하지 않으면 내일 아침 날이 밝기를 기다렸다가 황태산을 공격한다는 것이었다.

빈수무가 같은 전령을 따로따로 두 조로 나눈 용의주도함에 관중은 회심의 미소를 띠고, 길에 마갱을 파놨다는 말을 듣고 쓴웃음을 지었다. 그리고 날이 저물면 곧바로 준비해 둔 목재와 암석을 중군의 병거에 싣게 했다.

다음 날 날이 밝기 전, 관중은 모든 병거에 출동을 명령했다. 중군의 병거가 잇따라서 마갱과 차갱에 목재와 암석을 떨어뜨렸다. 삽시간에 마갱과 차갱이 매립되었다. 어쩐 일인지 적진으로부터 활이 날아오지 않았다. 그건 그럴 수밖에 없었다.

본부대의 전진을 용이하게 하려고 빈수무가 예정보다 빨리 공격을 시작했던 것이다. 즉 배후에서 덮친 빈수무의 지원군과 싸움을 전개하고 있던 오랑캐는 마갱과 차갱을 지켜야 할 시험을 해 볼 필요도 없고, 또 그럴 여유도 없었기 때문이다.

그러나 예상을 뒤엎고, 숨어 있다가 정면으로부터 몰려든 본부대와의 협공으로 오랑캐는 눈 깜짝할 사이에 봉쇄되고 말았다. 영지성으로 향하는 퇴로에는 이미 마갱이 파져 있었다. 더구나 빈수무는 한발 앞서 빈 병거를 노상에 배열시키고, 길을 이중으로 봉쇄하고 있었다. 오랑캐는 영락없이 독 안에 든 쥐였다.

일각을 다투는 싸움으로, 5천의 오랑캐는 말과 함께 전멸되었다. 황태산은 문자 그대로 피로 물들었다. 땅 위에는 시체가 즐비하게 쌓이고 노면이 피투성이로 끈적거렸다. 그러나 밀로와 속매의 모습을 발견한 사람은 아무도 없었다. 데굴데굴 굴러다니던 시체 중에도 그들인 듯한 시체는 없었다. 살아남은 오랑캐 병사에게도 물어보았지만 그들을 아는 자는 한 사람도 없었다. 여기저기를 둘러보았지만 도망칠 만한 샛길도 없었다.

"절벽에서 덩굴을 타고 계곡으로 내려간 것일까?"

호아반은 태연스럽게 말했다.

"성으로 도망쳤다고 생각하시오?"

관중이 물었다.

"필시 그곳으로 갔다고 생각합니다. 성을 불살랐기 때문에, 변장하여 백성들 속에 잠입했음이 틀림없습니다. 그러나 찾아내긴 힘들 겁니다."

호아반이 대답했다.

"좋아. 일단 군사를 성으로 보내시오."

관중이 명령했다.

"병거에 시체를 쌓도록 명령하여 주십시오."

빈수무가 부탁했다. 관중은 순간 의아스런 표정을 지었지만, 곧 시체로 마갱을 메꿀 계획이라는 것을 깨달았다. 그리고 쓸쓸한 웃음을 지었다.

"마갱을 판 것은 재치 있는 모방이었소."

"좋은 지혜는 누구든지 사양 말고 훔치라고 가르치시지 않았습니까."

빈수무는 빙그레 웃었다.

영지성은 이미 폐허가 되어 있었다. 백성들은 이미 도망쳐 버렸고, 성안에는 고양이 새끼 한 마리도 찾아볼 수가 없었다. 그 성안에 원정군은 야영을 쳤다.

"성을 공격했을 당시 성에 있던 적병의 수는 얼마나 되었나?"

관중이 물었다.

"천 5백에서 2천 정도였다고 생각합니다. 거의 섬멸했습니다만, 극히 일부를 놓쳤습니다."

빈수무는 대답했다.

"적의 총병력은 약 1만 정도이므로 전멸한 셈입니다."

호아반이 말했다.

"좋다. 저녁 식사 때는 병사들에게 술을 내어 줘라."

하고 관중은 병사들이 휴식을 취하게 했다.

그리고 하룻밤을 보냈다. 호아반은 서둘러 밀로와 속매의 탐색전에 나섰다. 성을 떠난 백성들은 부근의 산기슭에 숨어 있었다. 탐색을 위해서는 우선 백성을 대면해야만 했다. 그러나 호아반과 기병대가 접근을 하면 백성들은 한층 더 산속으로 도망쳤다. 하는 수 없이 호아반이 돌아왔다.

"하는 수 없소. 산속에 불을 질러 그들을 쫓으시오."

관중은 명령했다.

"바람의 방향을 보고 불을 질러야 합니다."

하며 호아반은 다시 출동했다. 오후가 좀 지나 바람의 방향이 변했다. 호아반은 병사에게 명하여 사방에 불을 지르고, 백성들을 성의 정면으로 몰아내라고 명령했다.

남녀노소를 합하여 그 수는 약 5천여 명에 이르렀고, 건장한 장년이 3백 명 정도 있었다. 호아반은 그중에서 장정을 선출하여 포로로 삼고 그들을 성으로 연행했다. 그들은 성 공격 당시에 도주한 병사들이었다.

그리고 우두머리를 찾아보았지만 밀로와 속매의 모습을 찾을 수가 없었다. 그들에게 물어보기도 했지만 두 사람의 모습을 본 사람은 한 사람도 없었다.

"이만한 성안에 백성이 이 정도 밖에 있을 턱이 없다. 어딘가 딴 장소에 숨어 있을 텐데….

하며 관중은 수상쩍게 생각했다.

"그럴지도 모릅니다. 그러나 일반적으로 오랑캐족은 성에서의 생활을 싫어합니다. 성이 붕괴된 것을 다행스럽게 여기어, 사방으로 도망쳐 흩어져 버렸는지도 모릅니다.

호아반이 가르쳐 주었다.

"될 수 있으면, 분담하여 철저히 탐색하시오."

관중이 명령했다.

다음 날 아침, 여러 장군들은 각각 군사를 이끌고 사방팔방으로 흩어졌다. 호아반은 원소대의 기병을 거느리고, 황태산 계곡으로 들어가서 부근을 탐색했다. 그리고 상당히 떨어진 산마을에서 유력한 단서를 잡았다. 커다란 대갓집의 마구간에 말이 한 마리도 없는 것을 수상히 여겨 추궁해 자백을 받아냈다.

"밀로와 속매는 고죽국(孤竹國)으로 도주했습니다."

영지성으로 돌아온 호아반은 단정적으로 보고했다.

"군사를 빌리러 간 모양이로군."

관중은 먼 곳을 바라보았다.

"그럴 작정이겠습니다만, 그건 헛수고입니다."

"어째서?"

"고죽은 아주 멀리 떨어져 있는 천애지각 나라로 외국으로부터 침략을 받을 염려가 없기 때문에 아마 외국에 빌려 줄만한 군대가 없을 겁니다."

"그렇다 해도 밀로와 속매 두 적군을 그냥 놓칠 수는 없소. 살려두면 훗날 반드시 다시 중원에 해를 끼칠 것이오."

관중은 말했다.

"하지만 고죽국으로 가는 길은 험난하고, 도중에 건너기 힘든 깊은 연못이 있어 병거의 행군은 무리입니다. 단념하십시오."

호아반이 가로막았다.

"그것보다, 길은 알고 있는가?"

"물론 알고 있습니다. 반복해서 말씀 드립니다만, 병거로는 절대 통과할 수가 없습니다. 수레를 두고 보병으로 간다면 모릅니다만…."

"아니오. 기병과 싸우는데 병거는 필수적이오. 행진 경로를 말해 보시오."

"여기서부터 서북쪽으로 백 리 정도 가면 비이계(卑耳溪)에 도착하게 됩니다. 길이 험하고 좁으며 도중에 암산이 있어 육중한 암석이 굴러 떨어질 위험이 있습니다. 그런데 그것을 깎아내는 것도 움직이는 것도 불가능합니다. 비이계는 겨울에도 얼지 않고, 폭은 넓고, 물밑은 깊습니다. 아무리 생각해도 병거로서 건너는 것은 불가능합니다."

"비관 말고 계속하오."

"강을 건너서 30리 정도 가게 되면 단자(團子), 마편(馬鞭), 쌍자(雙子)의 세 산이 이어지고 그것을 통과해서 가면 고죽국입니다만, 수도인 무체성(無棣城)은 더구나 그 앞 15리 지점에 있습니다."

"알았소. 걱정 마오. 모든 고난을 헤쳐서라도 고죽국으로 갈 것이오. 그리고 밀로와 속매를 꼭 붙잡아야 하오."

관중은 고죽국의 진격을 결단했다. 호아반은 난처한 듯이 얼굴을 찌푸리고, 여러 장군은 당혹한 표정을 지었다. 그러나 습붕만은 눈을 반짝거렸다.

"꼭 갔다 옵시다. 그 고죽이란 나라를 살아 있는 동안에 한번쯤은 꼭 가보고 싶다고 진작부터 생각하고 있었습니다. 다시는 바라지도 못할 만큼 아주 좋은 기회입니다."

하고 들뜨기 시작했다.

"어이, 고죽국을 알고 있었단 말인가?"

관중이 놀랐다.

"전설에 서기(西岐)의 수양산에서 산채만을 먹어 아사했다는 백이(佰夷)와 숙제(叔齊)가 서기로 망명하기 전에 고죽을 지배하고 있었다고 들었습니다."

"아, 상나라를 치기 위한 군사를 일으켜 상나라 수도 조가(朝歌)를 향한 주무왕과 무리들이 국조 태공망의 말을 수양산 기슭에 멈추게 하여 상나라 정벌을 저지하려 했던 그 두 사람이 아니오?"

"그렇습니다. 고죽이라는 것은 원래 삼 년에 한 번 밖에 죽순이 올라오지 않는 신기한 대나무로, 그 맛은 천하의 일품입니다. 더구나 대나무는 굵고 튼튼하므로 건축 자재로도 쓰이고, 그런 까닭에 상나라 제후는 경쟁하듯 그곳에 대나무 뜰을 만들었습니다. 그것이 고죽이라는 지명의 기원이라고 합니다."

"음, 그것 참 좋군."

"언제가 될지는 모르겠지만, 어쩌면 그 천하일미의 죽순을 잡수시게 될지도 모르겠군요."

"아니, 그런 것은 어찌되든 좋소. 대나무의 산지라면 강을 건너는 뗏목을 짜는데 용이하지 않는가?"

하며 관중은 기뻐했다.

그리고 고죽국으로 진격할 작전 준비가 시작되었다. 최대의 난관은 비이계를 건너는 작전이었다. 그러나 다행히도 종군한 장인 중에서 뗏목을 만드는 명인이 몇 명 있었다. 육지의 난관은 문제도 아니었다. 시간과 노력만 들이면, 자연스럽게 문제는 해결될 수 있기 때문이었다.

작전 준비는 우선 경로의 정찰부터 시작되었다. 관중은 그 정찰대에 공정의 전완(田完)과 뗏목을 만드는 명인들을 수행시켰다.

그 다음 날 여느 때처럼 포숙이 식량 운송대를 거느리고 영지성에 나타났다. 고죽국으로 진격한다는 소리를 듣고, 포숙은 영지성에 병참의 제2중계 기지를 설치했다.

"도중에 병거가 통과할 수 없는 곳이 있다고 하네. 식량의 보급은 충분한가?"

하면서 관중이 걱정했다.

"뭐, 걱정할 것은 없네. 자네가 가는 길이라면 반드시 내가 그 뒤를 따라오지 않았나. 전투 부대가 진격하는 길이라면 식량부대도 진격할 것이네. 게다가 만약 유사시에는 포로들을 시켜 짐을 지게 하면 되네."

하고 대답하며 포숙은 조금도 개의치 않아 했다.

"고맙군. 그런데 이 주변의 숲에는 사슴이 무더기로 있어. 정찰대가 돌아올 때까지는 뾰족하게 할 일도 없으니 병사들에게 사슴사냥을 시킬 작정이네. 하지만 사슴고기는 술이 없으면 제 맛이 나질 않아. 작전이 개시되면 병사들은 지금껏 경험하지 못한 고생을 하게 될 걸세. 그전에 좋아하는 술을 좀 마시도록 해주고 싶은데 어떤가? 서둘러서 몽땅 운반해 줄 수 없는가?"

"으음, 전부는 아니더라도 오늘 운반되어 온 것이 3일분 정도 되네. 실컷 퍼마시게 하게, 속히 운반할 테니."

"그래. 신경써줘서 정말 고맙네."

관중은 포숙의 어깨를 두드렸다.

"아니, 자네 입으로는 고맙다고 하지만 뭔가 딴 고민이라도 있는 것 같군 그래."

"아무리 나라도 아주 멀리 떨어져 있는 나라의 진격은 역시 불안하군."

"뭐라고? 그런 걱정이라면 내가 장담하네. 걱정 따위는 필요 없어. 자네가 할 수 없는 일은 이 세상에 단 하나도 없네."

라고 말하면서 포숙은 규자에서 철수했다.

정찰대는 도로와 주변의 지형까지도 세밀히 조사하여 6일째 되는 날에 돌아왔다.

역시 무리를 해도 수레는 통행할 수 없었다. 비좁고 험준한 산길 때문이었다. 더군다나 그곳은 암석이 단단해서 길을 깎아 내거나 넓힐 수조차 없게 되어 있었다.

그러나 일단 그곳에서 수레를 분해하여 짊어지고 나르고, 건넌 다음에는 다시 조립하면 된다고 전완이 지혜를 짜냈다.

비이계는 정말로 강폭도 넓고 수심도 깊었다. 하지만 강 주변에는 무수한 대나무 숲으로 우거져 있어 뗏목을 만드는 걱정은 하지 않아도 되었다.

더구나 정찰에 가담한 장인 중에서 대나무를 쪼개어 줄을 만드는 특기를 가진 기술자가 있었다. 그래서 우선은 뗏목을 거대하게 짜 올려 그것을 서로 엮어서 다리를 만들 수가 있었다.

그런데 다리를 만드는데 한 달, 아니 두 달은 걸린다는 장인들의 의견을 모아서 전완은 황송한 듯이 관중에게 보고를 했다.

그러나 의외로 보고를 들은 관중은 무릎을 치면서 기뻐했다.

"수고했다. 시일의 제한을 두지는 말아라. 단, 병거를 통과시킬 수 있을 정도의 장대한 다리를 만들어 놓도록 해라."
라고 전완에게 명했다.

다음 날 아침, 전완은 수리하는 요원을 남겨두고 백여 명의 장인들을 인솔하여 현장으로 향했다. 그 장인부대의 호위에는 연지가 지휘하는 우군이 총출동했다.

출동한 우군은 그대로 현장에 주둔하여 장인부대를 철저히 지키고, 잡역에 일손을 더해 주면서 연안경비를 보았다.

영지성에 남은 호아반도 가만히 있을 수는 없었다.

"비이계 상류로 거슬러 올라가면, 어딘가에 물을 건널 수 있는 곳이 있을 것입니다. 오른쪽으로 돌아서 고죽의 무체성 뒤로 다다르는 길을 찾아볼까요?"
하고 관중에게 진언했다.

"아니오. 그렇게 기병을 두 번이나 사용할 필요는 없소. 패왕의 군대는 때론 기병을 이용하지만 본래는 정정당당히 정병(正兵)을 움직여야 되오. 이번만은 정면에서 공격을 하겠소."

라며 관중은 호아반의 진언을 거부했다.

"그러면 기마에게 강을 건너는 훈련을 시키겠습니다."

"아니오. 겨울이라 강물이 차서 그건 위험하오. 어차피 다리를 세우니 그럴 필요는 없소."

"제 의견입니다만, 역시 만반의 준비를 해놓지 않으면 안 됩니다. 게다가 패왕의 군대가 지켜야 할 명예가 있듯이, 우리 무종의 군대도 지켜야 할 본분이 있습니다."

호아반은 기세 좋게 말했다.

"그런가. 잘 알았소. 그럼 좋을 대로 하시오. 단지 무리는 말도록."

관중은 승낙했다.

무종의 기병대는 강을 건너는 훈련을 시작했지만, 멀거대의 병사들은 할 필요가 없었다. 그래서 그 병사들은 사냥에 흥을 내고 있었다.

전쟁을 하러 왔는지 놀러 왔는지 모를 정도로 하루하루가 바삐 지나갔다. 병사들에겐 고기도 있고 술도 있었다.

"병사는 못할 노릇이라고, 도대체 어떤 놈이 내뱉은 허튼소리더냐."

"아니, 종군하면 패왕의 군, 결국 패왕의 병사다."

병사들은 이렇듯 밤이 되면 술을 마시고 장난을 치며 돌아다녔다. 그러나 병참부대의 병사들은 바빴다. 하지만 흡족하게 사슴고기를 골고루 나누어 주었기 때문에 불평하는 병사는 없었다. 포숙도 때때로 영지성에 설치한 병참사령실에 머물 수 있게 되었다.

어느 날 밤 그 병참사령실에 관중이 불쑥 찾아와서 포숙과 오붓하게 술을 대작하게 되었다. 이렇게 두 사람만이 술을 대작한 것은 실로 오래 간만이었다.

그들은 밤새 옛날 얘기로 꽃을 피웠다.

"어이, 중부 좋은 생각이 떠올랐네."

포숙이 문득 술잔을 내려놓으며 말했다.

"야, 그 중부란 말은 좀 그만두게. 다른 사람도 없는데 그냥 이름을 불러!"

"아니. 뭐, 별로 존경을 표하려고 그런 것은 아닐세. 헌데, 이상한 것은 중부, 중부라고 계속 부르는 사이에, 관중이라고 부르는 것이 왠지 어색한 기분이 들어서."

"그럼 좋을 대로 부르게나. 그것보다 갑자기 뭘 생각해냈단 말인가?"

"응, 천자가 되는 것을 중원에서 사슴을 쫓는 거라고나 할까. 그리고 자네는 지금 전쟁을 마치고 사슴을 쫓고 있고."

"무슨 우스갯소린가?"

"실없는 소리가 아닐세. 병사들에게 현상금을 걸고 멋진 사슴을 생포하라고 명하게."

"어떻게 하려고 그러는가?"

"각 나라에서 파견한 치중병(輜重兵)들에게 그것을 운반시켜서, 각국 제후들에게 보내는 거야."

"역시, 여유 만만함을 보여주자는 말이군."

"아니, 좀 다르네."

"어떻게 다른가?"

"나는 지금 제환공(齊桓公)을 대신해서, 변경에서 사슴을 쫓고 있다고 알리고자 하는 것이라네."

"뭐라구?"

"느닷없이 웬 얼빠진 소리냐구?"

"좋아, 하고 싶은 말을 확실하게 해보게."

"천자는 중원에서 사슴을 쫓고, 패왕은 변경에서 사슴을 쫓는다. 우리는 지금 변경에서 사슴을 쫓고 있다. 즉 패왕은 제환공이라고 확실히 인정하라고 명기시키는 걸세."

"그래. 잘 생각했네, 포숙. 내가 자네한테 졌네!"

하며 관중은 파안대소를 했다.

"뭐야, 천하의 사내대장부는 중부 아니, 관중 한 사람만은 아닐세."

라며 포숙도 자지러지게 웃었다.

두 사람의 웃음소리를 사령실 밖에서 순번을 돌고 있던 당번 병사가 우연히 듣고 재미있다는 듯이 엿들었다.

"어이, 관포지교가 무엇인지 드디어 알았네."

"하하, 무언지 가르쳐 주게나."

"어깨를 감싸고 파안대소하는 것일세."

"으음, 그 무시무시한 표정의 재상 나리께서 웃었다는 말인가. 그것 참 굉장한데 그래."

하고 이야기를 엿들은 병사들이 재미있다는 양 말을 퍼뜨리고 돌아다녔다.

관포지교란 함께 웃는 것이다.

라는 익살과 함께 의미 없이 상대의 어깨를 두드리고는 파안대소하는 농담이 눈 깜짝할 사이에 원정군 사이에서 유행했다.

제18장
노마지지(老馬之智)

　　영지국(令支國)과 고죽국(孤竹國)은 국경을 접하고 있었지만, 특별히 밀접한 상호관계는 맺고 있지 않았다. 그러므로 고죽의 군주인 답리가(答里呵)는, 망명해 온 밀로(密盧)와 속매(速買)가 병사를 빌리고 싶다고 요구한 것에 대하여, 고죽국은 그와 같은 능력이 없다고 거절했다.

　　"중원의 원정군은 어쨌든 철수해야 됩니다. 그때까지만이라도 편히 머물도록 하십시오."

　　답리가는 이웃 간의 친분으로 예를 갖추어 밀로와 속매를 따뜻하게 맞아들였다. 그 호의에 밀로는 진심으로 감사를 표했다. 하지만 병사를 빌려주지 않는 것에 대해 속매는 도리어 원한을 품었다. 더구나 속매는 걸핏하면 그 원한을 얼굴에 나타냈다.

　　그것이 고죽국의 재상 올률고(兀律古)의 신경을 거슬리게 했다.

　　"저 속매의 왜곡된 원한은 이치에 합당치 않소. 터무니없는 놈이오. 그놈의 얼굴만 보면 화가 치미니 되도록 그놈을 별 탈 없이 쫓아낼 방도가 없겠는가?"

올률고는 생각하다 못해 대장인 황화(黃花)에게 의중을 물어왔다.

"아니, 내쫓기보다는 살해할까 하고 궁리하고 있습니다."

황하가 말했다. 상담을 부탁한 올률고가 당황하는 기색으로 주춤거렸다.

"살해할 정도의 짓은 하지 않았지 않는가?"

하고 말했다. 올률고는 의외로 선인이었다.

"아니, 살해하지 않으면 우리가 위험합니다. 저 두 사람은 역귀입니다. 저 두 사람이 도망쳐 온 것을 알게 되면 중원의 원정군은 그들을 잡기 위해 우리 고죽국을 침입할 것임에 틀림없습니다. 반드시 엄청난 재해를 일으킬 것입니다."

"설마? 저 험한 길은 진격할 수도 없을뿐더러 비이계는 절대로 건널 수 없소."

"아닙니다. 얕잡아 보시면 안 됩니다. 예상 밖으로 적이 침입해 오고 나면, 이미 때는 늦게 됩니다. 그전에 그 두 사람의 머리를 쳐서 보내는 것보다 좋은 방법은 없습니다."

"음, 그것도 일리는 있소. 그렇지만…."

"주저하고 있을 때가 아닙니다. 실은 주공께 진언했습니다만, 귀기울여 듣지 않으셨습니다. 함께 설득하여 주십시오."

"으음, 하지만 반드시 원정군이 온다고 정해져 있는 것도 아니고, 오면 오는 것이고, 그때라도 늦지는 않잖소?"

올률고가 군주와 재상이 반대한 것에도 조금 동의하면서 말했다.

이제 황화도 제멋대로 참견을 할 수가 없게 되었다.

그러한 이유로 인해 올률고는 화가 치밀고, 황화가 속을 끓이는 사이에 열흘 정도가 훌쩍 지났다. 돌연 비이계의 나루터 건너편 강가에 원정군 병사가 모습을 드러냈다. 그 수는 분명치가 않았다. 건너편 강가에는 예비 뗏목이 여러 척 정박해 있었지만, 건너올 낌새는 보이지 않았다. 아득히 바라보니, 누군가 대나무를 베어 쓰러뜨리고 있는 모습이 아른거렸다. 뗏목을 짜는 것임에 틀림없었다. 나루터에는 초소가 있었다. 그 초병은 서둘러 그 이변을 무체성에 급히 보고했다. 그러자 황화는 당황해했으나, 올률고는 신경조차 쓰지 않았다.

"병졸들이 갑작스럽게 조립한 뗏목으로 말과 병거를 옮길 수가 있겠는가. 말도 안 되는 소리 집어치우시오."

올률고는 말했다.

"하지만 만에 하나란 말도 있습니다."

황화는 다른 의견을 말했다.

"만약의 경우에 건너는 그때에 강물 속으로 빠뜨려 버리면 그만 아니겠소."

올률고는 역시 심각하게 받아들이지 않았다.

그리고 한 달이 지나고 두 달이 지났다. 역시 올률고의 예상대로 뗏목 같이 보이는 것은 강에 한 척도 떠오르지 않았다.

"처음부터 안 되는 일은 일 년이 걸려도 안 되오. 끈질긴 놈이 있다 한들 멍청한 무리들이오."

하며 올률고는 비웃었다. 하지만 밀로와 속매는 내심 평안치는 못했다.

"저 관중이란 놈은 마음먹은 대로 기병을 이용합니다. 어쩌면 뗏목으로 우리들의 눈을 속이면서, 실제로는 우회하여 공격해 들어오려고 계획하고 있을지도 모릅니다."

밀로가 불안감을 실토했다.

"걱정할 필요는 없소. 우회하여 침입할 수 있는 길은 아무데도 없소."

올륭고는 말했다.

또 한 달이 지났다. 계절이 바뀌어서 봄이 찾아왔다. 봄이 찾아옴과 동시에 비이계의 강물도 풀렸다. 비이계의 상류의 폭은 넓었지만 말이 건널 수 있는 얕은 여울도 있었다. 황화는 독단적으로 심복의 부하에게 기병 2천을 주어, 그 여울에서 건너편 강가로 건너보냈다. 정찰과 그리고 눈에 거슬리는 뗏목을 만들고 있는 병사들을 내쫓아 버리기 위해서였다.

그것을 본 연지 휘하의 우군 보초병이 즉각 신호로 봉화를 올렸다. 그것을 예측하고 있던 연지는 재빨리 병사를 예정대로 배치하고는 다리를 만들고 있던 장인들을 비밀 동굴로 대피시켰다.

그리고 5십 대 병거로 2천의 기병을 맞아 싸웠다. 하지만 중과부적인 것처럼 위장한 뒤 좁은 산골짜기로 도망쳐 들어갔다. 그것을 보고 그곳 지형을 잘 파악하고 있던 기병대가 죽을힘을 다해 쫓아갔다.

하지만 얼마 가지도 못하고, 병거대는 별안간 병거를 도로에 내버려둔 채 텅 빈 병거로 도로를 봉쇄하고는 병거를 방패삼아 맹렬하게 뒤쫓아 오는 기병에게 활 세례를 퍼붓기 시작했다.

강행 돌파를 시도하려던 기병이 잇따라 병거 뒤에서부터 계속 내찌르는 활에 맞아 하나 둘씩 쓰러졌다. 방향을 바꾸어 골짜기 입구로 진격해 오는 기병대가 양쪽으로 우뚝 솟은 절벽 위에서 똑같은 활 세례를 받았다. 동시에 불이 붙은 고엽고죽의 산이 낙하했다.

골짜기 입구는 이미 빈 수레와 뗏목으로 폐쇄되어 있었다. 삽시간에 2천의 기병대는 산골짜기에서 거의 전멸되었다. 그중에는 말에서 내려 바위 뒤에 숨은 병사가 있는가 하면, 필사적으로 산으로 올라가려고 절벽에 달라붙어 있는 병사도 있었다.

"한 사람도 살려 보내지 마라. 다리를 발견했다."

연지는 병사를 골짜기로 투입시켜 살아남은 병사를 섬멸시켰다.

그런 것도 전혀 모르는 채, 강을 건너게 한 2천의 기병대가 밤이 이슥해져도 돌아오지 않자 황화는 안절부절못하며 당황하기 시작했다. 그래도 처음에는 적을 끈질기게 뒤쫓느라 시간이 걸릴 거라고 생각하면서 스스로를 위안했다. 그러나 다음 날 아침도, 다음다음 날 아침이 되어도 결국 기병대는 돌아오지 않았다.

나루터 초병에게 슬며시 물어보았지만 그는 기병대의 모습조차 보지 못했다고 했다. 당연히 다흉소길(多兇少吉)인 것을 황화는 알고는 있었지만, 그것을 올률고에게는 숨긴 채 보고하지 않았다.

그리고 평온한 나날이 지나갔다. 또 한 달이 지나 나른한 봄날의 아침이 되었다.

나루터 초소에서 잠을 깬 초병은 깜짝 놀라 믿기 어려운 듯이 눈을 비볐다. 눈앞의 수면에 몇 개의 뗏목이 뒤덮여져 있었다. 가장 거대한 뗏목이 도리(다리 교각 위에 걸쳐서 널빤지를 지탱하는 것)처럼 짜 맞춰진 길고 가느다란 대나무 대 위에 실려 육지에서 강으로 떨어뜨려지고 있었다.

이것은 제일의 중대사! 급히 보고하지 않으면 안 된다고 생각한 초병은 세수하는 것도 잊은 채 초소 문을 박차고 나왔다. 관찰해 본 즉, 강변을 따라서 기병대가 접근하고 있었던 것이었다. 역시 한 달 정도 이전쯤에 조화가 있었던 기병대인가 하고 초병은 생각했지만 어딘가 그 형상이 이상했다. 앗, 그런데? 생각한 순간 초병은 붙잡히고 말았다. 목전에 나타난 기병대는 예의 여울을 거슬러서 건너왔다. 호아반 휘하의 무종군이었다.

순식간에 거대한 다리가 강 위에 놓여졌다. 다리 위를 통해 병거가 잇달아 건너왔다. 군사가 모두 건너자 관중은 연지의 우군을 그대로 나루터 경비로서 남겨두고 무체성으로의 진격을 명령했다. 올률고가 무체성에서 원정군이 강을 건너는 것에 성공하여 침입했다는 보고를 전해 들었을 때, 이미 원정군은 단자산(團子山)에 도착해 있었다. 올률고는 허둥대며 군사회의를 열었다. 밀로와 속매는 황태산에서의 악몽을 되새기며 무서움에 온몸을 떨었다. 그리고 의견을 물었으나 그들은 끝내 입을 열지 못했다. 그것이 패배주의적인 느낌을 자아내게 하여 회의장을 어둡게 했다. 하지만 재상인 올률고는 역시 지혜로운 사람이었다.

"인간이 싸워서 이길 수 없는 상대라도 자연의 맹위 앞에는 이길 수가 없소. 한해(旱海)의 미곡(迷谷)으로 꾀어 들인다면 어떠한 명장 용졸의 군사라도, 살아서는 돌아갈 수가 없소. 우리들은 가만히 앉아서 기다리면 되오."

라며 올률고가 태연하게 말했다.

한해는 사막이었다. 무체성 바로 북쪽에 있고 그 안에 미곡이 있다. 문자 그대로 그곳에서 헤맨다면 절대로 빠져나올 수 없는 골짜기였다.

"그건 참 기막힌 생각인데 어떻게 꾀어 들인단 말이지, 으음…."

답리가 말했다.

"적의 목적은 영지국의 군주와 대장일 겁니다. 전하는 이 두 분을 데리고 성을 버리고 황해 건너편에 있는 사적국(砂蹟國)으로 병사를 구원하러 가십시오. 지금부터 뒤쫓으면 마주칠 겁니다. 그리고 누군가 위장 투항하여 안내역을 맡아 두면 좋을 것이라 사료됩니다."

"그렇게 간단히 믿어 줄까?"

"성을 비워주면 믿을 겁니다. 군사회의가 결렬되어 전하가 성을 버린 것으로 가장하면 되지 않겠습니까? 단 그렇게 된다면 위장 투항할 적임자는 황화 장군 외에는 아무도 없다고 봅니다."

올률고는 말했다.

"쾌히 그 역할을 맡도록 하겠습니다."

라고 황화가 단번에 받아들였다. 그것으로 군사회의는 일결되었다.

즉 성을 적에게 건네준다. 답리가는 밀로와 속매와 함께 근처 양산(陽山)으로 숨는다. 황화가 적군을 한해의 미곡으로 유인한다는 것이 대강의 줄거리였다.

하지만 막상 황화가 갑작스럽게 심정 변화를 일으켰다.

"성을 비워준다면 적이 성을 점령할 것임에 틀림없습니다. 그것이 소수라면 별문제 없지만 다수라면 다시 탈환하는데 힘이 듭니다. 게다가 고죽국 천 명의 군사를 일개 소에 숨겨두는 것은 위험하기 짝이 없는 일입니다. 그러므로 병사를 분산해 두는 것만큼 안전한 것은 없습니다. 병사 2천 명은 제가 인솔하여 음산(陰山)으로 잠복하겠습니다."

황화가 제언을 했다.

"역시…."

답리가는 즉석에서 허락했다. 이에 황화가 말을 계속했다.

"따라서 속매 장군은 2천의 복병(伏兵)과 함께 음산으로 동행하길 바랍니다. 장군은 적군과 병사를 합친 경험이 있습니다. 그 귀중한 경험을 성의 탈환 작전에 활용하고 싶습니다."

하고 속매를 참모로 소망했다. 속매는 당황하는 기색이 역력했다. 그것을 보고 올률고가 말했다.

"그것 참 좋은 생각이오. 꼭 부탁하오."

라고 말하자 속매는 거절할 수가 없었다.

황화는 우선 병사 3천을 답리가를 따르게 하고 성에서 배웅했다. 이제 병영의 병사는 단 한 사람도 남아 있지 않았다. 하지만 황화는 속매를 병영으로 안내했다.

병영의 입구에서 황화는 말에서 내렸다. 그것을 보고 속매도 말에서 내리려고 했다. 그 순간 황화는 속매의 심장을 향해 창을 던져 심장을 관통시켰다. 그리고 말에서 떨어진 속매의 머리를 들고 황화는 원정군 진영까지 말을 타고 달렸다. 원정군은 벌써 단자산을 넘어서 마편산(馬鞭山)의 산허리에 도착하고 있었다.

관중 앞을 통과하여 황화는 광언의 계획을 그럴싸하게 지껄였다.

"그러한 까닭에 밀로를 저격치 못한 것은 유감입니다. 그러나 그는 지금 우리의 주공과 함께 사적국으로 향하고 있으니 서둘러서 뒤쫓아 간다면 체포할지도 모릅니다."

라고 말하고 속매의 머리를 꺼내 놓았다. 말은 의심쩍었지만 그 머리는 어쨌든 진짜 실물이었다. 호아반이 진짜 속매인지 아닌지 자세히 살펴보았다. 속매의 머리가 틀림없었다.

관중은 입을 굳게 다문 채 군사를 무체성으로 진격시켰다. 도착해 보니 말한 대로 성문은 열려져 있었다. 성은 마치 뱀이 허물을 벗은 껍데기마냥 텅 비어 있었다.

관중은 빈수무의 지원부대를 성안에 투입시켰다.

"사적국까지는 약 하루 반 정도 행정입니다만, 도중에 작은 한해가 있습니다. 사적국으로 향한 고죽군대는 그 한해를 탈출한 오아시스에서 야영을 치고 휴식하고 있음에 틀림없습니다. 서두르면 해가 저

물기 전에 뒤쫓을 수 있습니다."

황화는 관중을 암암리에 재촉해댔다. 관중은 말하는 대로 병사를 움직이려 했다.

"함정인 것 같습니다."

호아반이 이를 저지했다.

"어쩌면 그럴 것이오. 하지만 일부러 여기까지 찾아왔는데, 후학을 위해서라도 그 한해를 꼭 건너보고 싶소."

"당치 않은 말씀이십니다. 한해는 마의 바다입니다. 그만 두십시오."

호아반은 목소리를 높여 반대했다.

"그렇다면, 해보고 싶소."

"아니, 절대로 안 됩니다. 그것은 마치 생명을 내던지러 가는 것과 같습니다. 제발 다시 생각하십시오."

호아반은 얼굴색이 변했다. 그 자신이 겁에 질려 있는 듯 했다.

"잘 알아들었소. 자네와 기병대는 섬에 남도록 하고 빈수무 장군과 힘을 합하여 이번에 대처하고 싶소."

관중이 말했다. 그리고 좌군의 장수 고흑을 불렀다.

"자네는 포승을 준비해 두게. 그리고 길안내자인 황화의 뒤를 바짝 따라가도록. 이상한 행동을 하면 가차 없이 체포해서 꽁꽁 묶어 버리시오."

하고 명령했다. 고흑은 이름 그대로 용맹한 장군이었다. 체구는 크지 않지만 완력은 누구보다도 강했다.

그리고 원정군의 중군과 좌군은 사적국을 향해 사막으로 진입했다. 일망의 모래벌판이 태양으로 빛나고 무어라 형용할 수 없이 아름다웠다.

처음 한해를 본 병사들은 마치 바다에 펼쳐진 사막 같다며 기뻐 환호했다.

한 시간 정도 지나자 눈앞에 모래산과 계곡이 나타났다.

"그 계곡을 통과하면 곧장 건너편에 한해 입구가 있습니다."

황화는 말을 멈추게 하고 가르쳐 주었다. 그러나 그것은 애당초 거짓말이고 그곳은 미곡이었다.

"휴식을 취합시다."

황화는 말에서 내렸다. 그는 바람이 불기 시작하는 시각을 알고 있었다. 만약 미곡으로 들어간다면 결국은 그 자신도 빠져나올 수 없게 된다. 그러므로 그 앞에서 바람이 불기를 기다리면서 출구는 저쪽이라 가르쳐 주고 바람이 불기 직전에 도망쳐 버릴 작정이었다.

과연 조금씩 바람이 불기 시작하자 황화는 다시 말에 올랐다.

"그 계곡을 따라 어디로 가든지 간에 출구가 보입니다. 바람이 불어오더라도 개의치 말고 곧장 가십시오. 소인은 지름길로 한발 먼저 가서 고죽 군대의 명을 정찰하고 출구에서 기다리겠습니다."
라고 말한 뒤 말에 힘을 가해 달렸다.

고흑은 묵묵히 바싹 뒤를 쫓았다. 별안간 바람이 불기 시작했다. 바람은 왠지 기분 나쁜 괴성과 함께 모래먼지를 일으켰다.

바람뿐만이 아니다. 바로 폭풍이었다. 더구나 모래폭풍이었다. 한 치 앞도 보이지 않았다. 아니 눈을 뜰 수조차 없었다.

순간적으로 고흑은 황화의 모습을 시야에서 놓쳐 버렸다. 당황하여 황화를 불러 보았다. 다행히 황화가 큰 소리로 대답했다. 무슨 말인지는 알 수 없지만, 요컨대 여기다! 라고 대답한 것 같아 고흑은 소리가 난 방향으로 말을 달렸다.

만약을 위해 황화를 묶어 올릴 포승을 고흑은 다시 한번 확인한 뒤 눈앞에 사람과 말 그림자를 바로 본 순간 갑자기 가슴에 창을 맞고 말에서 굴러 떨어졌다.

돌연히 일어난 모래폭풍으로 중군도 좌군도 대혼란을 일으켰다. 관중은 서둘러 징을 쳐서 병사의 행동을 멈추게 했다. 또 징과 대북을 동시에 울려서 병사를 모았다.

한 시간 정도 지나 모래먼지가 멈추었다. 하지만 이미 날이 저물어서 급속히 기온이 내려갔다. 이윽고 한겨울처럼 추워져서 병사들은 떨기 시작했다. 모닥불을 지피려는데 태울 것이 없었다.

삼일 중천에 달이 뜨고 황량한 사막에 추위가 더욱 몸으로 파고들었다. 추위에 겁에 질린 병사들은 말조차 할 수 없게 되었다. 깊이 잠들게 되면 동사할 위험이 있었다. 병사들의 기분을 북돋우고 졸음을 쫓기 위해 관중은 시끄럽게 징을 계속 두들겨댔다. 그럭저럭 겨우 악몽 같은 하룻밤을 보냈다. 눈앞에 펼쳐졌던 산과 계곡은 완전히 모습을 달리하고 있었다.

어제 지나온 수레바퀴 자국은 남아 있지 않았다. 사납게 찌푸린 하늘 아래 방향조차 분별할 수가 없었다. 막상 돌아가려고 생각하니 막막했다.

정말이지 관중도 어찌할 도리가 없었다. 박식한 습붕도 전혀 말을 하지 못했다. 얼핏 보니 고흑이 돌아온 듯 했다. 아니 분명히 고흑의 병거인데 웬일인지 고흑의 모습은 보이지 않았다. 병거가 관중 곁으로 접근해 와서 그 안을 들여다보니 고흑이 누워 있었다. 아니 이미 죽어 있었다.

고흑이 어쩌다가? 하고 생각하니 관중은 암담해졌다. 그가 어떻게 살해되었는지 관중은 생각할 필요조차 없었다. 황화를 붙잡으려다가 오히려 그에게 살해되었을 것이다.

　황화가 이상한 행동을 하면 체포해서 포승하라고 명령하지 말고, 용서 없이 죽여 버리라고 명령했더라면, 고흑이 황화에게 당하지는 않았을 텐데….

라고 생각하며 관중의 눈에서 뜨거운 눈물이 고흑의 유체 위에 뚝뚝 떨어졌다. 그러나 눈물을 주먹으로 닦아내면서, 관중은 문뜩 생각이 떠올랐다.

　고흑이 어디에서 살해되었는지는 알 수 없지만 병거는 되돌아왔다. 왜냐하면 말이 원래 왔던 길을 알고 있었기 때문이다. 틀림없다고 관중은 생각했다.

　"좋아, 고흑의 말과 그 밖의 영리한 노마를 몇 마리 풀어서 돌아가라고 엉덩이를 툭 치면서 신호해라!"

하고 관중이 명했다. 과연 그 말들은 잠시 있다가 터벅터벅 걷기 시작했다. 그리고 천천히 속도를 내었다. 원정군의 병거가 그 뒤를 따랐다.

　반시간 정도 지나서 어딘가 멀리서 두드리는 징소리가 희미하게 들려왔다. 그러려니 생각해서 그런지는 몰라도 말의 발이 빨라졌다. 이윽고 징소리가 확실하게 귀에 들려왔다. 언젠가 들은 적이 있는 지원군의 징소리였다.

　역시 틀림없었다. 빈수무가 사막 입구에서 징을 두들기고 있었다. 결국 중군과 좌군은 무사히 한해에서 탈출했다. 노마 덕택이었다.

　빈수무가 병거를 달려서 관중의 병거 옆에 바싹 다가와서는 즉시 무체성에서 일어났던 이변의 결과를 보고 했다.

"맡겨두었던 성은 첫 새벽에 공격을 받았습니다. 대단한 병력은 아니었습니다만, 성에 무엇인가 장치를 꾸며 놓았는지도 모릅니다. 그냥 치고 나오는 방법도 있었습니다. 하지만 지리를 모르는 곳에서 서투르게 적을 흩어지게 해서 사방으로 뿔뿔이 흩어지게 되면 손해입니다. 더구나 밀로가 도망쳐 숨어 버리면 찾는 데 힘이 듭니다. 이곳은 역시 그를 고죽의 군주와 함께 가둬놓기에 제일 좋다고 판단하고 성을 버리고 도망쳐 버렸습니다. 한 가지는 성에서 이변이 일어났기 때문에 사막으로 간 본부대에도 무언가 이변이 일어났음에 틀림없다고 생각했습니다. 구원의 조처를 강구하지 않는다면 이쪽에 대항할 참입니다."

간단명료하게 말했다. 하지만 관중은 별로 놀란 표정이 아니었다.

"야, 수고했소! 하지만 사막을 견학한 것은 좋으나, 상당히 비싼 수업료를 지불했소."

관중은 이상스럽게 툭 한 마디 내뱉었다.

"뭐, 이까짓 일로…."

빈수무는 한층 더 힘 있게 말했다.

"아냐, 수무, 이까짓 일이 아니오. 고흑이 살해되었소."

"옛?!"

빈수무는 말끝을 잊고 말문이 막혔다. 관중은 자신이 지시를 잘못했다면서 탄식했다.

"그렇다면 황화란 놈도 성안으로 잠입했을 겁니다. 곧장 성을 함락시켜야 합니다.

빈수무가 느닷없이 일어났다.

"그보다도 고흑의 시체가 썩기 전에 시체를 특송편으로 임치(臨淄)에 호송하는 것이 우선이오. 나는 괴로워서 고흑의 유체를 두 번 다시 볼 수가 없소. 당장 준비를 취해주지 않겠나?"

관중이 부탁했다. 빈수무는 고흑의 유체를 보는 순간 눈물을 흘리면서 즉각 고흑이 총애하고 있던 좌군의 제일 부장수에게 유체의 송환을 관중의 명으로 시켰다.

"병사들은 어젯밤의 추위로 몹시 지쳐 있습니다만 여기서는 쉬게 하지 말고 무체성에서 포위 태세를 취한 뒤 쉬게 하는 것이 좋겠습니다. 성의 공격은 지원군만으로 하겠습니다. 성을 버릴 때에 열 명 정도의 병사를 성내에 잠입시켜서 공격을 시작하면 북문을 열라고 명령해 두었습니다. 이 정도의 성이라면 한 시간 정도면 함락시킬 수 있을 거라고 봅니다."

빈수무가 이렇게 관중에게 진언했다.

"좋소, 그렇게 하지."

관중은 승낙하고 군을 성 아래로 진격시켰다.

드디어 무체성을 공격하기 시작했다.

"나도 전투 부대에 끼워주게."

하고 관중이 아닌 밤중에 홍두깨처럼 말했다. 빈수무는 관중을 이해하기 어려운 듯 고개를 갸우뚱거렸다.

"지휘는 자네가 하고, 나는 고흑의 원수를 치겠네."

"아닙니다. 그렇다면 황화를 살해치 말고 생포하는 겁니다. 그 뒤에 생각하신 대로 충분히…."

"아냐, 내가 직접 체포하겠소."

"고흑도 당했으므로 그것은 좀 위험한 처사입니다."

"그건 걱정할 것 없지만… 알겠소. 자네도 원수를 붙잡고 싶은 게군. 자, 이렇게 하면 좋을 것 같군. 자네가 그 녀석을 쫓게나. 내가 활로 대퇴를 쏠 테니까 말이야. 그렇게 한 뒤 자네가 실컷 곯려주다 죽이게. 그냥 죽이는 것이 아닐세. 반드시 실컷 괴롭히다 죽이는 것일세."

"잘 알겠습니다. 그러나 총사령관이 직접 활을 쏘아 싸운다고 하는 의미는 어떠한 것입니까?"

"무슨 소린가! 상관없네. 그게 그렇게 신경 쓸 일인가!"

관중은 몹시 화가 나 있었다. 그리고 즉시 병사 복장으로 갈아입고, 빈수무를 따랐다.

과연 공격개시의 대함성이 들리자 성의 북문이 열렸다. 곧바로 빈수무는 병거대를 인솔하여 우르르 들이닥쳤다.

허를 찔린 성의 수병들은 몹시 당황했다. 황화가 일대를 지휘하여 정면에서 때마침 병거대에 덤벼들었다.

병사로 가장한 관중은 황화에게 활을 겨냥하여 오른쪽 넓적다리를 향해 발사했다. 그러나 황화는 오른쪽 넓적다리에 푹 박힌 활을 느닷없이 왼손으로 빼내어 들었다. 그러자 그 손의 손등에 관중이 쏜 활이 푹 박혔다. 이번에는 황화가 가지고 있던 창을 왼쪽 겨드랑이 아래에 끼우고 오른손으로 빼서 들었다. 그 오른손이 또 관중이 쏜 세 번째의 활에 맞았다. 지휘자 황화도 균형을 잃고 결국 말에서 떨어졌다.

갑자기 대장이 활에 맞아 말에서 떨어진 것을 목격한 부하 기병들이 도망치기 시작했다. 반대로 빈수무 부하의 병거대들은 말에서 떨어진 황화를 붙들려고 몰려들었다. 그때 그것을 저지하고 빈수무가 다가갔다.

어차피 무슨 말을 해도 소용이 없었다.

빈수무는 입을 다문 채 몇 번씩이나 황화 가슴에 창의 날 끝이 심장을 관통하기 직전까지 찌르다 멈췄다. 죽음의 공포를 불러일으키기 위한 것이었다.

그리고 상처를 입으면서도 맞서 싸우는 황화의 목덜미를 갑자기 창으로 위협하여 꼼짝 못하게 했다.

그러자 황화가 졸도했다. 그 순간 푹 하고 황화의 왼쪽 넓적다리에 창이 내리꽂혔다. 이어서 오른쪽 손목, 왼쪽 손목도 마찬가지로 창이 꽂혔다. 결국 황화는 전혀 움직이지 못하게 되었다. 그런 황화를 내버려둔 채 빈수무는 성에다 불을 지르게 했다. 순식간에 온통 불바다가 된 곳에서 병사를 후퇴시키고, 성 밖으로 나온 병사는 우선 성문을 단단히 잠갔다. 그리고 성벽을 타고 도망치는 성의 병사들을 발견해서 창을 던져 쓰러뜨렸다. 밤이 되었어도 성은 계속 불타고 있었다.

다음 날 아침, 호아반과 빈수무가 다 타 버린 성으로 들어가서 밀로와 답리가의 시체를 찾았다. 검게 타버린 두 사람의 시체를 확인할 수 있었다. 광장에서 나뒹굴고 있던 황화는 불길을 피하여 아직도 숨을 쉬고 있었다. 빈수무는 황화의 목숨을 끊어 버리고 성을 나왔다. 승리는 했지만 원정군의 기세는 오르지 않았다. 그리고 장례의 전송 행군을 하면서 비이계의 나루터로 퇴각하여 야영을 쳤다.

나루터에는 한발 앞서 포숙이 와있었다. 관중은 겨우겨우 슬픔을 딛고 일어섰고, 병사들은 야영에서 또다시 시끌벅적 떠들어 대기 시작했다.

제19장
삼귀지가(三歸之家)

관중이 거느린 견융정토군(犬戎征討軍)이 임치를 떠나 원정길에 오른 지도 반년이나 되었다. 전황은 수시로 임치에 보고되고 있었다. 그러나 원정군이 완승하여 이미 그 임무를 완료했다는 것을 제환공에게 전해준 것은 전사한 고흑의 유체를 도성으로 호송했던 좌군의 부하였다.

예상했었던 일이었지만, 제환공은 무심코

"참 잘했다!!"

하고 기뻐하면서 칭찬했다. 단지 이긴 것 때문만은 아니었다. 관중이 보고한 대로 '완벽한 승리'였기 때문이었다.

"좋아, 중부의 공로를 치사하기 위해 연도(燕都)의 계(薊)까지 행진하도록 하자."

환공은 즉석 결정을 내렸다. 환공이 부재할 시 성의 책임을 현상(弦商)과 영무(寧武) 두 대장에게 맡기고 좌군의 부장이 귀임하는 데 편승하여 성을 출발했다. 수행원으로서 동곽아(東郭牙)가 따랐을 뿐 환공의 행차는 단출했다.

제환공이 사전에 아무 연락도 없이 내방했다는 말을 듣고 연장공 (燕莊公)은 황급히 성문까지 마중을 나왔다. 서로 미리 짠 것처럼, 저녁 무렵에는 원정군이 계나라에 도착했다는 보고를 들었다.

저녁 무렵까지는 많은 시간이 있었다. 하지만 그 보고를 전해 들은 제환공은 성으로 들어가지 않고 마중 나갈 수 있는 곳까지 마중하러 가겠다고 말했다. 연장공도 찬성하고 그대로 수레를 끌고 성의 북문을 돌아 진로를 북쪽으로 돌렸다. 병참기지가 있는 규자를 향해 가는 길이었다.

과연 한 시간 정도 가자 원정군의 선봉부대가 전방에서 오고 있었다. 호아반(虎兒班)은 인사도 하는 둥 마는 둥 하고, 말고삐를 돌려 관중에게로 가서 급보를 전했다. 전방을 달려오던 수레가 길가로 모이고 길을 비켜서 관중을 통과시켰다.

"어이 중부! 마중 나왔네."

환공은 손을 들어 먼저 말을 걸었다.

"황송하옵니다!"

관중은 전장의 예를 갖추어 수레 위에서 가볍게 인사를 했다.

"개선을 축하하오. 중부, 수고했네."

환공은 승리를 축하하며 그 동안의 노고를 격려했다. 그리고 시선을 멀리 후방 쪽으로 보냈다. 누군가를 찾고 있는 듯했다.

"포숙은 훨씬 후방에 있습니다. 부르러 보냈습니다."

관중이 앞질러서 말했다.

"역시 군주의 마음을 헤아리는 데 재상만한 사람은 없군요. 정말 부러운 군신관계라 생각됩니다."

연장공이 선망의 뜻을 나타내고 일부러 한숨을 내쉰다.

"행군하는 데 방해가 됩니다. 길 좀 비켜 주십시오."

관중이 말했다. 그리고 호아반에게 행진하라고 신호를 보낸다. 마중 나온 일행이 급히 길을 비켜 주었다.

"여어! 점점 말조차 걸기 힘든 엄한 재상이 되어 가는군…."

연장공이 익살을 부렸다.

"아닙니다. 주공께 큰 소리로 말할 수 있었던 것은 출정했을 때 뿐입니다. 그런 기회에 한 번 그래 보지 않으면 언제 해보겠습니까? 그저 가엾게 여기시고 너그러이 보아주십시오."

관중이 말하면서 웃었다.

"장난 한 번 일품일세. 중부, 항상 당당하지 않나? 자네…."

하고 환공도 함께 웃었다. 그곳에 포숙이 나타났다.

"여어, 잘 지냈는가? 포숙!"

환공이 역시 손을 들며 말을 걸었다.

"특별히 마중 나와 주셔서 황송하옵니다."

포숙은 공손히 환공과 장공에게 인사를 했다.

"아직 군사행동 중이므로 원위치로 돌아가겠습니다. 주공은 최고 후방의 병참부대에 속하여 오십시오."

하고 관중은 자기의 자리로 말을 몰았다. 후방에서 포숙과 담화라도 나누라는 마음의 배려였다.

이윽고 성 아래에 도착하여 야영을 치고 연장공이 심혈을 기울여 군대를 환영하는 축하연을 벌였다. 제나라의 제장(諸將)은 궁중 연회석에 초대되었지만 호아반은 참석하지 않았다.

관중은 호아반과 무종군의 처소를 방문하고, 그곳에 제나라에서 파견된 식량수송대의 부장을 모아 함께 술을 마셨다. 그전에 관중은 포숙이 관리하고 있었던 군자금에서 포상금의 명목으로 돈을 꺼내어 그것을 안주머니에 넣고 있었다.

"내일 아침, 모든 수레에 은상을 내릴 것이다. 이것은 제군들 개인에게 주는 자그마한 성의의 축의금이다. 집을 지키고 계실 부모와 처자에게 뭔가 선물이라도 사서 주는 것이 좋을 것 같다."

하며 각자에게 직접 건네주었다.

"오랫동안 수고했다. 또 만날 기회가 있지만 내일은 헤어져야 될 것 같다. 모두 건강에 신경을 쓰도록 해라. 단 오늘밤만큼은 신경 쓰지 말고 실컷 마셔 둬라. 자아!"

하고 잔을 들었다. 그러자 눈물을 뚝뚝 흘리는 자가 있었다.

"어이, 실없이 왜 그래?"

관중이 또 잔을 들어 재촉했다.

"죄송합니다. 너무 감사해서 그만 실수를 했습니다. 너무 황공하고 과분합니다. 살아가는 동안에 일국의 재상, 그것도 패왕의 재상과 같이 술을 마시리라고는 생각조차 못했었습니다."

하고 눈물을 흘리던 자가 말했다. 그는 조나라에서 파견된 대장이었다.

"그건 우리들에게 있어서도 마찬가지입니다."

하고 호아반을 제외한 전원이 별안간 잔을 내려놓고 엎드렸다.

"어어, 어이. 괜찮다. 모두 일어서라. 왕후장상이란 놈은 뭐하는 놈이더냐고 말하지 않는가?"

관중은 나오는 대로 말을 했다.

"네. 정말 지금까지는 그와 같이 생각하고 있었습니다. 하지만 오늘밤은 다릅니다."

노나라의 대장이 엎드린 채로 말을 했다.

"그렇다고는 해도 중원의 병사는 어쨌든 강합니다."

호아반이 말했다.

"으음, 그건 그렇소. 어느 병사든지 훈련을 하면 강하게 되는 법이오."

관중은 자신만만하게 말했다.

"아닙니다. 용장 밑에 졸장은 없다고 합니다. 그렇다고는 하더라도 정말 강한 데는 두 손 들었습니다."

"음. 내 부장수는 꿍장하지."

"그렇습니다만, 장군다운 장군이 그 위에 계셨기 때문이라고 생각합니다."

"어, 호아반, 자네까지 아첨을 떠오."

"아닙니다. 아첨 떠는 것이 아닙니다. 하지만 그것과는 별도로 우리들은 능력 있는 대장을 좋아합니다. 특히 저 빈장군께서 위험으로부터 구해 주신 은혜도 있고 해서 따로 뵈어서 하룻밤을 함께 지새우며 술을 마시고 싶습니다."

호아반이 은밀히 말했다.

"알았소. 알았소. 나는 싫어졌다는 말인데, 그렇다면 빈수무 장군과 자리를 바꾸도록 하지. 모두 그와 함께 술을 마시면서 이야기를 나누도록 하게나."

관중은 빙그레 웃으면서 자리에서 일어나 천천히 성을 향해 발길을 돌렸다. 그리고 궁정의 연회석에 있던 빈수무와 교체를 했다.

계의 성 아래에서 원정군 병사들이 승리의 잔을 나누며 하룻밤을 새웠다. 연장공은 모든 군사에게 은상을 나누어 주었다. 연나라는 병사를 손해 보지도 않고 숙적을 멸망시켰을 뿐 아니라 영지국과 고죽국 두 나라 국토를 합쳐 5백여 만 리를 일국의 영토에 합쳤다. 원래는 제나라 영토에 돌아가야 할 토지를, 멀리 떨어져 있는 영토의 관리는 힘들다는 이유로 제나라가 연나라에 선사한 것이었다.

은상의 제1호는 호아반으로, 연장왕은 그에게 미녀(美女), 미주(美酒), 미옥(美玉)을 내리고 무종국에 근접해 있는 소천산(小泉山) 아래 연나라의 전지(田地)를 내려 주었다.

제나라에서 파견된 치중대(輜重隊)에는 그것에 상응하는 금품이 수여되었다.

제나라의 모든 병사에게도 똑같은 금품이 수여되고, 제나라에는 원정으로 지출된 군비를 감안해서 두 배로 계산하여 지불되었다. 그리고 관중에게는 그 채읍 안에 성을 지어 증정하고 싶다고 간청했다. 또 습붕에게는 고죽의 죽순이 나오면 제일 먼저 보내준다고 약속했다.

원정군의 병사들은 영지성에서도 오랫동안 휴양을 했고, 규자의 기지에서도 충분히 휴식을 취했다.

은상 수여가 끝나자 관중은 즉시 원정군을 해산시켰다.

제나라의 병력도 그대로 성으로 떠나 임치로 퇴각시켰다. 관중은 병사의 지휘를 공자 성부에게 맡기고 포숙과 담소를 나누면서 뒤 대열을 따랐다.

연장공은 제환공을 배웅하고 성을 떠났다. 그리고 어느새 국경을 넘어 제나라 땅에 들어섰다. 아차 하고 번뜩 정신이 든 습붕이 허둥댔다. 제환공은 국경에서 연장공의 배웅을 사양했어야만 되었던 것이었다.

제후는 제후를 국경 밖으로 보내지 않는다고 하는 예가 있다. 제환공은 연장공에게 실례를 범하고 말았던 것이다.

그러나 그 소리를 들은 관중은 빙긋 웃었다.

"제나라와 연나라의 국경선을 확연치 않은 것으로 해두면 되지 않소."

관중이 말했다.

"아니, 그런 맥 빠진 소리 마시오."

습붕은 몹시 난감해했다.

"그렇다면, 지금 연백(燕伯)이 추세를 세워 둔 곳에 국경선을 다시 그어, 그 자리에서 다시 출발하자고 부탁하면 되겠군 그려."

"그렇게 되면 상당한 영토의 손실이옵니다."

"괜찮소. 전쟁비용을 배나 받았지 않은가. 손해 볼 일은 없소. 아니 그것이 거짓말이 된다면 패왕의 명성은 더 더욱 고조될 것이오. 선전비라 생각해 두면 싼 것이오. 그것보다도 습붕, 때가 되면 연장공은 이유를 붙여 토지를 환원해서 줄 것이오."

관중이 말했다. 습붕이 그 사실을 환공에게 급히 전하여 졸지에 국경선이 변경되었다. 연장공은 황송해서 수도인 계로 퇴각했다.

"여어, 관중, 도대체 어떻게 그런 그럴싸한 의견이 얼른 떠올랐는가? 정말 놀랍네! 난 도저히 불가능한 일인데 말이야!"

하고 곁에서 듣고 있던 포숙이 감탄했다.

"자네는 불가능한 게 당연하네. 포숙, 하지만 속임수라는 것은 평판이 안 좋네. 정치는 항상 연극을 동반하는 것일세. 그건 그렇고, 연백이 돌아갔으니까 전하에게 불리겠구먼, 그 전에 재치 있게 옆에서 행동해 주게나. 나도 고흑의 일로 머리가 혼란하고 수다쟁이 상대는 수행하고 싶지도 않네."

하고 포숙을 내쫓고, 빈수무와 연지를 불렀다.

"웬일이지?"

두 사람은 관중이 자신들을 부르는 것을 이상히 여겼다.

"공무는 아니지만, 문득 생각이 나서 말해 두는 것인데 아주 중요한 일이니까 잘들 들어 두게나. 지금부터 내가 잘못된 명령을 내린다면, 아니 그렇다고 인식되어 질 때에는 충실하게 그 명령을 지킬 필요는 없네."

관중이 말했다. 두 사람은 순간 어안이 벙벙했지만, 곧 그 뜻을 헤아렸다.

"중부의 슬퍼하심을 고흑도 지하에서 듣고 기뻐하며 편안히 눈을 감았을 것입니다. 이제 그만 슬픔을 거두어 주십시오."

하고 연지가 관중을 위로했다.

"저라면 그쯤에서 깨끗하게 체념하겠습니다."

빈수무가 더 쾌활하게 말했다.

"이런 바보, 그것은 안 된다고 말했잖은가!"

관중은 정말로 노여워했다.

"잘 알았습니다. 그대로 기억해 두겠습니다."

빈수무는 고쳐 말했다.

"그렇다고는 해도 중부, 그 황하란 놈은 끈질긴 녀석입니다. 고흑을 살해할 마음으로 접근했다손 치더라도 정말 죽일 수 있었을지는 모르겠습니다."

"내 슬픔을 위로하기 위해 고흑을 모욕하는 듯한 말은 삼가도록!"

관중은 숨을 내쉬면서 하늘을 올려다보았다. 벌써 제비가 하늘을 날고 있었다. 두 사람은 가만히 관중 곁을 떠났다.

임치의 도성으로 돌아온 관중은 무엇보다도 먼저, 고혹의 장례를 성대하게 치뤘다. 그리고 그대로 자신의 저택으로 들어가 버렸다.

관중은 병이 났다고 하고 3일 동안이나 출입하지 않았다. 그 덕택에 예정되어 있었던 전승 축하연은 새로 개최일을 정하지도 않은 채 지나갔다.

"중부의 병문안을 가야 되지 않겠는가?"

환공이 포숙에게 물었다.

"아닙니다. 병이라기보다는 고혹의 죽음을 애도하고 있는 겁니다. 그냥 내버려 두는 편이 도와주는 것인지도 모르겠습니다."

"어째서 일개 부장수의 죽음이 그토록 슬픈 일인가?"

환공은 고개를 갸우뚱거렸다.

"그에게는 자식이 없습니다. 그래서 고혹을 친자식처럼 귀여워했었습니다."

"아, 그랬구나. 헌데 어째서 자식을 낳지 않았는고? 혹 낳지 못하는 것이 아닌가?"

"아닙니다. 그는 옛날부터 자식은 키울 수 없다고 말했었습니다."

"어째서?"

"자식이 있으면 그 장래를 염려하여 공명정대한 정치를 할 수 없으며 본의 아니게 정치신념을 굽혀야 되는 일이 일어날 수도 있으므로 자식은 필요치 않다고 말했었습니다."

"그건 잘 몰랐었지만, 그래서 그가 정치 귀신 아니, 신이 된 셈이군 그래."

환공은 계속해서 고개를 끄덕거렸다.

"그것 말고도 그 사람은 정치의 천재입니다."

동간의 동곽아가 말을 꺼냈다. 처음 관중에 대해 비판적이었던 동곽아는 서서히 그의 비범함에 놀랬다. 또 옆에서 보좌하는 동안에 관중의 무수한 실적을 직접 보게 되었다. 그래서 지금에 와서는 완전히 관중의 심복이 되어 있었다.

그 동곽아가 관중의 출입을 애타게 기다리고 있었다. 그 하나의 이유는 전비문제로 관중의 결재를 받기 위해서였다. 또 한 가지 이유는 부재 시의 환공의 문제 있는 행적을 관중에게 고해바치기 위해서였다.

작년에는 기후가 나빠서 농작물은 흉작이었다. 그러므로 가을에 견융 정토의 전비(戰費)에 해당되는 준비금으로서 상당한 세금을 징수했지만, 임시로 징수한 것이었으므로 많은 농민과 상인들이 급하게는 지불하지 않고 고리대에서 차금하고 있었다. 더구나 작년 흉작이 올해도 계속되어 풍작의 전망은 보이지 않았다.

그렇지만 좋은 일로 준비해 놓은 전비를 지출하지 않고 끝낸 탓인지 올해는 거꾸로 남아돌았다. 연나라에서 두 배로 보상해 준 탓만은 아니었다. 부탁하지도 않았는데 중원 제국이 속속 각출했기 때문이었다.

그것은 말하자면 '상처의 공명'이었다. 관중이 포숙의 권유로 영지국에서 여러 나라로 보낸 사신을 제후들은 교묘한 전비분담의 재촉이라 오해했던 것이었다.

그런 까닭으로 전비로서 징수한 세금은 농민들에게 반환해야 된다고 동곽아는 포숙과 의논하여 환공에게 진언했다. 그러나 환공은 중부에게 의논하라고 말할 뿐이었다.

그럭저럭 5일째 되는 날 관중이 관청에 모습을 나타냈다. 그리고 환공에게 근무에 태만하였음을 사과했다.

"괜찮네, 중부. 하지만 얼굴색은 아직도 좋지 않군 그래. 실은 연백이 중부의 채읍에 성을 지어준다고 약속했잖은가? 그 사자가 오는 것을 기다리고 있었네. 성의 건축이 시작되면 이제 정신없을 테니까, 너무 낙심하지 말게나."

환공이 관중을 위로했다.

"아닙니다. 가당치도 않은 일입니다. 아무리 재상이라 해도 신하가 개인의 성을 짓는 것은 용납할 수 없습니다."

관중은 무뚝뚝하게 대답했다.

"아닐세, 연백의 요청에는 과인이 이미 쾌히 승낙한 일일세."

"아닙니다. 신하가 성을 세우는 것은 난(亂)의 근원이 됩니다. 전하께서 허락하신 일이라고 해도 그것은 용납될 수 없습니다. 성을 갖는 것은 기쁜 일이며 남자의 꿈이기도 합니다. 그러나 전례가 생기면, 반드시 따라 하는 사람이 나타나게 마련입니다. 전례를 남길 생각은 추호도 없습니다."

"하지만 이미 승낙한 것을 사양한다면 실례가 되네."

"아니, 사양하지 않고 그 대신 멋있는 집을 세워 주십시오."

"그럴까? 하지만 아무리 멋있는 집이라 해도 성에 비할 수는 없을 텐데…."

환공이 말했다.

"그렇다면 두 채 지어 주십시오."

관중이 적당히 얼버무려 말했다.

"특별히 세 채일세!"

하고 환공이 힘을 주어 말하면서 일어섰다. 웬일인가 싶어 관중도 어안이 벙벙해졌다. 포숙이 입을 벌려 의미 있게 웃었다. 동곽아는 빤히 환공을 주시하고 있었다.

"세 장소에 하나씩 지어 세 채일세. 어떤가, 중부. '삼귀의 집'은 남자의 보람이라 말할 수 있지 않은가. 그렇게 하도록 하세. 아니 그렇게 하게. 중부 마음대로 골라잡게나. 후궁의 미녀를 측실로 보내 주지."

환공이 관중의 어깨에 손을 얹고서 말했다. 반드시 그렇게 하겠다고 열의 있게 설득했다.

"그래, 정실을 놔두고 측실이 세 명이라는 것도 멋있는 일이군."

포숙은 입을 다문 채 웃으면서 재미있어했다.

"야, 포숙 자네까지 갑자기 왜 그런 소릴 하구 그러나?"

"으음 글쎄, 전하의 적절한 교육을 받았기 때문일세. 언젠가 말했던 것처럼…."

하며 포숙은 빙그레 웃었다.

"그런가. 그 분방론(分謗論) 말이지."

관중이 가볍게 몇 번씩이나 고개를 끄덕거렸다.

분방이란 비난을 분산시키는 것이다.

환공은 어찌되었든 간에 호색가여서 사람들에게 비난을 사고 있었다. 더구나 사람들은 호색가인 제환공과 그와 정반대인 관중을 비교하면서 제환공을 비난했다. 그렇기도 하고 관중이 환공과 같이 행동하면 비난을 분산시켜서 환공에 대한 비난은 상대적으로 약해진다고 하는 것이 포숙의 분방론이었다.

물론 그 분방론에는 그것과는 다른 의미로 환공 자신의 사의가 담겨져 있다. 환공은 타인 앞에서는 즐겨 그 호색쟁이를 오히려 과시하여 왔다. 하지만 단 한 사람, 관중 앞에서만큼은 열등감을 느껴 왔다. 그래서 환공은 은밀히 관중을 같은 길로 끌어들여서 '동호(同好)의 사

(士)'라는 인식을 심어 주기 위한 생각이었다.

그것을 포숙이 언젠가 이야기했었던 것을 관중은 회상했다.

"이보게, 중부. 그 삼귀의 집에 외출과 귀가를 알리는 종과 북을 비치해 두도록 하지. 중부는 보통 재상들과는 다르지. 열국의 제후에 비견될 대 제상이라고 천하에 알리는 것일세. 그래 그 삼귀의 집을 각각 공관으로서 '반점'을 설치하도록 하지."

환공은 더욱 당당하게 말을 이었다. 반점이란 제공이 연석에서 술잔을 뒤집어 놓는 판을 말하는 것이다. 즉, 삼귀의 집을 외국 사신을 접대하는 공관으로 이용하면 좋지 않느냐는 것이었다.

바꾸어 말한다면, 삼귀의 집은 공무에 필요한 관(관청)이다. 미인을 양성하고, 호사를 누리기 위해 설치하는 것은 아니라는 명분을 세울 수 있다는 것이었다.

그 교묘한 발상이 환공의 착상이 아닌 것은 확실하다. 사실 그대로 말하자면 그것은 포숙이 짜낸 지혜였다.

환공에 대한 충성과 친구 관중에 대한 배려가 합쳐진 결과라고 해야 할 것이다.

예전부터 관중이 천하의 패권을 완전히 장악하기 전까지는 주제넘는 짓과 사치는 삼가 한다고 포숙에게 말한 적이 있었다.

인생은 결코 길지 않다. 이제는 관중도 즐거운 생각을 해도 좋을 시기가 되지 않았는가. 그렇지만 그가 스스로 그런 말을 꺼내기는 어렵지 않은가. 그래서 포숙은 여러모로 헤아려서 그와 같은 제안을 내어 놓은 것이었다. 다행스럽게도 환공도 그것을 바라고 있었다. 그래서 포숙은 관중의 마음과는 전혀 관계없이 분방론을 펴 환공을 부추겼다.

역시 그런 것을 볼 때 포숙은 환공의 신하라기보다는 관중의 친구였다. 그리고 관중은 삼귀의 집을 강요당하는 형식으로 받아들이게 되었다. 더구나 그것이 공무에 필요한 공관이라고 하면, 곁에서 듣고 있던 말 많은 동곽아라도 이의를 달수는 없을 것이었다.

그래서 동곽아는 현안이 되어 있는 세금지불의 환원문제를 끄집어 냈다. 하지만 관중은 완전히 예상외의 결론을 내렸다.

"모처럼 시간과 수고를 들여 징수한 세금이오. 게다가 군비는 웬만큼 있어도 부족하고, 더욱이 수고를 해 가면서까지 환원시킬 필요는 없소."

라고 잘라 말했다.

"하지만 백성과 농민이 곤란해 하고 있습니다."

동곽아는 반론을 제기했다.

"그렇다면, 곤란하지 않도록 계산해 주면 되지 않소."

"어떻게 말입니까?"

"그때 고리대금업자에게 빌린 돈을 장부에서 말소시켜 갚지 않도록 하면 되지 않는가."

"어떻게 해서 말입니까?"

"전승 축하연에 고리대 나리님들을 초대하여 그때 납득시키도록 해보게."

"무슨 말씀이십니까?"

"이유를 붙이지 말고 초대하여 느닷없이 그 뜻을 건네 보게."

"대부금을 말소시키라고 말입니까?"

"음, 제군은 이번 원정에 애국적인 마음으로 협력하여 세금을 못 낸 농민과 상인에게 돈을 돌려주었다고 들었다. 그것으로써 제군은 국가에 위대한 공헌을 한 셈이다. 더구나 농민들의 진언에 의하면 제군은 전승을 경축하는 표시로 그 대부금을 장부에서 말소하기로 했다고 농민들에게 선언하지 않겠는가? 그 기특한 애국심은 찬사를 받을 만하다. 따라서 그것을 가상하여 편액 한 폭을 하사하여 그 공을 선양시키도록 하겠으니 편액을 문에 내걸고 더욱 번창하라고 하면서 어마어마하게 표창하면 되오."

라고 관중이 가르쳐 주었다.

동곽아도 관중의 말에 수긍하며 고개를 끄덕였다.

"하지만 교묘하게 속인 것처럼 보이고 과연 그 간사스런 놈들이 납득을 할지 어떨지?"

"아니 사기 치는 것이 아닌 멋지게 오해시켰다고 생각하면 되오. 더욱이 고리대 나리님이 정부에 협력하여 꿔준 돈을 장부에서 말소시키기로 진언했다고 농민들에게 부추겨서 감사하는 소리를 높여 주는 것이오. 납득하지 않을 수가 없게끔 일을 꾸미면 되오. 아무튼 세상 고리대금업자들은 그렇게 높은 이자를 받아서 너무 살쪄 있다고 생각되지 않는가? 가끔은 그것을 토해내도록 해야 되오."

관중은 당연하다는 식으로 말했다. 갑자기 환공은 무릎을 탁 쳤다.

"역시 좋은 의견이다. 곧 그것을 시행하도록 준비시켜라."

라고 명령했다.

덧붙여서 말하면, 이 아이디어는 열흘 후 전승 축하연에서 실행되었고, 고리대금업자들은 울며 겨자 먹는 식으로 받아들였다. 그것이 역사에 선정(善政)의 표본으로 후대에까지 전해지게 되었다.

골머리를 썩이던 세금 건이 해결되자 동곽아는 서서히 환공의 문란한 행실을 관중에게 고해바쳤다. 관중이 부재 시 환공은 도성에서 온갖 부조리의 극치를 이루고 있었다. 그중에서도 동곽아의 눈에 거슬렸던 것은 제후로서는 차마 해서는 안 될 형태로, 시내 유곽에 출몰하여 기생들의 꽁무니를 졸졸 따라다니는 것이었다. 목청을 높이고, 머리를 흐트러뜨리고 쫓아 돌아다니는 것이었다. 환공이 유곽에 나타나면 기생들은 우선 재미있다는 듯이 서로 관을 뺏으려 했다. 그래서 환공의 머리는 엉망이 되곤 했다. 기생들은 뺏은 관을 공처럼 발로 차거나 던지면서 놀았다. 그것을 환공이 목청을 돋우어 쫓아다니면서 함께 어울려 놀았던 것이다. 그로 인해 잃어버린 관은 셀 수 없을 정도였으니 참으로 기가 찰 노릇이었다.

"그것은 정말 한심스런 모습입니다. 차마 눈뜨고는 볼 수가 없었습니다. 하지만 간언을 올리면 중부가 마음껏 놀라고 말했는데 무엇이 나쁘냐는 식입니다. 도저히 어떻게 할 수가 없었습니다."

동곽아는 분하다는 듯이 말했다. 그 말에는 쓸데없는 것을 가르쳐준 관중에게도 책임이 있다는 의미가 포함되어 있었다.

"그랬었나? 대간(大諫)이란 것은 아주 지치는 특히 신경을 곤두세워야 하는 피곤한 직무이오. 하지만 전하라고 한다면 시내 유곽의 기생들은 천진난만하므로 그녀들과 장난치며 노는 것이 얼마나 재미있으셨겠나?"

관중은 환공에게 얼굴을 돌렸다. 환공은 맞다고 말하고 싶었지만 조심스레 가만히 있었다. 하지만 동곽아는 몹시 화를 냈다.

"중부! 전하의 편을 들지 마십시오!"

하며 눈을 부라렸다.

"아아, 화내지 말게. 이 힘난한 세상 중에서도 제나라의 수도는 천하태평이라는 증거요. 괜찮은 일이 아니겠는가?"

관중은 받아 넘겼다.

"아닙니다. 말을 삼가 주십시오. 그건 곤란합니다. 대간의 명분이 서지 않습니다."

동곽아는 정색하며 대들었다.

"으음, 그건 정말 그렇군. 하지만 난처한 것은 저쪽보단 내 쪽이 더 문제요. 그래, 포숙은 어떻게 생각하나?"

하며 관중은 포숙에게 도움을 요청했다.

"글쎄, 전하께 양자택일을 요청한다면…?"

"무얼 말인가, 어떻게?"

관중이 물었다. 하지만 포숙은 관중에게는 대답하지 않고 환공에게 말을 걸었다.

"후궁에는 3백 명의 미인이 있습니다. 유곽에서의 놀이가 그토록 즐거우시다면 후궁에 그만큼의 미인을 둘 필요는 없습니다. 그래서 말씀입니다만 유곽에서 노시는 것을 그만 두시든지, 그렇지 않으면 후궁의 미인들을 해방시켜 주시든지 둘 중 하나만 선택하신다면 어느 쪽을 택하시겠습니까?"

"후궁을 해방시켜 주자."

환공은 즉석에서 대답했다. 그 체념의 확실함에 포숙은 놀랐다. 포숙은 분명 그 반대의 대답을 기대하고 있었다. 관중도 무심코 고개를 저었다.

"아, 곽아."

관중은 동곽아의 양해를 구했다. 이제 다시 말할 필요는 없었다. 동곽아도 관중의 뜻을 헤아리고 묵묵히 수긍했다.

확실히 관중이 말한 대로 춘추라는 전란시대에 제나라에서는 이십 수년의 태평천하가 계속되었다.

제20장
흐르는 물에게 책임을 물어라

　제환공(齊桓公) 23년, 봄이 지나 여름이 찾아옴과 동시에 연나라에서 채읍에 관중의 성을 짓기 위해 특사가 기술자 집단을 거느리고 제나라로 왔다.

　그러나 환공의 권유로 관중이 '삼귀의 집'을 세우라고 했다는 것을 듣고 몹시 서둘러서 일부 기공을 교체하고, 또 세 개의 집단으로 나누어 한꺼번에 세 채의 집을 세우기 시작했다. 그리고 그해는 그럭저럭 무사히 지나갔다. 그러나 다음 해 24년에는 노나라에서 또다시 정변이 일어났다.

　노장공(魯莊公)이 병사하여 그 아들 희반(姬般)이 즉위했지만, 즉위하자마자 곧 백부인 경부(慶父)에게 살해당했다. 대신에 경부는 즉시 희반의 이복동생인 희계(姬啓)를 내세워 민공(閔公)이라 일컬었는데, 그 과정에서 경부의 친동생인 희아(姬牙)가 장공의 친동생인 희우(姬友)에게 살해되었다. 희우는 보복을 두려워한 나머지 진나라로 망명했다. 어떤 특별한 것도 없는 항상 똑같은 권력투쟁이었다. 그렇지만 그 정변에는 제나라에게 있어서 성가신 문제가 뒤엉켜 있었다.

노장공 부인 애강은 제환공의 조카딸이었다. 그 애강이 경부와 간통을 하고, 더구나 경부가 희반을 살해하는 것을 도와주었던 것이다.

희우가 그 정변의 전말을 제나라에 의존하지 않고 진나라에 망명한 이유는 모두 그러한 연유에서였다.

제환공과 관중은 난처한 일이라며 거북스러움을 눌러 참고 있었다. 하지만 선불리 참견했다가 긁어 부스럼이 될 수 있기 때문에 수수방관하며 사건의 추이에 맡겼다.

다음 해인 제환공 25년, 갑자기 북방 오랑캐가 형나라를 침입했다. 관중은 통보를 받고서 빈수무를 지원대로 파견시켰다. 빈수무가 구원하러 달려갔다는 것을 알고는 북오랑캐는 싸우지도 않고 형나라에서 도망쳐 버렸다.

이듬해 26년, 노나라에서는 또다시 정변이 일어났다. 다시금 애강이 정부인 경부를 국왕 위에 앉히려고 음모를 꾀하여 노민공을 암살했다. 그러나 그 부조리에 도성 백성들이 반란을 일으켜 결국 경부는 왕위찬탈에 실패하고 자살을 했다.

살해된 민공의 형이 즉위하여 희공(僖公)이라 칭해졌다. 애강은 노나라에 있을 수 없게 되자 주(朱)나라로 망명했다. 따라서 제환공의 입장은 점점 더 난처하게 되었다.

연이어 노나라 왕을 두 사람씩이나 암살한 애강을 일가로서 그냥 내버려 둘 수만은 없었다. 패왕의 입장에서도 결단내지 않으면 안 된다고 관중이 진언했다.

그래서 제나라인 친정을 방문하는 명목으로 그녀를 주나라에서 데리고 오던 중 살해했다. 그리고 병사한 것으로 하여 유체를 노나라로 돌려보냈다.

이듬해 27년, 북쪽 오랑캐가 이번에는 위나라에 침입했다. 위나라 의공(懿公)은 학 애호가였다. 학의 사육에 열중하여 전혀 정치를 돌보지 않았다. 궁정에는 얼굴조차 내밀지 않고 광대한 학의 사육장에 들어가 살다시피 했다.

북오랑캐가 침입했을 때도 위의공은 제구(帝丘)성에 있지 않았다. 황급히 제구에 돌아왔을 때는 도성은 이미 포위되어 있었고, 성으로 들어가지도 못한 채 의공은 성 아래에서 살해되었다. 그리고 도성은 맥없이 함락 당했다.

제나라는 훨씬 이전에 위나라의 위기를 알고 있었지만 굳이 위나라에 병사를 출동시키지 않았다.

"갈수록 의지하면 곤란하다. 스스로 돌보지 않는 나라를 도와줄 필요는 없다."

하고 관중은 수수방관하고 있었다. 그 사이에 북오랑캐들은 맹위를 떨치고 위나라는 멸망 직전의 위기에 몰렸다. 할 수 없이 북오랑캐를 그대로 방치하여 그들이 멋대로 횡행하며 설치고 다니게 내버려 둘 수만은 없었으므로 드디어 제나라는 병사를 파병시켰다.

북오랑캐는 위나라에 도착한 연지(連摯) 휘하의 제나라 군사를 보고 놀라 퇴각을 했다. 연지는 사방으로 흩어진 제구의 백성들을 모아 의공의 아들을 찾아내어 즉위시켰다. 즉위한 문공(文公)에게 병사 3천과 필요한 장비와 식량을 남겨두고 한발 먼저 임치로 철수했다.

제구의 도성은 이미 폐허나 다름없었다. 그것을 수복해 주는 대신에 제나라는 여러 나라에 지시하여 공동으로 초구(楚丘: 하남성 골현)에 새로운 도성을 쌓았다. 새로운 도성에 들어온 위문공은 제나라의 지원을 받아 새롭게 위나라를 다시 건설했다.

그 이듬해 28년, 북오랑캐는 또다시 형나라에 침입했다. 먼저 침입 때는 즉각 지원부대를 파병했던 제나라는 이번에는 즉각적으로 병사를 파병시키지 않았다. 저번 구원에서 형나라와 북오랑캐의 고약한 관계를 눈치챘기 때문이었다.

두 번씩이나 형나라에 침입한 오랑캐는 생적(生狄) 즉, 본래의 오랑캐 족은 아니었다. 이미 절반 정도는 중원에 동화한 숙적(熟狄)이었다. 그 숙적과 형나라는 서로 짜고 인접해 있는 약소국을 약탈하고 있었다. 그 분배 등의 이해득실의 문제가 뒤엉켜 있었으므로 북쪽 오랑캐가 형나라에 침입했던 것이다. 즉 일반적으로 북오랑캐가 중원에 침입한 경우와는 그 이유가 명확히 달랐다.

그렇지만 형나라가 중원의 일국임에 틀림은 없는지라 패왕에게는 스스로 지켜줄 의무가 있었다. 이유를 내세우는 것은 성가신 일이었다. 그래서 제나라는 할 수 없이 병사를 파견했다.

제나라 군사가 형나라에 출현하자 북오랑캐는 다시금 도망쳐 사라졌다. 그러나 형나라는 이미 위나라 경우처럼 파멸되고 있었다. 제나라는 지난번과 마찬가지로 여러 나라에 명령하여 이의(夷儀: 산동성 요성현)에다 도성을 쌓고 그곳으로 형나라의 수도를 천거했다. 형나라는 또 제나라의 지원으로 재출발하게 된 것이다.

이해에 노나라에서는 희공이 정세를 안정시키려고 온갖 정치적인 처방을 고안해 냈다. 공족(公族)의 세력균형을 지향하여 정치권력을 이씨, 맹씨, 숙씨의 세 가문으로 분리했던 것이다. 세 가문은 선선대 환공의 직계로서 세상에 '삼환(三桓)'이라 불렸다.

이리하여 노나라 정치에 삼환정립의 국면이 출현했다. 그러나 세력균형의 의도는 예상과는 달리 삼환은 맹렬히 항쟁하고, 더구나 공실은 쇠락의 일로를 걷게 되어 드디어 소멸하고 말았다.

그것이 실은 춘추전국시대에 있어서의 정치권력의 변천 즉, 권력이 공실에서 공족, 경대부로 이행하는 효시가 되었다. '

그리고 소위 하극상의 시대가 시작되었다. 하지만 굳이 말을 덧붙이자면 일반적으로 춘추전국은 하극상의 시대라 불려 왔던 그 호칭에는 어떤 역사적인 의미도 없다.

단, 유가(儒家)는 하극상에 윤리적인 의미를 부여했기 때문에 춘추전국은 암흑시대라고 주장해 왔다. 그러나 직접 윤리를 주장한 것의 옳고 그름과는 달리 하극상은 정치 변동과 권력 변천의 과정에서 출현된 표층적인 측면이었고, 암흑이라고는 말할 수 없다. 즉, 권력의 확산을 가리키어 하극상이라고 하는 것은 역사적인 도착(倒錯)이다.

그리고 제환공 30년, 제환공은 송·위·진·허·조·정나라와 그리고 노나라 등 여러 나라에 지시하여 8개국 연합의 초국정토군(楚國征討軍)을 일으켰다. 한때 잠잠하던 초나라가 다시금 빈번히 정나라를 침입하기 시작했던 것이다.

제환공 30년이라고 한다면 초성왕 16년이지만, 제나라가 견융토벌의 병사를 일으킨 것은 초성왕 8년의 일이었다.

그리고 같은 해 초나라에서는 살해된 영윤의 자리에 자원(子元)이 취임했고, 다시 자문(子文)이 영윤으로 취임했다.

그 자문은 영윤에 취임하자 곧바로 관중을 모방하여 초나라는 부국강병책을 추진했다. 자문은 초나라의 명영윤으로서 이름을 떨친 유능한 정치가였다.

그가 추진했던 부국강병책은 그 나름대로 공적을 쌓아 상당한 성과를 거두었다. 때문에 초나라의 정세는 안정되고, 국력은 비약적으로 강화되었다. 그래서 다시 중원 진출을 목표로 삼아 그 현관 입구에 해당하는 정나라를 엿보기 시작했다.

정치권력은 항상 팽창하여 표면에 흘러나올 듯 했다. 차별과 멸시를 뛰어넘으려는 의미도 있었다. 박차를 가한 초나라가 중원을 노리는 것은 정치의 필연적인 성행(成行)이었다. 그러므로 제나라와의 충돌은 거의 숙명적이었다.

그렇지만 그곳에는 동쪽 오랑캐와 서융의 북오랑캐와의 생존을 건 전쟁과 같은 타협의 여지가 없는 대결이 아니라, 정치적인 해결의 길이 있었다. 따라서 전략적인 첫걸음은 전격적인 초나라를 치기보다는 우선은 정나라의 방위력을 강화하고, 더욱 강하게 출구를 막는 것이었다.

그러므로 제나라가 초나라 토벌에 8개국 연합군을 일으킨 것은 초나라를 위압하여 화를 억제하기 위함이었다.

8개국이 동원시킨 병력의 총 세력은 병거 천 2백 대와 병사 2만이었다. 중핵을 이룬 제나라의 군세는 병거 4백 대에 병사 5천이었다.

그 대군이 낮을 기해 송나라에 접한 채나라의 국경에 집결했다. 그런데 실은 관중이 연합군을 채나라의 국경으로 집결시킨 데에는 이유가 있었다.

제환공은 색도에 관해서는 도통한 사람이었지만 결코 미인만을 밝히는 사람은 아니었다. 아니 오히려 잡식동물처럼 기호의 폭이 아주 넓었다.

그리고 전년도 채나라 제후의 여동생인 채희(蔡姬)를 세 번째 부인으로 맞아들였다. 채희는 그다지 미인은 아니었지만 산양처럼 민첩하고 활달했다. 특히 그녀는 수영에 관해서는 명수였다.

어느 날 환공은 채희와 작은 배를 타고 호수에서 놀았다. 환공은 전혀 수영을 하지 못했다. 그것을 알고 있는 채희가 배 언저리를 심하게 흔들어 환공을 놀려 댔다.

환공은 새파랗게 질려 비명을 질렀다.

"그만두지 못해!"

하고 저지했지만 채희는 재미있어 하며 더욱 배를 흔들기 시작했다.

결국 환공은 물에 빠져 허우적거렸다. 채희는 자지러지게 웃었지만 곧 그를 구해 주었다. 환공은 심하게 화를 냈다. 창피함이 노여움으로 변했던 것이다. 그것이 우습게 느껴진 채희는 다시 배꼽이 빠지도록 웃어 댔다.

궁정으로 돌아오자 환공은 채희를 채나라로 쫓아 보냈다. 그러나 시간이 지나자 환공은 채희가 그리워지기 시작했다. 생각 끝에 마중 사자를 보냈지만 채나라 제후가 이미 여동생을 다른 가문으로 시집을 보내 버린 뒤였다.

그렇게 되자 미운 것은 채희가 아닌 채나라 제후였다. 그대로 참고 견딜 수 없게 된 환공은 채나라로 병사를 출병시키자고 떠들어대기 시작했다.

"웃음거리 밖에 안 됩니다."

관중이 막았다. 출병에는 대의명분이 있어야만 되고 기회를 기다리라고 관중이 충고했다.

그리고 드디어 그 시기가 도래했다.

초나라 토벌의 연합군을 조직함에 있어서 관중은 일부러 채나라에는 거병을 요구하지 않았다. 그래서 생트집을 잡으려고 했던 것이다.

즉 8개국의 연합군을 채나라의 국경으로 집결시킨 것은 초나라 토벌에 앞서서 거병하지 않은 채나라에게 죄를 묻기 위해서였다.

드디어 8개국의 병사가 집결하여 연합군 편성을 끝마치자 환공은 좌우 양군을 구성할 제나라의 병사에게 채나라 도성의 공략을 명령했다. 그리고 빈수무와 연지 두 장군에게 반드시 채제후를 체포하라고 엄명했다.

하지만 관중은 출격할 빈수무와 연지 두 장군을 불러 세웠다.

"공손히, 공손하게 말이지. 채제후를 모시고 오게. 결코 해를 끼치지 않겠다고 전하도록."

관중이 명했다.

두 장군은 병사를 성으로 출격시켰다. 하지만 빈수무와 연지 두 장군이 합쳐서 성에 나타났다는 것을 소문으로 듣고 채나라는 싸움을 포기한 채 성문을 열었다. 이윽고 채제후가 빈수무와 연지 두 장군을 따라서 성을 나왔다. 그것을 관중은 도중에서 마중했다.

"타인은 남녀의 은원(恩怨)을 헤아리기 힘듭니다. 입장은 잘 이해합니다. 하지만 그것을 이해하여 주셔서 채희와 재결합을 할 수 있도록 선처하여 주시기 바랍니다. 정말 부탁드립니다. 이것만 승낙하여 주신다면 이번 문제에서는 잘못을 인정하고 우리가 거꾸로 사과드리겠습니다."

하며 관중은 머리를 떨구었다.

"천하의 패왕이 중부라 부르는 당신이 부탁하는데 거절할 수도 없는 문제이고, 잘 알았소이다. 하지만 천하의 대 제상도 역시 노고가 많소이다. 그려."

채제후는 오히려 관중의 입장을 동정하여 쾌히 승낙했다.

이렇게 하여 한 건은 종군한 제후들이 귀신에 홀린 듯이 낙찰되었다. 이윽고 8개국 연합군은 병사를 출병시켜 초나라의 국경에 다다랐다. 국경선에는 수레가 세워져 있고, 의관을 갖춘 남자가 앞을 가로막고 서 있었다. 초나라의 대부로 외무대신격인 행인 굴완(屈完)이었다. 사정이라도 있는 양 관중이 수레를 진격하여 접근했다.

"제나라의 관 재상이라 딱 보고 알았습니다. 초나라의 행인 굴완이오. 우리 국왕께서 좀 뵙자고 하십니다."

굴완은 말했다.

"알겠습니다."

관중이 이에 응한다.

"제·초 두 나라는 각각 그 나라를 다스리고, 제나라의 영토는 북해에 임하여 있고, 초나라의 영토는 남해와 근접하고, 비록 교미한 우마라 할지라도 그 생김새에는 미치지 못한다(雖風馬牛不相及)는 말처럼 그토록 멀리 떨어져 있으면서 어인 출병이신지요."

"이유는 두 가지입니다. 그 첫 번째는 초나라가 조정에 공물을 공납해야 할 의무를 게을리했습니다. 그러므로 술을 걸러 새 이엉을 얹어, 제사 지낼 수가 없습니다. 그 죄를 묻기 위함입니다. 또 그 두 번째 이유는 지금으로부터 346년 전에 주소왕(周昭王)이 남쪽을 정벌했을 때 초나라에서 행방불명이 되었습니다. 그 책임을 묻기 위해서입니다."

"하지만 주나라 왕실의 동천 이래 조공을 소홀히 하였던 것은 중원의 제후도 마찬가지이며, 유독 초나라만은 아니잖소. 그렇지만 초나라가 공물의 공납을 게을리했던 것은 사실이오. 그 죄는 인정하며 앞으로는 틀림없이 공물을 공납하리다. 단, 주소왕의 건은 책임지기 힘듭니다. 주소왕이 타고 계시던 배가 뒤집혀 행방불명이 되었습니다.

행방은 한수(漢水: 섬서성에서 발원을 발하여 무한(武漢)에서 양자강으로 흘러 들어가는 강)에게 물어 보시오. 책임은 물가에서 흐르는 물에게 물어보시는 것이 좋을 것 같소. 우리에겐 아무 관계도 없는 일이라 생각되오. 하지만 성으로 돌아가서 우리 임금께 보고하겠소이다."

굴완은 가볍게 인사를 한 뒤 사라졌다. 그래도 연합군은 개의치 않고 초나라 영역으로 진입하여 경산(經山: 하남성 언성현의 동쪽)에 이르러 진을 쳤다. 그 남쪽은 한수가 흐르고 있었다.

"한수를 건너서 일전을 벌이자!"

제후들이 입을 모아 말했다.

"아니오. 상대가 일단 사자를 보냈소. 어떤 대답이 있을지 기다리는 것이 도리요. 전단을 여는 것은 조작은 아니지만 어쨌든 이 광대한 영역의 일이오. 병사를 거느리는 것은 쉽지 않소. 게다가 먼저 선제공격을 하면 좋지 않은 상극의 연쇄작용을 일으키게 되오. 그러면 진정될 수 있는 것도 더 혼란케 되오."

관중은 움직이지 않았다. 그러나 만일에 대비하여 빈수무의 좌군을 한수 위에, 연지의 우군을 강 아래로 배치하여 야영을 치도록 했다.

밤이 되어서 황(黃)나라와 강(江)의 밀사가 연합군의 본진에 나타났다. 그리고 전쟁이 시작되면 두 나라는 빠지고 싶다는 두 나라 왕의 뜻을 전했다. 제환공은 기뻐했지만 관중은 완강히 거절했다.

"어째서지."

제환공은 석연치가 않았다.

"배반하면 두 나라는 후에 보복을 받습니다. 그때에 양국을 구원해 준다는 것은 지리적으로 불가능하기 때문입니다."

관중이 말했다. 옆에 있던 포숙이 고개를 갸웃거렸다.

한수의 남쪽에서는 영윤 자문이 지휘하는 초나라 군대가 진을 치고 있었다. 경산에 진을 친 연합군이 강 상류와 하류에 병거대를 전개시켰다고 하는 초나라 병사의 보고를 받은 자문이 여러 부하 장군들에게 주의를 재촉했다.

"연합군 부대는 말하자면 소위 오합지졸의 군세이므로 아무리 관중이 지휘한다고는 해도 대단치는 않을 것이다. 그러나 본부대에서 떨어져 나간 두 개의 병거대 지휘자는 필시 '호표이장(호랑이와 표범에 비유되는 장군)'이라 불리는 빈수무와 연지이다. 두 사람 모두가 태봉 같은 놈들이므로 전쟁이 개시되면 아무쪼록 정신 차리는 것이 좋을 것이다."

"그 행동개시는 언제인고?"

초성왕이 물었다.

"우리 쪽에서는 선제공격을 하면 지게 됩니다. 더구나 적은 연합군의 강세로 보급의 걱정은 없습니다. 이대로 대기하는 것은 무의미합니다. 화해를 강구하여 연합군을 퇴각시켜야 된다고 사료되옵니다." 하고 자문은 진언했다. 성왕이 수긍을 하고, 굴완은 한수를 건너 다시 연합군의 원문인 군영의 문에 모습을 나타냈다.

"강화의 의견을 보내러 왔을 테니까 예를 갖추어 맞아들이도록 하십시오."

관중이 환공에게 다짐했다. 그러나 행인 굴완도 보통은 아닌 사람이었다.

"우리 국왕은 초나라에 공물 공납의 책임이 있는 것을 모르고 계셨습니다. 그래서 그 죄는 인정하지만 느닷없이 대군을 거느리고 파견한 것은 점잖지 않다고 화를 내셨습니다. 그래서 즉각 군을 일사(一舍: 30리) 퇴각해 주십시오. 그렇게 하시면 다시 죄를 인정하여 공물을 공납하시겠답니다. 그리고 시비야 어찌되었든지 간에 멀리서 오셨으니 예를 갖추어 병사를 위로하라고 분부하셨습니다."

하고 조리 있는 말로 교묘히 강화를 요구했다.

"일사가 아닌 이사를 퇴각하라!"

하고 관중은 기분 좋게 수긍했다. 그리고 병사를 60리나 퇴각하여 소릉(召陵)에 주둔했다.

다음 날 아침, 굴완이 금은보석을 가득 실은 병거 8대와 술과 안주를 가득 실은 병거 20대를 거느리고 소릉에 나타났다. 초나라는 호화스런 군사 위로잔치를 베풀어 화를 모면하게 되었다.

다음 날 8개국 연합군은 소릉에서 철수하여 각각 귀국했다. 관중은 초나라가 바친 금은보석을 분배하지 않고 정나라에 모두 주었다. 그리하여 초나라와의 국경에 성을 쌓게 하고, 방비를 튼튼히 하게 했다.

임치로 돌아와서 포숙이 관중에게 물었다.

"초나라의 죄를 묻는데, 어째서 초성왕이 '왕'을 참칭한 것은 불문에 붙이고 공납의 책임만을 물은 것인가?"

"왕호 참칭의 죄를 따지면, 서로 손을 뗄 수가 없게 되어 부득이 전쟁을 해야 된다네. 그 골치 아픈 나라와 싸워 보았자 의미도 없네. 때려눕히더라도 반드시 다시 살아나네. 되풀이하여 치기에는 초나라는 중원에서 너무 멀어."

"그렇다면 황나라와 강나라가 등을 돌리려는 것을 거절했던 이유도 같은 것인가?"

포숙이 다시 물었다.

"비슷한 것 같지만 다르네. 초나라를 중원에 포함시키면 세계가 너무 비대해지네. 모든 지배에는 스스로 가능한 세력권의 넓이, 즉 적당한 규모가 있는 법일세. 그걸 넘는 지배는 불가능하고 패권을 미치게 하는 것조차 물리적으로 곤란한 법일세. 그런 까닭으로 긴 강의 중류 일대의 남방권은 중원과는 다른 세계이지. 그렇다면 그 세계에 초나라의 패권을 인정해야만 되네. 그 세계에 있는 소국을 우방으로 하는 것은 서로를 위해 좋지 않다네."

관중이 말했다.

"역시 전쟁은 패자끼리 한다는 셈이군. 그래. 하지만 어려운 이야기지."

"그렇다네. 하지만 인근 세계에 강적이 존재한다는 것은 거꾸로 세력권 범위를 꽉 조이는 데는 수월하네. 조이는 측에서도 대가를 지불하고 있다고 생각하면 불평할 일도 없을 테니까."

관중은 씁쓸하게 웃었다.

하지만 중원하고는 다른 세계라고 생각한 관중과는 달리 남방권의 소국들은 아직 그와 같은 의식이 없었다. 침입한 중원의 8개국 연합군에 화를 면했다는 것으로 한 무리의 소국은 중원의 위엄을 빌려 초나라에 기대기 시작했다.

그리고 연합군이 초나라 땅에서 철수한 다음 해에는 황·강·현(弦)·도(道)·백(柏)의 다섯 나라가 초나라의 손에 멸망했다.

그 점에서 정나라는 시대의 흐름에 민감하고, 경험이 많아 교활해졌다. 이전부터 이미 제·초 두 나라를 서로 비교하여 기술을 습득해오던 정나라는 두 나라의 중간에서 더욱 노골적으로 이쪽저쪽에 붙어 태도가 일정치 않은 중립주의를 표방했다.

오늘 중원에 가담했다고 생각하면 내일은 남방 편을 들었다. 아침에는 제나라에 아첨했다가 초나라에 사죄하고, 저녁에는 초나라에 알랑거렸다가 제나라에 사과하는 일을 태연스럽게 반복했다. 즉 초나라에게 공격을 당하면 제나라에 구원을 요구하고, 또 제나라를 배신하여 비난을 받게 되면 초나라에 구원을 요청하는 식으로 제·초를 마음대로 조종하여 교묘하게 생존해 왔다.

"간에 붙었다 쓸개에 붙었다 하는 박쥐같은 정나라를 도저히 용서할 수 없다."

제환공은 드디어 화를 내기 시작했다.

"아닙니다. 상당한 역량이라고 칭찬해 줘야만 합니다. 우리들과 마찬가지로 초나라도 몹시 화가 나 있을 겁니다. 정나라는 뜻밖의 완충적 역할을 다하고 있습니다. 정나라는 쌍방을 위해 망해서는 안 됩니다."

관중은 환공을 위로했다.

"하지만 정나라를 맴도는 제·초 전쟁이 끊이지 않고서는 중부가 예고했던 패왕의 황금시대는 찾아오지 않는 것이 아닌가?"

하고 환공은 관중이 견융토벌 나갈 때 했던 말을 다시 했다.

"아닙니다. 때때로 감기에 걸리면 급사할 큰 병은 걸리지 않는다는 말이 있습니다. 작은 싸움이 끊이지 않으면 하루아침에 패권을 빼앗기는 대란은 일어나지 않습니다."

"하지만 황금시대는 영원히 찾아오지 않는 것이 아닌가?"

"당치 않은 말씀이십니다. 아직도 깨닫지 못하고 계십니까? 지금이 바로 패왕의 황금시대입니다."

관중은 말했다.

"그렇게 말한다면, 정말 그렇군."

하고 환공은 생각에 골몰했다. 그리고 과연 말이란 무서운 것이라고 느꼈다. 이때 관중이 무심코 던진 말 한 마디가 환공의 마음에 잠자고 있던 열망을 불러 일으켰다.

때마침 제환공 34년에 주혜왕이 몰락하여 황태자와 제2황태자가 조정을 둘로 나눈 뒤 계승전쟁이 일어났다. 그리고 황태자가 제환공에게 울면서 옹립을 부탁했다.

제환공은 제후와 조읍(洮邑: 하남성 범현 남쪽)에 회맹하여 왕위를 정했다. 따라서 황태자가 즉위하여 주양왕(周襄王)이라 칭해졌다. 그때 제환공은 아래와 같이 생각했다.

왕위를 정한 남자가 실제는 즉위한 남자보다 위대하지 않은가? 어째서 실질적인 천하(중원)의 수호자가 이름뿐인 임금보다도 직위가 낮은 것인가? 이제 곧 나는 틀림없는 천하의 수호자이다. 지금까지 수호자로서 쌓아 올린 공적은 삼대 즉, 하(夏)·상(商)·주(周)의 세 왕조의 선조에 뒤지지 않는다. 그런 자신이 어째서 단순히 패왕이란 말인가? 자신을 능가할 사람이 없다고는 말하면서도, 결국 패왕은 제후와 동렬(同列)이다. 아무리 생각해 보아도 그것은 이치에 맞지 않는다. 서열을 두어야 된다. 아니, 군림해야만 된다. 그렇다, 우선은 임금만이 허용되는 봉선(封禪)을 거행하는 일이다. 따라서 제후와 같은 반열이 아니란 것을 천하에 알리자.

환공은 마음먹었다. 봉선이란, 임금이 태산을 봉하여(하늘에 기원하여) 양부(梁父)를 기원하는(토지를 제사 지내다) 의식을 말한다. 다행히 태산은 읍에서 얼마 떨어져 있지 않았다. 양부는 태산에 있는 약간 높은 구릉이었다.

드디어 뻔뻔하게도 환공은 태산에 올라가 봉선을 드리겠다고 느닷없이 제후들에게 선언했다. 제후들은 어안이 벙벙해졌다. 눈살을 찌푸렸지만 굳이 반대하는 제후는 없었다. 하지만 당황한 것은 제후들보다도 제 나라의 조정신하들이었다.

"어째서 한 마디 상의도 없이 전하께서 느닷없이⋯."

포숙이 고개를 갸웃거렸다.

"의논한다면 반대할 것을 알고 계셨기 때문일세."

관중은 웃었다.

"웃고만 있을 상황이 아니지 않는가? 제후들의 표정은 험악하네. 패왕 그대로도 즐거울 텐데. 어째서 시시한 야망 따위를⋯."

"아닐세. 야망이 아니라네. 동경일세. 남자라면 누구든지 한번쯤은 품을 만한 하찮은 꿈일세. 그 정도의 자존심은 가지는 편이 바람직하지 않는가?"

"그렇지만 말을 하셨잖은가. 그것도 제후들의 면전에서 말일세."

"뭐, 농담 삼아 그랬다 치면 되지 않는가."

"하지만 실제로는 그렇지도 않은 것 같던데⋯."

"염려할 것 없네. 임금으로 오르면 유곽 기생들을 쫓아 돌아다니는 것도 할 수 없겠지 하고 다짐해보면서 반드시 다시 생각하실 것일세."

관중은 아무렇지도 않은 듯이 말했다. 그곳에 습붕이 근심스런 표정으로 나타났다.

"야아, 때마침 잘 와 주었소. 그려 습붕. 나는 봉선의 방법 등은 전혀 모르오. 당신도 잘은 모른다고 해 두게. 그리고 첫 째, 제기도 도구도 없어. 그것이 없이는 어찌할 방도가 없다고 확실히 말씀드리는 걸세."

관중이 엄하게 다짐했다. 그곳에 이번에는 동곽아가 모습을 나타냈다.

"도리를 지켜 목숨 걸고 간직하겠습니다."
하고 결의를 다짐했다.

"그럴 필요는 없소. 어차피 도구가 없으면 의식은 불가능해. 모처럼의 꿈을 무참히 무너뜨려서는 안 되지. 도구 탓으로 해 두시오."

관중이 말했다.

습붕에게서 도구가 없다고 들은 제환공은 사뭇 안타까운 표정을 지으며 봉선을 체념했다.

그리고 제후는 역시 봉선의 선언을 농담이었다고 받아들였다. 그렇지만 그 농담에는 의미가 있었다. 더욱더 패왕을 존경하자고 요구하여 왔다.

이리하여 제후들은 한층 더 존경스러운 표정과 태도를 나타냈다. '기묘한 농담' 덕택으로 패왕 환공은 더욱 위신이 높아졌다.

제21장
순망치한(脣亡齒寒)

제환공이 느닷없이 봉선을 하고 싶다고 말을 꺼냈던 것은 그의 본심이 아니었다. 수조(竪刁)·역아(易牙)·개방(開方)의 3인조가 환공을 부추겨 선동했던 것이다. 원래 환공은 봉선을 발판삼아 왕좌에 오르겠다는 식의 엉뚱한 생각은 없었다. 그는 역사에 처음 출현한 패왕이란 무엇인가 그것마저 이해하기 힘들어하고 있었다.

확실히 환공은 어째서 수호자가 피수호자와 같은 것인가 하고 불평한 적이 있었다. 그러나 그것은 우쭐한 생각에서 나온 말도 아니고 노골적인 불만의 표명도 아니었다. 그는 진짜 자신의 입장이 어려웠다. 그 초조함을 말로 표현했던 것이다. 패왕이란, 어떤 의미로는 노도와 같은 것이다. 움직이면 세력이 강하지만 물러서면 아무 형체도 없는 그런 이유로 그는 패왕이면서 더구나 패왕의 정체를 확실히 확인할 수 없었다. 즉 그는 패왕의 존재증명을 정확히 확인해 본 적이 없었다.

과연 회맹의 장소에서 수혈하기 위해 피를 뽑을 때 '소귀를 잡는다'는 것은 틀림없이 패왕의 존재증명이었다. 하지만 옛날에는 남자의 숙원인 소의 귀를 잡는 감동적인 드라마도 익숙해지면 어쩐지 어린아이를 속이는 것 같은 연극처럼 생각되어졌다. 아니 점점 시시해졌다.

좀 더 당당하고 확실한 증거가 필요했다. 환공은 이것이야말로 패왕이다 하는 형태로 그 존재를 증명하고 확인하고 싶었던 자신의 심중을 관중에게 터놓고 의논했다.

"그 심중을 깊이 헤아립니다. 곧 대회맹을 열어 패왕의 역할을 거침없이 정하여 글로 기재하여 법도를 정하고 죽간(종이 대신 사용한 간책)에 새겨, 소 등에다 실려서 널리 읽게 하고 수혈을 생략하고 법도의 준수를 제후들에게 맹세하도록 시키겠습니다."

관중은 거침없이 대답했다. 실은 봉선을 단념시킨 환공의 심중을 잘 헤아려 관중도 비슷한 것을 생각하고 있었다. 관중이 거침없이 제언한 것은 이미 제안을 나름대로 정립시켜 놓았기 때문이었다.

"어이, 정말 내 마음과 똑같군. 법도를 정하면 반드시 세상은 밝아질 거요."

하고 환공은 기뻐했다.

"아닙니다. 크나큰 기대는 걸지 마십시오. 단순히 신념의 표현을 명백히 한다는 형식으로 체재를 정비하는 것뿐이라고 생각하십시오. 임금의 예법도 잘 지킨 사람은 없었습니다. 패왕의 예법도 현실적으로는 누구나 따르지 않겠지요. 그렇긴 해도 임금의 예법이 있는 것처럼 패왕의 법도도 있다는 것에 의미가 있습니다."

관중은 쓸쓸하게 웃었다.

이리하여 제환공은 재위 35년 봄에 천하의 제후를 모아서 규구에서 역사적인 대규모 연합회의를 개최했다.

이 회의는 관중의 기획대로 열렸다. 먼저 패왕의 존재와 역할이 논의되었다.

패왕은 하늘의 형상대로 땅에 준한다.
사람들을 변화시켜 세상을 새롭게 한다.
천하의 구조를 새롭게 하여 제후들에게 각각 그 서열을 정해준다.
천하를 평정하고, 그때에 천하를 바로잡는다.
대국을 물리치고, 비뚤어진 나라를 바로잡는다.
강대국을 약화시키고, 약소국에게는 힘을 빌려준다.
난국을 쳐서 물리치고 폭군을 징계한다.
그 죄를 만천하에 드러내어 위상을 낮게 하되,
그 백성은 계속 다스리도록 한다.

라고 의정하여 글로 남겼으며, 이후 법도가 정해졌다.

첫째, 물이 나오는 곳을 막지 말라.
둘째, 식량의 유통을 막지 말라.
셋째, 태자를 업신여기지 말고 섬겨라.
넷째, 첩을 처로 맞이하지 말라.
다섯째, 부인을 국사에 관여시키지 말라.

라고 금지했다.

이것은 소위 '오금(五禁)'이었다. 그리고 오금은 곧 붓 칼로 죽간에 새겨서 소의 등에 걸렸다. 여기에 제환공이 손을 얹고, 제후들이 그 앞에서 준수의 맹세를 했다.

제환공은 흡족하여 시종 싱글벙글 좋아했다. 그렇지만 제후들의 생각은 복잡했다. 그리고 회맹은 끝이 났다.

계절은 봄이었다. 회맹의 결과에 만족하여 뜻을 이룬 제환공도 자기 세상의 봄을 구가(謳歌)하면서 임치로 돌아갔다.

그런데 이 역사적인 대회맹에 늦게 찾아간 불청객이 있었다. 진(晋)나라 군주 헌공(獻公)이었다. 그는 대회맹을 소문으로 듣고 규구로 달려갔다. 하지만 규구에 당도하기 직전에 낙양(洛陽)의 귀도에 오른 주(周) 왕실의 태재공(太宰孔)과 만났는데, 이미 회맹이 끝났다고 듣고선 낙담했다.

"일부러 달려왔는데…. 제나라 왕의 뒤를 쫓아서 한마디 인사라도 해야 되겠소."

진헌공은 다시 수레를 달리게 하려고 했다. 그러나 태재공이 말렸다.

"지금이야말로 제나라 왕은 의기양양한 자세로 뽐내고 있기 때문에 그 어떤 말도 듣지 않을 태세요. 만나 봐도 감정만 상할 뿐이니 안 만나는 게 좋소."

하고 말했다.

"으흠!"

진헌공은 당혹해했다. 주왕실의 고관이 패왕을 좋게 말할 턱이 없는 것은 당연하고, 아마 중상일 것이라고 생각했지만 역시 말머리를 돌려 귀국했다.

진나라는 중원 서북에 위치하여 연·제·위·주·초·주나라와 국경을 접한 지역을 영유하고 있었다. 유서 깊은 중원의 초 대국이지만 나라가 둘로 나뉘어 치열한 내전에 몰두하고 있었고, 그때까지 중원과의 접촉은 거의 없었다.

내전이라고는 해도 본가와 분가로 나뉜 골육의 분쟁이었다. 본가는 익(翼: 산서성 익성현 동남쪽)에 도성이 있어, 당연히 본가가 정당한 진나라였다. 분가는 익성(翼城)보다 큰 곡옥성(曲沃城)에 있어 '곡옥의 진'이라 불리었다. 즉 두 개의 진나라가 존재하고 있었다.

그리고 기이하게도 제환공이 패왕의 자리에 오른 해에 진나라의 내전이 종식되었다. 즉 곡옥의 무공이 익성을 공략하여 정통의 진나라 제후를 살해하고 본가를 절멸시켰다. 그리고 다음 해에 무공은 도성을 익에서 아주 근접한 강(絳)으로 옮겼다. 게다가 막대한 뇌물을 주왕실에 헌납하고, 형식상으로 정통 진나라의 군주라고 하는 인정을 받았다.

신생 진나라가 탄생했던 것은 진무공 38년(제환공 8년)이었다. 그리고 진헌공이 부친 무공의 뒤를 계승하여 즉위한 것은 그 다음다음 해로 그것은 제환공이 송나라에 출병했던 정나라를 다스리기 위해 유읍(幽邑)에서 회맹을 열었던 해였다.

그러므로 진헌공은 두 개의 진나라가 싸우던 내전 중에서 성장하였으며, 그런 영향 때문인지 헌공은 나라를 다스리는 법보다는 병법에 더 치중하고 조예가 깊었다. 그런 까닭으로 호전적이었으며 즉위하자마자 곧 인근의 소국을 병합하여 융적의 토벌에 나섰다.

진헌공 5년에는 여융(驪戎)을 토벌하였다. 그 융나라 군주에게는 두 딸이 있었는데 언니는 절세미인으로 역사상에 남은 그 유명한 여희(驪姬)이고 동생은 소희(少姬)라 불렸다.

헌공은 두 사람을 강(絳)의 궁전으로 데리고 와서 총애했다. 그리고 7년 후 헌공 12년, 여희에게서 기다리고 기다렸던 사내아이 해제(奚齊)가 태어났다. 다음 해에는 역시 소희에게서 도자(悼子)가 태어났다.

헌공은 즉위하기 전부터 부군인 무공의 첩 제강(齊姜)과 밀통하고 있었다. 그리고 그 사이에 자식 하나를 가지고 있었다. 은밀히 그 양육을 신(申)씨에게 부탁한 것을 연유로 이름을 신생(申生)이라 불렀다. 그리고 헌공은 즉위하자마자 제강을 다시 정실로 삼아 신생을 맡아서 태자로 세웠다.

헌공은 그 외에도 자식이 아홉 명이나 있었지만 그중에서 제일 잘난 것은 중이(重耳)와 이오(夷吾)였다. 헌공이 즉위했을 때, 중이는 스물한 살이었고 이오는 열아홉이었다. 특히 아직 열일곱 살인 신생을 태자로 세운 것은 그 생모가 정실이 되었기 때문이었다.

그러나 해제가 태어나자, 헌공은 성급하게 신생을 태자로 책봉한 것을 후회했다. 그때 제강은 이미 사망하고 없었기 때문에 여희를 정실로 삼는 것은 어려운 문제가 아니었다. 하지만 해제를 태자로 삼는 것은 문제가 있었다.

진나라에는 사위(士蔿)와 이극(里克)이라 불리는 두 유명한 대부가 있었는데 그 두 사람은 일이 있을 때마다 조법(전래의 계율)을 가지고서 이러쿵저러쿵 하기 때문이었다.

생각 없이 신생을 폐하고 해제를 태자로 책봉한다고 하면 심하게 반대할 것임에 틀림없었다. 그래서 헌공은 다른 이유를 붙여서 우선 신생과 중이, 이오를 동시에 도성에서 쫓아내야겠다고 생각했다.

곡옥의 성에는 종묘가 있어서, 경시할 수 없다. 따라서 성주를 임명하고 포(浦)는 변경의 요충지이므로 방비(防備)를 굳게 해야만 하니 중이를 주둔시킨다. 굴(屈)은 명마의 산지다. 그것을 지키기 위해서 이오를 시켜 다스리도록 한다.

하고 헌공은 좋은 말로 타일러서 세 사람을 도성에서 내보냈다. 그리고 대부인 조숙(趙夙)에게 곡옥성의 보수를 명하고 사위에게는 포(浦)와 굴(屈) 양 읍에 성을 쌓도록 명했다.

조숙은 정성껏 시간을 들여 곡옥을 보수했지만, 사위는 대강 절차를 생략하고 반년 사이에 두 개의 성을 건축해 헌공에게 보고했다.

"너무 빠르지 않은가?"

하고 헌공이 이상히 여겼다.

"예, 결국 머지않아 함락 당하게 될 테니까, 공격하기 쉽게 대강 절차를 생략하여 지었습니다."

사위는 엉뚱하게 대답했다. 본심이 들통 났다고 깨닫고는 헌공은 몹시 기분이 상했다. 하지만 굳이 말로는 표현하지 않았다.

그리고 4년 후 헌공 16년에, 진나라는 '이군(二軍)'을 창설했다. 헌공은 손수 상군의 대장을 겸하고, 신생을 하군의 대장으로 임명했다. 이군이란 관중이 제나라에서 만든 '오가의 병(五家의 兵)'을 모방하여 군령에 따른 정치 제도이다. 하군의 대장은 경(卿)이라 규정되어 있었다. 그리하여 교묘하게 신생을 태자에서 경으로 격하시켰던 것이다.

게다가 헌공은 신생에게 하군을 이끌고 곽(霍)·위(魏)·경(耿) 3국을 토벌하도록 명령했다. 실패를 각오한 모략이었다. 이 음모에는 여희가 가담되어 있었다. 사위가 보다 못해서 넌지시 신생에게 충고했다.

"한 번에 3국을 치는 것은 무리입니다. 실패할 것이라는 걸 알면서도 난제를 떠맡겨 예상대로 실패하면 죄가 아닌 데도 죄를 씌우게 됩니다. 병사를 버리고 어딘가 외국으로 망명하시는 것이 현명합니다."

하고 기탄없이 말했다. 그러나 신생은 과감히 전쟁터로 나가 크게 분투하여 3국을 쳐부수었다. 그리고 갑자기 명성이 드높아졌다.

모략이 오히려 부스럼이 되었고, 헌공과 여희는 깜짝 놀랐다. 하지만 모략의 실패에도 불구하고 다음 해, 다시 동산(東山) 오랑캐족의 토벌을 신생에게 명했다. 이번에는 이극이 보다 못해 헌공에게 간언했다.

"태자를 출정시켜서는 안 됩니다. 선조가 정해놓은 법에 어긋납니다. 장군은 전쟁터에서 임금 명에 따를 필요가 없습니다. 그것이 태자라고 하여 따르지 않으면 불효의 죄가 되고, 따르면 승기를 놓치게 되어 진퇴양난에 빠지게 됩니다. 생각을 다시 고쳐 주십시오."
하고 말했다.

"걱정하지 마오. 조법에는 이군의 창설은 상정되어 있지 않으니."
하고 헌공은 교묘하게 간언을 피했다. 그러고는 태자 신생을 출정시켰으나 신생은 또다시 대승하여 개선했다. 다시 한번 의도한 대로 되지 않자 헌공은 실망했다. 그러나 여희가 드디어 최후의 수단을 썼다. 그리고 신생에게 사자를 보내서,

> 임금이 어젯밤 신생의 생모 제강을 꿈에서 보셨다네. 제강은 어떤 세상에서 굶고 계신다고 하니 곧 희생물을 바쳐 제사 지내는 것이 좋겠다.

하고 전해주었다.

제강의 묘지는 곡옥에 있다. 말한 대로 신생은 제강에게 제사를 지냈다. 그리고 예법에 따라 제육(祭肉)을 헌공에게 보냈다.

그것을 받아들은 여희가 그 제육에 독을 넣었다. 그리고 제육을 먹은 소희는 그 자리에서 절명했다.

궁정에 대 소란이 일어났다. 여희는 정중히 조정신하들 앞에서 제육 한 점을 개에게 주었다. 그것을 먹은 개가 입에서 물거품을 일으키며 넘어졌다.

이리하여 신생이 부군을 독살하려고 했다는 증거는 명확해졌다. 신생은 운명을 각오하고 자결하려 했다.

"여희가 독을 넣은 것임에 틀림없습니다. 함정이라고 변명하면 반드시 납득할 것입니다."

하고 시종이 진언했다.

"납득해 주시든지 않든지 간에 그것만이 문제는 아니다. 부군은 그 여자 없이는 살아갈 수 없다. 지금 대군을 이쪽으로 보냈을 것이다."

하고 신생은 스스로 목숨을 끊었다.

이변을 들은 중이와 이오는 각각 도성과 굴성에서 강의 도성으로 달려왔다.

그러나 성에 들어온 두 사람은 여희가 중이와 이오도 신생과 공모했다고 의심하고 있다는 말을 듣고 그대로 도망쳐 돌아갔다.

그것이 거꾸로 공모의 증거가 되었다. 헌공은 시종인 발제(勃鞮)에게 병사를 맡기고 고화(賈華)를 굴성으로 보냈다. 고화는 일부러 이오를 놓쳤다. 그래서 이오는 적(翟)나라로 망명할 수 있었다.

한편 병사를 거느리고 포성으로 들어온 발제는 본격적으로 중이를 잡으려고 했지만 위기일발, 중이는 저택의 담을 넘어 달아났다. 그때 담을 넘어 도망치려는 중이의 소매를 붙들려고 발제는 쫓아갔지만 성문에서 한발 늦게 강(絳)에서 출발한 중이의 측근인 고언(狐偃), 조쇠(趙衰), 위주(魏犨), 개자추(介子推), 선진(先軫)과 우연히 마주쳤다. 두려움을 느낀 발제는 체포를 단념하고 도성으로 돌아갔다.

중이는 측근들의 보호를 받아 적나라로 망명했다. 그때가 진헌공 즉위 21년의 일이다.

이것은 또한 제환공이 8개국 연합군을 조직하여 초나라에 진군했던 해이기도 하다.

　그리고 다음 22년에, 진나라는 괵(虢)과 우(虞)의 양국을 한꺼번에 멸망시켰다. 괵나라와 우나라는 국경을 접한 상호의존관계에 있는 나라였다. 어느 쪽을 공격하더라도 동시에 두 나라를 상대로 싸워야만 했다. 그래서 대부인 순식(筍息)은 헌공에게 각각 격파하는 방법을 진언했다.

　"살아남은 구 진나라(翼城)의 공자들이 괵나라에 망명해 있고, 괵공의 비호를 받고 있으므로 그들을 붙잡기 위해 괵나라로 진군하고 싶다고 가장하여 우나라에 길을 빌리는 것입니다."
하고 순식은 말했다.

　"정말 괵나라로 진군하기 위해서는 우나라를 통과하지 않으면 안 되니까, 그것 참 좋은 생각이오. 하지만 우공(虞公)은 그 수법에 당하지 않을 것이오."
하고 헌공은 고개를 저었다.

　"아닙니다. 우공은 굴산(屈産)의 명마와 수극(垂棘)의 옥(玉)을 꼭 갖고 싶어 합니다. 그것을 주면 반드시 길을 열어 줄 것임에 틀림없습니다."

　"안 돼, 그렇게는 못하네. 저 말과 옥은 과인의 보물이네. 보낼 수는 없네."

　"아니옵니다. 보냈다고 해도 실은 잠시 맡겨 두는 것뿐입니다."

　"어떤 의미이지?"

　"길을 빌려 괵나라를 치고, 돌아오는 길에 우나라를 멸하면 전하의 보물은 다시 돌아옵니다."

"그렇겠군. 알았네."

헌공은 무릎을 쳤다.

순식은 곧장 굴산의 말과 수극의 옥과 게다가 미녀가곡단인 여악(女樂)을 데리고 우나라로 떠났다.

길을 빌려 달라는 말에 우공(虞公)은 화를 냈지만 말과 옥과 여악을 보고 침을 흘리며 갑자기 생각을 바꿨다. 그리고 진나라 왕이 어째서 자기가 아끼는 보물을 보냈냐고 물었다.

순식은 그럴 듯한 이유를 붙였다. 우공이 이미 군침을 흘리고 있는 것을 눈치 챈 순식은 무슨 이야기를 해도 귀에 들어오지 않으리라는 것을 알고 적절히 겉치레로 말했던 것이다.

과연 우공은 오른손으로 굴산의 말을 쓰다듬고, 왼손으로 붙든 수극의 옥을 손가락으로 어루만지면서 한 바퀴 돌더니,

"좋다! 길을 빌려주겠다."

하고 승낙했다. 그러자 곁에 있던 우나라 대부 궁지기(宮之奇)가 황급히 말했다.

"안 됩니다. 순망치한(脣亡齒寒: 피차 돕는 터에 한쪽이 망하면 다른 한쪽도 위험하게 됨의 비유)은 절대 안 됩니다. 괵나라와 우나라는 그 입술과 이빨의 관계와 같습니다. 다시 생각하십시오."

하고 말했다. 그러나 우공은 들으려 하지 않았다.

"지레 짐작하지 말아라. 진나라는 괵나라를 치겠다고 하지 않았다. 진나라의 공자를 붙들고 싶다는 것뿐이다."

"아니, 그것은…."

하고 궁지기는 말을 계속 하려고 했다. 그것을 대부인 백리혜가 소매를 붙들고 저지했다.

"길을 빌려주면 괵나라도 함께 멸망당하는 것은 불을 보듯 뻔하오. 함께 저지하지는 못할지언정 어찌하여 거꾸로 말리는 거요?"

하며 궁지기는 화를 냈다.

"이야기는 맞소만, 주공의 눈을 못 보았소? 주공의 눈은 물질에 눈이 먼 미치광이 눈이었소. 끈질기게 저지한다면 당신의 생명이 위태롭네 그려."

하고 백리혜가 말했다.

"그렇다면 모든 것이 끝났소. 충심으로 간언하여도 임금이 듣지 않으면 떠나는 것은 신하의 도리요. 함께 도망칩시다."

"나도 그렇게 하고 싶지만 그것도 두 사람이 한꺼번에 그러면 눈에 띄는 일이오. 다행히 나에게는 가족이 없소. 최후까지 지켜보다가 나의 행로를 결정하겠소."

"그렇다면…."

하고 궁지기는 가족을 거느리고 도망쳤다. 그 후 행방은 아무도 알 수 없었다.

순식은 말과 옥을 우공에게 건네주고, 여악(女樂)을 남기고 진나라로 돌아갔다.

이윽고 진헌공(晋獻公)은 순식(筍息)과 이극을 장군으로 임명하고 손수 병사를 이끌고 우나라에 나타났다. 진나라 군대는 우나라를 통과해서 괵나라를 침입했다.

헌공은 우나라에 머물며, 친선경기로 우공을 사냥에 꾀어내었다. 그때 순식이 지휘하는 진나라의 군대 중 일대가 갑자기 괵나라에서 우나라로 되돌아와 느닷없이 우성을 함락시켰다.

이극이 지휘하는 진나라 군대는 허를 찔러 괵성을 공격했다. 우공에게 있을 수 없는 배신을 당한 괵공은 성을 버리고 도망쳐 버렸다. 진나라 군대는 거의 싸우지 않고 괵나라와 우나라 양국을 손안에 넣었다.

사냥에서 성으로 돌아온 우공은 깨끗이 포로가 되었다. 순식이 한쪽 손에 굴산의 명마를 끌고, 또 한쪽 손에 수극의 옥을 가지고 헌공 앞에 섰다.

"우공이 맡아 두었던 전하의 보물을 돌려주는 거랍니다."
하고 농담을 하면서 득의양양하게 웃었다. 백리혜도 붙잡아서 우공과 함께 강(餘)으로 끌고 사라졌다.

평소부터 백리혜의 현능(賢能)을 들어 알고 있던 헌공은 그를 대부로 임명하려고 했지만, 백리혜는 단호하게 거절했다.

헌공의 딸 백희(伯姬)가 진(秦)나라 군주 목공(穆公)의 부인으로서 시집가는 날이 다가오고 있었다. 백리혜에게 거절당하자 기분이 상한 헌공은 백리혜를 백희의 몸종으로 보냈다.

하지만 백희의 하인으로 진나라로 향하던 백리혜는 도중에서 틈을 타서 도망쳤다. 한 사람, 두 사람의 하인이 도주를 하여도 원래 별일은 아니었다. 하지만 도망친 것이 백리혜란 것을 안 진목공(秦穆公)은 너무나 분해서 팔방으로 온갖 수단을 다하여 찾아내었다. 도망친 백리혜는 곧 초나라에서 체포되었다. 소를 사육하는 기술이 있다는 본인의 요청에 따라서 말을 사육하는 말 목장의 사육계로 임명되었다.

그것을 들은 진목공은 아마도 초나라는 그 남자가 백리혜란 것을 눈치 채지 못하고 있다고 판단했다. 섣불리 소동을 일으키면 곤란하다고 진목공은 머뭇거리며, 오고(五羖: 다섯 장의 검은 양의 모피)로 현상에 붙여 본보기로 처벌하고 싶다고 초나라에 사신을 보냈다.

한 명의 사육계에 오고는 손해는 아니었으므로 초나라는 거래에 응하여 백리혜를 넘겨주었다. 이리하여 백리혜는 진나라의 대부가 되고, 그 국정에 참여하여 진나라의 강화에 크나큰 공헌을 했다. 그리고 후대에 오고 대부(五羖大夫)라는 명성을 남겼다.

진헌공이 역사적인 규구(葵丘)의 대회맹에 결국 참여하지 못했지만 달려왔던 것은 괵나라와 우나라의 양국을 멸한 4년 후의 헌공 26년이었다. 그리고 헌공은 재위 26년에 세상을 떠났다. 재위 26년 동안에 진헌공은 17개 국가를 병합하고, 38개국을 복종시켜, 12전 12승을 했다. 그 힘을 배경으로 진헌공은 대회맹에 초대되지 못했지만 억지로 참석하려고 했던 것이다. 그러나 그것을 이루지 못한 채 귀로에 병이 들어서 귀국 후 드디어 숨을 거두었다.

숨을 거두기 직전에 헌공은 순식을 재상으로 임명하여 후사를 맡겼다. 여희가 생산한 해제를 자신의 계승자로서 즉위시키라고 유언했던 것이다.

그 유언에 따라서 순식은 해제를 옹립시키려고 했다. 하지만 이극은 맹렬히 반대하며 중이를 내세워야 된다고 주장했다. 그리고 순식이 양보하지 않을 거라고 생각한 이극은 즉위 전에 해제를 살해했다.

그리하여 순식은 여희의 동생 소희의 자식 도자를 즉위시켰다. 하지만 한 달 정도 되어서 다시금 이극은 도자를 살해했다. 결국 순식은 해제와 도자의 뒤를 따라서 세상을 떠났다.

그래서 이극은 중이를 세우려고 적나라로 사자를 보냈다. 하지만 중이는 부군의 장례에도 돌아오지 않고, 또 그 뜻을 거역하여 즉위할 생각은 없다고 거절했다.

할 수 없이 이극은 이오를 세우려고 이번에는 양쪽 나라에 사신을 파견했다. 이오는 그러고는 싶었지만 중이가 거절한 것을 알고 경계의 뜻을 나타냈다. 그리고 측근인 여성(呂省)과 극예(郤芮)로 하여금 모략하여 진나라에 보호 요청을 하기로 결정했다.

그런고로 극예를 진나라로 보내고, 즉위하면 하서(河西)의 땅을 진나라에 준다고 약속하며 병사를 빌렸다. 한편 이극에게 편지를 보내어 즉위의 그날에는 분양(汾陽)의 채읍을 주겠다고 약속했다. 진목공(秦穆公)은 일단 이오(夷吾)를 강(絳)의 도성으로 보냈다. 제환공도 진나라의 정변을 듣고 그 군주의 자리를 정하려고 진나라에 진군시켰다. 그리고 고양(高梁: 산동성 임분현 동북)에 이르러, 습붕을 강(絳)에 파견시켜 진나라와 담화했다. 그 결과 이오를 세워 진혜공(晉惠公)이라 칭했다.

하지만 그와 같이 하여 즉위하면서 진혜공은 당당했다. 즉위하자 곧바로 대부인 비정(邳鄭)을 진(秦)나라에 파견하여 진나라와의 약속을 무효로 했다.

"하서(河西)의 땅을 주겠다는 약속은 유감스럽게도 지킬 수 없게 되었소. 토지는 선군(先君)의 것으로 망명 중의 공자에게는 그것을 나누어 양도할 권한은 없다고 하더이다. 생각해 보니 그 말이 맞소. 따라서 약속은 없었던 것으로 하고 싶소."

하고 파기시켰다.

그리고 이번에는 이극에게 말을 건넸다.

"그대가 계시지 않았더라면 즉위는 이루어지지 않았을 것이오. 하지만 그대는 두 임금과 한 명의 대부를 살해했소. 그대와 교제하는 것은 매우 힘든 일이오. 아니 차라리 위험하다고 할 수 있소이다. 따라서 당신이 죽은 것으로 해 두겠소. 스스로 목숨을 끊는다면 후사를 이을 계승자는 남지 않소. 싫다면 족주(族誅: 일족몰살)에 처하겠소."

"그것은 너무한 처사입니다. 그렇게 하지 않았으면 전하의 오늘은 없었을 것입니다."

이극은 몹시 분해했다.

"그렇소, 그런 까닭에 둘 중에서 하나를 선택하라는 말입니다."

혜공은 용서가 없었다.

그러나 이극은 자살이 아닌 그 자리에서 피를 토하고 기사(氣死)했다. 이 기사라는 개념은 중국 이외에는 없다. 그것은 '분사(憤死)'라는 문학적인 표현과는 다르다. 아마 임상학적인 개념으로 예를 들면 1988년에 타계한 국부 총통 장경국은 '병사가 아닌 기사이다'라고 동생인 위국(緯國: 국가안전회의서장)이 단정하고, 형을 '기사 시킨 놈은 용서할 수 없다'고 신문지상에 냉철하게 그리고 분명하게 말했다. '쇼크사'에 가깝지만 그 범주에도 들어가지 않는 기묘한 개념이다.

그런데 진혜공은 상당히 잔인했다. 즉 반란의 예방조치에 그는 여러 공자(諸公子)를 일망타진하여 모조리 목을 쳤던 것이다.

옛날 그의 조부 무공(武公)은 진왕실(晉王室)의 본가 공족을 모두 살해했었다. 그리고 지금 또 혜공이 분가의 공족을 근절하고 죽였으므로 이것으로써 진나라의 공족은 혜공의 배다른 형인 중이를 제외하고 절멸한 셈이었다.

원래 역사적으로, 진왕실의 혈맥이 어떻게 되는지는 그다지 큰 문제는 아니다. 하지만 이때에 혜공이 암행했던 공족의 숙청은 결과적으로 춘추시대에 있어서의 권력 이행의 흐름에 커다란 파문을 남겼다. 저 노나라의 삼환(三桓)의 경우와 마찬가지로, 본래의 형태는 좀 다르지만 정치권력의 확산을 재촉하는 충격이 되었던 것이다.

즉 진나라는 후에 공족이 빠진 지배체제의 공백을 메꾸는데 여러 경(卿)의 적자(嫡子)를 공족(公族)으로서 대우하게 되었던 것이다. 더구나 그 여자(余子: 적자와 같은 모친의 동생)와 서자(庶子: 배다른 형제)도 각각 여자(진의 관칭위계)와 중행(中行)으로 임명하여 보충했다. 당연히 국왕의 권력은 어쩔 수 없이 경대부의 손에 이동될 수밖에 없었다. 그렇게 하여 진나라는 권력의 확산이 국력을 약화시킨다고 하는 전통적인 유가의 신념을 비웃듯이 춘추시대 후기의 중원에서 최대의 강국이 되었다. 그리고 관중과 제환공의 사망 후 중원의 패권은 진나라로 옮겨 갔다.

그렇다 해도 노나라의 회공이 천진난만하게 권력을 삼환으로 분배하고, 진혜공이 이성을 잃고 공족을 멸했듯이 언뜻 보기에 사려 분별이 결여된 한 남자가 즉흥적인 착상과 광기로 역사의 방향을 뒤바꾸어 놓았다고 생각하는 것은 자못 매혹적이다.

혹은 제족(祭足)과 정장공(鄭莊公)이 감히 주왕실(周王室)의 밀과 쌀을 약탈한 것처럼 계산적으로 권력을 휘두르고, 관중과 제환공이 뜻을 모아 부국강병을 추진하여 패왕의 시대를 구축한 것처럼 인간의 의지와 지혜가 역사적 방향을 가름했다고 생각하는 것 또한 흥미로운 일이 아닐 수 없다.

아니, 솔직히 역사학이 가르쳐 주는 상식에 비춰보면 결국 시대의 흐름인 역사가 인물과 사상(事象)을 낳은 것이라고 필연으로서 이해하는 것도 정말 필요한 것이 아닐까!

더구나 인간의 영위와 시비 판단을 초월한 점에서 결국 필연으로서는 자리 잡기 힘든 다른 차원의 시공(時空)으로 역사는 흐르고 있는 것은 아닐까 하고 상상하는 것도 정말 흥미롭다.

그것은 여하튼 저 유왕(幽王)과 포사(褒姒)가 준비했던 춘추전국의 역사무대가 등장한지 이미 120년이나 지났다. 권력은 위에서부터 아래로 이행하면서 확실히 확산되었다. 따라서 권력구조도 아직 명확히 볼 수 없지만 서서히 그 모습을 변화시키고 있는 것은 틀림없는 사실이다.

그 변화 속에서도 특히 눈을 끌게 되는 것은 사회 저변에서부터 권력의 자리에 오르는 사다리가 놓여 있다는 것이다.

군공(軍功)과 작위(爵位)의 교환이 가능하게 된 것은 정말 놀랄 만한 일이다. 식객의 현상(弦商)과 영무(寧武)가 제나라의 대부로 등용되고, 빈핍인(貧乏人)의 백리혜가 우나라와 진나라의 대부로 임명되었던 것은 단순한 인재등용의 범주를 뛰어넘어 신분제의 붕괴를 시사하고 있다. 제환공부터 시작된 패왕의 시대는 당분간 계속 이어질 것이다. 하지만 패권 또한 확산한다. 패권의 분쟁도 심해져 세상은 바빠지게 되었다. 제각기 개성을 지닌다. 즉 한 가지 버릇이나 두 가지 버릇이 있는 인물, 제자백가가 꼬리를 물고 뒤를 이어 속속 등장한다.

제22장
병입고황(病入膏肓)

　권력 투쟁이 끊이지 않는 열국(列國)의 궁정에서는 그 화려한 모습과는 반대로 되풀이되는 생활은 거칠고 삭막하기 그지없었다. 그 정서적인 살벌함과 황폐함에 부드러운 활기를 불어넣기 위해서 각 궁정에서는 풍류 해학으로써 군주와 중신의 말 상대를 해주는 직업으로 우(優)가 있었다. 우린 오늘날의 배우나 만담가 정도에 해당하는 연예인의 부류라고 보면 된다.

　제나라에도 우가 있었던 것은 말할 필요도 없다. 우가 어느 날 제나라 환공(桓公)에게 말했다.

　"전하, 생각해 보면 임금이란 참으로 편안하고 즐거운 것입니다. 게다가 패왕이라는 직업도 정말 태평한 생업이구요."

　"네까짓 것이 뭘 안다고 함부로 지껄이느냐? 네가 몰라서 그렇지 상당히 힘이 드는 일이야."

　"아닙니다. 조금도 그렇게는 보이질 않습니다. 거짓말이라고 생각되시면 제가 한 번 보여 드리겠습니다. 멋지게 해 보여 드리지요."

　"쓸데없는 소리 마라. 넌 할 수 없는 일이야."

"아닙니다. 아주 쉬운 일입니다. 첫째도 중부(仲父)한테 물어봐라! 둘째도 중부에게 물어봐! 셋째도 중부에게 물어봐! 하고 무엇이든 중부에게 물어라 하기만 하면 일사천리로 만사는 해결되는 셈이잖습니까?"

우는 이렇게 말하고 히죽 웃었다.

분명히 우가 말한 대로였다. 제환공은 모든 정무를 관중에게 맡겨서 30개의 나라를 병합시키고 3천 리에 이르는 토지를 개간하는 위업을 달성했던 것이다. 게다가 패왕으로서 제후를 합친 것이 9회에 이르렀으며 중원 천하를 한 번 호령하면 이를 거역할 제후가 없었다.

하지만 관중이 패왕의 황금시대를 구축하여 환공이 최고 절정에 있었던 제나라 환공 41년 겨울의 일이었다. 무슨 일이든 묻기만 하면 해결해 주던 그 관중이 갑자기 병으로 쓰러졌다. 더구나 관중은 위독한 상태에 있었다.

그 소식을 듣고 환공은 포숙과 함께 황급히 관중의 병문안을 갔다. 관중의 임종이 가까운 것을 알고, 환공은 관중에게 후사를 물어 재상의 후계자를 누구로 해야 할 것인가를 물었다.

"신하를 아는 데 있어서 패왕만큼 잘 알고 있는 사람은 없다고들 합니다. 마음대로 정하십시오."

관중은 대답했다.

"어째서 이런 때 그와 같은 말을…."

환공은 관중의 뜻밖의 말에 무심코 그 여윈 얼굴을 물끄러미 쳐다보았다. 물론 환공은 관중의 속뜻을 알 리가 없지만 이때 관중은 일부러 어색한 말을 꺼냈던 것은 아니었다. 관중은 비단 환공뿐만 아니라 일반적으로 일류의 군사를 거느렸던 세상의 제왕은 진짜 심한 마음의 갈등을 안고 있다고 알고 있었다.

즉, 제왕뿐만 아니라 제후도 뛰어난 충성심과 정치적 수완으로 전폭적인 신뢰를 받으면서도 자신이 무시당하고, 자유를 속박당하고, 쓸데없는 간섭을 받는다고 하는 굴절적인 마음의 상처를 입고 있었다. 그래서 관중은 죽음 앞에서만큼은 그와 같은 환공의 마음에 맺힌 심리적인 갈등을 풀어 주고 싶었다.

정말로 인간이 죽음에 임해서야 그와 같은 말을 할 수 있다. 40년 간의 춘추전국시대에 예외적으로 권력 투쟁이 없었던 제나라에서는 언젠가 관중이 죽는다면 후계의 재상은 습붕이라는 것이 은연중에 퍼져 있었다. 그러므로 관중은 환공에게 마음대로 정하라고 말했던 것이다.

하지만 의외로 환공은 그 암묵적인 사실을 무시했다.

"그렇지, 역시 중부의 뒤를 이를 사람이 포숙을 빼고 누가 있겠는가?" 하고 제환공은 포숙을 지명했다.

관중은 무심코 가쁜 숨을 내뿜으면서, 조용히 눈을 감았다.

죽기 전에 일부러 단 한 번만이라도 좋다. 대사를 주군이 자주적으로 결정했으면 싶었던 것이다. 하지만 역시 군사(軍師)가 주군의 마음에 맺힌 불가피한 갈등을 해방시켜 주는 일은 이룰 수 없는 것인가?

관중은 양자에 뒤얽힌 깊은 업보에 미묘한 웃음을 흘렸다.

"어떠한가?"

환공은 소리를 높여 찬성을 강요했다. 하는 수 없이 관중은 마음을 먹고 눈을 떴다.

"임종 무렵에 전하의 결정에 찬성합니다! 하고 말씀드리지 못하여 정말 애끓는 심정입니다. 실은 포숙은 사람이 너무 정직하고 진실하여 재상의 임무를 견디지 못합니다. 재상의 직무를 억지로라도 떠맡게 되면 그는 반드시 목숨이 단축됩니다. 결과적으로는 포숙을 살해하는 것과 같은 결과가 됩니다."

관중은 잘라 말했다. 곁에서 포숙이 빙긋 웃으며 수긍했다.

"그렇다면 역시 습붕인가?"

환공이 유감스러운 듯이 말했다.

"그렇습니다. 그러면 결코 틀림없을 겁니다."

관중이 대답했다. 또 어차피 이렇게 된 바에 관중은 말을 계속한다.

"실은 말씀드리지 않으려 했습니다만 역시 심려가 되므로 굳이 확인해 두는 것입니다만, 저 수조(竪刁)·역아(易牙)·개방(開方), 소위 삼귀(三貴)만큼은 부디 가까이 하지 마십시오. 그것이 이 노신의 마지막 유언이라고 생각하여 주십시오."

말하고 난 관중은 피곤한지 다시 조용히 눈을 감았다. 그리고 3일 후에 관중은 세상을 떠났다. 그 뒤를 이어 습붕이 재상으로 취임했다. 하지만 습붕도 다음 해 초여름, 자리에 오른 지 반년이 채 못 되어 세상을 떠났다. 싫든 좋든 포숙에게 그 순서가 주어졌다. 포숙은 취임하자마자 곧바로 관중의 유언에 따라 수조 등 이른바 삼귀를 궁정에서 추방했다.

하지만 역시 과로가 겹쳐 포숙도 취임하고 난 3개월 후 세상을 떠나고 말았다. 그것을 기다리고나 있었다는 듯이 환공은 추방시켰던 삼귀를 궁정으로 다시 불러들였다.

이해 늦은 가을에 진(晉)나라의 공자 중이(重耳)가 제나라의 임치(臨淄)로 망명하여 왔다. 이 공자 중이가 후에 제환공의 뒤를 계승하여 중원의 패로 불린 역사상 두 번째의 패왕인 진나라 문공(晉文公)이다.

그 다음 해, 즉 제나라 환공 43년(기원전 643), 정나라 태생의 명의 진완(秦緩)이 임치의 도성에 나타나서 제환공을 알현했다. 패왕 환공의 건강진단을 맡고 나섰던 것이다.

태고적 황제 헌원(軒轅)씨 시대에 신의(神醫)라고 불렸던 전설적인 명의 편작(扁鵲)이란 사람이 있었다. 진완의 의술은 그 편작에 비할만했다. 모두 뒤지지 않는 신의라는 점에서 사람들은 그를 편작이라 불렀다.

"전하께서는 나쁜 병이 피부에 나타나고 있습니다."

진완은 환공의 얼굴을 보면서 근심스러운 어조로 말했다.

"지금 간단한 치료만 받으시면 곧 나을 수 있습니다."

진완이 가료를 청하자 환공은 웃으면서 거절했다. 그리고 5일 후에 진완은 다시 진단을 하려고 환공 앞으로 나섰다.

"병환은 벌써 혈맥에 이르고 있습니다. 곧 치료해 드리지요."

하고 다시 가료를 청했다. 하지만 환공은 변함없이 웃으면서 거들떠보지도 않았다.

"의사란 것들은 병에 걸리지도 않은 사람을 병자로 만들어서 자기의술을 자랑하려고 하는 경향이 있다."

환공은 진완의 청을 비웃었다. 그러나 진완은 지치지도 않은 양 5일 후에 다시 환공 앞에 나타났다.

"병환은 드디어 오장육부에 달했습니다. 지금 치료하지 않으면 위험합니다."

역시 환공은 상대도 하지 않았다. 그래도 그 후 5일이 지나 진완은 또 얼굴을 내밀었다.

"드디어 골수에 이르렀습니다."

하고 읊조리고, 그대로 사라졌다.

그 다음 날, 환공은 갑자기 기분이 나빠져서 자리에 눕더니 그대로 일어나지 못했다. 궁정은 대 소란이 일어났고, 황급히 진완을 부르러 사신을 보냈지만 진완은 이미 임치의 성을 떠난 후라 행방이 묘연해졌다.

"어째서 황급히 사라진 것일까?"

사신이 주막 주인에게 물었다.

"병이 피부에 나타나면 김을 쐬어서 혈맥에 이르렀으면 뜸질로, 내장에 달하면 침으로 고칠 수 있지만, 일단 병이 골수에 들면 손을 쓸 수 없습니다. 이미 때가 늦은 환자를 진찰하여 치료하지 못했다고 비난을 받게 되고 이름을 떨어뜨리는 것은 실수가 된다면서 주막을 떠났습니다."

주막 주인은 말했다. 즉 진완은 환공의 사망 선고를 한 뒤 서둘러 성을 떠난 것이다.

천하의 명의가 포기한 것이므로 환공의 병환은 치료될 가망이 없다고 단정한 수조와 역아 두 사람은 행동하기 시작했다. 날이 저물자 환공의 병상을 내궁의 안쪽으로 옮겨 방을 폐쇄하는 한편 일체 출입을 금지시켰다.

그러고는 환공의 지시라 속이고, 조정신하는 물론 왕후, 공자의 병문안과 면회조차 사절했다. 방에는 발을 쳤고, 출입구에는 자물쇠가 잠겨 있었다. 그 출입구를 첫째 부인 장위희(長衛姬)가 있는 궁전 정궁에서 지원된 경호의 무사와 수조 부하인 위병으로 강화하고 개미 한 마리도 통행할 수 없게 했다.

그것을 지켜본 뒤 수조와 역아는 정궁에 있는 장위희를 방문했다. 공자 무휴(無虧)를 둘러싸고 무휴의 옹립과 즉위의 방도를 음모했다.

공자 무휴는 환공의 장남이지만 우둔하고 태자로는 내세울 수가 없는 인물이었다. 그래서 태자로 책봉 받은 이복동생 3남인 태자 소(太子昭)로부터 어떻게 왕 계승권을 빼앗을 것인가를 논의했던 것이다. 결론은 간단명료하게 태자 소를 살해하는 것이었다. 그리고 만반으로 계획을 준비하고 환공의 죽음을 기다리자고 의견을 모았다.

유폐되고 격리된 환공에게 약은 말할 것도 없고 음식도 전혀 주지 않았다. 단지 불치의 병으로 환공은 죽음의 일각에 서 있었다. 그래도 최후의 밤에는 계속 입을 벌려 무언가 울부짖고 있었다. 동이 틀 무렵에는 마지막 힘을 다해 출입문에 기대어 문을 두들기면서,

"열어라!"

하고 부르짖었다.

둘째 날에는 무슨 소리를 하는 것 같았지만 너무 작아 들리지 않았다. 셋째 날 저녁에는 소리조차 들리지 않고 조용해졌다. 이미 병사, 아니 아사한 것이 확실했다.

환공이 죽음에 임하여 무슨 생각을 했는지는 무도 모른다. 하지만 만약 생각할 기력이 남아있었다면, '패권을 겸한 국왕의 권력이란 이렇게 좁은 방에 봉쇄당할 정도로 힘이 약한 것이었던가!'하고 한탄했을 것이다. 더구나 패왕조차도 있을 수 없는 권력의 마성으로 인해 조용히 눈을 감는 것마저 이룰 수 없었는지도 모른다.

수조와 역아가 드디어 계획대로 행동을 개시했다. 우선 밤이 이슥하기를 기다려 수병을 이끌고 태자 소가 거주하는 동궁을 습격했다. 순조롭게 진행되었던 계획은 한발 먼저 무너졌다. 살살이 뒤져도 태자 소의 모습은 동궁 어디에서도 찾아볼 수가 없었던 것이다.

그럴 수밖에 없는 것이 태자 소는 한발 앞서 송나라로 난을 피하여

도망쳤다. 사실 8년 전 규구(葵丘)의 대회맹이 거행되었을 때, 환공과 관중은 송나라의 양공(襄公)에게 태자 소의 옹립을 부탁했었다. 그러나 수조와 역아는 그것을 알지 못했다.

그것으로 계획이 어긋난 수조와 역아는 하는 수 없이 사태를 수습하기 위해 우선 기성사실을 작성하기로 하고, 다음 날 아침 일찍 공자 무휴를 정전의 옥좌에 추대하여 좌우로 경호하는 무사를 배치하고 조정신하들에게 조하(朝賀)를 요구했다. 그러나 조정신하들은 선군(先君)의 장례가 더 급하다고 주장하며 조하를 거부했다.

그것을 보고 개방도 회동했다. 개방은 공자 반(公子潘)을 옹립하여 우전을 점령했다. 그리고 공자 반을 남면(군주의 자리에 오름)시켜 무사를 좌우로 배치하여 우전에 버티어 서게 했다. 공자 원(公子元: 차남)도 공자 상인(公子商人: 5남)과 짜고 같이 우전에 버티었다. 그러나 유독 공자 옹(公子雍)만은 도성을 빠져 나와 진나라로 망명했다.

이리하여 삼자가 사방으로 버티어 서서, 서로 으르렁거린 채 움직일 생각조차 하지 않았다. 그로부터 2개월이 지났다. 환공이 유폐되었던 방에서 구더기가 나와 궁전 안을 가리지 않고 기어 다녔다.

그래도 공자들의 대립은 계속되었다. 조정신하들은 더 이상 참을 수가 없이 국공 고호(高虎)에게 사태의 수습을 논의했다. 그리하여 고호는 상복 차림으로 정궁 앞에 나섰다.

"새 임금의 배하에 상복은 예의 바르지 못하오."

수조가 날카롭게 책하여 말했다. 그러나 고호는 개의치 않고 공자 무휴 앞으로 나섰다.

"선군이 붕어하신 지 67일이나 지났습니다. 구더기가 온통 기어 다니는 것을 못 보셨습니까? 태자가 없으므로 장남이신 전하가 즉위하는 것은 당연한 일이오, 그것에 관해서는 조정신하들 사이에서도 별 이견은 없다고 봅니다. 하지만 모든 일에는 순서라는 것이 있습니다. 어찌되었든 선군의 장례를 치르는 것이 우선입니다. 그리고 난 뒤 즉위하십시오. 그렇게 하면 노신이 책임지고 조정신하들에게 전하의 옹립을 설득시키겠습니다."

고호는 눈물을 흘리면서 간청했다. 공자 무휴도 이윽고 소리를 내어 울면서 승낙했다. 조정신하들이 공자 무휴의 옹립을 결정했다고 듣고는 좌우 양 궁전에 버티어 서 있던 세 명의 공자도 체념하고 점거를 풀었다.

이미 부패한 환공의 유체 입관은 무참하기 이를 데 없었다. 그러나 장례 의식은 지체 없이 끝나 공자 무휴는 무사히 즉위하게 되었다.

그렇지만 그것을 몹시 기다렸다는 듯이 송나라 양공은 조(曹)·주(邾)나라와 군대를 합병하여 태자 소를 앞세우고는 임치성 아래에 다다랐다. 즉위한 공자 무휴는 역아의 시중 병사를 이끌고 성문을 열어 성 아래에서 마주쳤다.

그러나 옛날에는 무적을 자랑했던 제나라 군대도 이미 그 형세를 찾아 볼 수 없었다. 대사마(大司馬)의 공자 성부(公子成父)는 관중과 비슷한 시기에 세상을 떠났다. 호표이장(虎豹二將)으로 천하에 용맹을 자랑했던 빈수무와 연지는 이미 은퇴하여 그 옛날 관중과 포숙이 열었던 시정의 동무관(東武館)에서 관중의 혼을 기리면서 무예 지도를 하고 있었다.

그것은 어찌되었든 무휴와 역아가 병사를 이끌고 성문 밖으로 나오자 곧 고호는 조정신하들을 궁전으로 모이게 했다.

"공자 무휴의 즉위를 인정했던 것은 선군의 장례를 치르기 위함이었소. 첫째는 태자가 없기 때문이었소. 그러나 태자가 귀환하신 지금은 사태가 다르오."

하고 말을 건넸다. 그리고 긴급사태가 발생했기 때문에 논의해야 한다고 꾸미고 성에 남아 있던 수조를 불러들였다.

"성 아래 집결한 송나라 양공 휘하의 대군을 퇴각시키는데 당신의 머리를 빌리고 싶네."

고호는 말했다.

"아니, 저 같은 사람에게는 그런 지혜가…."

수조는 고호의 말을 정말로 받아들여 겸손해한다.

"지혜를 빌리고 싶다고는 말하지 않았네. '머리를'이라고 말했지 않나?"

라고 말한 뒤 고호는 곁에 있던 무사에게 눈짓을 했다.

"앗!"

소리 지를 사이도 없이 수조의 머리가 잘려 땅에 떨어졌다. 고호는 수조를 희생의 제물로 바치겠다고 조정신하들을 이끌고 성문을 열어 태자 소를 마중하러 나갔다. 상황을 들은 성 백성들은 그 불통이 될 것을 두려워한 나머지 속속 그 뒤를 따랐다.

무휴와 역아가 거느린 제나라 군대는 무참히 참패당했다. 성으로 퇴각하려던 무휴는 성문에서 백성들에게 붙잡혀 무참하게 얻어맞아 죽었다. 그리고 역아는 교묘히 난을 피해 도주하여 노나라로 망명했다.

개방은 그 혼란함을 틈타서 궁중의 창고에서 막대한 재물을 훔쳐냈다. 그리고 위나라로 망명했다. 위나라에서는 그가 고국에 다시 돌아왔다고 생각할 것임에 틀림없었다.

태자 소는 조정신하와 백성의 환호 속에 입성했다. 입성한 태자 소는 즉위하여 제나라 효공(齊孝公)이라 불려졌다.

그것으로 일단 제나라의 내란은 수습되었다. 그러나 입성한 태자 소, 즉 천하의 패권은 제나라에서 멀어져 다시는 돌아오지 않게 되었다.

태자 소가 즉위하여 효공이 되고, 그 권위가 확립된 것을 지켜본 뒤 귀국길에 오른 송양공은 감개무량했다. 이것으로 천하에 면목을 세웠다고 생각할 정도로 기뻐했다. 태자 소의 정위(定位)에 자신을 택하여 준 관중의 혼령에 감사했다. 그리고 조나라와 주나라 양국이 자신의 명령에 따라서 병사를 내준 것을 기뻐했다. 또 이것은 보통 일이 아니라고 생각될 정도로 점점 기분이 들떴다.

제환공은 패왕이었다. 제나라는 패왕의 나라이다. 자신은 패왕으로 부터 패왕의 나라 태자 위를 정해 줄 것을 부탁받았다. 즉 패왕의 신탁을 받은 격이 된다. 그리고 자기는 그 신탁에 훌륭히 응했다. 그러나 태자의 정위라는 중대한 후사를 믿고 부탁했던 것은, 사실상 천하의 패권을 맡긴 것은 아닐까? 그렇다! 그러함에 틀림없다. 그렇다면 자신은 패왕의 후계자로 지명된 것은 아닐까? 아니, 지명된 것이다. 조나라와 주나라 양국도 그렇게 생각했으니까 쾌히 병사를 내준 것임에 틀림없다.

라고 생각하며 송양공은 스스로 타일렀다. 갑자기 패왕의 꿈을 꾸듯 마음이 부풀어 올랐다. 그리고 그 꿈이 얼마 후 머릿속에서 현실과 혼동되어 양자의 구별을 지을 수 없게 되었다.

결국 송양공은 패왕을 자처하여 귀국했다. 한 해가 지나고 드디어 제나라 효공 2년, 조(曹)·주(邾)·등(藤)·회(鄶)의 소국은 조남(曹南)에 모여 회맹을 개최했다.

조나라와 주나라의 양국 군주는 정해진 날에 도착했지만 등나라의 군주는 하루, 회나라의 군주는 이틀 늦게 조남에 도착했다. 위신이 깎인 송양공은 등나라의 군주를 하루 동안 식사도 주지 않고 감시했다. 그리고 이틀 늦게 도착한 회나라의 군주를 갑자기 포박하여 회수(淮水) 주변으로 연행하여 죽이고는 그 연못에 던져버렸다.

회나라 군주를 회수에서 목을 베어 연못에 빠뜨린 것에는 의미가 있었다. 제환공은 패왕으로서 서북의 오랑캐와 남방의 초나라를 쳤지만 동이(東夷)를 평정하지 못했다. 송양공은 그 동이를 자신의 손으로 평정하여 패업에 쓰일 비용을 축적하려고 생각했다. 무엇보다 동이를 평정한다고 해도 병사를 내는 것만이 능사는 아니었다. 동이는 미신이 깊어 회수에 악령이 산다고 믿었으며 그것을 두려워하고 있었다. 게다가 동이는 그 악령을 진정시키려고, 사당을 회수의 물가에 여러 군데 세웠다. 그래서 동이를 위해서 그 악령을 진정시키고자 회나라 군주를 제물로 회수에서 제사지냈다고 하며 동이의 은혜를 강요하여 위세를 보여주면, 동이는 복종하여 공순을 맹세함에 틀림없다고 송양공은 마음속으로 계산했던 것이다.

그래서 송양공은 회수에 회나라 군주를 버리고 곧 동이의 족장에게 회맹을 요청했다. 하지만 결국 참석한 자는 한 사람도 없었고, 특별한 계략도 허사로 돌아갔다.

그래도 송양공은 단념치 않았다. 그리고 생각한 끝에 제효공(齊孝公)을 미끼로 삼을 것을 생각하여 곧바로 다음 해 봄에는 제효공과 초나라 성왕(楚成王)을 송나라의 녹상(鹿上: 안휘성 추남현)에 불러 회맹을 열었다. 송양공에게 은혜를 입은 제효공은 쾌히 회맹에 응했다. 초성왕은 송양공이 제효공의 의중을 받아들여 회맹을 소집했다고 오해하여 녹상으로 급히 달려갔다. 녹상에 도착한 초성왕은 자신이 착각하고 있었음을 깨달았지만, 대국인 제나라의 군주 얼굴을 봐서 회맹에 참가했다.

그것을 아는지 모르는지 송양공은 맹주인 양 득의양양하게 회의를 이끌어 나갔다. 이에 초성왕은 몹시 기분이 상했지만, 회맹의 분위기를 따랐다. 송양공은 하늘까지 뛸 듯한 기분이었다.

녹상의 회맹에서 기분이 좋아진 양공은 자만해지기 시작했다. 패왕연으로서 그해 가을에 송나라 우읍(盂邑: 하남성 수현)에서 본격적인 대 회맹을 개최했다. 이 회맹을 성공시킨다면 당당히 확고부동한 지위를 차지하는 천하의 대 패왕이라고 송양공은 가슴이 부풀어 있었다. 결국 초(楚)·진(陳)·채(蔡)·허(許)·조(曹)·정(鄭)의 대국이 우읍에 모두 모였다. 그러나 제나라는 불참했다. 제효공이 송양공에게 다시금 묘한 형태로 이용될 것을 경계했기 때문이다.

그래도 제효공을 한 식구처럼 생각하고 있던 송양공은 개의치 않고 회맹을 개최했다. 그리고 당연하다는 듯 맹주의 자리에 앉았다. 양공은 우위를 점한 듯한 기분임에 틀림없었다.

"무슨 근거로 상좌에 오른다는 것인가?"

초성왕이 물었다.

"죽은 제환공의 후사를 떠맡았소. 회맹의 석차는 서로 공(천하에 이룬 실적)을 논하여 결정하고 그것이 아니면 이치상 그 아래 사람이 자리에 앉게 되는 것이오."

송양공은 대답했다.

"그것 참 좋은 일이군요. 그렇다면 그 자리를 양도해 받읍시다."

초성왕이 요구했다.

"과인은 공작이지요?"

"그것은 알고 있소만, 공은 왕이 될 수 없소. 과인은 왕이오."

"무슨 소리를 하는가? 그쪽 왕호는 참칭이 아니오. 참칭은 용서할 수도 없고 인정할 필요도 없소이다."

"인정하지 않는 것은 자유지만, 용서치 않는다는 것은 무슨 말이오? 지금까지 용서해 왔다는 것인가?"

초성왕은 말을 바꿨다. 송양공은 뜻하지 않은 성취감에 아연실색한다. 아니, 초성왕의 겁박에 아연실색한다.

무엇보다도 먼저 송나라와 초나라에는 국력의 차이가 너무나 컸다. 또 이곳에는 의지할 제나라 군주도 없었다. 더구나 이 장소에서 모면의 허세를 부리는 데에도 병사와 무기는 없었다. 우읍에 모인 회맹은 이른바 '병거의 회'는 아니고 단지 화합뿐인 '의상의 회'였기 때문에 병사도 거느리지 않고 몸에 무기라곤 지니지 않고 있었다.

그러나 초성왕은 의복 밑에 갑옷을 입고 있었다. 더구나 초나라 성왕이 이끌고 온 것은 병거이다. 그것은 명확한 규율 위반이지만, 오로지 회맹을 성공시키고 싶다는 일심으로 송양공은 그것에 눈을 감고 못 본 척 하고 있었다. 하지만 초성왕에게는 처음부터 나쁜 속셈이 있었다. 더구나 좋지 않은 일에 송양공은 얼굴을 맞대고 초성왕에게 왕호의 참칭(자기의 신분에 넘치는 칭호를 자칭함)을 비난하여 그의 기분을 몹시 상하게 했던 것이다. 어떻게 생각해도 이것은 좋지 않았다. 당치도 않은 늑대를 양의 무리에 꼬여 들인 경우가 된 것이라고 생각한 송양공은 허둥대기 시작했다. 그리고 초성왕의 물음에 대답도 하지 않았다. 그것을 보고 초성왕이 위압적인 태도를 보였다.

"확실히 과인은 왕호를 참칭했소. 하지만 각위가 승인하면 참칭은 순식간에 존칭이 되는 것이오. 실은 그 승인을 구하기 위해서 내일의 참칭에 가담하자는 것이오."

초성왕은 느긋하게 말했다.

"그것은 불합리합니다."

송양공은 얼굴이 새파랗게 질려 무심코 일어섰다.

"으음, 상좌를 양도받을 생각이었단 말인가?"

초성왕은 송양공을 조롱하면서, 대기시켰던 초나라 병사에게 송나라 양공을 체포하도록 지시했다. 그리고 맹주의 자리에 올라 소귀를 잡고 못마땅한 제후를 강제로 회맹에 참석케 했다. 무리하게 초성왕에게 충성의 맹세를 강요당한 제후는 귀신에 홀린 듯이 멍청히 귀국했다. 초성왕은 체포한 송양공을 후차에 실어서 의기양양하게 초나라로 돌아갔다.

도성 영(郢)에서 성을 지키고 있던 영윤 자문(子文)은 성왕이 송양공을 체포하여 데리고 돌아온 것을 보고 아연실색했다.

"그것은 지나친 처사입니다. 그렇지 않아도 중원 제나라가 우리를 형만(荊蠻)이라 업신여기고 있는 것을 아시고 계시잖습니까? 어째서 일부러 그것을 보증하는 듯한 행동을 하셨단 말입니까?"

자문이 마구 불평을 토했다.

"아니오. 원치도 않은 기회였으므로 깔보면 이런 꼴을 당한다고 위협한 것뿐이오."

초성왕은 신경 쓰지 않았다.

"위협하는 것보다 패왕이 없는 지금이야말로 중원에 진출할 두 번 다시없는 기회입니다."

"어떻게 하면 좋을까?"

"우선은 송양공을 석방해 주십시오."

"알았소. 그렇게 하지."

성왕은 순순히 응했다.

그리고 그해 겨울, 초성왕은 봄에 우읍에서 회맹했던 제후와 다시 송나라 수도 상구(商丘)의 근처 박읍(薄邑)에서 회맹을 열어 그곳에서 송양공을 석방했다.

석방된 송양공은 면목 없는 듯이 제후와 인사를 나누었다. 엉뚱한 수작으로 끝난 회맹을 우읍에 소집했던 책임을 느끼고 중원의 제후에게 사죄했다.

그러나 정말 정치란 대강의 줄거리로 예측할 수 없는 드라마이다. 사죄를 받은 중원의 제후는 많은 사람 앞에서 불합리하게 체포된 송양공을 도와주지 못한 의리가 없음에 창피해하며, 오히려 송양공에게 사죄를 했고 중원에 패왕이 없는 비애를 서로 한탄했다.

그것을 들으면서 성이 난 송양공의 사심(死心: 패왕으로 부족함에 좌절했던 마음)이 부활했다.

송양공은 황하 지역이 낳은 타고난 강인함 같은 본질적인 특성을 몸에 지닌 전형적인 인물이다. 속어로 말하면 '개가 못을 물고 놓지 않는' 그런 인물이다. 여하튼 두려워해야 할 강인함이라기보다는 집념이 강하다는 것이다.

제23장
송양지인(宋襄之仁)

　　송나라 양공의 천진난만하게 깊은 집념에는 적당하게 처방할 약이 없었다. 박읍(薄邑)의 회맹이 끝난 뒤에 중원의 제후들이 서로 상처를 달래면서 이야기를 나누었다. 양공은 제후들의 패왕대망론을 들으며 자기가 패왕으로 촉망받고 있는 것처럼 착각했다. 그리고 쉬지 않고 다시금 패왕의 꿈을 되살려서 의기양양하게 귀국길에 올랐다.

　　물론 우읍의 회맹에서 체포된 송양공은 그 나름대로 귀중한 교훈을 배웠던 것이다. 의지하고 있던 제효공은 믿을 수 없고, 자신의 작위가 높은 것도 도움이 되지 못하며, 국력이 약해서는 더더욱 아무 소용이 없다고 깨달은 것 등등이었다. 하지만 제후의 촉망을 입고 있다고 믿었던 양공은 문득 정치의 근원적인 비법을 생각해 냈다.

　　송나라의 국조(國祖)는 미자계(微子啓)로, 상나라 왕조(商王朝) 최후의 천자 주왕(紂王)의 형이다. 상나라 왕조가 붕괴된 것은 사상 최초의 대회전이라 불렸던 목초지의 전쟁에서 주왕이 무왕(武王: 주나라 왕조의 시조)에게 패했기 때문이다. 그 당시 상나라 군대의 동원된 군세는 10만이 넘은 것에 비해, 주나라 군대는 겨우 병거 30대 뿐이었다. 그 수가 현격히 차이가 남에도 불구하고 주나라 군대가 승리를 얻었던 것은 주나라의 군사 태공망(太公望)의 용병의 기묘함은 물론이거니와, 또 천하의 제후가 주나라 군대를 떠맡았기 때문이었다. 제후가 주나라 군의 편을 든 것은 무왕이 '인의(仁義)'를 깃발에 써서 내세웠기 때문이다.

"그렇다! 정치의 요체, 즉 천하의 패권을 잡는 기본적인 요건은 확실히 인의로써 이루어져야 하며 국력과 작위만 가지고는 아니 된다. 역시 인의야말로 정치의 비법이며 패권 장악의 열쇠다!"

송양공은 자신을 타이르면서 회심의 미소를 지었다. 미소를 흘렸던 것은 자기가 인의를 구현하고 있음을 자부하기 때문이었다.

그렇다. 그래서 중원 제후들은 과인에게 패왕이 되어라! 하고 촉망했던 것이다. 누구 한사람 말로 표현하지는 않았지만 그러함에 틀림없다. 아니, 틀림없이 그렇다! 그렇게 정해져 있는 것이다.

양공은 혼자 읊조리면서 고개를 끄덕거린다. 그리고 몇 번씩이나 그러한 생각을 음미하면서 어느 한순간에는 완전히 그런 기분에 도취되어 버렸다. 양공은 어느덧 초성왕에게 체포되어 감금되었던 모욕에서 해방되어 기분이 상쾌해졌다.

이런 연유로 상구의 도성에 도착한 송양공은 들뜬 기분이 되어 얼굴에 생기가 넘쳐흘렀다. 포로의 모욕에서 벗어나 귀국한 임금을 어떻게 위로해야 할지 몸 둘 바를 몰라 하던 송나라의 조정신하들은 뜻밖의 양공의 표정으로 안도했다기보다는 어안이 벙벙해졌다.

그러나 재상인 공자 목이(目夷: 양공의 이복형)만큼은 그 마음속을 꿰뚫어 보고 있었다. 혹독한 상황이었지만 양공의 과대망상증은 고쳐지지 않는다고 탄식하면서 책망했다.

"미진한 꿈을 좇고 계시는 데, 그만 체념하십시오. 힘도 없이 패왕을 추구하면 더 큰 환란이 내립니다."

"아니오. 패왕의 조건은 힘이 아니라 인의요. 나는 인의라고 깨닫게 되었지!"

양공은 가슴을 쭉 폈다.

"스스로를 속이고, 더욱이 타인을 속이는 듯한 일은 그만 두십시오."

공자 목이는 한층 더 심하게 충고를 했다.

"무슨 소리오? 그대가 뭘 안다고 그러시오?"

"패왕의 조건은 모릅니다. 그렇지만 우리 송나라에서 패왕이 나오지 않는다는 것은 잘 알고 있습니다."

"입 닥치시오. 머지않아 보게 될 거요."

양공은 벌컥 화를 냈다. 양공은 단순히 공상을 하고 있었던 것은 아니었다. 그는 송나라의 군사력이 약하다고는 생각하고 있지 않았다.

'일병감사 만군해퇴(一兵敢死 萬軍該退: 병사 하나가 죽음을 무릅쓰고 돌진하면 만군을 물리친다)'라는 병법의 격언이 있다. 송나라 양공은 그것을 굳게 믿고 있었다. 그러므로 그는 5백을 헤아리는 감사(敢死)의 근위병을 비장하고 있었다. 더구나 그것을 인의에 의해서 양성해 왔다. 즉 양공은 그 근위병에 각별한 은고를 베풀고 의형제처럼 대접하고 있었다. 그래서 그 근위병이 죽음을 마다하지 않겠다는 정신으로 돌격을 한다면 백만의 적군도 물리칠 수 있다고 믿고 있었다. 그러므로 조만간 두고 보자고 공자 목이에게 날카로운 어조로 마구 몰아세웠던 것이다.

이윽고 정월이 찾아왔다. 그곳에 정나라 문공(文公)이 초나라에 새해 인사를 하기 위해 도성을 떠났다는 소식이 송양공의 귀에까지 들려왔다.

"비굴한 행동이다. 중원의 여러 나라에 용서할 수 없는 배신이다. 중원제국이 패왕을 추대하고 단결하면 초나라 따위는 상대도 안 된다. 정문공이 제멋대로 행동하게 내버려 둘 수는 없다."

송양공은 격노했다. 그리고 위(衞)·허(許)·등(滕) 3국과 연합하여 정나라로 파병하기에 이른다.

이에 정나라 문공은 즉시 초나라에 구원을 요청했다. 초성왕은 전략적으로 정나라에는 직접 병사를 파견하지 않고, 대부인 성득신(成得臣)에게 병사를 주어 송나라를 치게 했다.

초나라가 행동을 개시한 것을 안·위·허·등 3국은 구실을 내세워 병사를 철수했다. 하지만 송양공은 그것에 아랑곳하지 않고, 정나라에서 병사를 홍수(泓水)의 북쪽으로 이동하여 포진했다. 본진에는 '인의'라고 쓴 기를 높이 들고, 초나라 군대의 침공에 대비했다.

송양공이 침공할 초나라 군대를 비장의 무기인 근위병으로 쳐부순다고 마음속 깊이 계획한 것은 말할 것도 없다. 동시에 홍수에서의 대립이 계속되면 중원의 제후가 인의의 깃발 아래 급히 달려올 것이라고 기대를 하고 있었다. 재빨리 홍수의 북쪽으로 포진하게만 된다면 초나라 군대가 쉽게 강을 건널 수 없을 것이라고 계산했기 때문이다.

그렇지만 뜻밖에도 초나라 군대는 그 5일 후에 홍수의 남쪽 해안에 도착하여, 다음 날 아침엔 북쪽 해안에 포진한 송나라 군사 따위는 안중에도 없다는 듯이 재빨리 강을 건너기 시작했다.

예측이 빗나간 송양공은 속으로 당황했다. 하지만 묵묵히 그것을 바라보고만 있었다. 남쪽 해안을 떠난 초나라 군대의 제1군이 북쪽 해안에 접근하고 있었다.

"물가로 끌어들여 섬멸합시다."

사마(司馬) 공손 고(公孫固)가 진언했다.

"허둥대지 마시오. 그렇게 인의에 맞지 않는 공격을 해서는 안 되오."

양공은 거절했다. 이윽고 송나라 눈앞에 초나라 군대의 제1진이 강을 건너 교두보를 쌓기 시작했다.

"지금이 기회입니다. 공격을 시작해야 합니다."

근위대장인 자수(訾守)가 움직였다.

"기다려라! 왕자(王者)의 병사는 적의 혼란을 틈타서 인의에 배치되는 싸움을 걸지는 않는다."

양공은 저지했다. 순식간에 초나라 군대의 제2진도 강을 건너서 북쪽 해안에 상륙했다. 송양공은 여전히 가만히 있었다.

"적군의 반 이상이 상륙했습니다. 적의 군세는 우리의 약 두 배, 지금 전고를 울려 공격하지 않으면 전기를 빼앗기고 맙니다."

공손 고가 초조함을 나타내며 재촉했다.

"본진의 옥상에, 바람으로 펄럭이는 인의의 깃발을 보아라."

송양공은 의연하게 말하며 상대하지도 않았다.

또다시 초나라 군대의 제3진이 상륙하고, 제4진도 강을 건너 접근했다. 그래도 송양공은 여전히 진격의 전고를 울리게 하지 않았다. 공손고가 참다못해 전고를 울리라고 병사에게 명령했다.

"그만둬!"

송양공은 역시 또 저지한다.

"지금 공격을 하지 않는다면 패배는 뻔한 일입니다. 일각의 여유도 없습니다."

공손 고는 얼굴색이 변하면서 말했다.

"쓸데없는 말참견은 듣고 싶지 않소. 이 싸움에서 이겼다고 하더라도 천하의 믿음을 잃는다면 아무 의미도 없소. 적이 전열을 정돈하는 것을 기다리지 않고 공격을 하는 것은 인의에 위반되오."

송양공은 다시금 인의를 끄집어 내세웠다.

"그러면 곧장 병사를 철수시킵시다. 패할 전쟁을 하는 것은 우둔한 짓입니다."

공손 고는 정색하며 태도를 바꾼다.

"입 닥치시오! 패배한다고 정해져 있는 것은 아니오."

양공도 불현듯 성을 벌컥 내었다.

이러쿵저러쿵 하는 사이에 초나라 군대는 진형(陣形)을 정돈했다.

예기치 않게 양 나라 진영에서 동시에 전고가 울려 퍼졌다. 초나라 군대는 노도와 같이 송나라 군대의 진에 밀어닥쳤다. 승기를 놓친 것을 안 송나라 군대는 기가 죽었다.

이때 송양공은 감사(敢死)의 근위병을 이끌고 적의 본진으로 돌진했다. 하지만 눈 깜짝할 사이에 출발이 늦은 아군의 군에서 분리되어 이중, 삼중으로 포위되었다.

이리하여 병법상으로는 생각할 수 없는 혼전을 이루었다. 혼전이 되면 승부를 가리는 것은 수(數)였다.

송양공과 근위대를 잃어버린 공손 고는 전멸의 위기에 빠진 송나라 군대의 기사회생을 계획하려고 급히 병사를 진지에 한발 앞서 퇴각시켰다. 그곳에 전신을 피로 물들인 근위대장인 자수가 원문(轅門)으로 달려왔다.

"사마, 주공이 부상당해 근위대가 포위당하고 말았습니다. 근위대의 힘으로는 역부족입니다. 황급히 구출하여 주십시오."
하고 공손 고에게 고했다.

공손 고는 병사를 출병시키지 않고 용장인 공자 탕(公子蕩)만 거느리고, 자수를 선두로 혈로를 열면서 근위대가 포위된 현장으로 돌진한다.

과연 송나라 군대의 근위대는 포위당했으면서도 상처를 입은 양공의 주위를 철벽같이 둘러싸고 있었다. 이미 근위대의 반수는 사망했다. 그래도 그 철벽을 흩트리지 않고 송양공을 보호하여 적이 틈을 노리지 못 하게 했다.

근위대와 합류한 공손 고는 곧바로 근위대의 철수를 명령했다. 그리고 말고삐를 돌려 선두에 서서 퇴로를 열었다. 자수는 양공 옆에 달라붙어 따르고, 공자 탕이 맨 뒤에서 바짝 뒤따르는 초나라 병사를 저지했다.

그렇게 하여 송양공과 근위대는 겨우 사지를 벗어나 목숨을 건지게 되었다. 그렇지만 여러 개의 화살을 상반신에 맞은 공자 탕은 송나라 군대의 진지에 들어오자마자 절명하고 말았다. 양공도 어깨와 대퇴부에 화살을 맞았다. 공손 고는 주저하지 않고 병사를 모아 퇴각을 명했다.

무참한 패배였다. 그러나 초나라 장군 성득신(成得臣)은 역시 송나라 군대의 근위대가 보여준 감사의 돌격에 몹시 놀랐다. 그는 퇴각하는 송나라 군대를 굳이 쫓지는 않았다.

상구(商丘)의 도성으로 돌아온 송양공은 어깨와 대퇴부에 맞은 화살의 상처로 인해 세상을 떠났다. 숨을 거두기 전까지도 인의의 깃발 아래 황급히 달려와 무릎을 꿇지 않는 중원의 제후를 눈물을 흘리며 저주했다. 이에 양공의 저주를 들으면서 살아남은 근위대의 병사들은 양공과 함께 하염없이 눈물을 흘렸다. 하지만 천하의 제후들은 홍수의 전역에서 우스꽝스러운 패배를 야기시켰던 양공을, 인(仁)을 가장하여 몸을 내던져 패배한 멍청이라고 웃음거리로 삼아 돌아가며 비웃었다.

그렇지만 후대의 사람들은 당대의 제후들과 한패가 되어 송양공을 멍청이라고 비웃어서는 안 된다.

그렇다 치더라도 진실의 중국사는 기(奇)라 말할 수 있고, 그『사서(辭書)』는 괴(怪)라 칭해야 될 것이다. 송양공은 패왕을 꿈꾸었지만 결국 패왕은 되지 못했다. 그러나 중국사에서 그는 분명히 패왕의 명성을 유지하고 있다. 그리고 중국의『사서』에도 물론이고, 춘추오패(春秋五霸)의 한 사람으로서 송양공의 이름을 기록하고 있는 것이다. 얼마나 기괴한 일인가. 아니, 차라리 명확한 허구라 말해야 될 것이다. 그런데 그 허구는 사실로 버젓이 통용되고 있었다. 그럼에도 불구하고 아무도 이것을 문제 삼지 않았던 것 같다. 왜냐하면 그것을 문제로 삼으면 유교의 권위에 상처를 입기 때문이다.

실은 송나라 양공을 춘추오패의 한 사람으로 지명한 것은 송양공의 사후 266년에 태어난 맹자였다. 맹자는 공자와 쌍벽을 이루었던 유교의 성인으로 전국(戰國)의 세상에 '인의(仁義)'를 내세워 왔다. 사실은 그도 또한 '제자백가(諸子百家)'의 한 사람이다.

쟁쟁한 제자백가 중에서도 그는 특출난 인물이었다. 자기와 다른 의견을 논하는 자에게는 집어치워! 하고 큰 목소리로 고함치며 일어서는 유아독존의 논객이었다.

뿐만 아니라 후대의 유도(儒徒)는 그의 절대적인 은고를 입었다. 그

맹자가 이유는 어떻든 간에 송양공을 패왕으로 지명했던 것이다. 그러므로 송나라 양공은 틀림없이 패왕이었다고 하는 것이다. 송양공은 생전에 인정받지 못했지만 생각해 보면 운 좋은 사람이었다. 역시 중국인이 '죽어서 이름을 남긴다'는 경구를 즐겨 한다는 점에서는 더욱 그러하다. 사후에 역사평가의 구제를 구하기 위함이다. 유교 세계에 있어서의 역사는 종교 바로 그것이다. 송양공이 미련을 버리고 세상을 떠났던 것은 송양공이 즉위한 지 40년이 되었을 때였다. 같은 해에 진(晋)나라 혜공(惠公)도 즉위 40년에 몰락했다. 기이하게도 송양공이 남방의 초나라에 모욕을 당하여 패왕의 꿈을 짓밟혔듯이 진혜공도 또한 서방의 진(秦)나라에서 포로로서 모욕을 당하고 패권의 실마리를 빼앗겼던 것이다.

그러나 두 사람은 비슷한 운명을 살았으면서도 걸어온 길은 정반대였다. 즉 송양공은 인의를 행하여 신세를 망쳤지만, 진혜공은 인의를 유린하여 화를 초래했던 것이다.

진혜공은 즉위할 당시 황하 서쪽의 진(晋)나라 땅을 진(秦)나라에 증여한다는 약속을 하고 진나라 목공(秦穆公)의 군사를 빌렸었다. 하지만 즉위하자마자 곧바로 그 약속을 파기했던 것은 이미 논술한 대로이다. 또 진혜공 4년에 진(晋)나라는 가뭄의 엄습으로 인해 심각한 기근에 시달렸다. 혜공은 뻔뻔스럽게도 진(秦)나라에 기아의 구제를 요청했다. 그래도 진목공은 기분 좋게 방대한 양에 이르는 구호 양식을 보내주었던 것이다.

그 다음 해, 이번에는 거꾸로 진(秦)나라가 한발의 엄습을 당하게 되자 당연히 진(晋)나라에 구호를 요청했다. 그러나 진혜공은 두말할 필요도 없다는 듯이 매정하게 거절했다.

"식량이 탐나면, 완력으로 한번 손에 넣어 보렴."

하고 폭언을 내뱉으며 사신을 되돌려 보냈던 것이다. 그런 일이 있을 수 있는가? 진혜공은 진(秦)나라의 기근을 틈타 은밀히 진나라 침략의 병사를 일으켰다.

"의(義)를 저버리는 것에도 정도가 있습니다."

진(晉)나라의 대부 경정(慶鄭)은 앞장서서 그 기병을 반대했다. 전년도에 진(秦)나라에 구제를 구원하러 갔던 사자가 바로 그였던 이유도 있었다. 경정의 맹렬한 반대에 대다수의 조정신하들이 동조했다. 그 결과 거병의 조정회의는 통합되지 않고 혜공은 결국 화를 냈다.

"이 이상 반대를 하는 자는 사형에 처한다. 처형한 뒤에 거병한다."

혜공은 이미 접한 적이 있듯이 공자(公子)를 살해한 실적이 있었다. 조정신하들은 새파랗게 질려서 입을 굳게 다물고 있었다. 하지만 유독 경정만은 계속해서 반대를 했다.

"반대하는 자를 사형에 처한다고 하신 것은 공평치 못합니다. 부하를 다 잘라 없애버리고 나서 강대국인 진(秦)나라와 전쟁을 벌이실 셈이신가요? 그것은 너무나 터무니없는 짓입니다. 게도 다리가 없이는 걷지 못 합니다."

하고 말했다. 그것을 조소당했다고 생각한 혜공이 노발대발했다.

"좋다! 출발의 희생물로 경정을 벤다. 즉각 포승을 걸어서 성문으로 끌고 나오도록 하라!"

라고 명령했다.

겁을 잔뜩 집어먹은 조정신하들이 일제히 엎드려 경정의 목숨을 살려 달라고 애원했다. 그러자 혜공은 겨우 화를 진정시켜 경정을 용서했다. 하지만 경정의 계급을 감등시키고 거우(車右)의 장군에서 물러나게 했다. 경정은 진나라에서 으뜸가는 용장으로서 전진에서는 항상 혜공의 수레에 동승하여 그의 오른쪽을 보호하는 장군으로서의 임무를 맡고 있었다.

그 경정 대신에 진혜공은 극보양(郤步揚)을 거우의 장군으로 임명하고 서둘러 진(秦)나라로 거병했다. 그 무리한 진(晋)나라 침공에 진나라의 모든 백성이 격노했다. 더군다나 은혜를 원수로 받은 목공은 피가 끓는 분노를 느꼈다.

"좋다! 저 오랑캐 놈의 비겁한 욕망대로, 식량을 완력으로 약탈해 주마. 적이 침입하기 전에 이쪽에서 먼저 국경을 넘는다."
하며 병사를 진나라로 보냈다.

"앉아서 굶어 죽기를 기다리기보다는 식량을 약탈하라!"

진(秦)나라의 한 병사가 갑자기 일어서서 말하자, 진나라 군사의 사기는 하늘을 찌를 듯했다.

국경을 넘어서 진(晋)나라 땅으로 침입한 진(秦)나라 군사는 파죽지세로 진격했다. 순식간에 진나라 성 세 곳을 함락시키고, 접근하는 진(晋)나라 군사를 한원(韓原: 산서성 하진현)에서 맞서 싸우려고 구릉진 용문산 기슭에 포진했다.

오히려 거꾸로 함락당한 진혜공은 몹시 당황했다. 그보다도 진(秦)나라 군사가 이미 세 개 성을 함락시키고, 점점 빠르게 환원에 포진했다는 전갈을 받고는 놀라움을 감추지 못했다.

"기근으로 곤궁해 있는 나라가 어째서 거병을 한 것일까? 게다가 식량이 결핍된 군사들의 사기가 높다는 것은 어째서인가?"

혜공은 머리를 갸우뚱거렸다.

"조금도 이상해할 것은 없습니다. 진(秦)나라 군사가 강한 것은 전하 덕택입니다."

경정이 끈질기게 다시금 증오스러운 듯 입을 놀렸다.

"닥쳐! 역시 네 놈은 처형해야만 됐어. 전열을 떠나 귀국하라, 그리고 칩거하면서 분부를 기다려라."

혜공은 분연히 경정을 쫓아 버렸다.

"네. 전열에서 떠납니다만 염려가 되므로 패전의 종말을 짓고 나서 귀국하겠습니다."

"개자식! 가당치도 않은 재수 없는 소리 작작해! 군법으로 처리하라!"

혜공은 사마 설(司馬說)에게 명령했다. 사마 설이 경정에게 즉시 떠나라고 눈짓을 했다.

"군법보다 군의(軍議)가 우선입니다."

사마 설이 진언했다. 경정은 그 틈에 재빨리 모습을 감추었다. 곧 군사회의가 열렸다.

진(秦)나라 군사의 사기와 진용(陣容)으로 추측해 보건대, 정면 돌파를 한다손 치더라도 승산은 서지 않는다. 양동작전을 걸어서 진목공을 생포한다는 것으로 군사회의에서 뜻을 모았다.

양동작전의 지휘는 사마 설이 했다. 혜공은 후방으로 물러나서 후위에서 억누르고, 한간(韓簡)과 양요미(梁繇靡) 두 장군이 각각 병사를 거느리고 좌우로 우회하여 진(秦)나라 군대의 배후로 돌아 들어갔다. 그 본진을 습격하여 목공을 체포한다는 작전이다.

이윽고 양군의 전고가 울려 퍼졌다. 진(秦)나라 군대가 맹렬히 돌진했다. 그것을 적의 본지에서 멀리 떼어 놓으려고 진(晋)나라 군대의 본대는 한 발짝 한 발짝씩 후퇴했다.

용문산의 산허리에 숨어 있던 한 무리의 도적이 그 전쟁을 빤히 쳐다보고 있었다. 도암(盜岩)이라는 수령 휘하의 3백여 명의 집단을 이루고 있는 그들은 모두가 사냥꾼이었다. 도암은 진(晋)나라 군대의 일부로 보이는 부대가 느닷없이 둘로 나누어서 좌우로 우회하는 것을 보면서 머리를 갸웃거렸다. 그리고 금방 그것이 진(秦)나라 군대의 본진을 배후에서 치기 위한 우회작전이라는 것을 깨달았다. 게다가 그 전개 방법으로 진목공을 생포한다는 작전이란 것을 간파했다.

"여봐라, 작전을 바꾼다. 좀 늦은 감이 있지만 지금부터 뛰어 내려가도 이미 때는 늦는다. 목공을 구하는 길은 단 하나, 진혜공을 체포해서 포로 교환을 요구하는 것이다. 무슨 일이 있더라도 진혜공을 체포하라. 자, 가자. 뒤를 따르라!"

도암은 선두에 서서 토끼처럼 뛰어 내려갔다. 그리고 쏜살같이 진혜공을 겨냥하여 쇄도했다.

"어인 놈이냐, 기다려! 여긴 지금 전쟁터이다. 접근하면 안 된다."

혜공을 경호하고 있던 병사들이 목소리를 높이면서 저지했다.

"무슨 소릴 하느냐! 마음대로 전쟁을 일으켜서…. 이것은 우리들의 사냥 장소로, 지금 굉장한 수확을 쫓아온 참인데, 숨통을 끊기 전에 빨리 물러서라."

도적떼들이 전혀 개의치 않고 혜공의 수레에 접근했다. 눈 깜짝할 사이에 한 쪽 편에 퇴로를 남기고 세 방향 모두 포위했다. 그리고 느닷없이 일제히 괴상한 소리를 질렀다. 3백 명의 무리들이 일제히 발한 괴성에 혜공의 말이 놀라 으르렁거리며 동시에 열린 퇴로를 향해 난폭하게 달리기 시작했다. 도암은 재빨리 부하를 두 부대로 나눈 뒤, 한 부대를 이끌고 마구 달리는 수레 뒤를 쫓았다. 남은 한 부대는 일제히 활을 쏠 자세를 취하고는 화살을 시위에 메기어, 혜공의 수레를 수행하려고 하는 경호 병사들을 노렸다. 이리하여 혜공의 수레는 경호대로부터 이탈되었다. 더구나 도암의 예측대로 혜공의 수레는 수렁에 빠져 옴짝달싹 못하게 되고 말았다. 혜공은 만사 끝장이라고 생각하며 하늘을 원망하듯 쳐다보고 나서 주변을 돌아보았다. 그곳에 오직 경정 한 사람만이 수레로 달려왔다.

"야아, 경정 대부! 도와주게나."

혜공이 큰소리로 부탁했다.

"아니오, 당황하실 필요 없습니다. 훌륭한 거우의 장군이 보호하고 있습니다. 어쨌든 안심하십시오."

경정은 거우의 자리를 빼앗은 것에 원망을 품고 대답했다.

"움직일 수가 없네. 자네 수레를 좀 빌려주지 않겠나?"

혜공이 또 부탁을 했다.

"아닙니다. 전하, 신하는 전열을 떠나라고 명령하지 않으셨습니까? 수레가 없이는 떠날 수가 없습니다. 용서해 주십시오."

"알았네. 그 명령을 취소하겠소. 미안하오. 모두 없었던 것으로 하지."

"그러면 그 은혜에 보답하기 위해서라도 곧 지원을 부탁하고 돌아오겠습니다."

경정은 갑자기 말에 채찍질을 하며 달려 이내 시야에서 사라졌다. 그 직후에 도암이 지휘하는 도적의 무리가 혜공의 수레를 포위하기 시작했다. 이번에는 사방팔방으로 포위해서 재빨리 원형으로 좁혀왔다. 도암이 손에 든 대곤봉을 치켜 올려 우선 거우의 장군 극보양과 마부를 때려 눕혔다.

그리고 혜공을 생포하여 한발 앞서 용문산의 숲속으로 도망쳤다.

지원을 부탁하러 간다고 달려간 경정은 진(秦)나라 군대의 본진에 모습을 나타냈다. 한간과 양요미 두 장군이 목공이 있는 본진을 포위하여 결전에 도전하고 있었다. 싸움은 유리하게 진행되고 있었다.

"우리들의 주공이 포위되었다. 어서 구하러 가지 않으면 위험하다. 체포하는 것보다 구원하는 것이 우선이다."

경정은 두 장군에게 혜공이 급함을 고했다. '배를 등과 바꿀 수는 없다(당연히 큰일을 위해서는 딴 일에는 일체 음을 쓸 수 없다).'

두 장군은 목공의 생포를 단념하고 포위를 풀고 황급히 혜공을 구원하러 달렸다. 그러나 현장에 달려갔을 때는 이미 혜공의 모습은 보이지 않았다. 남아 있는 수레 안에서 마부와 극보양이 신음하고 있었다. 두 사람을 구하려고 하던 한간과 양요미 두 장군의 수레가 진흙 구렁에 빠져 맥없이 진(秦)나라 군대에게 붙잡히고 진(普)나라 군대는 어이없이 무너졌다. 임금과 무장들이 생포되어 사마 설이 진퇴양난에 빠져 있을 때 경정이 그곳에 나타났다.

"깨끗이 퇴각해야 됩니다."

경정이 사마 설에게 진언했다. 그리고 함께 패전의 병사를 모아 도성으로 돌아갔다. 그것을 끝까지 지켜본 도암이 생포한 진혜공을 진(秦)나라 군대의 본진으로 연행했다. 그것을 보고 목공은 깜짝 놀라 눈이 휘둥그레졌다.

"어디 장수인가?"

목공이 물었다.

"장수 따위라 불릴 만한 신분은 아닙니다. 사실대로 말씀드리자면 도적입니다. 3년 전에 전하의 훌륭한 말을 훔쳤기 때문에 그 죄 갚음으로 훌륭한 인간을 붙잡아서 연행해 왔습니다. 사실은 만약 전하가 적에게 체포되면 교환하려고 붙잡았던 것입니다. 하지만 그럴 필요가 없게 되었으므로 뭐 그다지 대단한 일은 아닙니다만, 도움이 되실 줄로 압니다. 특별히 붙잡아 온 것이니 받아 주십시오."

하고 말했다.

"그것은 참으로 큰 공적이오. 소원하는 대로 사례를 하겠소. 무슨 말이든 사양치 말고 말해보시오."

"아닙니다. 사례는 듬뿍 받았습니다. 또 무슨 요구를 한다면 천벌을 받습니다."

"사례 따위를 받을 생각이 없다구?"

"3년 전에 술을 주셨습니다."

도암은 이렇게 말하고 난 뒤 부하들과 함께 사라졌다.

3년 전 목공은 사냥을 나가서 말 세 필을 도둑맞았다. 모두 훌륭한 말이었다. 그래서 팔방으로 손을 써서 찾았지만, 찾아냈을 때는 이미 말고기로 변해 있었다. 그것을 찾아낸 병사의 보고를 들은 목공은 그 도적을 체포하라고 명령했다. 그렇지만 저 '오고대부(五羖大夫)'의 백리혜(百里傒)가 저지했다. 아니 백리혜는 그 당시 말을 훔쳐 도살한 도적의 포박을 말렸을 뿐만 아니라 거꾸로 술을 주라고 진언했던 것이다.

"난리 통에 도적이 횡행하는 것은 정치가 혼란하기 때문이고, 그것은 어쩔 수 없는 일입니다. 게다가 도적도 영내에 있으면 백성입니다. 고작 말 때문에 백성을 살상하는 것은 좋지 않습니다. 그것보다는 현실적으로 도적들은 이(利)와 의(義)로 연결되어 단결이 강하므로 작은 병사로 그들을 서툴게 체포하려는 것은 위험한 처사입니다. 어차피 이렇게 된 바에야, 술 없이 말고기를 먹을 수 없다면서 술이 있어야 몸에 해롭지 않다고 선물하는 편이 좋습니다. 도적은 여러 지방을 돌아다니면서 정치에 대한 소문을 접하게 됩니다. 은혜를 팔아서 평판을 넓혀 두는 것도 나쁘지 않습니다."

백리혜는 목공에게 간언했다. 목공은 백리혜의 말에 따라서 술을 하사했는데, 한원의 전쟁터에서 진혜공을 체포한 자는 바로 그 당시의 도적이었다. 게다가 3년 전에는 백여 명에 지나지 않던 집단이 이미 3백 명 정도로 늘어나 있었다.

한편, 옹(雍: 섬서성 봉상현)의 도성에 개선한 진목공은 즉각 진혜공의 처치를 군신들과 의논했다. 군주로서 해서는 안 될 짓을 저지른, 아니 인간으로서도 쓰레기에 해당하는 사람은 용서 없이 목을 베어 버려야 된다고 군신들은 입을 모아 주장했다. 그렇지만 백리혜는 유독 다른 의견을 제시했다. 또 목공의 부인 목희는 진혜공의 이복동생이고, 그녀가 맹렬히 목숨만은 살려주라고 탄원했다. 그렇게 하여 혜공은 간신히 처형을 면하게 되었다. 그리고 나서 다섯 성을 할양한다는 조건으로 진나라가 필요로 하는 긴급 구호용 식량을 보내고, 또 태자 어(太子圉)를 인질로서 진나라로 보낼 것을 조건으로 3개월 후에 풀려나 귀국했다.

진혜공과 한간, 양요미와 극보양의 여러 장군이 석방되어 강(絳: 산서성 신강현)의 도성에 도착한 것을 조정신하들은 성문에서 마중했다. 그중에는 경정의 얼굴도 보였다. 사실은 혜공이 석방된 것을 알고는, 사마 설은 경정에게 어디든지 다른 나라로 망명하는 것이 좋겠다고 권고했으나 경정은 굳이 성에 남아서 더구나 밝은 얼굴로 혜공을 마중했다. 성문에서 경정의 얼굴을 본 혜공은 피가 역류함을 느꼈다. 그런데 웬일인지 태연자약한 경정의 태도에 문뜩 의심을 품었다. 무슨 함정이라도 있는 것은 아닌가 하고. 그래서 그곳에서 노여움을 억제하며 태연한 얼굴을 하고 지나갔다. 그러나 성문을 잠그고 궁전에 들어와 이변이 없다는 것을 확인한 혜공은 조정신하의 인사를 받는 것도 대충하고 경정의 죄를 추궁했다. 하지만 경정은 조금도 동요하지 않았다.

"신하에게 죄가 있다고 한다면, 맨 먼저 그것은 진(秦)나라를 정벌해서는 안 된다는 것을 설명하면서 그것을 전하께 납득시키지 못했다는 것입니다. 두 번째로 거우의 장군을 끌어내려서 강하게 전하의 수레에 타지 못한 것입니다. 세 번째는 진열을 떠나라고 명령받았으면서도 떠나지 않고 더구나, 패전의 병사가 전멸하는 것을 좌시하지 않고 병사를 모아서 퇴각할 것을 사마에게 진언하고, 또 함께 병사를 거느리고 귀성한 것입니다."

경정은 혜공에게 떳떳하게 말했다.

"이제 와서 그것도 주둥이라고 마음대로 지껄이느냐! 네가 쓸데없는 말참견을 하지 않았더라면 한간과 양요미는 진목공을 체포했을 것이다. 그렇게 되었더라면, 전쟁에서 패하는 일은 없었을 것 아니냐. 너는 반역자다."

"아닙니다. 실제로 붙잡아 보지도 않고, 과연 붙잡았을지 어떨지는 그 누구도 알지 못합니다. 게다가 수렁에 빠졌을 때 전하는 신하가 범한 모든 죄를 용서한다고 말씀하셨습니다. 그 은혜에 보답하지 않으면 안 된다는 도의적인 의무가 있었습니다. 그래서 두 장군에게 구조를 부탁했습니다. 다른 뜻은 없었습니다."

"닥쳐라! 너는 그때에 우리에게 접근해 온 도적의 무리가 무서워서 도망쳐 버린 비겁자야."

"아닙니다. 비겁자가 아니란 증거로 단죄를 이용하여 이대로 성에 남아 전하의 심판을 기다리고 있었습니다."

경정은 가슴을 폈다. 하지만 혜공의 진노는 멈출 줄 몰랐다.

"저 반역자를 체포하여 형틀에 묶어 처형하라!"

하고 명령했다. 그러자 사마 설이 천천히 혜공의 앞으로 나아갔다.

"드릴 말씀이 있습니다만, 전하! 전부 들어 본 결과로는 경정의 죄는 어디까지나 군법위반이므로 군법 상으로 처형하는 것이 바람직한 순서라고 사료됩니다."

하고 사마 설이 진언했다.

"좋다. 단, 반드시 사형에 처한다는 것이다. 또한 즉각 집행할 일이다."

혜공은 다시 한번 다짐하면서 자리에서 일어섰다.

"알겠습니다. 그와 같이 하겠습니다."

사마 설은 대답하고, 경정은 체포되어 연행되었다. 그리고 군법회의를 거쳐 사형을 선고 당했다.

그러나 사마 설은 밤이 되자 쥐죽은 듯 조용한 때를 기다렸다가 직권으로 성문을 열어 감쪽같이 경정을 도망치게 했다. 다음 날 아침 감옥에 묶여 있던 사형수 중의 한 사람이 경정을 대신하여 처형되었다. 경정이 어디로 도망쳤는지는 그 누구도 알 수 없었다. 하지만 어딘가에 살아 있을 것이라고 누구나 추측하고 있었다.

사실 혜공도 그것을 알고 있었다. 그 증거로 그는 죽은 자의 목을 확인하지 않았던 것이다. 조정신하와 성의 백성들이 모두 경정을 동정하고 있다는 것을 혜공은 알고 있었다. 게다가 인심의 이반과 또 한편으로는 소동이 일어날 것을 두려워하여 가만히 있었던 것이다.

하여튼 권력은 확신을 가지고 권력의 권위에 과감히 도전하면 뜻밖에 생각지 않은 나약함을 노출시키게 된다. 즉 무조건 불가침한 존재가 아니라면 전능한 것도 아니다. 경정의 반항에 대해서 진혜공은 그것을 확실히 알았던 것이다.

　그렇게 하여 혜공은 태도를 잃고 그전의 패기도 잃어버렸다. 그리고 아버지인 헌공이 부국강병을 실행하여 쌓아 올린 강대한 국력을 계승하였지만 패업의 꿈은 무너졌다.

- 2권에서 계속 -